本书由中央高校基本科研业务费专项资金资助出版（2072021030）

Supported by the Fundamental Research Funds for the Central Universities

新间一美——著

梁青——译

《源氏物语》与白居易文学

源氏物語と白居易の文学

U0745054

厦门大学出版社
XIAMEN UNIVERSITY PRESS

国家一级出版社
全国百佳图书出版单位

图书在版编目(CIP)数据

《源氏物语》与白居易文学/(日)新间一美著;梁青译.—厦门:厦门大学出版社,2021.12

ISBN 978-7-5615-8316-6

Ⅰ.①源… Ⅱ.①新… ②梁… Ⅲ.①长篇小说—小说研究—日本—中世纪 Ⅳ.①I313.074

中国版本图书馆 CIP 数据核字(2021)第 153936 号

GENJIMONOGATARI TO HAKUKYOI NO BUNGAKU by Kazuyoshi Shinma

Copyright © Kazuyoshi Shinma,2019

All rights reserved.

Original Japanese edition published by Izumi Shoin in February 2003

Simplified Chinese translation copyright © 2021 by Xiamen University Press Co.,Ltd.

This Simplified Chinese edition published by arrangement with Izumi Shoin, Osaka,

through HonnoKizuna,Inc.,Tokyo , and Shinwon Agency Co. Beijing Representative Office,Beijing

著作权合同登记号:13-2021-010 号

出 版 人	郑文礼
责任编辑	高奕欢

出版发行 厦门大学出版社

社 址	厦门市软件园二期望海路 39 号
邮政编码	361008
总 机	0592-2181111 0592-2181406(传真)
营销中心	0592-2184458 0592-2181365
网 址	http://www.xmupress.com
邮 箱	xmup@xmupress.com
印 刷	厦门兴立通印刷设计有限公司

开本	720 mm×1 020 mm 1/16
印张	19.5
字数	342 千字
版次	2021 年 12 月第 1 版
印次	2021 年 12 月第 1 次印刷
定价	68.00 元

厦门大学出版社
微信二维码

厦门大学出版社
微博二维码

中文版序言

白居易是日本人最喜爱的诗人。《源氏物语》（略称《物语》）的作者紫式部也对白居易其人及其作品十分推崇。《物语》中多处直接引用了白居易的诗句（略称"白诗"），也有对其诗歌的巧妙化用。此外，紫式部对白居易的生平事迹非常了解，将其人生经历套用在了主人公光源氏的身上。本书的目的就在于探明《源氏物语》对白居易文学的接受情况。

此次，年轻学者梁青女士将本书翻译成中文，在厦门大学出版社正式出版。梁青曾在名古屋大学研究生院攻读博士学位。2013 年，她提交了博士学位论文《〈新撰万叶集〉的汉诗中的和歌表现》，被名古屋大学授予文学博士学位。梁青在和汉比较文学会上与我结识，后来又参加了我主办的京都《新撰万叶集》研究会。《源氏物语》有一大特点，就是和歌在《物语》的重要场景中发挥着重要作用。梁青在和歌与汉诗方面颇有研究，非常适合翻译本书。希望她的翻译能够加深中国读者对《源氏物语》的理解。

本书由多篇论文汇集而成，因此在个别问题上探讨得比较多，概述部分偏少。我打算借此机会来谈一谈白居易文学对日本文学的影响。

中唐诗人白居易 772 年出生，846 年去世，享年 74 岁。日本平安朝初期嵯峨天皇（809—823 年在位）下令编撰了敕撰汉诗集《文华秀丽集》，该集收录的汉诗明显受到《长恨歌》的影响。《长恨歌》作于 806 年，《文华秀丽集》成书于 818 年。可见早在白居易 46 岁时，《长恨歌》就已传到日本，且对日本文学造成了一定影响。中日两国间既有遣唐使往返也有贸易往来，可以说两国间的文化传播远比我们想象的要早。

自此以后，白居易的文学作品对日本文学产生了巨大影响，从古到今持续了一千两百多年。之所以现代日本人都知道杨贵妃这位享誉世界的美女，也是因为《长恨歌》直接或间接的影响。

白居易的影响不仅仅停留在文学方面，甚至还有文化方面。说到对日本文学、文化影响最多的外国诗人，非白居易莫属。白居易字乐天，"白乐天"在日本更为人们所熟知。

《源氏物语》的作者紫式部活跃于一条天皇（986—1011 年在位）时代，是中宫藤原彰子的女官。除了《源氏物语》，她还著有《紫式部日记》和《紫式部集》。《紫式部日记》里记载了她为中宫彰子讲解《白氏文集》"乐府二卷"的事情。这里的"乐府"指的是白居易的讽谕诗《新乐府》组诗五十首，"二卷"则是当时传到日本的七十卷本《白氏文集》的第三卷和第四卷。《源氏物语》的创作是否与紫式部对彰子的教育有关？我认为《物语》多处引用白诗带有教育彰子的意图。这个观点是否正确，就让读者在阅读的过程中慢慢思考吧。

接下来以《和汉朗咏集》（藤原公任撰）、《枕草子》（清少纳言撰）、《源氏物语》为例进行说明。藤原公任是一条朝的代表文人。他编撰的《和汉朗咏集》是摘句型的诗歌选本，收录了适合朗咏的诗句、诗文 587 首以及和歌216 首，由上卷"四时部"和下卷"杂部"构成。其中由唐朝诗人创作的诗句、诗文有234 首，其余的汉文以及和歌为日本人所作。在这些唐朝诗人创作的诗句、诗文中，白居易的诗歌占据半数以上，多达136 首。《和汉朗咏集》对白居易诗歌的偏重，反映了当时文人对白诗的普遍喜好和推崇。此外，汉诗以一联七言诗（二句十四字）为主，占据了《和汉朗咏集》的大半。

具体举例说明。在上卷的"四时部"中，"立春部"有两首诗，分别是"柳无气力条先动，池有波文冰尽开"和"今日不知谁计会，春风春水一时来"。两联将白居易的绝句《府西池》一分为二。此外，表示春天结束的"三月尽部"列有以"留春春不住，春归人寂寞。厌风风不定，风起花萧索"（《落花》）为首的三首白诗，除此之外没有摘录其他诗人的作品。这是因为"三月尽"这一诗歌主题本来就是白居易自己发明的。也就是说，在《和汉朗咏集》中，从春初到春末主题的唐朝诗歌都是白居易的诗，夏、秋、冬也不例外。换言之，《和汉朗咏集》的季节意识是在白居易文学的影响下形成的。

重视四季可以说是日本文学、日本文化的一大特征，即便是现代日本人的生活也与季节密不可分。其国民文学俳句以"季语"作为必要条件，也充分反映了日本人重视四季的世界观。

编撰和歌也存在这种重视四季的世界观。敕撰和歌集《古今和歌集》更是将这一世界观进一步精细化，并将其确立为核心理念。《和汉朗咏集》则是沿袭了这一传统。《古今和歌集》的和歌也深受白居易的影响，可以说白诗对于这一世界观的确立起到了重要作用。①

"雪月花"这个词是这一季节意识的高度概括。该词出自白居易的《寄殷协律》，《和汉朗咏集》的"交友部"摘录了这首诗中的"琴诗酒伴皆抛我，雪月花时最忆君"。从此，"雪月花"出自白诗一事逐渐被忽略，作为象征四季的词语深受日本人喜爱。

《枕草子》的作者是一条天皇的中宫（藤原彰子的前任中宫）藤原定子的家庭教师清少纳言。《枕草子》不仅记录了许多女性之间的对话，还穿插了一些在宫中供职的女官与男性官人间的风趣对话，对话中屡次谈及白诗。试以清少纳言和定子的一组对话为例进行说明。

一天大雪下得很深，女官们放下格子窗，生起炭火说着闲话。此时定子问道："少纳言，香炉峰雪当如何？"清少纳言立刻叫人把格子窗吊起，再将帘子高高卷起，让定子欣赏庭院里的雪景。定子借白居易的诗句"遗爱寺钟欹枕听，香炉峰雪拨帘看"（《香炉峰下新卜山居，草堂初成，偶题东壁，五首（其四）》），将自己想看庭院雪景的心情传达给清少纳言。清少纳言心领神会，用行动代替了回答。周围的女官虽然知道这句白诗，但都对清少纳言能迅速采取行动感到钦佩，称赞她是侍奉中宫的最佳人选。

"遗爱寺钟欹枕听，香炉峰雪拨帘看"这两句诗被收录于《和汉朗咏集》的"山居部"，是一条朝广为传颂的名句。明治小学教科书也引用过《枕草子》的这个故事。明治十七年（1884 年）编撰的《小学唱歌集 第三篇》中有一首名为"才女"的歌，歌词首先称颂了《源氏物语》的作者紫式部，接着引出了清少纳言"香炉峰雪"的故事。近代义务教育的对象不仅有男性，还包括女性。教科书把紫式部和清少纳言当作模范"才女"，讲述了这个和白诗有关的故事。

近世流行的多色印刷的浮世绘题材广泛，其中就有以"雪月花"为主题的三部作。近年来颇受欢迎的喜多川歌麿的作品特别有名。此外，代表近代日本的女流画家上村松园（1875—1949 年）也创作了"雪月花"的三部

---

① 白诗的影响请参阅小岛宪之《古今集以前》（塙书房，1976 年）以及菅野礼行《和汉朗咏集》（小学馆，1999 年）的"解说"部分。此外，拙著《平安朝文学与汉诗文》（和泉书院，2003 年）、《〈源氏物语〉的构想与汉诗文》（和泉书院，2009 年）中也多次谈到白居易文学的接受问题。

作。① 其中"雪"这部作品描绘的就是《枕草子》中清少纳言在雪后将帘子卷起的情景。松园还绘有妖艳的"杨贵妃"②，也算是白诗对绘画产生影响的一个例子。

　　虽然白居易的影响在日本可谓极其深远，但是中世以后也有对白居易的评价低于李白杜甫的情况。这是因为日本承袭了中国宋代以后对唐诗的评价。平安朝文学与白居易有着密切关联，后来的日本文学又把平安朝当作典范。想到这里，就能明白理解白居易文学是十分重要的。在此，我真诚地希望本书能为中国重新评价白居易贡献一份力量。

新间一美

令和三年（2021 年）三月

于洛北下鸭葵草书屋

---

① 东京三之九尚藏馆藏。该馆位于皇居内，收藏皇室宝物。

② 奈良市松伯美术馆藏。该馆收藏有上村松园、松篁、淳之三代人的作品。

凡　例

一、《源氏物语》引用自石田穰二、清水好子注"新潮日本古典集成"，附有
卷名与页数。部分表记有修改。

一、白居易（白乐天）的作品序号参见花房英树著《白氏文集的批判性研
究》"综合作品表"。文本据四部丛刊所收那波道圆本所录，特殊情况另
作说明。

一、《田氏家集》的作品序号参见小岛宪之监修《田氏家集注》。

一、《菅家文草》《菅家后集》的作品序号参见川口久雄注"日本古典文学大
系"。

一、《新撰万叶集》的作品序号参见浅见彻解说《新撰万叶集》（京都大学
藏）。

一、《本朝文粹》的作品序号参见大曾根章介、金原理、后藤昭雄注"新日
本古典文学大系"。

一、《万叶集》的作品序号参见《国歌大观》。其他和歌集的作品序号参见
《新编国歌大观》。

目　录

第一部

《源氏物语》与
白居易《长恨歌》《李夫人》

第一章 李夫人与《桐壶卷》

序

《源氏物语》的《帚木卷》中有这样一句话："一个女子潜心钻研三史五经这样深奥的学问，反而没有什么情趣可言。"可见平安时代不乏潜心研读三史五经的女子。《帚木卷》中还出现过一个博士之女，是藤式部丞的昔日恋人，想必她就是这类女子中的一员吧。据《紫式部日记》记载，紫式部是汉学家藤原为时的女儿，在父亲的熏陶下，从小与兄长一起学习汉学，还曾经给中宫彰子讲授过《白氏文集》的两卷新乐府。

本章将从《源氏物语》受容汉文学的角度出发，探讨《桐壶卷》的表现与中国汉代李夫人故事之间的关联。① 所用资料包括《白氏文集》收录的《李夫人》（0160）、《长恨歌》（0596）和《长恨歌传》②，以及"三史"中的《汉书》与《史记》③。之所以用到这些资料，是考虑到紫式部既然要教育中宫彰子，就为她讲解了新乐府《李夫人》一诗，想必她已熟读了《汉书·外

---

① 藤井贞和曾在《〈源氏物语〉的发端与现在》（1972 年）的第五章"光源氏物语的成立"中指出桐壶更衣身上有李夫人的影子。虽然藤井氏并没有比较《汉书》与《源氏物语》，但他得出的结论与本章有相同之处。

② 这三部文学作品都引用自平冈武夫、今井清校订《白氏文集》（京都大学人文科学研究所）。其中，《李夫人》据神田本所录，《长恨歌》《长恨歌传》据金泽文库本《白氏文集》所录。二者都很好地保留了平安时代所传本的原貌。

③ 小岛宪之在《上代日本文学与中国文学（上）》（第 327 页）中指出，在日本上代，《汉书》之所以比《史记》更常被援引，是因为颜师古注《汉书》更广为流传。

戚传》（卷九十七）和《史记·外戚世家》（卷四十九）之故。《长恨歌传》是一部将白居易的《长恨歌》（0596）散文化了的传奇小说，二者相辅相成，并传于世。《长恨歌传》收录于《白氏文集》，因此得以在日本广为流传。《源氏物语》的注释本选用了精于出典考证的《河海抄》。① 《桐壶卷》多处借鉴了《长恨歌》，因此本章就先从《长恨歌》开始进行考察。

一

众所周知，《长恨歌》的主人公是唐玄宗与杨贵妃，然而这首诗一开头讲的却是汉代的事情。"汉皇重色思倾国，御宇多年求不得。""汉皇"指的是开创了西汉王朝最鼎盛时期的汉武帝②，也就是说这首诗将唐玄宗比作汉武帝。"倾国"一词源于宫廷歌人李延年为汉武帝献唱的"北方有佳人，绝世而独立。一顾倾人城，再顾倾人国。宁不知倾城与倾国，佳人难再得"（《汉书·外戚传》）。北方"佳人"指的是李延年之妹，因此歌得幸，后来被武帝纳为李夫人。唐玄宗一心想物色一个有着李夫人"倾国"之姿的"佳人"，于是就找到了杨贵妃。杨贵妃是一位国色天香的美人，我们可以从《长恨歌传》中一窥她的美貌："鬓发腻理，纤秾中度，举止闲冶，如汉武帝李夫人。"此处也将杨贵妃比作了李夫人。

《长恨歌传》中有一段写的是玄宗让道士寻回杨贵妃的魂魄，道士"自言，有李少君之术。……命致其神。方士乃竭其术以索之，不至。又能游神驭气，出天界，没地府以求之，又不见。又旁求四虚上下，东极绝天海跨蓬壶"。所谓"李少君之术"，指的是招魂术和蓬莱寻仙术。《史记·封禅书》（卷二十八）中记载："少君言上曰：祠灶则致物，致物而丹砂可化为黄金，黄金成，以为饮食器则益寿，益寿而海中蓬莱仙者乃可见。"《史记·孝武本纪》（卷十二）和《汉书·郊祀志》（卷二十五）中也有相同的记载。

《汉书·外戚传》记述李夫人死后，"上思念李夫人不已。方士齐人少翁言能致其神。乃夜张灯烛设帷帐，陈酒肉，而令上居他帐。遥望见好女如李夫人之貌，还幄坐而步。又不得就视，上愈益相思悲感，为作诗曰：是邪非邪？立而望之，偏何姗姗其来迟"。少翁是继李少君之后侍奉武帝的道士，

---

① 玉上琢弥编、石田穣二校订《河海抄》。
② 武帝事迹详见吉川幸次郎著《汉武帝》。

李夫人的魂魄就是被他招来的。《史记·封禅书》与《汉书》记载有异，不仅没有上面这段文字，而且少翁招来的是王夫人的魂魄。"齐人少翁以鬼神方见上。上有所幸王夫人。夫人卒。少翁以方盖夜致王夫人及灶鬼之貌云，天子自帷中望见焉。"

《长恨歌传》将杨贵妃比作李夫人，记载了李少君使法术召来杨贵妃魂魄的经过，由此可见《长恨歌传》参考的是《汉书》而非《史记》。值得一提的是，道士的名字是"李少君"而不是"少翁"，《汉书》《史记》中蓬莱寻仙的故事又都是关于"李少君"的，所以《长恨歌传》中赴蓬莱寻找杨贵妃魂魄的道士也应该是"李少君"才对。《长恨歌传》是根据《长恨歌》创作而成的，《长恨歌》中描写玄宗派道士去找杨贵妃魂魄的诗句"临邛道士鸿都客，能以精诚致魂魄。为感君王辗转思，遂教方士殷勤觅（后略）"，应当是借鉴了李夫人返魂的故事。

综上所述，《长恨歌》与《长恨歌传》中的皇帝搜寻爱妃魂魄的这一情节，脱胎于汉武帝与李夫人的故事。[①] 换言之，在白居易与陈鸿眼中，玄宗与杨贵妃的悲恋和汉武帝与李夫人的悲恋其实是一样的。读完白居易写的《李夫人——鉴嬖惑也》（0160）就更能明白这一点：

> 汉武帝，初丧李夫人。
> 夫人病时不肯别，死后留得生前恩。
> 君恩未尽念未已，甘泉殿里令写真。
> 丹青画出竟何益，不言不笑愁杀君。
> 又令方士合灵药，玉釜煎炼金炉焚。
> 九华帐深夜悄悄，反魂香反夫人魂。
> 夫人之魂在何许，香烟引到焚香处。
> 既来何苦不须臾，缥眇悠扬还灭去。
> 去何速兮来何迟，是耶非耶两不知。
> 翠蛾仿佛平生貌，不似昭阳寝疾时。
> 魂之不来兮君心苦，魂之来兮君亦悲。
> 背灯隔帐不得语，安用暂来遥见为。

---

① 详见陈寅恪《元白诗笺证稿》。

这首诗的前半部分写的是返魂的故事，描写了武帝失去李夫人的悲伤。

> 伤心不独武皇帝，自古及今多若斯。
> 君不见穆王三日哭，重璧台前伤盛姬。
> 又不见泰陵一掬泪，马嵬路上念杨妃。
> 纵令妍姿艳骨化为土，此恨长在无销期。
> 生亦惑，死亦惑，尤物惑人忘不得。
> 人非木石皆有情，不如不遇倾城色。

《李夫人》小序云"鉴嬖惑也"，讽谕帝王"尤物惑人忘不得"。"古"有汉武帝和李夫人、周穆王和盛姬，"今"有玄宗和杨贵妃。玄宗、杨贵妃虽然与汉武帝、李夫人是不同时代的人，但是在"嬖惑"这一点上是相通的。正是基于这一认识，白居易才将《长恨歌》当成武帝时代的事来叙述。

日本人也常把玄宗和杨贵妃与武帝和李夫人相提并论，比如《和汉朗咏集》中收录的源顺的诗句"杨贵妃归唐帝思，李夫人去汉皇情"（卷上·十五夜部250·《对雨恋月》）就是一例。这首诗将作者对雨恋月之情与两代帝王痛失爱妃的心情相比照。诗中的"汉皇"一词源于《长恨歌》的"汉皇重色思倾国"，这说明作者源顺意识到《长恨歌》模仿了汉武帝与李夫人的故事。《源氏物语》的《蜻蛉卷》（106）写浮舟失踪后匂宫差随从时方前往宇治，时方曾说过这样一段话："沉溺女色之事，在中国古代朝廷倒是屡见不鲜，但像我们亲王那样情深义重之人，倒是世间少有。"《河海抄》在注释这段文字时引用了源顺的这句诗，这是因为注本将"沉溺女色之事"理解成了《李夫人》序中的"鉴嬖惑也"，而源顺的诗又恰好将帝王（玄宗与武帝）为红颜所"嬖惑"的两个例子放进了同一联中进行类比的缘故吧。

《源氏物语》中也有将逝去的美女比作明月的描述。《总角卷》中，薰君作和歌悼念死去的大君："浮生不住月西沉，恋慕澄辉迹难追。"（《总角卷》113）"宇治十帖"引用了返魂香的故事："据说古时候有一种返魂香，能于烟中见到亡人，让我再见她一面也好啊。"（《宿木卷》160）可见薰君对大君思念至极，就像武帝思念已故的李夫人一样。此外，"为寻爱人亡魂，即便海上仙山，亦当全力以赴"（《宿木卷》223）一句则模仿了《长恨歌》或《长恨歌传》。薰君对大君的思慕在这里又被比作玄宗对杨贵妃的思念之情。

换言之，薰君在潜意识中将杨贵妃与李夫人二者等同起来。薰君眺望夜空中的明月思念大君，源顺则由浮云遮月想起了杨贵妃和李夫人。

《桐壶卷》中，"明月"也是一个让人想起桐壶更衣的重要元素。秋风飒飒，暮色渐浓，一名命妇奉命前往更衣的娘家，皇上就此思念起了逝去的爱妃："遥想当年，每逢良辰美景，他和更衣常有月下游宴。更衣有时拨弦弄琴，有时吟诗作歌，一颦一笑皆风情万种，与众不同。如今虽是记忆犹新，却终究不过是一场幻影罢了。"（《桐壶卷》19）既然《桐壶卷》的基本构想来自《长恨歌》，那么这里的"月"就应该与《长恨歌》的"行宫见月伤心色"有所呼应。正如薰君对月思慕大君一样，皇上也在月下思念着桐壶更衣。文中所描绘的更衣的风采神情不仅让人想起杨贵妃的美貌，还影射了李夫人的故事，因为从《长恨歌》中的杨贵妃身上能依稀看到李夫人的影子。

二

《长恨歌传》虽用"如汉武帝李夫人"来表现杨贵妃的美貌，但李杨二人的结局却大为不同。安史之乱，玄宗携杨贵妃仓皇西逃，在马嵬坡兵谏时，杨贵妃被逼赐死。《长恨歌》云："宛转蛾眉马前死，花钿委地无人收。"而《长恨歌传》云："苍黄辗转，竟就绝于尺组之下。"与此不同，李夫人是因病去世。桐壶更衣病逝想必是参考了李夫人的死因。

白居易在《李夫人》的开篇写道："汉武帝初丧李夫人，夫人病时不肯别。"《源氏物语》中，患病的更衣想回家休养，但是桐壶帝不肯批准，这一点与《李夫人》十分相似。

《汉书·外戚传》中收录了汉武帝为悼念李夫人所作的《李夫人赋》，"乱辞"（相当于和歌的反歌）详细描写了李夫人濒死之际的情形。

佳侠函光陨朱荣兮。嫉妒阘茸将安程兮。
方时隆盛年夭伤兮。弟子增欷洟泣怅兮。
悲愁于邑喧不可止兮。向不虚应亦云已兮。
嫶妍太息叹稚子兮。懰栗不言倚所恃兮。
仁者不誓岂约亲兮？既往不来申以信兮。

去彼昭昭就冥冥兮。既下新宫不复故庭兮。
呜呼哀哉想魂灵兮！

注云："应劭曰：弟夫人弟兄也。子昌邑王也。"第四句的"弟子"的
"子"指的是李夫人之子昌邑王。《汉书·外戚传》记载："而子夫生三女。
元朔元年，生男据遂立为皇后。（中略）皇后立七年，而男立为太子。后色
衰赵之王夫人、中山李夫人有宠皆蚤卒。"《史记·外戚世家》记："及卫后
色衰，赵之王夫人幸有子，为齐王。王夫人蚤卒。而中山李夫人有宠，有男
一人，为昌邑王。李夫人蚤卒。"卫皇后年老色衰后李夫人受宠，生有一子，
即昌邑王，相当于《源氏物语》中的光源氏。"乱辞"的第七句"嬺妍太息
叹稚子兮"，注云："帝哀其子少而孤也"，令人联想到桐壶帝对光源氏的疼
爱。第二句"嫉妒阘茸将安程兮。〔注：师古曰：言，嫉妒阘茸之徒不足与
夫人为程品也。阘茸众贱之称也。〕"，让人想起弘徽殿女御之流对桐壶更衣
的妒忌中伤。卫皇后的太子相当于是弘徽殿所生的一宫殿下，而卫皇后的
"三女"则相当于弘徽殿的"皇女二人"（《桐壶卷》30）。

弘徽殿女御的善妒参考了《汉书》《史记》有关吕后的记载。[1] 桐壶院
死后，藤壶心中畏惧弘徽殿女御的妒恨，将自己比作戚夫人："即使自己能
免遭戚夫人的悲惨命运，谅亦难逃成为世人之笑柄。"（《贤木卷》156）[2]
《汉书·外戚传》中记载了吕后与戚夫人的宫闱之争。"二年，主孝惠为太
子。后汉王得定陶戚姬爱幸，生赵隐王如意。太子为人仁弱，高祖以为不类
己，常欲废之而立如意。如意类我。戚姬常从上之关东，日夜啼泣，欲立其
子。吕后年长，常留守，希见益疏。如意且立为赵王，留长安。几代太子者
数。（中略）吕后为人刚毅。（中略）高祖崩。惠帝立，吕后为皇太后。乃令
永巷囚戚夫人。（中略）赵王死。太后遂断戚夫人手足。去眼，熏耳，饮瘖
药，使居鞫域中。"《史记·外戚世家·吕后本纪》（卷九）中也有同样的记
载。比起吕后所生的太子，高祖更欣赏戚夫人之子如意，欲立其为太子，却
没有成功。高祖死后，吕后毒死如意，并把戚夫人做成人彘。《源氏物语》
中的弘徽殿女御也十分善妒，紫式部形容她是一位"强硬冷酷的妇人"（《桐
壶卷》28），这正是参考了吕后的人物造型。桐壶帝本来想要立光源氏为太
子，这一点也与高祖想废太子而立如意一致。皇上召藤壶入宫时，藤壶的母

---

[1]　见古泽未知男《从汉诗文引用看〈源氏物语〉研究》，第 73 页。

[2]　参见清水好子《〈源氏物语〉的女性——后妃》（载《国语国文》，1962 年 3 月）。

亲十分犹豫："哎呀，太可怕了！从前弘徽殿女御就对桐壶更衣百般折磨，我又怎能让自己的女儿重蹈覆辙呢？"（《桐壶卷》33）如此看来桐壶更衣的死也与弘徽殿女御的妒忌脱不了干系。

《桐壶卷》描绘了桐壶更衣临终前的样子：

> 更衣平素是那样娇艳的人儿，如今却落得这般容颜憔悴。虽然她心中百感交集，却已奄奄一息。皇上目睹此情此景，忍不住哭起来，在她耳边倾诉山盟海誓。可是更衣已经不能答话，她两眼失神，只是昏昏沉沉地躺着。（中略）"其奈大限到身来，如今唯乞续残生。早知如此的话……"她的气息非常微弱，像是要说什么，非常痛苦的样子。
>
> （《桐壶卷》15）

这段话中的"平素是那样娇艳的人儿，如今却落得这般容颜憔悴"是对更衣平生美貌的形容，相当于"乱辞"中的"佳侠〔注：孟康曰：佳侠犹佳丽。〕"和"朱荣"二词。《李夫人赋》的正文也将李夫人比作花朵，"连娟""修嫮""猗靡""缥飘"等词形容李夫人的闭月羞花之貌。

> 美连娟以修嫮兮。〔注：师古曰：嫮美也。连娟孅弱也。〕
> 函荾获以俟风兮，芳杂袭以弥章。〔注：夫人之色如春华含菱葰散以待风也。〕
> 的容与以猗靡兮，缥飘姚虖愈庄。〔注：孟康曰：言，夫人之颜色的然盛美，虽在风中缥姚，愈益端严也。〕

"如今却落得这般容颜憔悴"分别对应着"乱辞"中的"嫶妍"与"㦗栗"二词。"妍"意为貌美。"注：晋灼曰：三辅谓忧愁面省瘦曰嫶冥。嫶冥犹嫶妍也。""嫶妍"即愁苦消瘦之态。"㦗栗"意为忧伤悲怆。"注：师古曰：㦗栗哀怆之意也。"

《李夫人》的"翠蛾仿佛平生貌，不似昭阳寝疾时"也运用了将美女平生貌美与病中憔悴相对比的手法。《汉书·外戚传》记载，病重的李夫人对武帝说："妾久寝病，形貌毁坏，不可以见帝"，遂将被子蒙在脸上，不让武帝看到自己憔悴的病容。夫人向姊妹解释她之所以这样做是害怕因色衰失宠："上所以挛挛顾念我者，乃以平生容貌也。今见我毁坏颜色非故，必畏恶吐弃我，尚肯复追思闵录其兄弟哉。"《李夫人》的"翠蛾仿佛平生貌，不似昭阳寝疾时"也用了"平生"与"貌"这两个词，可见白居易也十分关注美貌与色衰的对比。桐壶帝遥望秋月时想起的也正是桐壶更衣出众的美貌。然而斯人已逝，只有"翠蛾仿佛平生貌"，空留生者无限感伤。《桐壶卷》描写更衣"有时吟诗作歌，一颦一笑皆风情万种，与众不同"，令桐壶帝心醉神迷，令人想起《长恨歌传》的"由是冶其容，敏其词，婉娈万态，以中上意"。

卧病的更衣深感皇上情深义重，勉强支撑着病体作歌一首，但是"她心中百感交集，却已奄奄一息"，"已经不能答话"，"她的气息非常微弱，像是要说什么"却终究没能说出口。"乱辞"第七、八、九句的大意是："可叹你忧伤憔悴，又哀怜年幼的小儿，你哀怆不语，心中定是有所希冀。仁者不必发誓，难道对待亲信还要加以誓言。你虽从此一去不返，我还是要表白心中的诚意。"两相比较，就能明白更衣应该也是想将年幼的光源氏托付给桐壶帝。

更衣一死，宫中"侍从们哭哭啼啼，天皇流泪不止"，年幼的光源氏完全不懂大人们的悲伤，这又惹起人们的另一番感伤。该部分承袭了"乱辞"第四句"弟子增欷洿沫怅兮〔注：孟康曰：洿沫涕洟也。晋灼曰：沫音水，沫面之沫。言，涕泪交集覆面下也。〕"和第五句"悲愁于邑喧不可止兮。〔注：师古曰：朝鲜之间，谓小儿泣不止名为喧。〕"。

《源氏物语》接下来描写了更衣的葬礼，与《李夫人赋》的"惨郁郁其芜秽兮，隐处幽而怀伤。释舆马于山椒兮，奄修夜之不阳。〔注：孟康曰：山椒山陵也。置舆马于山陵也。师古曰：自'惨郁郁'以下，皆言，夫人身处坟墓而隐翳也。修长也。阳明也。〕"相对应。此外，《李夫人赋》云："秋气憯以凄泪兮，桂枝落而销亡。〔注：师古曰：凄泪寒凉之意也。桂秋芳香亦喻夫人也。〕"玄宗和桐壶帝秋日思念亡妃的表现都受到了《李夫人赋》的影响。

"乱辞"中的第十句"既往不来申以信兮。〔注：师古曰：死者一往不返，情念酷痛。重以此心为信，不有忽忘也。〕"表达了武帝对李夫人始终如一的情意。《汉书·外戚传》记载："及夫人卒，上以后礼葬焉。其后，上以夫人兄李广利为贰师将军，封海西侯。延年为协律都尉。"李夫人死后，武帝不负其临终所托，以皇后之礼将她下葬，并优待其遗族。《源氏物语》化用了李夫人的故事，更衣死后，桐壶帝追封她为三位（相当于女御），并照顾她的母亲和幼子光源氏。

《汉书·外戚传》记载："及卫思后废后四年，武帝崩。大将军霍光缘上雅意，以李夫人配食。追上尊号曰孝武皇后。"李夫人死后享受与武帝合葬的待遇，又被追封为皇后，体现了武帝对李夫人的一片深情。

李夫人死后，武帝无尽哀伤。《汉书·外戚传》记："上思念李夫人不已。"这一描写为后世沿袭，《李夫人》云："死后留得生前恩，君恩未尽念未已。"桐壶帝在更衣死后仍对其念念不忘，这令弘徽殿女御妒火中烧，怒骂道："人都死了还叫人不得安宁，这等宠爱真是太过分了！"（《桐壶卷》19）

《汉书·外戚传》记载："李夫人少而蚤卒，上怜闵焉，图画其形于甘泉宫。"汉武帝命人将李夫人的画像挂在甘泉宫。《李夫人》云："甘泉殿里令写真。丹青画出竟何益，不言不笑愁杀君。"薰君思念亡故的大君，他对中君说："在宇治山乡，即便不建寺院，也要为故人建个雕像，或是画幅肖像画，礼拜诵念，寄托衷情。"（《宿木卷》221）《河海抄》指出此处化用了李夫人的故事。此外，《蜻蛉卷》中有一段写的是薰君看到二公主便想起了大公主，他心想："世上有人将自己所爱之人画入画中，借赏画以抚慰相思之情。更何况她是大公主的妹妹，更适合抚慰我心。"（《蜻蛉卷》149）《蜻蛉卷》诸注本皆引录了李夫人的故事。

桐壶帝思念故去的桐壶更衣，"早晚总要观赏宇多天皇令人绘制的《长恨歌图》，图上题有伊势和贯之的和歌。日常谈话也总是挑这种题材的和歌和汉诗作为话题"（《桐壶卷》26）。桐壶帝观赏《长恨歌图》是脱胎于李夫人的故事，与《宿木卷》如出一辙。皇上欣赏完《长恨歌图》后慨叹道："图中所绘的杨贵妃的容貌，虽然出自名家之手，毕竟笔力有限，到底缺乏生趣。"（《桐壶卷》27）这与《李夫人》的"丹青画出竟何益，不言不笑愁杀君"有异曲同工之妙。桐壶帝所指的"汉诗"，最有可能的是《长恨歌》，其次就是《李夫人》吧。

三

众所周知，那名被天皇派去桐壶更衣娘家的命妇，相当于《长恨歌》中的道士。命妇带上更衣的遗物和更衣母亲的信函回到宫中呈献皇上。《长恨歌》中并没有道士复命的记载，但是《长恨歌传》记述："使者还奏太上皇。

皇心震悼，日不豫。"想必《桐壶卷》中的命妇复命一段是参考了《长恨歌传》。①

皇上听闻命妇复命，不禁悲从中来，"他本不想让人看到伤心之色，然而越是忍耐，就越会回忆起往日的点点滴滴。他甚至想起了初见更衣时的情景，当时两人形影不离万般恩爱，如今只剩下自己孤身一人，岁月就这样无情地流逝了"（《桐壶卷》26）。这一段与《长恨歌传》的"皇心震悼"相对应。"只剩下自己孤身一人，岁月就这样无情地流逝了"则是因袭了《长恨歌》的"悠悠生死别经年"。

此后，桐壶帝终夜枯坐，食不知味。"他挂念着更衣娘家，挑尽残灯，不曾入眠。远处响起了右近卫府的报更声，已经是丑时了吧。因恐惹人注目，这才进入寝宫里，然而还是睡不着。早上起来，回想起'芙蓉帐里度春宵'的甜蜜往日，竟而迟迟不能起床，以至怠慢了朝政。皇上也没有胃口用膳，早餐只是微微碰一下筷子应付而已，正餐更是废弃已久，这教那些侍候御膳的人好生焦虑。"（《桐壶卷》28）这一段可以说是《长恨歌传》中"日不豫"的具体表现。

看到这一"不豫"状况，"宫中的男男女女都沉痛地叹道：'这样下去可怎么得了啊！'他们私下议论：'皇上和更衣也许是前世的宿缘吧，之前是罔顾人言，只要是跟更衣有关的事情，皇上就没了分晓；如今更衣已死，皇上又不理朝政。这可真是太荒唐了！'他们甚至还搬出外国朝廷的例子来，低声议论，悄悄叹息。"（《桐壶卷》29）众人对桐壶帝的私下议论与《桐壶卷》卷首的"就连朝中高官贵族都不得不侧目而视"（《桐壶卷》11）前后呼应。以《河海抄》为首的诸注本皆将《长恨歌传》的"京师长吏，为之侧目"列为该句的出处。《长恨歌传》的作者陈鸿在篇末点明了创作主旨："意者不但感其事，意欲惩尤物，窒乱阶，垂于将来者也。"告诫世人需以美色为惩戒，勿因重色而误国。

《河海抄》在注释《蜻蛉卷》的"沉溺女色之事"时引用了源顺的诗句"杨贵妃归唐帝思，李夫人去汉皇情"。该句以《李夫人》为出处，《李夫人》的主题是以美色为惩戒。换句话说，《长恨歌传》与《李夫人》的主题是一致的，《源氏物语》批评桐壶帝沉溺女色是受到了这些文学作品的影响。桐壶帝对更衣过分宠爱，使得公卿为之侧目；更衣死后桐壶帝悲伤不已，又惹

①　清原宣贤书《〈长恨歌〉并〈琵琶行〉》（龙门文库藏）中的《长恨歌》有"序"，序中也记述了道士复命一事。

得宫中议论纷纷，人们正是站在《长恨歌传》的作者陈鸿，抑或讽谕诗《李夫人》的作者白居易的视角来审视帝王的一言一行。① 特别是 "之前是罔顾人言，只要是跟更衣有关的事情，皇上就没了分晓；如今更衣已死，皇上又不理朝政。这可真是太荒唐了" 一段将桐壶帝在更衣生前与死后的沉迷之状进行对比，更是受到了《李夫人》"生亦惑，死亦惑" 的影响。武帝与玄宗在爱妃生前深陷其中不可自拔，爱妃逝去后仍然魂牵梦萦难以忘怀。如此沉迷女色，不只是白居易，就连桐壶帝身边的人们都为之哀叹。

《河海抄》在注释 "搬出外国朝廷的例子来，低声议论，悄悄叹息" 时指出："此乃玄宗痛失贵妃后让位之事也。众人感叹本朝竟也出了此等事情。" 据《长恨歌传》记述，玄宗是在安史之乱逃往成都之际让出帝位的，无论是《长恨歌》还是《长恨歌传》都是在玄宗让位之后才开始讲述他的悲伤。《源氏物语》借鉴这两部文学作品描述了桐壶帝的悲伤，在这之后又批判了其沉迷女色的行为。这部分并没有对应玄宗让位一事，而是参考了《长恨歌传》记述的玄宗之死（"其年夏四月，南宫晏驾"）。玄宗之死又与《长恨歌传》中仙女杨贵妃所说的 "太上皇亦不久人间" 相呼应。《李夫人》的 "又不见泰陵一掬泪，马嵬路上念杨妃。纵令妍姿艳骨化为土，此恨长在无销期" 中使用了 "泰陵" 这一陵墓名来代指玄宗，说明玄宗在驾崩后也在日夜思念着杨贵妃。"此恨长在无销期" 与《长恨歌》的 "此恨绵绵无绝期" 十分相似，意为玄宗在思念杨贵妃中死去，这满腔的遗恨即便在其死后也没有尽头。"外国朝廷的例子" 并不仅仅指的是玄宗因怠慢政务而被迫让位，其中还包含了玄宗过度思念杨贵妃最后落寞死去之意。人们之所以为之慨叹，其实也是在为茶饭不思的桐壶帝的健康感到担忧吧。

四

桐壶帝听闻命妇禀报，失望不已。这是因为命妇并没有像临邛道士那样寻得更衣魂魄。桐壶帝自知这不过是不切实际的妄想，便吟诗道："愿君化作鸿都客，能以精诚寻芳魂。"（《桐壶卷》27）正如同武帝睹画思人那样，桐壶帝看到杨贵妃的画像就想起了已故的更衣。不同之处在于，武帝让善用

---

① 白居易在《与元九书》（1468）中说《长恨歌》虽为时俗所重，不过是雕虫小技而已，自己更为看重的是讽谕诗。

返魂术的道士招来了李夫人的魂魄，而桐壶帝则是郁郁寡欢，度日如年。

　　唯一能抚慰桐壶帝的是更衣的遗孤光源氏。此外，藤壶妃子进宫也为他的生活照进了一线曙光。一位典侍向皇上提起："妾身曾经在宫中侍奉过三代帝王，从未见过一位与桐壶娘娘相似之人。只有这位公主，越长越像桐壶娘娘，真是一位绝世美人呢。"（《桐壶卷》33）武帝命道士招来李夫人的魂魄，桐壶帝让命妇带来了更衣之子光源氏，又让典侍把容貌风采肖似更衣的藤壶妃子送进宫来。本章第一小节提到过《总角卷》对返魂香故事的借鉴。光源氏回到宫中与藤壶妃子入宫这两件事正是从返魂香的故事中获得了灵感。光源氏与藤壶妃子相当于李夫人的魂魄，命妇与典侍则相当于招魂的道士。

　　命妇拜访更衣娘家，是为了把光源氏带回宫里。皇上在给更衣母亲的信中写道："旷野冷露风凄切，遥怜宫外幼萩孤。"这首和歌中的"幼萩"一词暗指光源氏，光源氏相当于杨贵妃的魂魄。命妇来访之时，光源氏已经入睡，正对应了《长恨歌传》中的"玉妃方寝"和《长恨歌》中的"九华帐里梦中惊"。这进一步印证了光源氏与魂魄之间的对应关系。白居易在《李夫人》中将李夫人魂魄降临之地描述为"九华帐深夜悄悄"，《长恨歌》里也用了"九华帐"一词，这相当于把李夫人和杨贵妃二者等同了起来。光源氏在更衣娘家时被比作杨贵妃的魂魄，被召回宫中后又被当成李夫人的魂魄。在宫中，他与皇上一同进出弘徽殿的御帘中（《桐壶卷》30），之后又进出藤壶宫的御帘中，也就相当于是魂魄降于"九华帐"。桐壶更衣身上带有李夫人与杨贵妃的影子，而重返宫中的光源氏与新进宫的藤壶二人，则是被"鸿都客"寻来的更衣的"芳魂"。

　　武帝在见到李夫人的亡魂后，愈发悲伤不已。《汉书·外戚传》记载："又不得就视，上愈益相思悲感。"《李夫人》云："魂之不来兮君心苦，魂之来兮君亦悲。"桐壶帝在得到了藤壶妃子之后，像是忘了更衣，但"皇上并不是有意要忘记死去的更衣，只不过爱情自然转移到藤壶妃子身上，心情得到宽慰，这也是人之常情，令人感慨"（《桐壶卷》34）。

　　然而还有人没有忘记更衣，那就是日夜思念亡母的光源氏。"藤壶妃子年轻貌美，她老是害羞地躲着光源氏。但光源氏常常出入宫闱，自然得以一窥其容姿。光源氏已经记不清自己母亲的模样了，只因为常听典侍说起藤壶的相貌酷似母亲，所以内心对她充满了爱慕，想多亲近她。"（《桐壶卷》35）这里的光源氏相当于武帝；典侍把藤壶介绍给皇上，则是扮演了道士的角色。桐壶帝也将藤壶妃子看作更衣，对她说："你不要疏远源氏这个孩子。

你是如此酷似他的母亲，真是太不可思议了。他要是亲近你，也请不要见怪，好好地怜爱他吧。你与他长得十分相似，看起来就像是亲生母子一样。"（《桐壶卷》35）就如"翠蛾仿佛平生貌"一句所说，藤壶的容貌气质亦酷似已故的桐壶更衣。光源氏一天天长大，愈加克制不住对藤壶妃子的思慕之情。然而两人已经无法像从前那样见面，他只能从远处偷窥藤壶。"幼小的心里，竟如此充满了烦恼。加冠成人之后，不能再像孩童时那样随便进出藤壶宫的御帘中了。只有借着御宴之际，隔着御帘与藤壶琴笛相和，偶尔能听到她隐约的娇声，聊以慰藉。光源氏因此一直乐于住在宫中。"（《桐壶卷》40）隐现于御帘内的藤壶妃子的容姿和饱受相思之苦的光源氏的内心描写，借鉴了下面这段《李夫人》"返魂"的描写。

> 九华帐深夜悄悄，反魂香反夫人魂。
> 夫人之魂在何许，香烟引到焚香处。
> 既来何苦不须史，缥眇悠扬还灭去。
> 去何速兮来何迟，是耶非耶两不知。
> 翠蛾仿佛平生貌，不似昭阳寝疾时。
> 魂之不来兮君心苦，魂之来兮君亦悲。
> 背灯隔帐不得语，安用暂来遥见为。

李夫人的魂魄出没于九华帐深处，武帝目睹此情此状愈加悲伤。[1]《汉书·外戚传》记载："乃夜张灯烛设帷帐，陈酒肉，而令上居他帐。遥望见好女如李夫人之貌，还幄坐而步。"武帝只能隔着帷帐遥望李夫人的魂魄，这与不能"随便进出藤壶宫的御帘中"的光源氏十分相似。"魂之不来兮君心苦"，武帝内心的痛苦与光源氏"充满了烦恼"相对应。对于光源氏来说，藤壶妃子就仿佛是"隔帐不得语"的李夫人魂魄一般的存在，抑或令他思念不已的母亲更衣的亡魂。

---

[1] 神田本《白氏文集》将《李夫人》中的"仿佛"一词读作"ホノカナルトモ""ホノメケリ"。

五

　　桐壶更衣深受帝王宠爱，产下一子后撒手人寰。这一人物形象不仅来源于杨贵妃，还带有些许李夫人的影子。此外，更衣因弘徽殿女御妒忌而亡的情节还参考了戚夫人的故事。虽然一般都认为这些汉代的故事来源于《史记》，李夫人的故事则是出自《汉书》。讨论故事出处时应该两书兼顾。

　　桐壶更衣相当于李夫人，桐壶帝则相当于汉武帝。武帝让善用返魂术的道士招来李夫人的魂魄，桐壶帝虽然遍寻不着更衣的亡魂，却得到了光源氏与藤壶妃子。李夫人的魂魄残留有李夫人生前的面容，光源氏、藤壶妃子二人身上也同样带有故人的影子：光源氏是更衣之子，藤壶妃子肖似桐壶更衣，也就是说，"血缘"和"相似"成为他们代替魂魄的必要条件。凭借这一条件，两位新的登场人物取得了主角的地位。拥有了光源氏与藤壶妃子的桐壶帝和逝去的更衣二人从舞台上消失，光源氏与藤壶取而代之，一跃成为新的主角。相同的主题换了个形式再次上演。光源氏继续搜寻母亲的亡魂，魂魄则被替换成现实中的藤壶妃子，光源氏对藤壶思慕不已。然而藤壶妃子如同魂魄一样求之不得，因此新人物又再次粉墨登场，这次是同时具备"血缘"和"相似"两个条件的少女"若紫"。

　　《源氏物语》就这样发展成了一部长篇小说。《长恨歌》中玄宗苦苦搜寻杨贵妃的魂魄，《李夫人》中武帝四处寻觅李夫人的魂魄以慰相思之苦。既然找不到魂魄，就让具备"血缘"条件和"相似"条件的人物出场。这一方法深受李夫人返魂故事的启发，同时也是《源氏物语》构建长篇小说框架的独特方法。"宇治十帖"的浮舟代替已故大君出现在薰君眼前，就是用这个方法演绎出来的典型例子。[①] 本节只考察了《物语》的开篇，至于《物语》具体是如何从"桐壶"讲到"藤壶"，又是如何从"藤壶"发展到"若紫"的，将另辟篇章再议。

---

① 三田村雅子《〈李夫人〉与〈浮舟物语〉——宇治十帖试论》（载《文艺与批判》，3卷7号，1971年。又收录于《〈源氏物语〉：感觉的论理》）。三田村氏用"替身"一词概括了《源氏物语》长篇化的方法。

第二章 《桐壶卷》的原像

——李夫人与花山院女御怟子

桐壶帝深爱的桐壶更衣究竟是一名怎样的女子？《源氏物语》这样描述她的出身、性情及容貌：更衣的母亲出身名门望族，但是父亲大纳言早已辞世，更衣失去了有力的后盾，在宫中孤立无援。据说更衣入宫是父亲大纳言一手安排的。大概因其他女御、更衣的妒忌所致，桐壶更衣生起病来，常回家休养。虽然她性格柔弱纤细，却诞下了一个举世无双的龙子。《桐壶卷》形容她是一个"花容月貌的美人儿"（《桐壶卷》15）。

更衣死后，皇上身边的女官们回想起"她品貌端庄，心地善良"（《桐壶卷》18），不胜惋惜。虽然皇上之前对她太过宠爱，以至遭人妒恨，然而她的优雅可爱、和蔼可亲也是有目共睹的。桐壶帝回忆起更衣"有时拨弦弄琴，有时吟诗作歌，一颦一笑皆风情万种，与众不同"（《桐壶卷》19）。可见更衣不仅貌美，而且多才多艺，尤通音律，擅作和歌。皇上观赏《长恨歌图》时也曾暗自将杨贵妃与更衣相比较："唐朝的装束固然艳丽优雅，但是一想起更衣的妩媚温柔，便觉得任何花鸟的颜色与声音都无法与之相比了。"（《桐壶卷》27）[1]

《须磨卷》中，明石入道称光源氏"已故的母后桐壶妃子是我叔父按察使大纳言的女儿"（《须磨卷》249）。他一心想利用这层关系，让光源氏做他的乘龙快婿。

更衣自己又是怎么说的呢？纵观全文，她只留下了和歌一首及寥寥数语："其奈大限到身来，如今唯乞续残生。早知如此的话……"（原文：限り）

---

[1] 青表纸本、河内本、别本在记述桐壶帝追忆更衣的这一节时有所出入。

とて別るる道の悲しきにいかまほしきはいのちなりけり① ）（《桐壶卷》
16）这首和歌是更衣在桐壶帝对她说"我和你立下誓言：'大限将至时，双
双赴黄泉。你不会舍我而去吧?!'"之后作的。更衣在和歌中引用了皇上话
中的"大限"与"去"（生）二词，表达了她对皇上的不舍和依恋。

《后拾遗集》中收录了两首中宫定子的辞世歌："夜半私语若相忆，应有
血泪为我流"（卷十·哀伤部 536）和"杳杳黄泉何寒寂，惶惶今日向此行"
（卷十·哀伤部 537）。② 人们并没有注意到这首和歌与桐壶更衣的联系。中
宫定子的父亲藤原道隆离世后，她也于长保二年（1000 年）与世长辞。第
一首和歌的上半句引用了"比翼鸟连理枝"③ 的典故，下半句提到了"血
泪"④，具有浓厚的"长恨歌"色彩。第二首和歌与更衣的和歌都以"大限
之日"为主题。《后拾遗集》还收录了天皇在鸟边野埋葬定子时所作和歌：
"所恨不能送君葬，魂化为雪覆残骸。"（543）可见一条天皇时代的文学作品
中已经出现了《桐壶卷》中"长恨歌"式的"誓言"与死别的场景描写。这
些悲伤的和歌后来又被收录进《后拾遗集》，紫式部笔下的更衣之死明显是
受其影响。

《桐壶卷》中的更衣与弘徽殿女御形成了鲜明对比。女御是一个"强硬
冷酷的妇人"（《桐壶卷》28），她仗着父亲是右大臣而盛气凌人，好搬弄是
非，在《源氏物语》中没有留下一首和歌。《贤木卷》中，右大臣将胧月夜
与光源氏私通一事告诉弘徽殿女御，女御大发雷霆，历数往事，狠狠责备了

---

① 契冲在《源注拾遗（二）》中指出"いか"一语双关，既表示"行か"（译者注：中
　文意思是"去"），也表示"生か"（译者注：中文意思是"生"），并列举了一些类
　似的例子。其中就包括《新古今和歌集》道命法师的和歌"我今此去无还日，依依
　惜别岂愿行"（卷九·离别 872），只是这首和歌吟咏的是生离而非死别。此外，更
　衣和歌中的"いのち"（译者注：中文意思是"命"）的"ち"可以看作"みち"
　（译者注：中文意思是"道"）的双关语。译者注：为方便读者理解，译者会根据需
　要附上个别引文的日文原文和个别日语单词的注音假名。
② 据题词记载，一条院皇后宫（定子）死后，人们发现帷帐上系有信笺，上面写有三
　首和歌，这是其中的两首。此外，《荣花物语》（鸟边野）、《今昔物语集》（第二十四
　卷）、《十训抄》（第一）、《无名草子》都记述了定子的故事。
③ 《大镜·师尹传》中记载村上天皇与宣耀殿女御芳子曾互赠"比翼连理"之歌。天皇
　作歌："今生来世永相伴，双双比翼共翱翔。"女御对曰："郎心若有磐石坚，定为连
　理相并生。"
④ 《伊势集·长恨歌屏风歌》中也有一首关于"血泪"的和歌："秋思血泪双双落，不
　辨红叶漫天飞。""血泪"即《长恨歌》中的"回看血泪相和流"。

光源氏。这与寡言少语的桐壶更衣形成了鲜明对比。紫式部将更衣的话语量减到最少，给人一种温和稳重的感觉，也让人体会到她对桐壶帝的一片情深。桐壶帝正是厌烦弘徽殿女御的这种性格，才倾心于与之截然相反的更衣。皇上下令召藤壶入宫时，藤壶的母亲本想回绝此事："哎呀，太可怕了！从前弘徽殿女御就对桐壶更衣百般折磨，我又怎能让自己的女儿重蹈覆辙呢？"（《桐壶卷》33）可见桐壶更衣之死与弘徽殿女御善妒密切相关。藤壶母亲的这段话也是"桐壶更衣"一词的出处。

更衣是在光源氏三岁那年的夏天去世的。她深受桐壶帝宠爱、诞下一子、撒手人寰都是在三四年间发生的事。从《物语》的构造上来看，更衣这一人物起到了让光源氏和酷似自己的藤壶妃子登场的作用。也就是说，死亡正是更衣在《物语》中的作用，她的死可谓意义重大。

杨贵妃和李夫人在去世后继续折磨着男子的心。众所周知，《桐壶卷》中曾提及杨贵妃，她就是更衣的原型。《桐壶卷》的"桐"字源自《长恨歌》（0596）的"秋雨梧桐叶落时"，笔者也将就此展开论述。[①] 此外，藤井贞和指出《汉书·外戚传》《珰玉集》以及白居易的《新乐府·李夫人》（0160）所描绘的李夫人故事与《桐壶卷》有许多相似之处，比如李夫人的出生并不高贵却受到皇帝宠爱、诞下皇子、因病去世、临终之际将皇子托付给皇帝、死后皇帝悲伤不已、画图其形（"甘泉殿里令写真"）等等。[②]

第一部第一章"李夫人与《桐壶卷》"已经论证了二者的关联。[③]《汉书》记载了一篇武帝自己创作的《李夫人赋》。赋中有许多与《桐壶卷》相似之处，如妒妇、哀悼夫人的人们、李夫人临终对武帝的无言嘱托等。其中最引人注目的莫过于"返魂"的故事。这部长篇物语的构想正是源自这一故事。

本章将再次探讨《桐壶卷》与李夫人故事之间的关联，并就最近高木宗鉴提出的花山天皇及其女御怟子（大纳言藤原为光之女）的人物形象有桐壶

---

① 参见第一部第三章"梧桐与《长恨歌》《桐壶卷》——从汉文学的角度看《源氏物语》的诞生"。

② 藤井贞和《光源氏物语的成立》（载《〈源氏物语〉的发端与现在》，1972 年）、《〈源氏物语〉与中国文学》（载"讲座日本文学"《〈源氏物语〉（上）解释与鉴赏别册》，1977 年 5 月）。

③ 参见第一部第一章"李夫人与《桐壶卷》"。

帝和桐壶更衣的影子这一观点进行论述。①

二

李夫人的故事除了上一节提到的"写真""返魂"之外，还包括"温石"。《宿木卷》中，薰君对已故的大君思念不已，想要效仿从前宇治山乡的做法，"为故人建个雕像，或是画幅肖像画，礼拜诵念，寄托衷情"（《宿木卷》221）。《河海抄》注："武帝以薰（董）仲君李夫人貌作以温石。"藤井氏指出该故事出自王子年的《拾遗记》。② 传说方士李少君取来暗海的"潜英之石"，仿照李夫人的模样刻成石像，栩栩如生，宛若生前。③

大江匡房的《法胜寺常行堂供养愿文》④ 也提到了这个故事。"嗟呼韶颜如在眼前，莹金人而拟暗野之石。娇声绝于耳底，叩花镜而代斜谷之铃"

---

① 参见高木宗鉴《〈源氏物语〉与佛教》（1991年，第195页）。原型有仁明天皇女御藤原泽子、村上天皇尚侍登子、三条天皇（东宫时代）桐壶女御原子等。其中，"原子说"参见吉海直人《桐壶更衣论的谬误——人物论再检讨》（载《国学院杂志》，92卷5号，1991年5月）。

② 参见藤井贞和《〈源氏物语〉与中国文学》。《拾遗记》收录于汉魏丛书。

③ 《太平广记》（卷七十一）与王子年《拾遗记》记述了同一个故事，只是《太平广记》中方士的名字是"董仲君"。可见《河海抄》依据的是《太平广记》的版本。《太平广记》记："汉武帝嬖李夫人。及夫人死后，帝欲见之。乃诏董仲君与之语曰：（中略）仲君曰：'黑河之北，有对野之都也。出潜英之石。其色青，质轻如毛羽。寒盛则石温，夏盛则石冷。刻之为人像，神语不异真人。使此石像往，则夫人至矣（后略）。'"大曾根章介在《读川口久雄、奈良正一两氏〈江谈证注〉》（载《和汉比较文学》，1号，1985年10月）中指出，《太平御览》第八百一十六卷也收录了这个故事。

④ 《江都督纳言愿文集》（六地藏寺善本丛刊·卷二）所载。《江谈抄》（第六）记："又问云，同愿文云，暗野之石，斜谷之铃，此义如何。答云，暗野之石者，汉武帝恋李夫人，刻暗野之石，为彼形。石言云，我有毒，不可近云云（后略）。"江谈抄研究会编《古本系江谈抄注解》（1978年）指出该愿文出自《江都督纳言愿文集》，是在应德二年（1085年）八月二十九日为纪念白河院中宫（堀河院母后）源贤子所写，并且列举了《言泉集》（收录于《安居院唱导集》）的"亡妻哀叹"一项中的"雕暗邪石作貌，不可言，不可笑"作为用例。此外还可以参考大曾根章介论文《读川口久雄、奈良正一两氏〈江谈证注〉》（载《和汉比较文学》，1号，1985年10月）。

中的"暗野之石"想必指的就是"潜英之石"。《宝物集》中收录了一首平安末期歌人觉盛法师的和歌："潜英石中留遗影，唯恨香魂不相逢"①，同样用了"潜英之石"的典故。虽然这两部文学作品成书都比《源氏物语》要来得晚，但是基本上可以确定"潜英之石"就是"为故人建个雕像"（《宿木卷》221）的出处。如此一来，《宿木卷》中的"画幅肖像画""为故人建个雕像"就分别对应着李夫人"写真"和"温石"的故事。此外，薰君在回忆大君时，还提到了返魂香："据说古时候有一种返魂香，能于烟中见到亡人，让我再见她一面也好啊！"（《宿木卷》160）当他见到与大君长相肖似的浮舟时，心想："玄宗皇帝当年让方士寻到了蓬莱仙岛，仅取得了些钗钿回来，毕竟是不满意的吧。"（《宿木卷》263）这里再次引用了《长恨歌》。概而言之，浮舟登场之际，《物语》引用了李夫人的三个故事与《长恨歌》蓬莱仙岛的故事。换句话说，大君的离世令薰君感到无比悲伤，他一边回忆这些中国的故事，一边搜寻大君的魂魄，最后终于得到了与大君容貌极其相似的浮舟。

　　《桐壶卷》中也有类似的情节。命妇在桐壶更衣死后去更衣娘家拜访，这让人想起《长恨歌》蓬莱寻仙一段。桐壶帝吟咏的和歌"愿君化作鸿都客，能以精诚寻芳魂"（《桐壶卷》27），将他欲寻死者亡魂却求之不得的悲哀体现得淋漓尽致。武帝招来了已故李夫人的亡魂，玄宗在蓬莱仙山找到了杨贵妃，桐壶帝却没能搜寻到更衣的魂魄。但是，他得到了更衣的替代品——更衣之子光源氏以及与更衣肖似的藤壶妃子。由此可见《物语》借鉴了《长恨歌》以及李夫人"返魂"的故事。② 李夫人"温石"的故事也暗示了藤壶妃子作为更衣"替代品"的登场。

三

　　下面探讨李夫人故事在中国古代文学史上的流变。《悼亡诗》（《文选》

---

①　《宝物集》（七卷本）第一。古典文库本（九册本）第一，33 号。

②　最初将《长恨歌》与藤壶妃子的登场联系到一起的是岛津久基。岛津氏在《对译〈源氏物语〉讲话》（1930 年）中指出藤壶的出场是"桐壶的再生。方士虽然没能在异国寻到桐壶的魂魄，却换来藤壶侍奉于御前"。大朝雄二也指出藤壶的出场"堪比玄宗和杨贵妃魂魄的再会"（《〈源氏物语〉正篇研究》，"《桐壶卷》与藤壶"，第 263 页）。

卷二十三）是晋代潘岳悼念妻子的诗作，共有三首，其中的第二首引用了李
夫人的故事。

> 独无李氏灵，仿佛睹尔容。

李善注："桓子新论曰：武帝所幸李夫人死。方士李少君言能致其神。
乃夜设烛张幄，令帝居他帐，遥见好女似夫人之状，还帐坐也。"① 五臣注：
"翰曰：李夫人同善注。安仁嗟其妻无此灵可见其容貌。"白居易《李夫人》
中也出现过"仿佛"一词。又如《悼亡诗》第一首：

> 帏屏无仿佛，翰墨有余迹。

李善注："仿佛相似见不谛也。"《洛神赋》（《文选》卷十九）形容神女
"仿佛兮若轻云之蔽月"。"仿佛"指隐约，依稀可见。② 《悼亡诗》第一首的
意思是"罗帐屏风间再也见不到妻子的身影，只有生前的墨迹尚存"，第二
首的意思是"妻子没有像李夫人的亡魂那样显灵，让我能隐约窥见她的姿
容"。

潘岳的《哀永逝文》（《文选》卷五十七）中也有"仿佛"一词："想孤
魂兮眷旧宇，视倏忽兮若仿佛。徒仿佛兮在虑，靡耳目兮一遇。"（寻寻觅
觅，似乎在故居隐约看到了亡妻的身影，亦真亦幻。但这不过是思念至极出
现的幻觉，我想要亲眼看见她的容貌，亲耳听到她的声音。）"是乎非乎何
皇，趣一遇兮目中。既遇目兮无兆，曾寤寐兮弗梦。"（仿佛看见妻子的身影
翩然而至，我想要与她再见上一面，却只是徒劳，亡魂不曾来过我的梦中。）
诗中的"是乎非乎"出自《汉书》。李善注："《汉书》曰：孝武李夫人卒。
作诗曰：是邪非邪？立而望之，偏何，姗姗其来迟。"

潘岳的诗文借鉴了《汉书》的表达，具体内容却有所不同。《汉书》写
的是武帝看到了李夫人的魂魄，潘岳只是在心中浮现出了妻子的影像而已。
潘岳虽然借鉴了李夫人的故事，但是通过适当改变表达方式，写出了更深一

---

① 方士在这里与《拾遗记》相同，都被称为"李少君"，不同于《汉书》中的"少翁"。
《长恨歌传》中的方士也对玄宗称自己有"李少君"之术。《汉武故事》《搜神记》作
"李少翁"，神田本《白氏文集》收录的《李夫人》注释："李少君亦名少翁。"
② 参见第二部第二章"夕颜的诞生与汉诗文——以'花颜'为中心"。

层的悲哀。

潘岳的文学作品对日本文学产生了深远的影响。比如《万叶集》倭大后的天智天皇挽歌"世人忘怀不奈何，我独思君冰玉姿"（卷二 149）就与潘岳诗有几分相似。又如柿本人麻吕和高桥虫麻吕的长歌中均有"仿佛"一词。两首都是悼念亡妻的和歌，应当是受了潘岳诗文的影响。[①]

> ……人言吾妹今尚在，遍寻玉姿无仿佛。
> （柿本人麻吕《妻死之后，泣血哀恸作歌二首（其二）》·卷二 210）

> ……相乐山上寻芳踪，朝雾仿佛间……
> （高桥虫麻吕《悲伤死妻，高桥朝臣作歌一首》·卷三 481）

李夫人的故事常常被后世的中国文学作品引用，如南朝宋武帝刘裕的《拟汉武帝李夫人赋》、唐代谢观的《招李夫人魂赋》等。[②]白居易的《新乐府·李夫人》也是其中一例，《长恨歌》的"蓬莱仙山"等情节也是对该故事的移植和改写。

继《汉书·李夫人传》和潘岳诗传入日本后，白居易的《李夫人》和《长恨歌》也在日本广为流传，继而孕育出新的文学作品。比如歌语"それかあらぬか"（是邪非邪）[③]、《伊势集》、《大贰高远集》、《道命阿阇梨集》中以《长恨歌》的诗句为题创作的句题和歌、愿文、《唐物语》第十五话

---

① 中西进《〈万叶集〉的比较文学研究（上）》（"人麻吕与海波"）一书中指出人麻吕的挽歌与潘岳的《哀永逝文》同为悼念亡妻之作，前者应当是在后者的基础上写成的。

② 参见《历代赋汇外集》（卷十四）、《文苑英华》（卷九十六）。除此之外，还有唐代康僚的《汉武帝重见李夫人赋》、陈山甫的《汉武帝重见李夫人赋》，以及元代陈樵的《李夫人赋》等。

③ 神田本《白氏文集》将白居易《李夫人》中的"是耶非耶"读作"それかあらぬか"。《古今集》的和歌"去夏杜鹃是耶非，今年依旧满山啼"（原文：去年の夏鸣きふるしてし郭公それかあらぬか声のかはらぬ）（159）和"久不逢君梦耶非，泪如春雨湿襟衫"（原文：かげろふのそれかあらぬか春雨の降る日となれば袖ぞ濡れぬる）（731）中的"それかあらぬか"都源自该读法。详见小岛宪之《汉语中的平安佳人——〈源氏物语〉》（《文学》，50 卷 8 号，1982 年 8 月）。此外，小林芳规在《上代〈文选〉的训读》（"全释汉文大系"《文选一》月报 8）一书中指出，古训将潘岳《哀永逝文》的"是乎非乎"读作"それかあらぬか"。由此得知，《李夫人》中的"是耶非耶"读作"それかあらぬか"，依据的是上代《文选》的训读法。

《李夫人》和第十八话《长恨歌》等，《源氏物语·桐壶卷》也算是其中一个。

最近，渡边秀夫将庆滋保胤的《为大纳言藤原卿息女女御四十九日愿文》(《本朝文粹》卷十四) 看作桐壶更衣的四十九日愿文，并指出这篇愿文正是破解《源氏物语》抒情方式的关键。[①] 笔者也探讨过该愿文如何借鉴李夫人故事。[②]

庆滋保胤的愿文是站在藤原为光的角度，为其悼念女儿 (花山天皇弘徽殿女御忯子) 离世四十九日所写的悼文。引用如下：

> 弟子为光，前白佛言，夫天不为世之贪生，而辍其死。命不以人之恶天，而长其龄。诚是自然之理，有涯之悲也。弟子有一息女，最所钟爱也。素思进燕寝，不欲混俗尘。去年初，促二八回之桃李，得列八十余之绮罗。彼才色虽非绝代，恩宠亦不愧人。清凉之春花，日迟或赐共玩。弘徽之秋月，夜永不许独看。弟子虽思温树之不语，难忍德泽之有余。从其梦结兰芬，心祈蓬矢，有身暂退陋巷，有禁久在腋庭之故也。当于斯时，累日有恙，万方不瘥。于是天使相望云泥之间，手命欲满巾箱之里。弟子上泣圣明之恩，下泣父子之爱。去七月终即世矣。昔李夫人之反魂，尚可劳方士。大长者之出孕，窃欲恨如来。哀哉片时不见，忧肠宛如千万秋。痛哉一夕相离，老泪已且四十余日。弟子欲访旅魂而未由，故图金人以为使。将通音信而无便，兼写宝偈以代书。不闻于今仁王垂哀怜，不知又我老身忘寝食。(后略)

"昔李夫人之反魂，尚可劳方士"，意思是"从前可以让方士用返魂香招来李夫人的魂魄，如今却无法做到"。"弟子欲访旅魂而未由，故图金人以为使。将通音信而无便，兼写宝偈以代书"也是与《长恨歌》相关的表现，意思是搜寻故人魂魄未果，只能靠供养"金人"(佛像) 来搜寻其亡魂；音信不通，只能用写宝偈的方式来代替书信。这篇愿文主要讨论了魂魄的去向，结论是依靠佛力往生极乐净土。

---

① 渡边秀夫《平安朝文学与汉文世界》(1991 年) 一书中的《女人追善愿文的世界
　　——读庆滋保胤〈为大纳言藤原卿息女女御四十九日愿文〉》。此外，同书《愿文的
　　世界——追善愿文的哀伤类型与文选》中也提到了愿文与《文选》的关联。
② 参见第一部第四章"《源氏物语》的结局——与《长恨歌》《李夫人》相较"。

　　参照这篇愿文和潘岳的诗歌，就能明白《源氏物语·桐壶卷》中的更衣之死沿袭了悼亡诗歌一贯的写作手法。首先，《物语》描写了更衣临终之际憔悴的容姿："平素是那样娇艳的人儿，如今却落得这般容颜憔悴。"(《桐壶卷》15) 更衣作歌一首："其奈大限到身来，如今唯乞续残生。"和歌纵然流露出对人世间的千般不舍，无奈已是无力回天了。

　　更衣死后被送到郊外火葬。时值秋天，桐壶帝远眺空中的明月，想起了更衣。"(更衣的)一颦一笑皆风情万种，与众不同。如今虽是记忆犹新，却终究不过是一场幻影罢了。幻影即使挥之不去，也抵不过幽暗的现实。"(《桐壶卷》19) 至此，更衣由客观存在转为幻影(原文：おもかげ)。[1] "幽暗"(原文：闇のうつつ)一词出自《古今和歌集》(647)的和歌"须知幽暗与君逢，还同梦里暂同游"(原文：うばたまの夢になにかはなぐさまむうつつにだにもあかぬ心を)，意思是暗中相会其实与做梦没什么差别。与之不同，《桐壶卷》说的是更衣的幻影也抵不过幽暗的现实，哪怕是在暗中见上一面也好。这与潘岳《哀永逝文》的"想孤魂兮眷旧宇，视倏忽兮若仿佛。徒仿佛兮在虑，靡耳目兮一遇"几乎完全一致。

　　更衣死后(未生之前)的七七四十九天，被称为"中有"。这在大江匡房的愿文中也有谈及，魂魄被称为"旅魂"。更衣的游魂究竟在何处徘徊呢？如果不在宫中的话，那就应该是在她的娘家吧。桐壶帝派遣命妇前往更衣娘家，希望能够得到一些关于亡魂的线索。

　　命妇背负着桐壶帝的期待，相当于充当了把李夫人亡魂招来的方士，或是《长恨歌》中去蓬莱山寻找杨贵妃的方士。命妇从更衣的母亲那里取来"遗物衣衫一套、梳具数事"，转交给桐壶帝。这些物品令人联想起《长恨歌》中方士从蓬莱山带给玄宗的"钗钿"。但那毕竟不是"钗钿"，自然也就无法找到更衣的魂魄。桐壶帝千般寻觅更衣亡魂未果，也只能暗自伤怀。

　　即便如此，桐壶帝还是要找到心中"幻影"。他端详《长恨歌图》中的杨贵妃像，拿更衣与贵妃作比较，心中再次对更衣的容貌与个人魅力给予肯定。桐壶帝沉浸在思念中不可自拔，周围的人看在眼里，急在心上，"甚至还搬出外国朝廷的例子来，低声议论，悄悄叹息"(《桐壶卷》29)。

　　桐壶帝心中的"幻影"最终化作现实人物粉墨登场，那就是与更衣长相

① 《大贰高远集》中有一首以《长恨歌》"春风桃李花开日"为题创作的和歌："春风含笑花色艳，应是故人音容在。"(原文：春風に笑みをひらくる花の色は昔の人のおもかげぞする)(282) 这首和歌中也出现了"おもかげ"一词。

酷似的藤壶妃子。典侍向桐壶帝提起："妾身曾经在宫中侍奉过三代帝王，从未见过一位与桐壶娘娘相似之人。只有这位公主，越长越像桐壶娘娘，真是一位绝世美人呢。"（《桐壶卷》33）皇上不免心动，遂召藤壶入宫。果真如典侍所言，"藤壶的容貌风采，异常肖似已故的更衣"（《桐壶卷》34），因此皇上的心情十分欢娱。藤壶妃子就好比是用"温石"制成的李夫人像。大江匡房的愿文"嗟呼韶颜如在眼前，莹金人而拟暗野之石"将供养的"金人"（佛像）看作用"温石"制成的李夫人像，追思已故之人的美貌。这与《桐壶卷》有异曲同工之妙。

四

上一节以李夫人的故事为线索，比较藤原为光的女儿恮子的愿文和《桐壶卷》，明确了二者的相似性。《荣花物语》"中纳言踏访花山"一节详细记述了花山天皇过分宠爱恮子，后来恮子怀着身孕因病去世的故事。很多研究都指出这则故事与《桐壶卷》内容相似。比如花山天皇过分宠爱朝光之女丽景殿女御姬子，整日与之形影不离；又如天皇强行将怀孕回家休养的恮子召回宫中，留在身边不让她离开；等等。对于《荣花物语》与《桐壶卷》表现上的相似性，可以做如下解释：

1.《荣花物语》中记述的内容是客观存在的史实，后来被《源氏物语》当成文学素材，又被记入《荣花物语》。（安藤为章《年山纪闻》第六《继母》，石川雅望《源注余滴》卷一）

2. 史实首先被《源氏物语》当作文学素材利用，《荣花物语》也对同一段史实加以类似的润色。（岛津久基《对译〈源氏物语〉讲话》[1]，松村博司《荣花物语全注释》）

3.《荣花物语》的作者没有依据史实，而是根据《源氏物语》进行了再创作。

---

[1] 岛津氏指出，恮子从怀孕到生病再到死去的内容"明显借鉴了《桐壶卷》，反过来更证明了《桐壶卷》的某段取材于历史事实"（第50页）。另请参见《源氏物语新考》（第65页）。此外，今井源卫在《花山的生涯》（1968年，第57页）中指出："'花山卷'的构成与语句多处效仿了《源氏物语·桐壶卷》的更衣之死。"另请参考山中裕《〈荣花物语〉对〈源氏物语〉的接受研究》（见《历史物语成立序说》，1962年8月）。

　　虽然现阶段学界普遍认可的是第二种观点，但是《荣花物语》的可信度还需斟酌，因此有必要利用其他材料来进行证明。恔子的四十九日愿文写于《源氏物语》之前，可以作为《源氏物语》与《荣花物语》的依据。比如恔子进宫与出宫时，愿文"于是天使相望云泥之间"描述了皇上的使者往返于宫中与大纳言府邸的情景。《荣花物语》里也记述了使者往返大纳言府邸的内容，两相对照，可以发现《荣花物语》确实接近史实。

　　这篇愿文再现了与恔子有关的史实，或者说是被文学修饰过的史实。下面列举这一史实与桐壶更衣的相似之处（引号内是《荣花物语》的内容）：

- 女子父亲是大纳言。
- 女子被父亲安排进宫。　"素思进燕寝，不欲混俗尘"
- 女子深受皇上宠爱。　"恩宠不愧人"
- 女子怀有龙胎，有望继承帝位。　"从其梦结兰芬，心祈蓬矢"①
- 女子因病出宫，皇上的使者往返于朝廷与女子娘家之间。
- 女子在娘家病死。
- 女子感谢皇恩。　"弟子上泣圣明之恩"
- 女子因被皇上宠爱而招人妒恨。　"大长者之出孕，窃欲恨如来"②
- 年迈的父母为女儿亡故哀伤不已。　"泣父子之爱""老泪已且四十余日"

　　虽然恔子与桐壶更衣有些许不同，比如她是女御、住在弘徽殿、没有诞下龙子就撒手人寰等，但是二者相似点颇多。

　　此外，《荣花物语》中还可以找出以下相似之处（引号内是《荣花物语》的内容）：

- 出自单亲家庭。　"恔子母亲已过世"

---

① "兰芬"指的是《春秋左氏传》（宣公三年，即公元前606年）中的郑文公的故事："郑文公有贱妾曰燕姞，梦天使与己兰。""蓬矢"出自《礼记·射义》："故男子生，桑弧蓬矢六，以射天地四方。天地四方者，男子之所有事也。"参见柿村重村著《本朝文粹注释》。

② 《大般涅槃经》（卷三十）中有一个故事：瞻婆国城中有一位长者，其妻怀妊，被六师毒死，焚化时诞一男婴。长者不恨六师，反而怨恨预言男婴诞生的释迦。为光在这首和歌中将自己比作长者，怨恨对自己有恩的天皇。

- 皇上（花山天皇）对女子的宠爱已经超出了常规。 "天皇对她愈加宠爱无度""这样的事古今未闻"
- 招来其他女性的妒恨。 "妒恨中伤之事颇多"
- 皇上为女子的死悲伤不已，不理朝政。 "皇上笼闭一室，枯坐凝思，泪流不止"
- 父母送葬悲痛万分。 "大纳言跟在灵车后，步履蹒跚，几欲倒下"

　　忯子之死是导致花山天皇出家和退位的原因之一，可见这些内容与史实十分接近，并不仅仅是杜撰。此外，忯子死后被追赠为从四位上（《日本纪略》），这与桐壶更衣死后被追赠为三位十分相似。

　　愿文中的"清凉之春花，日迟或赐共玩。弘徽之秋月，夜永不许独看"也十分重要。此句就像是将《上阳白发人》（0131）的"秋夜长，夜长无睡天不明。（中略）春日迟，日迟独坐天难暮"与《长恨歌传》的"骊山雪夜，上阳春朝。与上行同辇，止同室"、《长恨歌》的"承欢侍宴无闲暇，春从春游夜专夜"重新排列组合而成一般。[1] 愿文的"弘徽之秋月"一句意思是女御生前总是与皇上共赏秋月，所以弘徽殿的秋月不能一人独赏。这让人联想起更衣死后，桐壶帝眺望秋月的场景："遥想当年，每逢良辰美景，他和更衣常有月下游宴。"

　　遥望秋月思念故人的不只是桐壶帝，还有花山天皇。忯子死后，宫廷在八月十日夜晚举办了歌合（译者注：赛歌会）。天皇在歌合上创作了三首以"月""露""虫"为题的和歌，寄托了对忯子的哀思[2]：

---

① 愿文的"清凉（殿）之春花……，弘徽（殿）之秋月"与白居易《陵园妾》（0161）的"宣徽（殿）雪夜，浴堂（殿）春"十分相似。

② 今井氏在《花山院的生涯》（1968年）一书中指出，这场歌合在《平安朝歌合大成》（卷二）中被称为"宽和元年八月十日内里歌合"。题词曰："宽和元年八月十日，花山天皇驾临殿上，众人分成左右两边，作歌合（后略）。"该歌合收录了以"月""风""野""露""雁""虫"为题的十二首和歌，这些歌题令人联想起《桐壶卷》中所描绘的情景。藤原长能以其中的"风"为题创作和歌"风吹御垣野上草，应是旷世第一回"（原文：みかき野の草こそなびけ万づ代のはじめの秋の風の声かも）（十卷本）。和歌初句"みかき野"二十卷本作"みやぎ野"，意为宫中，这一版本与桐壶帝的"旷野冷露风凄切"有几分相似。此外，今井氏还介绍了一首收录在《新千载和歌集》"哀伤部"的和歌"远比世人秋思苦，心悲雁声泪满襟"（2218），该和歌为花山天皇在忯子离世之秋偶闻雁声时所作。

今夜宫中秋月明，对此思君意易伤。

秋萩叶上白露新，泪珠盈袖不可收。

秋来暗虫啼秋思，凄凄切切断肠声。

这三首和歌无论是遣词还是写景都与《桐壶卷》的和歌极其相似。

泪眼婆娑望秋月，遥怜荒园有故人。

（桐壶帝·《桐壶卷》28）

旷野冷露风凄切，遥怜宫外幼萩孤。

（桐壶帝·《桐壶卷》22）

铃虫凄鸣声有尽，耿耿长宵泪未干。

（命妇·《桐壶卷》24）

荒园蓬生虫悲鸣，我欲添泪作潺湲。

（更衣母亲·《桐壶卷》25）

此外，同一歌合上还有一首藤原公任作的和歌"铃虫凄鸣声犹少，每至秋夜即可闻"（虫），与花山天皇的"秋来暗虫啼秋思"组成一对。比较这首和歌与命妇的和歌，更能看出八月十日晚的歌合与《桐壶卷》有着密切的联系。

更进一步说，花山天皇与芳龄早逝的女御忯子就是桐壶帝与桐壶更衣的原型。女御进宫是在永观二年（984年）十月十八日，死于宽和元年（985年）七月十八日（《日本纪略》）。八月十日宫中举行赛歌会，愿文成书于闰八月二日。紫式部的出生年月不详，据说是在天延元年（973年）左右。忯子之死令满朝文武愁云密布，想必年轻的紫式部对此事也有所耳闻。四十九日愿文赫赫有名，后来紫式部应该也有好好研读过这部作品。

紫式部从李夫人物语、杨贵妃物语等唐土的文学作品中汲取灵感，并融合当下流行的和歌、愿文，结合身边的历史事件来丰富写作素材。就这样，《源氏物语》的雏形终于得以在她的脑海中浮现出来。

第三章 梧桐与《长恨歌》《桐壶卷》

——从汉文学的角度看《源氏物语》的诞生

序

《源氏物语》中出现的植物大多与物语内容关系密切。比如从各卷的卷名来看，"帚木""夕颜""若紫"等都象征了该卷的女主人公。

笔者曾经谈到过"夕颜"与白居易《任氏行》、沈既济《任氏传》之间的关联。[①] 白居易的《新乐府·古冢狐》（0169）中有一处关于狐妖的描写："徐徐行傍荒村路，日欲没时人静处。或歌或舞或悲啼，翠眉不举花颜低。"总之，"夕颜"不仅是花名，还含有"日暮花颜"之意，沿袭了白居易笔下的狐妖形象。

本章将继续采用同样的研究方法，考察《源氏物语》如何通过借鉴《长恨歌》等中国文学作品，开创出崭新的文学样式。首先就"桐木"这一植物进行考察，通过分析"桐壶"作为宫院名的由来，试总结出桐壶更衣的人物形象以及《桐壶卷》的整体构造。

清少纳言在《枕草子》中这样描述"桐木"："桐花开成紫色，饶有风情。虽然枝叶有些过于茂盛，但不应该拿它与别的树相提并论。据说唐土有一种名字很夸张的鸟，择此木而栖，非常奇妙。何况，桐木还可以制成琴，

---

① 参见第一部第二章"《桐壶卷》的原像——李夫人与花山院女御低子"。

奏出种种美妙的声音，这又岂是世间一般语言所能形容的呢？确实是美妙至极。"① 这既是清少纳言平日留心观察的心得体会，也是她从汉籍里汲取的知识。下面列举几个与"桐木"有关的汉籍的例子：

　　梧桐

　　陶隐居本草注云，桐有四种。青桐〔音同〕，梧桐〔上音吾〕，岗桐，椅桐〔椅音猗。和名皆木里〕。梧桐者色白有子者〔今案，俗讹呼为青桐是也。二音让土〕。椅桐者白桐也。三月花紫。亦堪作琴瑟者是也。

（二十卷本《倭名类聚抄》第二十卷）

　　桐叶。青桐〔茎皮青无子〕。梧桐〔色白有子〕。椆桐〔无子，作琴瑟者〕。白桐〔三月花紫。礼云，桐始华者也。亦堪作琴瑟者。桐子也出墨〕。和名岐利乃岐。

（《本草和名》第十四卷）

　　从这两例来看，清少纳言偏爱的应该是开紫花的椅桐（白桐）。②《倭名类聚抄》云："和名皆木里。"《本草和名》云："和名岐利乃岐。"这里列举的四种"桐"都被称作"きり"或"きりノき"。说起"桐花"，首先想到的都是紫色的花。

　　《枕草子》中说的"一种名字很夸张的鸟"，指的是"凤凰"或是"鸐雏"（凤凰的一种）。下面这两个例子可以为我们提供参考：

---

① 本章引用如下：《枕草子》：池田龟鉴、岸上慎二校注"日本古典文学大系"；《河海抄》：玉上琢弥编，山本利达、石田穣二校订《紫明抄 河海抄》；《白氏文集》：平冈武夫、今井清校订《白氏文集》（校订本中没有的作品参考四部丛刊所收那波本）；《本朝文粹》：柿村重松注释《本朝文粹注释》；《伊势集》："私家集大成""伊势Ⅱ"；《道济集·大贰高远集》："私家集大成"；《和汉朗咏集》《菅家文草》《菅家后集》：川口久雄校注"日本古典文学大系"。

② 贝原益轩《大和本草》（白井光太郎考注本）对梧桐和白桐有如下记载："梧桐，其皮青如翠，故又云青桐，古人诗歌常咏之，佳木，园庭多植此木，世上常见白桐罕见梧桐，夏花秋实。""白桐 梧桐又名青桐也，白桐乃寻常桐树。白桐多制器具，良材也，花淡紫色、白色。"

> 夫鹓雏发于南海，而飞于北海。非梧桐不止，非练实不食，非醴泉
> 不饮。

（《庄子·外篇》第十七《秋水篇》）

> 凤皇鸣矣，于彼高岗。
> 梧桐生矣，于彼朝阳。
> 菶菶萋萋，雍雍喈喈。

（《毛诗·大雅·生民之什·卷阿》）

先来看看"凤皇鸣矣，于彼高岗。梧桐生矣，于彼朝阳"的古注。《毛传》注曰："梧桐桑木也。山东曰朝阳。梧桐不生山岗，太平而后生朝阳。"《郑笺》注曰："凤皇鸣于山脊之上者，居高视下，观可集止，喻贤者待礼乃行翔而后集。梧桐生者，犹明君出也。生于朝阳者，被温仁之气亦君德也。凤皇之性，非梧桐不栖，非竹实不食。"也就是说，"梧桐"为明君当政、太平盛世的瑞应之物，"凤栖梧"是贤良云集的象征。再来看最后一句"菶菶萋萋，雍雍喈喈"。《毛传》注曰："梧桐盛也。凤皇鸣也。臣竭其力，则地极其化。天下和洽，则凤皇乐德。"《郑笺》注曰："菶菶萋萋，喻君德盛也。雍雍喈喈，喻民臣和协。"换言之，梧桐"菶菶萋萋"枝繁叶茂喻指君主圣明，凤凰"雍雍喈喈"地鸣叫比喻君明臣贤的美政理想。类书《初学记》引用了上面这两段话。《白氏六帖》记："凤栖〔凤皇非梧桐不栖〕"（桐部），"择高梧〔文鸟择高梧来仪之鸟〕"（凤部）。《枕草子》中的"择此木而栖"，说的正是"择高梧"一事。

虽然"桐木还可以制成琴"这一说法可见《倭名类聚抄》和《本草和名》，但其起源可以追溯到中国古代文献。《毛诗国风》中有诗曰："树之榛栗，椅桐梓漆，爰伐琴瑟。"（《诗经·鄘风·定访中》）正如清少纳言所说，桐木乃凤凰栖息之所，太平盛世的祥瑞之兆。"枝叶有些过于茂盛"用桐木枝叶繁茂来喻指君王圣明，凤栖梧桐象征着君臣相和、贤才致用的太平盛世。

皇宫五官院之一的"淑景舍"庭中有一株梧桐，因此又名"桐壶"。"桐"既出于此，"壶"又是什么意思呢？"桐"植于皇宫、用作宫院名的原因可以参考《毛诗》《庄子》。《初学记》"帝王部"引《韩诗外传》："黄帝即位，凤乃止于帝东园，集帝梧桐树，食帝竹实，没身不去。"日本镰仓时代

的类书《文凤抄》① 中也可找到相似的记载：

> 黄帝即位凤止帝之东园集帝梧桐树食帝竹实
>
> （帝王世纪）
>
> （中田本《居处部·禁中·帝栖梧》）

> 黄帝齐宫中坐玄扈有大鸟体备五色止帝东园玄扈石山室名也
>
> （帝王世纪）
>
> （中田本《鸟兽部·凤·黄轩园里》）

这些例子中的凤凰所栖之木指的是黄帝东园的梧桐树。"淑景舍"（即"桐壶"）位处后宫东北角，庭中的梧桐应当是效仿黄帝东园所植。②

据《史记·天官书》记载，黄帝（轩辕氏）是后妃后宫的象征③：

> 轩辕黄龙体，前大星女主象，旁小星御者，后宫属。
>
> 〔索隐：援神契曰：轩辕十二星，后宫所居。石氏星赞，以轩辕龙体，主后妃也。〕
>
> 〔正义：轩辕十七星，在七星北。黄龙之体，主雷雨之神，后宫之象也。〕
>
> 黄帝主德，女主象也。

黄帝的"桐木"可谓非常适合后宫。雷鸣壶的存在也就有了合理性。

再来看看"壶"的解释。《河海抄·桐壶卷》的注释曰："大内之五壶乃仙家五处之象也。西王母家有五处十二楼。或又壶中之义欤。"《和汉朗咏集》中也有"五处十二楼""五壶"之类的表现："三壶云浮，七万里之程分浪。五城霞峙，十二楼之构插天。"（都良香《神仙策》543）《本朝文粹》卷三收录有春澄善绳出的策试试题"神仙"，都良香的诗则是针对这一问题的回答。柿村重松所著《本朝文粹注释》列出了"三壶""五城""十二楼"的出处。

---

① 川口久雄解说《真福寺本文凤抄》（大东文化大学东洋研究所）。
② 《太平御览》"桐部"："瑞应图曰，王者任用贤良，则梧桐生于东厢。"
③ 森安太郎《黄帝传说：古代中国神话的研究》，第 151 页。

三壶则海中三山也。一日方壶，则方丈也。二日蓬壶，则蓬莱也。三日瀛壶，则瀛洲也。形如壶器。

（《拾遗记》第一卷《高辛》）

故名昆仑山三角。（中略）其一角积金为天墉城。四方千里，城上安金台五所玉楼十二所。

（《海内十洲记》）

昆仑元圃，金为墉城。四方千里，城上安金台五所玉楼十二。琼华之屋，紫翠丹房，七宝金玉，积之连天。巨兽万寻，灵香亿千，西王母九光所治，群仙无量也。

（《枕中书》）

渤海之东，不知几亿万里，有大壑焉。（中略）其中有五山焉。一日岱舆，二日员峤，三日方壶，四日瀛洲，五日蓬莱。其山高下周旋三万里，其顶平处九千里。山之中间相去七万里，以为邻居焉。（中略）于是岱舆员峤二山，流于北极，沉于大海，仙圣之播迁者巨亿计。

（《列子·汤问》）

昆仑山是西王母的居所。《河海抄》所说的"西王母家有五处十二楼"，依据的是《海内十洲记》《枕中书》里记载的"金台五所玉楼十二所"。

据《列子》记载，"五山"即东海的五座仙山，后来两座仙山沉没，剩下的三座被称为"三壶"或"三山"。《拾遗记》形容其"形如壶器"。由此可知，这三座仙山之所以被称为"三壶"，是因为其形状似壶之故。

《史记·封禅书》中记载了汉武帝所召方士的话："方士有言，黄帝时为五城十二楼，以候神人于执期，命曰迎年。"相传黄帝为求仙建有"五城十二楼"。《神仙策》的"五城""十二楼"正是源于此。此外，《史记·封禅书》还记载汉武帝修建的太液池象征东海神山仙岛："命曰太液。池中有蓬莱、方丈、瀛洲、壶梁，象海中神山龟鱼之属。"此可谓将宫中营造成神仙世界的先例。

《文凤抄》有如下叙述：

十二楼
〔黄帝为五城十二楼候神仙　《史记》〕

〔昆仑山五城十二楼　《十洲记》〕

（中田本《居处部·城》）

《河海抄》指出，"桐壶"等五宫院象征着"仙家五处"。"五壶"的近义词很多，如"三壶""五山""五所""五城"等。壶庭形如壶器，被喻为神仙世界，反映了平安时代将宫中比作神仙世界的风尚。《拾芥抄·唐名部》列举了"宫中"的唐名，如"九重""禁中""蓬莱宫""蓬壶"等。在"壶"前冠以植物名的做法源于"蓬壶"一词。相传"蓬壶"因平清盛在壶庭中种植蓬草而得名。[①]

《河海抄》中的"或又壶中之义欤"，指的是《和汉朗咏集》"仙家部"的"壶中"："壶中天地乾坤外，梦里身名旦暮间。"（元稹《幽栖》540）这里用的是《神仙传》"壶公"的典故，但是"壶公"与"五壶"的关系远不如"五所""五城""三壶"要来得深。

二

也有学者从其他角度探讨过"桐壶"的由来。如外山英策就论证过白居易《答桐花》（0103）一诗与"桐壶"的关系。[②]《答桐花》是白居易就友人元稹所咏《桐花》一诗进行作答的诗歌。白居易、元稹、刘禹锡等人留下了大量赠答诗。在日本，白居易与元稹并称"元白"，与刘禹锡并称"刘白"，《元白唱和集》《刘白唱和集》在世间广为流传。[③]《答桐花》是白居易在读罢元稹的《桐花》后创作的诗歌，所以我们先从《桐花》开始谈起。

---

① 《源平盛衰记》卷二十六"蓬壶烧毁事"："六日，八条殿也被烧失殆尽。此处又被称为八条蓬壶。蓬壶读作よもぎがつぼ。入道喜爱蓬草，在壶内遍植蓬草，朝夕观赏，百看不厌。他用心打造庭院，常常造访此处。"（蓬左文库本）

② 外山英策《〈源氏物语〉与日本庭园》，载《总说：〈白氏文集〉与〈源氏物语〉》，1926年，第124页。外山英策《〈源氏物语〉的自然描写和庭园》（1943年）也收录了同一篇论文。

③ 如《文德实录》仁寿元年九月乙未条"适得元白诗笔"，《本朝文粹》卷八中收录纪长谷雄的《延喜以后诗序》（201）的"元白再生。何以加焉"，《日本国见在书目录总集家》"刘白唱和集二。杭越寄诗二十二"，《和汉朗咏集》"暮春部"中收录的源顺的"刘白若知今日好"等。《杭越寄诗》是元稹、白居易和李谅三人的唱和集。

元和五年（810 年）三月，元稹被贬江陵。左迁途中，他将自己的所思所想写成了十七首讽谕诗。这十七首诗被置于《元氏长庆集》卷首，可见这些诗歌对于元稹来说具有重要意义。《桐花》就是其中之一。

桐花
元稹

胧月上山馆，紫桐垂好阴。可惜暗澹色，无人知此心。
舜没苍梧野，凤归丹穴岑。遗落在人世，光华那复深。
年年怨春意，不竞桃杏林。唯占清明后，牡丹还复侵。
况此空馆闭，云谁恣幽寻。徒烦鸟噪集，不语山嶔岑。
满院青苔地，一树莲花簪。自开还自落，暗芳终暗沈。
尔生不得所，我愿裁为琴。安置君王侧，调和元首音。
安问宫徵角，先辨雅郑淫。宫弦春以君，君若春日临。
商弦廉以臣，臣作旱天霖。人安角声畅，人困斗不任。
羽以类万物，袄物神不歆。徵以节百事，奉事罔不钦。
五者苟不乱，天命乃可枕。（以下略）

这首诗的大意是：朦胧月夜，于山馆看到一树紫桐花。桐花不与桃花杏花争艳，在人迹罕至的山岳中自开自谢，既乏天时，也欠地利。我愿削桐为琴，常伴君王左右，以"五音"（即宫商角徵羽）来维持"五者"（君臣民事物）的和谐。

元稹在诗中称桐花"尔生不得所"，其实"不得所"的不是别人，正是他自己。元稹将遭到贬谪的自己比作山中寂寞的桐树，借以抒发自己的郁郁不得志。"五音"与"五者"之间的对应关系始于《礼记·乐记篇》：

宫为君，商为臣，角为民，徵为事，羽为物。五者不乱，则无怗懘之音矣。

〔郑注：五者君臣民事物也。凡声浊者尊，清者卑。急懘敝败不和貌。宫乱则荒，其君骄。商乱则陂，其臣坏。角乱则忧，其民怨。徵乱则哀，其事勤。羽乱则危，其财匮。五者皆乱，迭相陵。谓之慢。如此则国之灭亡无日矣。〕

〔郑注：君臣民事物其道乱，则其音应而乱。荒犹散也。陂倾也。〕

　　君臣民事物"五者"不乱，则"五音"也不会乱；五音皆乱时，国家也必将灭亡。这一思想在白居易于元和四年（809年）创作的《新乐府序》（0124）中也有所体现："其体顺而律，使可以播于乐章歌曲也。总而言之，为君为臣为民为物为事而作，不为文而作也。"

　　元稹写过《新题乐府十二首》《古题乐府十九首》等诗。这些诗与白居易的《新乐府五十首》在中唐新乐府运动中占有极其特殊的位置。[①] 从讽谕的角度来看，用桐木制的琴具有巩固政治的效能。紫式部等平安时代的贵族熟读白居易的《新乐府》，这一主张对他们来说是熟悉的。

　　白居易创作了一首《答桐花》（0103）来答赠元稹的《桐花》。他在包含《答桐花》在内的组诗的总序《和答诗十首序》[②] 中写"同者谓之和，异者谓之答"，可见《答桐花》的"答"是用于与元稹意见相左的场合。

答桐花

白居易

山木多蓊郁，兹桐独亭亭。叶重碧云片，花簇紫霞英。

是时三月天，春暖山雨晴。夜色向月浅，暗香随风轻。

行者多商贾，居者悉黎氓。无人解赏爱，有客独屏营。

手攀花枝立，足踏花影行。生怜不得所，死欲扬其声。

截为天子琴，刻作古人形。云待我成器，荐之于穆清。

诚是君子心，恐非草木情。胡为爱其华，而反伤其生。

老龟被刳肠，不如无神灵。雄鸡自断尾，不愿为牺牲。

况此好颜色，花紫叶青青。宜遂天地性，忍加刀斧刑。

我思五丁力，拔入九重城。当君正殿栽，花叶生光晶。

上对月中桂，下覆阶前蓂。泛拂香炉烟，隐映斧藻屏。

为君布绿阴，当暑荫轩楹。沉沉绿满地，桃李不敢争。

为君发清韵，风来如叩琼。泠泠声满耳，郑卫不足听。

受君封植力，不独吐芬馨。助君行春令，开花应清明。

受君雨露恩，不独含芳荣。戒君无戏言，剪叶封弟兄。

受君岁月功，不独资生成。为君长高枝，凤凰上头鸣。

---

①　详见增田清秀《乐府的历史研究》第十五章"唐人的乐府观和中唐诗人的乐府"之四"白居易与元稹"。

②　详见平冈武夫《白居易》（中国诗人选17）中的《和答诗十首并序》。

一鸣君万岁，寿如山不倾。再鸣万人泰，泰阶为之平。

如何有此用，幽滞在岩垌。岁月不尔驻，孤芳坐凋零。

请向桐枝上，为余题姓名。待余有势力，移尔献丹庭。

这首诗的大意是：阳春三月，紫桐花在月下悄然绽放，无人欣赏。一旅人怜其不得所，想要削桐为琴带到宫中，但这只是不解草木风情的行为罢了。换作是我，定要把它连根拔起移植到宫中，以此劝诫主君，引来凤凰，换来盛世太平。桐木现在被困在山中，那就把我的姓名题在桐枝上，待我有权有势之日，再将其移到宫中吧。

元稹将自己比作桐琴，这正是白居易所说的"死欲扬其声"的行为。生命是不可以被这样随便对待的。白居易说，虽然你现在怀才不遇，只要时机一到必能受到重用。待到那时，我再把你调回朝中，让你大展拳脚。

将元白的诗歌与《枕草子》第三十七段相对照，会发现两者有很多共通之处。比如：

- "桐花开成紫色"
  "紫桐"（元稹）；"花簇紫霞英""花紫"（白居易）
- "枝叶有些过于茂盛"
  "叶重碧云片""叶青青"（白居易）
- "不应该拿它与别的树木相提并论"
  "不竞桃杏林""牡丹还复侵"（元稹）；"山木多蓊郁，兹桐独亭亭"① "桃李不敢争"（白居易）
- "名字很夸张的鸟"
  "凤归丹穴岑"（元稹）；"凤凰上头鸣"（白居易）
- "桐木还可以制成琴"
  "我愿裁为琴"（元稹）；"截为天子琴"（白居易）
- "奏出种种美妙的声音"
  "宫商角徵羽（五音）"（元稹）

清少纳言笔下的"桐木"具有和元白诗相同的特征，这有利于我们思考

---

① 类似表现见《李峤百（二十）咏》的《桐》："孤秀峰阳岑，亭亭出众林。"张庭芳注（天理本）："亭亭独高貌。"

平安朝日本人对于元白诗的喜好。此外，外山氏还特别指出《答桐花》中的"我思五丁力，拔入九重城。当君正殿栽，花叶生光晶"和"移尔献丹庭"几句与"桐壶"的关联。将桐木移植到宫中这一表现最初源自黄帝的故事，后来经过白居易的演绎，才被平安朝日本人吸纳，从而创作出了"桐壶"一词。

此外，外山氏还指出："'桐壶'是《源氏物语》首卷的卷名。《源氏物语》的作者借鉴了《长恨歌》中的玄宗与杨贵妃的故事，用细腻的笔触描写了桐壶帝与更衣的凄美的爱情故事，并将这一卷命名为'桐壶'，其中必有深意。"遗憾的是，外山氏并没有就"桐"之"深意"继续展开调查。本章将在下一小节考察《长恨歌》与"桐木"之间的关联。

三

众所周知，《桐壶卷》多处借鉴了《长恨歌》。《长恨歌》"春风桃李花开日，秋雨梧桐叶落时"中出现了"桐"字，这一点外山氏没有谈及。卷名"桐壶"是否与这首诗中的"梧桐"二字有关呢？本节比较《桐壶卷》与《长恨歌》，试论证二者的关系。

《桐壶卷》大致可以分为以下三段：

（一）桐壶帝宠爱更衣。光源氏出生。更衣死。
（二）秋夜，桐壶帝派命妇去更衣娘家。桐壶帝秋悲。
（三）光源氏长大。藤壶入宫。光源氏结婚。

其中，与《长恨歌》明显有关的是（一）和（二）两部分。首先列举第（一）部分与杨贵妃故事的相似之处：

- 就连朝中高官贵族都不得不侧目而视。（《桐壶卷》11）
  京师长吏，为之侧目。（《长恨歌传》）
- 又举出玄宗因迷恋杨贵妃招致亡国之祸的例子来议论。（《桐壶卷》12）
- 皇上索性让更衣搬到后凉殿，叫原先住在那里的妃子搬走。这么一来，被赶出来的妃子自然是恨得咬牙切齿。（《桐壶卷》14）

未容君王得见面，已被杨妃遥侧目。妒令潜配上阳宫，一生遂向空房宿。（《新乐府·上阳白发人——愍怨旷也》0131）

第（二）部分中就用得更多了：

- 皇上早晚总要观赏宇多天皇令人绘制的《长恨歌图》。（《桐壶卷》26）
- 皇上看到命妇带回的这些物品，想道："这若是方士从蓬莱山带给玄宗的'钗钿'该有多好……"但他自知这不过是不切实际的妄想，便吟诗道："愿君化作鸿都客，能以精诚寻芳魂。"（《桐壶卷》27）
- 图中所绘的杨贵妃的容貌，虽然出自名家之手，毕竟笔力有限，到底缺乏生趣。（《桐壶卷》27）
  又命画工写妃形于别殿，朝夕视之而歔欷焉。 （《杨太真外传》①）
- 据说她有"太液芙蓉未央柳"的姿色。（《桐壶卷》27）
  太液芙蓉未央柳。芙蓉如面柳如眉，对此如何不泪垂。（《长恨歌》）
- 往日朝朝暮暮，许下"在天愿做比翼鸟，在地愿为连理枝"的盟誓。（《桐壶卷》27）
  在天愿作比翼鸟，在地愿为连理枝。（《长恨歌》）
- 命运如此捉摸不定，怎不教人长恨无绝期啊！（《桐壶卷》27）
  此恨绵绵无绝期。（《长恨歌》）
- 皇上已经许久没有召幸弘徽殿了。今夜月色正好，女御在殿中奏起丝竹管弦来。皇上听了，大为不快。殿上人和女官们目睹皇上近来闷闷不乐的样子，听到这奏乐之声，心里也都很不是滋味。（《桐壶卷》28）
  每至春之日，冬之夜，池莲夏开，宫槐秋落，梨园弟子，玉琯发音，闻《霓裳羽衣》一声，则天颜不怡，左右歔欷。（《长恨歌传》）
- 他挂念着更衣娘家，挑尽残灯，不曾入眠。远处响起了右近卫府的报更声，已经是丑时了吧。因恐惹人注目，这才进入寝宫里，

---

① 目前为止，《杨太真外传》与《桐壶卷》还没怎么被拿来比较过，笔者尝试列举了几个相似之处。此处应结合李夫人"写真"的故事来思考。

然而还是睡不着。(《桐壶卷》28)

秋灯挑尽未能眠。迟迟钟漏初长夜，耿耿星河欲曙天。(《长恨歌》)

- 早上起来，回想起"芙蓉帐里度春宵"的甜蜜往日，竟而迟迟不能起床，以至怠慢了朝政。(《桐壶卷》28)

春宵苦短日高起，从此君王不早朝。(《长恨歌》)

- 皇上也没有胃口用膳，早餐只是微微碰一下筷子应付而已，正餐更是废弃已久，这教那些侍候御膳的人好生焦虑。(《桐壶卷》28)

悲悼妃子，无日无之。遂辟谷服气。张皇后进樱桃蔗浆，圣皇并不食。(《杨太真外传》)

- 他们甚至还搬出外国朝廷的例子来，低声议论，悄悄叹息。(《桐壶卷》28)

第（一）、（二）两部分频繁引用《长恨歌》，其本身的结构也是根据《长恨歌》来建构的。我们把《长恨歌》像《桐壶卷》那样分成几段来看：

 Ⅰ. 玄宗宠爱杨贵妃。安禄山之乱。出逃蜀中。贵妃死于马嵬坡。
 Ⅱ. 安史之乱后的玄宗之悲。尤其是秋悲。
 Ⅲ. 方士四处搜寻杨贵妃亡魂。在蓬莱山邂逅仙女杨贵妃。
 Ⅳ. 方士还奏。玄宗去世。(只有《长恨歌传》与《杨太真外传》中才有这一情节，《长恨歌》没有)

《桐壶卷》的第（一）部分相当于Ⅰ，第（二）部分相当于Ⅱ、Ⅲ、Ⅳ。桐壶帝、更衣、命妇与玄宗、杨贵妃、方士一一对应。对比第（二）部分与Ⅱ、Ⅲ、Ⅳ，可以发现Ⅱ中的"秋悲"是二者的共通之处。当然，玄宗并非只在秋天思念杨贵妃。《长恨歌》Ⅱ的"太液芙蓉未央柳"是夏天，"春风桃李花开日"是春天，"鸳鸯瓦冷霜华重"从上下文看是晚秋，也有可能是冬天。

玄宗自失去贵妃后，一直陷入绵绵无尽的怀念和伤感中。《长恨歌传》描写了他一年四季的悲伤。"春之日，冬之夜，池莲夏开，宫槐秋落。"四季的表现借鉴了《长恨歌》的"春风桃李花开日""鸳鸯瓦冷霜华重""太液芙蓉未央柳""秋雨梧桐叶落时"。《源氏物语·幻卷》也描述了光源氏痛失紫姬后的一年时光，这显然借鉴了《长恨歌》，但从构成上来看，应当更多地借鉴了《长恨歌传》中春夏秋冬的写法。

　　紫式部将《桐壶卷》故事中的季节设定为秋季，可《长恨歌》中有些诗句表现的却是秋季之外的季节，要想借鉴这些诗歌表现，就要多费工夫进行改编。因此，她从"图中所绘的杨贵妃的容貌"联想到《长恨歌》的"太液芙蓉未央柳"，又从"任何花鸟的颜色与声音都无法与更衣相比"联想到"春风桃李花开日"。《长恨歌》Ⅱ的"秋悲"一段的文章结构与《桐壶卷》第（二）部分可以一一对应：

　　（春风桃李花开日，）　　　　　　　　（《和汉朗咏集》恋部 781）
　　秋露梧桐叶落时。
　　西宫南内多秋草，　　　　　　　　　　（《新撰朗咏集》前栽部 279）
　　落叶满阶红不扫。
　　梨园弟子白发新，　　　　　　　　　　（《新撰朗咏集》老人部 677）
　　椒房阿监青娥老。
　　夕殿萤飞思悄然，　　　　　　　　　　（《和汉朗咏集》恋部 782）
　　秋灯挑尽未能眠。
　　迟迟钟漏初长夜，　　　　　　　　　　（《和汉朗咏集》秋夜部 234）
　　耿耿星河欲曙天。
　　鸳鸯瓦冷霜华重，　　　　　　　　　　（《新撰朗咏集》恋部 733）
　　旧枕故衾谁与共。

　　可以说这是《长恨歌》中最受人喜爱的一节。《和汉朗咏集》和《新撰朗咏集》将这些诗句尽收其中，再次印证了这一不争的事实。

　　"秋雨梧桐叶落时"这一句十分关键，与"春风桃李花开日"形成了"春"与"秋"的对照。从春到秋，用了整整一年时间来表现玄宗的丧妻之痛。此外，"秋雨梧桐叶落时"又开启了"秋悲"的篇章，发挥了重要作用。

　　在"春""秋"对照的这组对句中，"桃李花开"象征着春天，"秋雨梧桐"象征着秋天。《白氏六帖》"秋部"云："一叶落知天下秋"，源自《淮南子·说山训》："见一叶落，而知岁之将暮。"虽然这里的"叶"并不一定指的就是梧桐的落叶，但是明代《群芳谱》云："立秋之日，如某时立秋，至期一叶先坠。故云：'梧桐一叶落，天下尽知秋。'"① 《大贰高远集》中有

----

① "一叶"与"梧桐"同时出现的例子有白居易的《新秋病起》（1375）："一叶落梧桐，年光半又空。"

一首以"秋露梧桐叶落时"为题的和歌："纷纷木叶摇落日，顿觉秋来我身衰"，也是在"梧桐一叶落，天下尽知秋"的基础上创作而成的。这首和歌明确意识到了《长恨歌》的"梧桐叶落时"是象征秋天的表现。

那么为什么说"'秋雨梧桐叶落时'又开启了'秋悲'的篇章，发挥了重要作用"呢？平安贵族反复诵读的就是这一"秋悲"的章段。"秋雨梧桐"一句位于段首，导出了后面的内容。读过这一段的人应该都能感觉到这一句蕴含了所有的"秋悲"之情，这是因为原本"梧桐叶落"就象征着秋天。

如此想来，"梧桐叶落"可以说是《长恨歌》中最具代表性的一句诗了。藤原公任不是平白无故地把该句诗收录进《和汉朗咏集》"恋部"中的。此外，元代戏曲作家白仁甫创作了取材于《长恨歌》的元曲《梧桐雨》，其剧名也出自这句"秋雨梧桐叶落时"。①

紫式部也和白仁甫一样读过《长恨歌》。她将"秋雨梧桐叶落时"视为《长恨歌》的精华之所在，因此将目光投向了句中的"梧桐"二字。在她的设定下，《源氏物语》的首卷名为"桐壶"，"桐壶"里种有梧桐树，里面住着宛如杨贵妃一般的女性，故事情节以《长恨歌》为线索一一展开。

"秋雨梧桐叶落时"是如此重要的一句诗，那么《桐壶卷》中是否存在与之相关的表现呢？《桐壶卷》第（二）部分的"秋"最开始出现在以下的章段：

> 时过境迁，皇上还是沉浸在悲伤之中不能自拔。他不宣召别的妃子侍寝，终日以泪洗面。就连皇上身边的人也都叹息垂泪，如下秋露。
>
> （《桐壶卷》19）

文中将侍奉桐壶帝左右的人的泪水比作露水，给人以秋天的感觉。《长恨歌》中用"回看泪血相和流""君臣相顾尽沾衣""太液芙蓉未央柳，对此如何不泪垂"等来形容玄宗与臣子的泪水。《长恨歌传》中也有："每至春之日，冬之夜，池莲夏开，宫槐秋落，梨园弟子，玉琯发音，闻《霓裳羽衣》一声，则天颜不怡，左右歔欷。"撇开马嵬坡和"太液芙蓉"的"泪"不谈，单独将"宫槐秋落……则天颜不怡，左右歔欷"这部分抽出来看，泪水正是

---

① 标题为"安禄山反叛兵戈举。陈玄礼拆散鸾凤侣"，正名为"杨贵妃晓日荔枝香。唐明皇秋夜梧桐雨"。最后以玄宗的悲叹"雨湿寒梢。泪染龙袍。不肯相饶。共隔着一树梧桐。直滴到晓"为全剧画上句号。

"秋泪"无疑。"宫槐秋落"一语出自"秋雨梧桐叶落时",可见在《长恨歌》"秋悲"的场景中出现君臣流泪的描写是非常自然的事情。《伊势集》（52）"秋思血泪双双落,不辨红叶漫天飞"中吟咏了玄宗的"秋泪"。我们在《桐壶卷》中读到的桐壶帝与臣子的"秋泪",早已存在于《长恨歌》的故事中了。

值得注意的是,《和汉朗咏集》"恋部"将"秋雨梧桐叶落时"一句写作"秋露梧桐叶落时"。[①]《长恨歌》的一些古写本也作"秋露"[②],前面提到的《大贰高远集》的和歌"纷纷木叶摇落日,顿觉秋来我身衰"也是以"秋露梧桐叶落时"为题创作而成的。

《长恨歌》"秋悲"一段的开头为"秋露（雨）梧桐",《桐壶卷》"秋悲"一段的开头则为"叹息垂泪,如下秋露"。如此想来,前者应该对后者产生了极大的影响。"秋露"一方面令梧桐叶凋谢,另一方面又被比作皇上和臣子的泪水。《道济集》中有这样一首和歌:"草木池苑依旧在,秋日白露亦未晞。"（《池苑依旧》246）"秋日白露"与《长恨歌》的"归来池苑皆依旧"一同出现,想必也带了几分"泪水"的意味。

四

众所周知,《长恨歌》的"返魂香"一段是根据汉武帝的宠姬李夫人的故事改编而成的。桐壶更衣身上也有李夫人的影子,笔者曾就此进行过论述。[③] 李夫人的故事中也有"秋悲"的相关描写。

《汉书·外戚传》中收录了汉武帝为悼念李夫人所作的《李夫人赋》。这首赋描写了李夫人之死及其葬礼的情景。"秋气憯以凄泪兮,桂枝落而销亡"写的就是武帝的"秋悲"。白居易的新乐府《李夫人》中没有这一内容,《长恨歌传》里也只有"宫槐秋落"而已,可见《李夫人赋》的"秋悲"后来被

---

① 据堀部正二《校异和汉朗咏集》考证,除了传世尊寺行尹笔本的旁书为"雨"外,其他版本均作"露"。

② 太田次男《〈长恨歌传〉〈长恨歌〉的原文——以旧抄本为中心》（载"斯道文库论集"十八辑,1981年）中附有金泽文库本《白氏文集》中《长恨歌传》《长恨歌》的翻刻及诸本的基本异同表。该表显示,金泽文库本、管见抄本、要文抄本作"雨",正安本、神田氏正安本、文和本、斯道文库本、阳明墨迹本作"露"。

③ 参见第一部第一章"李夫人与《桐壶卷》"。

《长恨歌》所承袭。

师古注曰："凄泪寒凉之意也。桂秋芳香亦喻夫人也。"这两句话的意思是：秋气寒凉令我心中惨痛，芬芳的桂枝香消玉殒，像桂枝一样美好的李夫人也一去不返。《长恨歌》中唯有"秋雨梧桐叶落时"能与这两句直接对应。既然"桂枝"指的是李夫人，"梧桐"难道不是在比喻杨贵妃吗？

武帝在赋中追忆了李夫人的美貌：

> 神茕茕以遥思兮，精浮游而出壄。
>
> 托沈阴以圹久兮，惜蕃华之未央。
>
> 念穷极之不还兮，惟幼眇之相羊。
>
> 函菱蒦以俟风兮，芳杂袭以弥章。

"惜蕃华之未央"，注云："未央犹未半也。言，年岁未半而早落蕃华。故痛惜之。"李夫人被比作是盛放的花朵"蕃华"。"函菱蒦以俟风兮"，注云："李奇曰：蒦音敷。孟康曰：菱音绥。华中齐也。夫人之色，如春华含菱敷散以待风也。"李夫人被形容为迎风待放的春花。这一表现被《长恨歌》的"春风桃李花开日"所承袭，"桃李"被用来形容杨贵妃的"花容月貌"。《大贰高远集》中也有一首以"桃李春风"为题的和歌："芳菲含笑迎春风，花色还似故人颜。"既然"桃李"是比喻的话，那么与之对仗的"梧桐"也可以看作对杨贵妃的比喻。

唐代类书《岁华纪丽》"露部"（《和刻本类书集成一》所收）将无常的人生比作桐叶上的露水："托于桐叶〔苏子曰：人生于世，若朝露之寄于桐叶。〕"如此想来，"秋露梧桐叶落时"这一异文并非空穴来风，而是有确凿根据的。玄宗于"桐叶"与"秋露"中感受到人生的无常，不得不面对杨贵妃已死的事实。"春风桃李花开日"和"秋露梧桐叶落时"正是玄宗用来追慕杨贵妃的"花容月貌"并对其短暂易逝的生命进行再确认的一组对句。

汉武帝的《李夫人赋》用"桂枝"和"春华"来形容李夫人。《长恨歌》中的"桃李"和"梧桐"也可以理解成是对杨贵妃的比喻。桐壶更衣的"桐"想必也是如此。

《和汉朗咏集》"十五夜部"中收录了这样两句诗："杨贵妃归唐帝思，李夫人去汉皇情。"（源顺《对雨恋月》250）这首诗将中秋雨夜期待看到月亮的心情与痛失爱妃的唐玄宗、汉武帝的心情相比照。这两句诗字数相同、文意相对，"杨贵妃"对"李夫人"，"唐帝"对"汉皇"，"思"对"情"。再仔细品读一番，还可以发现"杨"对着"李"，"贵妃"对着"夫人"。《和汉朗咏集》"饯别部"也出现了"杨""李"的对句："杨岐路滑，吾之送人多年。李门波高，人之送我何日。"（大江以言《饯诸故人序》634）源顺诗中的"杨"和"李"都是与树木有关的文字，令人想起"桐"。换言之，"杨贵妃"和"李夫人"是构建"桐壶更衣"这一人物形象的重要契机。

如前所述，元稹的《桐花》和白居易的《答桐花》中的"桐"都指的是元稹本人，"桐"被比作人。比如《答桐花》中的"况此好颜色"就运用了拟人的手法。因此我们可以推断，"桐"这一植物象征着住在"桐壶"里的女性。这样一来，我们就更容易理解桐壶更衣母亲的和歌了：

> 狂风摧折木枯朽，幼荻失庇更堪忧。

这首和歌的前提是树木为幼荻遮风挡雨。虽然没有写明是什么树，但是肯定是种在宫中的树。既然这首和歌是将"木"比喻住在"桐壶"里的更衣，那么歌中的"木"无疑指的是"梧桐"了。

正如清少纳言所说，"梧桐"的叶子生得十分繁茂，抑或是如《毛诗》所言"萋萋萋萋"，《答桐花》用"叶重碧云片"来形容梧桐茂盛的样子，还形容桐花"紫桐重好荫"。更衣母亲和歌中的"荫"（原文：かげ）一词与白居易诗中的"好荫"相对应。《答桐花》还有一句"下覆阶前蓂"指的是被移植到宫中的"梧桐"为树下的"蓂"遮风挡雨。《艺文类聚·帝王部·帝尧陶唐氏》这样解释"蓂"：

> 又有草夹阶而生，随月生死。王者以是占日月之数，惟盛德之君，应和而生。故尧有之。名曰蓂荚。

相传蓂是帝尧阶前所生的瑞草，在短短一个月内经历生死轮回，具有容易枯萎的特点，在梧桐绿荫的庇护下成长。梧桐树正是这样一种用绿荫为"幼荻"遮风挡雨的树木。

梧桐为"幼荻"挡住"狂风"，却早于"幼荻"枯死。梧桐叶的凋落预示着秋天的到来。古人云："梧桐一叶落，天下尽知秋。"这也说明"梧桐"的确非常适合扮演更衣母亲和歌中的"木"这一角色。

《桐壶卷》写道："秋风飒飒，暮色渐浓，寒气逼人，一名韧命的命妇奉命前往更衣的娘家。"（《桐壶卷》19）这里的"风"是呼啸的秋风。此外，桐壶帝也曾在给更衣母亲的信中写道："旷野冷露风凄切，遥怜宫外幼萩孤。"这里的"露"和"如下秋露"一样，都有"泪水"的意思。"秋风"起，思故人，泪潸然。白居易的《微之敦诗晦叔相次长逝，岿然自伤，因成二绝（其二）》（3079）里已有先例："长夜君先去，残年我几何。秋风襟满泪，泉下故人多。"《和汉朗咏集》"怀旧部"（742）收录了这首诗。桐壶帝的信中所说的"风"是凝结泪水的风，更衣母亲的"狂风"则是摧折树木的风。"木"暗指更衣，"狂风"则指以弘徽殿女御为首将更衣折磨致死的恶势力。桐壶帝的能力毕竟有限，光源氏最终还是被卷入继承皇位的争夺战。尽管更衣母亲在皇上看来颇有些"心绪不宁"（《桐壶卷》26），但是她对"幼萩"未来的担忧还是不无道理的。作者紫式部特地为《物语》设定了"秋风飒飒，暮色渐浓，寒气逼人"的故事背景，用"秋悲"影射了残酷的政治斗争。

《长恨歌》的"秋雨（露）梧桐叶落时"指的是"雨"或"露"导致梧桐叶凋零，其实换作"风"也不会有任何问题。白居易的"槐花雨润新秋地，桐叶风凉欲夜天"（《秘省后厅》1529）描写了"风"吹落"桐"叶的情景，被收录在《和汉朗咏集》"早秋部"（209）。刘禹锡的"梧桐先风落，草虫迎湿吟"（《早秋雨后寄乐天》）描绘了同样的情景。菅原道真也写过类似的诗："梧桐风后色，蟋蟀雨中声。"（《菅家文草》卷四《感秋》326）刘禹锡和菅原道真的诗中吹落桐叶的"风"类似于更衣母亲的和歌"狂风摧折木枯朽，幼萩失庇更堪忧"中导致树木枯死的"风"。

此外，刘禹锡和菅原道真的诗中还出现了"虫"这一景物（"草虫"和"蟋蟀"）。"梧桐"和"蟋蟀"的组合可能与白居易的"梧桐上阶影，蟋蟀近床声"（《夜坐》0800）、"暗声啼蟋蟀，干叶落梧桐"（《何处难忘酒》2759）有关。菅原道真还曾经作过这样一首诗："声寒络纬风吹处，叶落梧桐雨打时。"（《菅家后集·九日后朝同赋秋思应制》473）络纬，即莎鸡、蟋蟀。这首诗中的"梧桐"也是和"风""虫"一道出现的。"叶落梧桐雨打声"一句模仿了《新乐府·上阳白发人》（0131）的"萧萧暗雨打窗声"。这两句诗在《长恨歌》的基础上又增加了"虫"这一要素。上野英二注意到《长恨歌》中虽然没有"虫"这个词，但是《桐壶卷》却频繁用"虫"来构建故事的场景。①

---

① 上野英二《从〈长恨歌〉到〈源氏物语〉》（载《国语国文》，50 卷 9 号，1981 年 9月）。又收录于上野英二《〈源氏物语〉序说》）。

此时月色如水，寒风拂面，草虫乱鸣，令人感伤。命妇不忍离去，遂吟歌一首："铃虫凄鸣声有尽，耿耿长宵泪未干。"命妇吟罢此歌，还是不忍登车离开。"荒园蓬生虫悲鸣，我欲添泪作潺湲。"

（《桐壶卷》24）

风声虫鸣无不催人哀思……

（《桐壶卷》28）

　　如此看来，"虫"的确在《物语》中扮演了极其重要的角色。"荒园蓬生虫悲鸣，我欲添泪作潺湲。"（原文：いとどしく虫の音しげき浅茅生に露おき添ふる雲の上人）这首和歌中的"いとどしく"一语双关，暗含了虫名"いとど"（灶蟀），其源流可以追溯到上述的道真诗。道真的诗主要以桐叶为主题，描写了风吹虫鸣的情景。《桐壶卷》中的风吹虫鸣的"秋悲"之景也必须建立在"桐"象征已故更衣的这一理解之上。

<h1 style="text-align: center">五</h1>

　　接下来我们继续比较《长恨歌》与《桐壶卷》。《长恨歌》在第Ⅱ部分描写了玄宗的"秋悲"，在第Ⅲ部分叙述方士在蓬莱山邂逅仙女杨贵妃。蓬莱山是远在东海之上的仙山。《长恨歌传》写玄宗对杨贵妃的思念是"三载一意，其念不衰"。玄宗派方士去找杨贵妃，从空间上来说与第Ⅱ、Ⅲ部分并无直接关联。《长恨歌》的"昭阳殿里恩爱歇，蓬莱宫中日月长。回头下视人寰处，不见长安见尘雾"集中体现了宫中与蓬莱山（仙界、天上）之间的距离。杨贵妃在马嵬坡香消玉殒之后，昭阳殿里已不见昔日"恩爱"缠绵的景象，人间与蓬莱山成了两个世界，从仙界遥望尘世，只能看到茫茫"尘雾"。

　　首先映入眼帘的是"恩爱"这个词。我们参照《长恨歌序》[①]可重新梳理出这样一个故事：玄宗与杨贵妃本是仙界的仙人和仙女，两人因"恩爱"获罪，被贬入凡尘，结为夫妇。杨贵妃死于马嵬坡后，曾经的"恩爱"一时间不见了踪影。后来方士在蓬莱山找到仙女杨贵妃，"恩爱"又得以复苏。

---

①　本文将《长恨歌序》看作是白居易的自序，就此展开论述。《长恨歌》有些部分晦涩难懂，因此该诗应也和《琵琶行》一样有一篇自序。

玄宗与杨贵妃曾经许下"比翼连理"的誓言，来世二人还会成为夫妻。生死离别之"恨"绵绵不绝，永无尽期。

仙女杨贵妃表达了愿与玄宗重逢的愿望。《长恨歌》云："天上人间会相见。"《长恨歌传》云："或为天或为人，决再相见，好合如旧。"天上与人间虽然是两个不同的世界，只要秉持着坚定的信念，就一定能重逢。

方士让二人的"恩爱"再次复苏。他给玄宗带回了"金钗"和"钿合"，证明自己见到了杨贵妃。他的使命就是带回这些信物，并且使杨贵妃重新燃起对玄宗的爱恋。

《伊势集》描绘了仅靠"恩爱"与"金钗钿合"维系的两个世界。词书云："亭子院命人绘制长恨歌屏风，咏各扇屏风所绘图画。"伊势首先以第Ⅱ部分为题材，以玄宗的角度创作了五首和歌。接着又以第Ⅲ部分中仙女杨贵妃的角度创作了五首和歌。两个世界相差之大在长恨歌屏风绘中得以充分体现出来。

紫式部也对比了两个世界，写成《桐壶卷》（二）。虽然第Ⅱ、Ⅲ部分无论是在空间上还是在时间上都有一定的距离，但是紫式部把时间改成了"秋夜"，把地点改成了"宫中"和更衣娘家。叙述的顺序变为宫中—更衣娘家—宫中，中间插入了更衣的娘家。既然作者对《长恨歌》做了如此大的改动，我们就有必要对她的创作意图进行分析。

接下来考察《桐壶卷》与《长恨歌》的相似点和不同点。

（1）前世

> 想必是宿世的因缘吧，更衣生下了一个举世无双的皇子。
>
> （《桐壶卷》12）

> 到头来朕失去了至爱之人，只落得个形影相吊，日益愚钝的结果。如此想来，还真想知道前世的因缘究竟是怎么一回事。
>
> （《桐壶卷》24）

桐壶帝与更衣能够在一起是因为前世有缘。玄宗和杨贵妃也有一段前世姻缘。据《长恨歌序》等记载，玄宗和杨贵妃原本是仙界的仙人和仙女，转世来到人间，结为夫妻。正因为这一段前世姻缘，才有了《长恨歌》第Ⅲ部分的蓬莱转生的故事。《长恨歌》讲述了一个今生誓要"比翼连理"，蓬莱"恩爱"得以复苏，来生再续前缘这样一个轮回转生的故事。

（2）蓬莱山与更衣娘家

　　冬极绝天海，跨蓬壶，见最高仙山。上多楼阙。西厢下有洞户，东向阖其门。（中略）于时云海沈沈，洞天日晚。琼户重阖，悄然无声。方士屏息敛足，拱手门下。久之而碧衣延入。

（《长恨歌传》）

　　命妇乘车抵达更衣娘家，车子一进门内，萧条气息迎面扑来。更衣母亲曾经为了女儿努力维持宅第的体面，可是如今她失去爱女，沉浸在悲伤中不能自拔，自然无心打理庭院。因此杂草丛生，一片荒凉破败景象。加上这时寒风萧瑟，更显得格外凄凉。繁茂的杂草也遮不住高悬的秋月，明朗地照耀着大地。（中略）有劳您冒着严霜寒露光临蓬室。原文：命婦かしこにまで着きて、門引き入るるより、けはひあはれなり。やもめずみなれど、人ひとりの御かしづきに、とかくつくろひ立てて、めやすきほどにて過し給ひつる、闇にくれてふし沈み給へるほどに、草も高くなり、野分にいとど荒れたるここちして、月影ばかりぞ、八重葎にもさはらずさし入りたる。（中略）かかる御使の、蓬生の露分け入り給ふにつけても（后略）

（《桐壶卷》20）

　　上面两段分别描写了方士踏访蓬莱山和命妇造访更衣娘家的情景。《长恨歌传》中的蓬莱山被换成了更衣娘家，方士换成了命妇，两个场景有着共通之处。《桐壶卷》的"くれ"与《长恨歌传》的"晚"、"ふし沈む"与"沈沈"、"門"与"门"、"ひき入るる"与"延入"一一对应。金泽文库本将"延入"一词读为"ヒキ（イ）レツ"[①]，符合文章"悄然无声""萧条"这样的整体氛围。

　　蓬莱山是"蓬莱山五云起"的美丽仙界，而更衣娘家则是一片荒凉破败的景象。这是因为更衣已经不在人世，更衣活着的时候还是个"体面"的地方。更衣母亲将荒凉的府邸称为"蓬室"，这是化用了《长恨歌传》中的

---

① 参见太田次男《〈长恨歌传〉〈长恨歌〉的原文——以旧抄本为中心》（转引的是中金泽文库本《白氏文集》中的《长恨歌传》《长恨歌》）。此外，"晚"字金泽文库本作"暮"。

"蓬壶"一词。本书第一章说过，"蓬壶"是"宫中"的唐名，与"桐壶"等禁中五舍的别名亦有关联。将"蓬壶"换成"蓬室"，对紫式部来说并非难事。

（3）纪念

桐壶帝派命妇去找更衣魂魄，遍寻不着，他只好将对更衣的思念转嫁到被寄养在更衣娘家的光源氏身上。命妇造访更衣娘家时，年幼的光源氏还在睡梦中（《桐壶卷》22）。这一段脱胎于《长恨歌传》的"碧衣云，玉妃方寝"。金泽文库本将"寝"读作"オホトノコモレリ"，年幼的光源氏正是更衣亡魂的替身。

桐壶帝在写给更衣母亲的信上称光源氏为已故更衣的"遗念"："吾视此子为亡人之遗念，请您带他进宫。"（《桐壶卷》21）接着"更衣母亲便将更衣的遗物衣衫一套、梳具数事交给命妇，留作纪念"一段中又出现了"遗物"（《桐壶卷》21）一词。命妇将这些更衣的遗物呈献皇上，"皇上看到命妇带回的这些物品，心想：'这若是方士从蓬莱山带给玄宗的"钗钿"该有多好……'但他自知这不过是不切实际的妄想罢了"（《桐壶卷》27）。更衣的遗物被比作是方士从蓬莱山带给玄宗的"钗钿"。既然"衣衫一套、梳具数事"是更衣的遗物，那么"钗钿"也就可以看作是杨贵妃的遗物了。

《长恨歌传》在仙女杨贵妃与方士分别之际提到了"遗物"："取金钗钿合，各折其半，授使者曰：为谢太上皇。谨献是物，寻旧好也。方士受辞与信，将行色有不足。"《长恨歌传》将方士拿到的半份"金钗钿合"称作是"信"。龙门文库本、歌行诗谚解本、京大清家文库本将"信"字训为"かたみ"。《河海抄》注："纪念〔游仙窟〕信〔文集〕"，想必也是根据上述这段《长恨歌传》。图书寮本《类聚名义抄》中的"信受"一词和观智院本《类聚名义抄》中的"信"字也用了同一个训。可见《桐壶卷》中的"遗念"是脱胎于《长恨歌传》，"视此子为亡人之遗念"也影射了"金钗钿合"的故事。

桐壶帝模仿玄宗派人去寻觅爱妃亡魂，也取回了"信"（遗物），却没能找到亡魂所在。他徒自悲叹，吟咏了这样一首和歌："愿君化作鸿都客，能以精诚寻芳魂。"（《桐壶卷》27）最后他将这番深恩厚爱，转移到更衣之子光源氏的身上。

（4）月

《和汉朗咏集》"恋部"收录了《长恨歌》的"行宫见月伤心色"。平安时代的人们眺望明月吟咏相思之情时，脑海中都曾浮现过这句古诗吧。前面提到过《和汉朗咏集》"十五夜部"中收录有源顺的"杨贵妃归唐帝思"。这句诗同样化用了《长恨歌》的"行宫见月伤心色"。此外，《道济集》中的"见月更添相思情，月里愁人吊孤影"（244）和《大贰高远集》中的"忆君思君心茫然，独坐寒灯望晓月"（257）都是以该诗句为题创作的和歌。

《长恨歌》里吟咏的是巴蜀行宫之"月"，而《杨太真外传》描述的则是宫中的月亮："上皇既居南内，夜阑登勤政楼。凭栏南望，烟月满目。上因自歌曰：庭前琪树已堪攀，塞外征人殊未还。歌歇闻里中隐隐如有歌声者。（中略）果梨园弟子也。"

《桐壶卷》在叙述桐壶帝的"秋悲"时，提到了宫中和更衣娘家两处的"月"色。"命妇于月色当空之时驱车前往更衣娘家。皇上徘徊望月，回忆起了往事。（中略）更衣的一颦一笑皆风情万种，与众不同，令人记忆犹新。"（《桐壶卷》19）这一段描写的是宫中的月色。这里的月亮与源顺的"杨贵妃归唐帝思"一样，都是用来寄托对已故宠妃的思念，与《杨太真外传》也有几分相似之处。

更衣娘家有两处与月亮有关的描写："繁茂的杂草也遮不住高悬的秋月，明朗地照耀着大地"（《桐壶卷》20）和"此时月色如水"（《桐壶卷》24）。更衣娘家因为更衣的去世变得一片荒芜，杂草丛生，才有了如此"伤心"的月色。

此外，桐壶帝也牵挂着更衣娘家以及从那里看到的月亮。"月色西沉，皇上遂吟诗道：泪眼婆娑望秋月，遥怜荒园有故人。"（原文：雲のうへも涙にくるる秋の月いかですむらむ浅茅生の宿）（《桐壶卷》28）更衣母亲曾将一首"荒园蓬生虫悲鸣，我欲添泪作潺湲"（原文：いとどしく虫の音しげき浅茅生に露置き添ふる雲の上人）（《桐壶卷》25）赠予命妇，桐壶帝又在这首和歌的基础上创作了"泪眼婆娑望秋月"这首和歌。两首和歌里都有"雲の上"和"浅茅生"这两个词。

"雲の上"一般用来将宫中比作蓬莱山等神仙世界。《和汉朗咏集》"述怀部"就有将宫中比作蓬莱的例子："升殿是象外之选也。俗骨不可以踏蓬莱之云。尚书亦天下之望也。庸才不可以攀台阁之月。"（橘直干《申文》758）都良香的《神仙策》里也有"三壶云浮"这样的字眼。

《长恨歌》第Ⅱ、Ⅲ部分所构建的"人间是宫中，天上是蓬莱山"这一构图，在"泪眼婆娑望秋月，遥怜荒园有故人"与"荒园蓬生虫悲鸣，我欲添泪作潺湲"这两首和歌中被颠覆。本该是蓬莱山的更衣娘家由于主人离开而杂草丛生，本应该是人间的宫中却成了神仙世界。然而，宫中这一神仙世界却遍寻不着更衣的芳踪。桐壶帝虽然身在宫中，却只能含泪望月独自伤心。

桐壶帝眺望明月吟咏和歌"泪眼婆娑望秋月，遥怜荒园有故人"，这与玄宗见"烟月满目"，"因自歌曰：庭前琪树已堪攀，塞外征人殊未还"十分相似。此时，桐壶帝听到了弘徽殿女御的丝竹管弦声，而玄宗则听到了梨园弟子的歌声（《长恨歌传》为"玉琯"之音）。

（5）虫与长夜

上一点指出"虫"在《桐壶卷》中扮演了"秋悲"的重要角色，这里继续就"虫"进行探讨。

"行宫见月伤心色"的下一句是"夜雨闻猿断肠声"［《和汉朗咏集》恋部 780（"断肠"文集校订本等作"肠断"）］。"月""色"配以"猿""声"，上下两句分别从视觉和听觉上表现玄宗的悲哀之情。菅原道真的《感秋》也运用了"色"与"声"的组合："梧桐风后色，蟋蟀雨中声。"道真的《九日后朝同赋秋思》中有一句是"声寒络纬风吹处，叶落梧桐雨打时"，后半句脱胎于《长恨歌》的"秋雨梧桐叶落时"。如此想来，《感秋》的"梧桐风后色，蟋蟀雨中声"很有可能是在化用"秋雨梧桐叶落时"的基础上又融入了"行宫见月伤心色，夜雨闻猿断肠声"的"色"与"声"。"感秋"有感伤悲秋之意，可以把"梧桐风后色"这一句理解为"梧桐风后（伤心）色，蟋蟀雨中（断肠）声"。

"断肠"一词源自《世说新语·黜免》①："桓公入蜀，至三峡中。部伍中有得猿子者。其母缘岸哀号，行百余里不去。遂跳上船，至便即绝。破其腹中。肠皆寸寸断。公闻之怒，命黜其人。""行宫见月伤心色，夜雨闻猿断肠声"是以巴蜀为背景创作的，巴蜀自然能够听得到猿声。《玉台新咏》卷九中有将"断肠"用于"蟋蟀"的例子："蟋蟀月明断人肠，夜长思君心飞扬。"（［宋］杨惠休《秋风歌》）可见道真的"蟋蟀雨中（断肠）声"不见得是牵强的说法。道真还写过"今年异例肠先断，不是蝉悲客意悲"（《菅家文草》卷四《新蝉》253）。第二年，他在大宰府忆起《九日后朝同赋秋思》时写道："去年今夜侍清凉，秋思诗篇独断肠。"（《九月十日》482）也就是说，道真把他听到的"蟋蟀声""络纬声""蝉声"全都形容为"断肠"声。既然"虫声"和"猿啼"都令人肝肠寸断，那么把《长恨歌》"夜雨闻猿断

---

① 详见松浦友久《诗语的诸相——唐诗笔记》（第一部二"'猿声'考、四"'断肠'考"）。

肠声"里的"猿"换成"虫"也不会不自然。

《桐壶卷》将宫中和更衣娘家设定为"秋悲"的舞台,无论哪一个地方都与蜀山的"猿"声格格不入。作者之所以把"猿"换成"虫"是有她的独特用意的。玄宗在巴蜀行宫眺望明月,听到凄凉的猿啼满怀愁绪;桐壶帝、更衣母亲与命妇三人遥望都城的明月,听着切切虫鸣肝肠寸断。命妇的和歌"铃虫凄鸣声有尽,耿耿长宵泪未干"(原文:鈴虫の声の限りを尽くしても長き夜あかずふる涙かな)(《桐壶卷》24)将断肠之痛表现得淋漓尽致。"ふる涙"一词出自《伊势集》"秋思血泪双双落,不辨红叶漫天飞"(原文:紅葉葉に色みえわかでふる物はもの思ふ秋の涙なりけり),"長き夜あかず"源于《长恨歌》的"迟迟钟漏初长夜,耿耿星河欲曙天"。"长夜"一词正如"长夜君先去,残年我几何。秋风襟满泪,泉下故人多"(《和汉朗咏集》怀旧部)所示,也可以用来表示冥界:

> 惨郁郁其芜秽兮,隐处幽而怀伤。
> 释舆马于山椒兮,奄修夜之不阳。
> 〔注:孟康曰:山椒山陵也。置舆马于山陵也。师古曰:自"惨郁郁"以下,皆言,夫人身处坟墓而隐翳也。修长也。阳明也。〕
>
> (《汉书·外戚传》)

诗句描绘了安葬李夫人的情景。"奄修夜之不阳"有"长夜不明"之意,酷似命妇和歌中的"長き夜あかず"。如果说更衣身上有李夫人和杨贵妃的影子,那么皇上哀悼更衣的表现也应当对玄宗和武帝痛失爱妃的表现有所借鉴。武帝赋中的"修夜",《长恨歌》为"长夜",《桐壶卷》为"長き夜"(长夜)。命妇和歌中的"長き夜あかず"既表示"秋悲"的"长夜",也意味着更衣永远地离开了人世。[1]

(6)庭木

《源氏物语》注释集《奥入》列举了《桐壶卷》的别名"壶前栽"。"前栽"指的是庭前种植的花草树木。《长恨歌》与"庭木"相关的句子有"西宫南内多秋草,落叶满阶红不扫"(《新撰朗咏集》前栽部 279)。《长恨歌传》记:"尊玄宗为太上皇,就养南宫。自南宫迁于西宫内。""西宫南内"

---

[1] 上野英二在《从〈长恨歌〉到〈源氏物语〉》(载《国语国文》,50 卷 9 号,1981 年 9 月)一文中将更衣娘家的"浅茅"与马嵬坡贵妃之死联系起来。笔者持相同观点。

指的是玄宗退位后所住的两个宫殿。这两个宫殿分别对应着《桐壶卷》（二）的宫中的清凉殿和更衣的娘家这两个地方。

> 清凉殿的壶前栽正值繁茂。桐壶帝佯装观赏，（中略）近来桐壶帝早晚总要观赏宇多天皇令人绘制的《长恨歌图》，（中略）日常谈话也总是挑这种题材的和歌和汉诗作为话题。
>
> （《桐壶卷》25）

宫中的秋花秋草全无萧瑟寂寥的迹象，秋草颇有"秋之七草"[①] 的风趣。也许桐壶帝是一边欣赏院中的花草，一边吟咏出了"旷野冷露风凄切，遥怜宫外幼萩孤"（原文：宫城野の露吹きむすぶ風の音に小萩がもとを思ひこそやれ）（《桐壶卷》22）这首和歌吧。"宫城野"素以萩草闻名，喻指"宫中"。宫中也种有萩草。桐壶帝由庭前种植的花草想到了"幼萩"；即年幼的光源氏。"壶前栽"这一别名虽然出自这段话，实际上是脱胎于《长恨歌》的"多秋草"。如果说"桐壶"这一卷名与元曲《梧桐雨》都是脱胎于"秋雨（露）梧桐叶落时"的话，那么"桐壶"与"壶前栽"这两个卷名就同样象征了桐壶帝长恨歌式的"秋悲"。然而，"桐壶"与清凉殿的"壶前栽"毕竟位于不同地点，"壶前栽"的萩草令人想起光源氏这一点也有所不同。《桐壶卷》形容更衣娘家"杂草丛生"，这与《长恨歌》里荒凉萧条的光景更为相似。

（7）管弦与老人

《新撰朗咏集》"老人部"收录有《长恨歌》的"梨园弟子白发新，椒房阿监青娥老"。第三节曾经提到梨园弟子演奏音乐："梨园弟子，玉琯发音，闻《霓裳羽衣》一声，则天颜不怡，左右歔欷。"（《长恨歌传》）本节（二）也提到过《杨太真外传》的梨园弟子的歌声。《桐壶卷》中记述弘徽殿女御在月夜奏起丝竹管弦，皇上听了大为不快。[②] 作者为了塑造弘徽殿女御不体谅人的人物形象，对《长恨歌》的故事进行了改编。

"椒房阿监"指的是后宫中侍奉杨贵妃的女官。《桐壶卷》曾提到桐壶帝

---

① 译者注："秋之七草"的说法源自《万叶集》山上忆良的《秋之七草歌》，七草包括萩、葛花、抚子花、尾花、女郎花、藤袴、桔梗。

② 上野英二也有相同观点（《从〈长恨歌〉到〈源氏物语〉》，载《国语国文》，50卷9号，1981年9月）。

"带着四五个性情温雅的女官"（《桐壶卷》25），一边披览《长恨歌图》，一边思念着已故的更衣。女官们是在更衣刚死之时出现的，自然没有像"椒房阿监青娥老"那般红颜尽褪。反倒是更衣母亲出现了"青娥老"的趋势："妾身年迈，苟活于世，只是徒增痛苦。面对长寿松尚且感到羞愧，更何况是进入九重宫阙呢？"（《桐壶卷》22）这里强调更衣母亲的年迈，是为她无法入宫做铺垫。

（8）其他

此外，《桐壶卷》与《长恨歌》《长恨歌传》还有以下这些相似之处：

- 虽然时过境迁，皇上还是沉浸在悲哀之中不能自拔 （《桐壶卷》19）
  悠悠生死别经年 （《长恨歌》）
  三载一意，其念不衰。 （《长恨歌传》）
- 他不宣召别的妃子侍寝 （《桐壶卷》19）
  皇上已经许久没有召幸弘徽殿了 （《桐壶卷》28）
  旧枕故衾谁与共 （《长恨歌》）
- 终日以泪洗面 （《桐壶卷》28）
  圣主朝朝暮暮情 （《长恨歌》）
- 惊觉多少往事一如过眼云烟 （《桐壶卷》26）
  悠悠生死别经年 （《长恨歌》）

六

《桐壶卷》没有直接引用《长恨歌》相关的内容，但是《长恨歌传》开头的这段话却与《桐壶卷》藤壶妃子登场的场景极其相似：

先是，元献皇后武淑妃皆有宠，相次即世。宫中虽良家子千万数无可悦目者。上心忽忽不乐。（中略）诏高力士，潜搜外宫，得弘农杨玄琰女于寿邸。既笄矣。鬓发腻理，纤秾中度，举止闲冶，如汉武帝李夫人。

（《长恨歌传》）

　　岁月流逝，皇上一刻都不能忘记已故的更衣。有时他为了排忧解闷，也召见一些美人，却反而徒增感叹，觉得再也找不到像桐壶更衣那样的人了。他从此疏远女人，无心过问。一天，有一个侍奉皇上的典侍，说起先帝的第四皇女容貌姣好，被母后悉心抚养成人。这典侍曾经侍奉过先帝，四公主年幼时就认识她，现在也常有机会看见她。典侍奏道："妾身曾经在宫中侍奉过三代帝王，从未见过一位与桐壶娘娘相似之人。只有这位公主，越长越像桐壶娘娘，真是一位绝世美人呢。"这番话说得皇上心动，于是下令召四公主入宫。

（《桐壶卷》33）

　　元献皇后、武淑妃相继离开人世，玄宗变得"忽忽不乐"。于是他命高力士搜罗天下的绝色美人，最后找到了杨贵妃。文章形容杨贵妃的美貌堪比汉武帝的宠妃李夫人。

　　桐壶更衣死后，女官典侍为了安慰伤心不已的桐壶帝，找来了藤壶妃子。藤壶是一位肖似已故更衣的绝色美人。这段话再次援用了《长恨歌》的故事，玄宗对应桐壶帝，元献皇后和武淑妃对应更衣，杨贵妃对应藤壶，高力士对应典侍，"良家子千万数"对应"一些美人"。

　　杨贵妃本是玄宗之子寿王李瑁之妻。藤壶被母后悉心抚养成人，这一点与"杨家有女初长成，养在深闺人未识"的杨贵妃十分相似。她们的不同之处在于，杨贵妃是已故元献皇后、武淑妃的替代品，其凭借美貌俘获了玄宗的心；而后者则是因为肖似桐壶更衣而获宠。藤壶与其说是"如汉武帝李夫人"，倒不如说是"如桐壶更衣"更为恰当。

　　对桐壶帝来说，光源氏是更衣的遗孤，藤壶是更衣的替代品，两人都让他想起更衣。武帝借助返魂香与李夫人亡魂相见，玄宗派方士去蓬莱山找仙女杨贵妃。同样，桐壶帝在更衣娘家寻得光源氏，又在"深闺"觅得藤壶，这两个人都是更衣亡魂的替身。

　　作者为何再次借《长恨歌》的故事让藤壶登场呢？《长恨歌》的主题"恩爱"在杨贵妃死后一度断绝，又再次复苏，长恨绵绵无绝期。作者先是让桐壶更衣死去，又让藤壶像杨贵妃般登场，就是为了昭示这一主题。《源氏物语》这部长篇小说正是以"恩爱"和"长恨"为主轴徐徐展开的。

　　桐壶更衣与藤壶妃子之间有千丝万缕的联系。首先她们身上都有杨贵妃的影子，其次后者扮演了前者亡魂的角色。还有一点至关重要，那就是

"桐"花与"藤"花都是紫色的花。①

《倭名类聚抄》中写道："三月花紫。"《本草和名》则说："三月花紫。《礼》云，桐始华者也。""《礼》云"指的是《礼记·月令》的"季春之月（中略）桐始华"，说的是桐花于三月开放。元稹《桐花》"唯占清明后"中的"清明"指的是三月清明节，桐花从这个时候开始绽放。《白氏六帖（卷一）·寒食》："清明〔付寒食门〕。三月之节日在娄〔清明为三月节〕。桐始华〔清明之日〕。"白居易《答桐花》中也有说："是时三月天。"

"藤花"是在春末盛开的紫花，备受人们喜爱。若紫这一人物的登场也是在三月末。桐壶、藤壶、若紫三人的名字都与春花相关。虽然后来关系到六条院的结构，但是其源头在于紫色的"桐"花。

"桐壶"一词原本是"淑景舍"的异名。"淑景"意为春天。《初学记》"春部"的"事对"中有"淑景鲜云"一项。日本现存最早的汉诗集《怀风藻》中有"淑景苍天丽，嘉气碧空陈"这样的诗句（采女比良夫《春日侍宴》42）。《本朝文粹》中收录了纪长谷雄的诗序："万株如契，比和风于虎符。一步不违，代淑景于羽檄。"（卷十一《早春内宴侍清凉殿同赋草树暗迎春应制》319）"淑景"指春光。② 在春光明媚的宫殿里盛放的紫色花朵就是桐花。六条院的"春之町"正是源自于此。

"桐""藤""若紫"的"紫"都与《长恨歌》密切相关。《长恨歌传》记载，方士初次在蓬莱山见到仙女杨贵妃时，"而碧衣延入。且曰：玉妃出。见一人冠金莲，被紫绡，佩红玉，曳凤舄，左右侍者七八人。""紫绡"即紫色的丝织品。"被"③ 通"披"。侍女着"碧衣"，仙女杨贵妃披"紫绡"。

紫色是一种带有神仙思想的色彩。宫中之所以被称为"紫禁""紫府""紫宫"，也是因为和神仙思想有关。杨贵妃在蓬莱山亦身着符合仙女身份的

---

① 荒木良雄的《〈源氏物语〉象征论——女性的称呼》（载《国文学解释与鉴赏142》，1948年3月）算得上是最早开始关注桐花"紫色"的研究之一。此外，伊原昭《平安朝文学的色调——聚焦散文作品》（《紫色的象征——〈源氏物语〉》）中也谈到了"紫色"。

② 例如杜甫《紫宸殿退朝口号》"香飘合殿春风转，花覆千官淑景移"（柿村氏注释所引）中的"淑景"指的是春光。

③ 太田氏《〈长恨歌传〉〈长恨歌〉的原文——以旧抄本为中心》的异同表显示，以金泽文库本为首的旧抄本系为"被"，宋本、那波本、兰雪堂本等为"披"，"披"乃"被"之假借，也是表示穿衣之意。但是《杨太真外传》（"国译汉文大成"《晋唐小说》）中为"帔紫绡"，意思是"盖住紫色丝巾"。

"紫衣"登场。

《长恨歌》的故事经常被画成屏风画或绘卷供人欣赏。蓬莱山的仙女杨贵妃一改往日与玄宗在宫中寻欢作乐的形象，变得愈发明艳神秘。《长恨歌传》里虽然只出现过一个"紫"字，但是《长恨歌图》却给鉴赏者留下了深刻的"紫色"印象。① 白居易笔下"梨花一枝春带雨"的仙女杨贵妃可以称得上是一位"紫色的女子"。

除了"紫"以外，《源氏物语》里还有一个重要的元素——"光"。"淑景舍"不仅指的是春光明媚的宫殿，还与《长恨歌》和"桐"有关。

元稹作《桐花》写道："光华那复深。"白居易作《答桐花》中写道："当君正殿栽，花叶生光晶。"两首诗都讲到光华生梧桐。《竹取物语》中也有树木发光并且生出小孩的情节。

《长恨歌传》形容贵妃出浴"既出水，体弱力微，若不任罗绮。光彩焕发，转动照人"。《长恨歌》形容获宠的杨家"姊妹兄弟皆列土，可怜光彩生门户"。"光彩"被人格化后，"光君"（光源氏）和"日宫"（藤壶）就得以诞生。如前所述，藤壶像杨贵妃一般登场了。

第一节提到过都良香的《神仙策》，其中有一段关于"紫"与"光"的描写："是故骨录攸存，好尚分于皮竺。相法既定，表候晃于形容。眼光照己，方诸之紫名相传。手理累人，大极之青文不朽。"这段话是针对春澄善绳的策问"骨录所属，既迷其方。形相攸存，亦昧其法"做出的回答，描述了轻易不会现形的仙人的样貌。在都良香笔下，神仙的"骨录"与"相法"跃然纸上。其"眼光照己"，"方诸"② 尊贵的"紫名"流芳百世，其手相（手纹）也代代相传（累人），象征着宇宙根源的"大极之青文"永存不朽。

光芒四射和拥有"紫名"是神仙的特征。《神仙策》后段描写了天皇堪比神仙的德化与尊严之貌："我后化蹦鞭草，声高吹筠。荫建木而折若华，御薰风而咎庆云。"（我君治世优于尝百草的神农，名声高于吹筠的大禹，于

---

① 狩野山雪绘都柏林本《长恨歌绘卷》（收录于川口久雄《长恨歌绘卷》）描绘了方士与仙女杨贵妃离别的场景，图中杨贵妃穿的衣服不是紫色而是红色的。

② 柿村氏注："方诸"意为"大蛤"。语出《淮南子·天文训》："方诸见月，则津而为水。"高诱注："大蛤也。熟磨拭向月下，则水生。"福永光司在《道教与日本文化》的"平安时代的道教学"一章中指出，"方诸"是东海中的仙界名（见《八素青经》等），有神仙青童君（《神仙策》中也有此人）栖息于此地。此外，《真诰》（九）记载："方诸正四方。故谓之方诸。（中略）青君宫在东华山上。方二百里中尽天仙上真宫室也。金玉琼瑶杂为栋宇。"

神都之中修路，四海安治，风云祥瑞。——柿村注抄译）既然对策文是以及第为目的，理所当然应该这么写，但能这样写是因为有一个大的前提，即天皇是神一般的存在。人们普遍认为宫中是神仙世界，"大极殿"的主人就是神仙。"紫色"是神仙最具代表性的色彩。宫中之所以尊崇紫色，是因为宫中本身就被称为"紫府""紫微宫"，被比喻成神仙世界。

《源氏物语》之所以将"紫"设定为贯穿整部小说的重要线索，是因为故事是围绕神一般的人，也就是与天皇有关的人展开的。无论是与皇上有着前世姻缘深受宠爱的桐壶更衣，还是肖似更衣的皇女藤壶，抑或肖似藤壶的藤壶侄女紫姬等，都是与"紫色"有关的女子。《桐壶卷》卷末，皇上向左大臣催促光源氏与葵姬的婚事，左大臣以歌作答："朱丝已绾同心结，唯愿深紫永不消。"这里的"紫"，指的是与桐壶帝有血缘关系的光源氏。这是"紫"这个词在《源氏物语》第一次出现，因此具有十分重要的意义。如此想来，与"紫"相关的男子也是有的，那就是桐壶帝与光源氏。这些与"紫"有关的男男女女就是将"紫名相传"的人们。

七

"桐壶"（淑景舍）一词作为宫殿的名称，在《桐壶卷》中出现过两次：

> 更衣住的宫院叫作"桐壶"。从此处前往皇上常住的清凉殿，必须经过许多嫔妃的宫室。她频繁往来，别的嫔妃看着碍眼，也是理所当然。

（《桐壶卷》14）

> 以前更衣所住的淑景舍（即桐壶院）作为光源氏在宫中的居所。以前侍奉过更衣的侍女也没有遣散，把她们留在光源氏身边当差。此外，还下诏派遣修理职、内匠寮去更衣娘家的府邸大兴土木，营建改造。

（《桐壶卷》40）

前者出现在《桐壶卷》前半段，描述了桐壶更衣的住处、皇上对她的宠爱以及众嫔妃对她的妒忌。后者则出现在卷末，与更衣娘家的府邸（也就是后来的二条院）共同构成了光源氏日常起居的据点。

"桐壶"一词脱胎于《长恨歌》的"秋雨梧桐叶落时",这一卷名也可以说是影射了更衣的红颜薄命和桐壶帝的"秋悲"。换言之,"桐壶"一方面象征着更衣的生与死、桐壶帝的爱与悲,另一方面也展现了光源氏的生活据点。《物语》将介绍主人公与父母故事的篇章冠以"桐壶"之名,真是再合适不过了。要注意到"桐壶"和"淑景舍"这两个词是区别使用的,这也意味着这两个称呼在《物语》中都承载了某种意义。

"桐"虽然象征"秋悲",但是桐花是在"春天"盛放的"紫色"花朵。"淑景"意为"春光",该宫院位于后宫东北角,仿造黄帝的东园栽有梧桐树。按五行思想来说,"东"对应着"春"。

"桐壶"既然指的是栽有梧桐的"淑景舍",那么这一卷名就包含了"紫""春""光"等要素。将桐壶、藤壶、紫姬串联起来的"春女"的构想,及以"春"为中心的六条院的四季构想,乃至被光源氏与藤壶赋予的基本概念"光",都是从"桐壶"这一卷名中孕育出来的。

"桐壶"的"壶"让人联想到"蓬壶"这样的神仙世界。"桐壶"与宫中都是神仙世界,住在里面的人自然都是神仙。"紫"与"光"也是用来表示神仙的词。从这点来看,《源氏物语》可以说继承了"物语之祖"《竹取物语》中的神仙世界。

《物语》并不只是用《李夫人》和《长恨歌》中的"桐"意象来表现桐壶帝的爱与悲,也借鉴了其中的神仙传说的部分。光源氏和藤壶两人既像是李夫人的魂魄,又像是仙界的杨贵妃,他们二人先是作为更衣亡魂的替代品登场,进而故事发展到紫姬登场,都体现了《源氏物语》中的神话色彩。

被比喻作人的"桐"又是如何呢?元稹的《桐花》和白居易的《答桐花》将梧桐拟人化。元稹还写有《菟丝》《松树》《芳树》等作品,白居易也写有《和松树》(0107)、《紫藤》(0038)、《有木诗八首》(0111~0118)。这些将佞臣贤臣比作树木的诗歌都是紫式部喜爱的讽谕诗。其中,《有木诗八首》中罗列了"弱柳""樱桃""枳"等八种树木,我们仿佛可以从中看到《源氏物语》众多卷名的影子。紫式部正是从这些讽谕诗中学到了将人比作树木的写作手法。

本章主要考察了《桐壶卷》中的"桐""桐壶""长恨歌"等的意义。结果显示,《源氏物语》所受到的汉文学的影响比人们预想的更广泛而深刻。只有将《源氏物语》与汉文学进行细致的对比,才能揭示其诞生的秘密。

第四章 《源氏物语》的结局
——与《长恨歌》《李夫人》相较

一

此次我是特地奉命前来，这样子叫我拿什么回去复命呢？至少请说一句话吧。

（《梦浮桥卷》278）

被薰君派往小野的使者小君请求横川僧都的尼君，让他见一见姐姐浮舟。尼君转告浮舟，浮舟却一言不发，小君只得回去了。这让等在京都的薰君大为扫兴，思绪万千。

薰君正在翘首以盼回音，却见小君垂头丧气地回来，心中不禁大为失望。他左思右想，暗自猜测：自己从前曾经把她藏在宇治山庄中，现在莫不是另有男子效仿此道，把她藏在了这小野庵中吧？

（《梦浮桥卷》279）

《源氏物语》第五十四帖就此画上了句号。这个结局恐怕会让读者生出这样的疑问："这个结局作为《源氏物语》的大结局会不会不够分量呢？该不会是引经据典，采用了什么特别的手法，有什么深刻的含义吧？"

表规矩子氏认为这部分脱胎于《长恨歌》（0596）和《长恨歌传》中方

士在蓬莱寻找杨贵妃魂魄的情节。① 她指出小君话中的"拿……复命"和"一句话"化用了《长恨歌传》②的"请，当时一事不闻于他人者，验于太上皇，不然恐钿合金钗，负新垣平之诈也"中的"一事"和"验"，这也直接证明了《源氏物语》的结局借鉴了《长恨歌》和《长恨歌传》。由此我们可以整理出《梦浮桥卷》与《长恨歌》之间的对应关系（见表1-4-1）。

表 1-4-1 《梦浮桥卷》与《长恨歌》的对应关系

	《梦浮桥卷》	《长恨歌》
男主人公	薰君	玄宗
女主人公	浮舟 生 → （死）→ 生 （出家）	杨贵妃魂魄 生 → 死 → （生） （仙女）
使者	小君	方士
场所	小野	蓬莱

此外，表规矩子氏还指出，《桐壶卷》和《幻卷》也援用了《长恨歌》，《梦浮桥卷》也通过援用同一典故，提示了《源氏物语》的大结局：

> 皇上看到命妇带回的这些物品，想道："这若是方士从蓬莱山带给玄宗的'钗钿'该有多好……"但他自知这不过是不切实际的妄想，便吟诗道："愿君化作鸿都客，能以精诚寻芳魂。"
>
> （《桐壶卷》27）
>
> 故人别来不入梦，请君翔空觅芳魂。
>
> （《幻卷》149）

可以肯定的是，《桐壶卷》和《幻卷》确实借鉴了《长恨歌》的构想。我们在表1-4-1的基础上再把《桐壶卷》和《幻卷》加上去（见表1-4-2），就会发现桐壶帝祖孙三代人呈现出了一一对应的关系。

正如表规矩子所言，《梦浮桥卷》的卷末通过引用《长恨歌》，与《桐壶卷》《幻卷》相呼应，为《源氏物语》画上了句号。本章将从《长恨歌》的内

---

① 表规矩子（旧姓小穴）《〈源氏物语〉第三部的创造》（载《国语国文》，1958年4月）。
② 《长恨歌》《长恨歌传》《李夫人》引用自平冈武夫、今井清校订《白氏文集》（京都大学人文科学研究所）。

部、平安朝对《长恨歌》的受容等其他方面展开论述，思考《源氏物语》的结局究竟有何意味。

表 1-4-2 　《桐壶卷》《幻卷》《梦浮桥卷》与《长恨歌》的对应关系

	《桐壶卷》	《幻卷》	《梦浮桥卷》	《长恨歌》
男主人公	桐壶帝	光源氏	薰君	玄宗
女主人公	桐壶更衣魂魄	紫姬魂魄	浮舟	杨贵妃魂魄
使者	幻	幻	小君	方士

二

众所周知，《长恨歌》援用了汉代李夫人的故事。《长恨歌》中"汉皇重色思倾国"的"倾国"一词，就源自《汉书·外戚传》中对李夫人的描述。"汉皇"指的是汉武帝。《长恨歌传》也说杨贵妃"如汉武帝李夫人"。最重要的是，玄宗派方士去寻找杨贵妃魂魄这一构想，实际上是来自汉武帝派方士用返魂香招来李夫人魂魄的故事。

此外，还有将汉代李夫人和唐代杨贵妃并列而置的例子。白居易的《新乐府·李夫人》（0160）中引用返魂香的故事来表达汉武帝失去李夫人的悲伤之情时，就列举了杨贵妃的例子作为帝王沉迷女色的典型。

> 伤心不独武皇帝，自古及今皆若斯。
> 君不见穆王三日哭，重璧台前伤盛姬。
> 又不见泰陵一掬泪，马嵬路上念杨妃。
> 纵令妍姿艳骨化为土，此恨长在无销期。
> 生亦惑，死亦惑，尤物感人忘不得。
> 人非木石皆有情，不如不遇倾城色。

"此恨长在无销期"一句与《长恨歌》的结句"此恨绵绵无绝期"异曲同工。在《源氏物语》成书之前，日本就有了将李夫人和杨贵妃并置的例子："杨贵妃归唐帝思，李夫人去汉皇情。"（《和汉朗咏集》上卷·十五夜部250·源顺《对雨恋月》）

综上所述，《长恨歌》与《李夫人》在内容上非常相似，被看成是以"长恨"为基调的一组故事。桐壶更衣的造型模仿了杨贵妃和李夫人，光源氏和藤壶是更衣魂魄的替代品。① 这其实是援用了李夫人返魂的故事或者玄宗派方士去找杨贵妃魂魄的故事，即运用现实中的人物的登场来代替求之不得的芳魂这一方法，成为"紫色之缘"② 的基本构想。这样一来，散见于"宇治十帖"中与《长恨歌》《李夫人》相关的记述彼此之间就不是没有关联的，在物语的构想上也具有非常重要的意义。③

失去大君的薰君谈起李夫人返魂香的故事，叹息道："据说古时候有一种返魂香，能于烟中见到亡人，让我再见她一面也好啊！"（《宿木卷》160）他又想起了玄宗让方士寻找杨贵妃魂魄的故事："为寻爱人亡魂，即便海上仙山，亦当全力以赴。"④（《宿木卷》223）"海上"指的是蓬莱山的东海。《长恨歌》云："忽闻海上有仙山。"《长恨歌传》云："东极绝天海，跨蓬壶。"

此后，薰君经由中君介绍找到了大君魂魄的替代品，也就是大君和中君的同父异母的妹妹浮舟。薰君窥见浮舟的容姿，浮舟给他的第一印象是"玄宗皇帝当年让方士寻到了蓬莱仙岛，仅取得了些钗钿回来，毕竟是不满意的吧。此人虽然不是大君本人，然而相貌肖似，可慰我心"（《宿木卷》263）。"宇治十帖"也采用了"紫色之缘"的手法，化用《长恨歌》，让浮舟代替大君的魂魄登场。

浮舟与薰君、匂宫的三角关系是导致她自杀的原因。大家误以为行踪不明的浮舟跳河已死，给她举办了葬礼。闻其死讯，薰君心绪烦乱，吟诵道："人非木石皆有情。"（《蜻蛉卷》121）当然，这也有可能是薰君不经意间将脍炙人口的《李夫人》的诗句"人非草木皆有情"念了出来。但是既然薰君意识到了浮舟就像是李夫人和杨贵妃的魂魄，那么他就应该会想起《李夫人》，与痛失李夫人和杨贵妃的武帝和玄宗产生强烈的共鸣。

《蜻蛉卷》的结尾，薰君吟咏了一首和歌："触不可及易消逝，似有若无

---

① 参见第一部第一章"李夫人与《桐壶卷》"。

② 译者注：出自《古今和歌集》（卷十七 867）的和歌"只因一株紫草故，武藏野草皆爱怜"。《源氏物语》中的"紫色之缘"指的是继承先帝血脉的女性们的总称。

③ 三田村雅子《李夫人与浮舟物语——宇治十帖试论》（载《文艺与批评》，3卷7号，1971年10月。又收录于三田村雅子《源氏物语：感觉的逻辑》）。

④ 此处直接模仿了《伊势集》的"若无云舟为指南，海上何处觅芳踪"。

如蜻蛉"(《蜻蛉卷》170)，抒发失去大君和浮舟的悲痛。这首和歌与《李夫人》的"夫人之魂在何许，香烟引到焚香处。既来何苦不须臾，缥眇悠扬还灭去。去何速兮来何迟，是耶非耶两不知。翠蛾仿佛平生貌，不似昭阳寝疾时。魂之不来兮君心苦，魂之来兮君亦悲。背灯隔帐不得语，安用暂来遥见为"极其相似，想来绝非偶然。李夫人的魂魄出现在武帝跟前，定睛一看却又消失得无影无踪，令人徒增伤感。肖似大君的浮舟是大君魂魄的替代品，无奈魂魄出现没多久却又消失不见了。

<h1 style="text-align:center">三</h1>

魂魄消失，不知所踪，李夫人的故事就此告一段落。然而，李夫人的故事又衍生出了《长恨歌》的故事。玄宗命方士寻回杨贵妃的魂魄，可惜返魂术失败。"命致其神。方士乃竭其术以索之，不至。"(《长恨歌传》) 最后，方士终于在蓬莱仙宫找到了转生为仙女的杨贵妃。仙宫里方士和贵妃的对话，是《长恨歌》故事和《李夫人》故事的最大区别。

《伊势集》有一系列和歌是基于《长恨歌》的屏风画创作出来的。和歌大致可以分为两组：一组是玄宗抒发痛失爱妃之悲的歌群，另一组是仙女杨贵妃在蓬莱山思念玄宗的歌群。人间的玄宗和仙界的杨贵妃之间缠绵悱恻的爱情吸引了伊势的注意。她分别将这两个人的视角诠释为"痛失爱人悲叹不已的男性视角"和"在异界思念人间的女性视角"。接下来略记为"男性视角"和"女性视角"。这样看来，《李夫人》的故事里欠缺"女性视角"，而《长恨歌》的故事则兼具"男性视角"和"女性视角"。《源氏物语》虽然多处援用了《长恨歌》，但基本上都是从"男性视角"进行叙述的。比如桐壶帝失去桐壶更衣的悲痛，光源氏失去葵姬、紫姬的悲痛等。桐壶更衣、葵姬、紫姬死后便退出了物语的舞台。《源氏物语》从开始到《幻卷》为止，都可以看成是一部为女主人公之死而悲痛的男主人公物语。

"宇治十帖"也是以薰君的"男性视角"来展开叙述的，但是《手习卷》之后却采用了"女性视角"对浮舟进行描写。同样是援用了《长恨歌》的故事，视点却有差别。这是因为随着《物语》的进展，作者紫式部逐渐萌发了以"女性视角"来撰写故事的念头吧。为了将故事转化成与蓬莱杨贵妃一样的"女性视角"，就一定要让浮舟死去一次。这就是作者要安排浮舟跳河自杀，然自杀未遂，后又在横川僧都的引导下遁入空门的原因——因为出家就意味着世俗的死亡。

那么《长恨歌》故事中的"女性视角"又是怎么一回事呢？仙女杨贵妃在遇到方士后，内心又有了怎样的变化？要想了解这一点，光读《长恨歌》的"回头下视人寰处，不见长安见尘雾。空持旧物表深情，钿合金钗寄将去。钗留一股合一扇，钗擘黄金合分钿。但教心似金钿坚，天上人间会相见。临别殷勤重寄词，词中有誓两心知。七月七日长生殿，夜半无人私语时。在天愿作比翼鸟，在地愿为连理枝。天长地久有时尽，此恨绵绵无绝期"是远远不够的。这其中的来龙去脉，可以参考《长恨歌传》：

> 指碧衣女取金钗钿合。各折其半，授使者曰，为我谢太上皇。谨献是物寻旧好也。方士受辞与信将行色有不足。玉妃因征其意。复前跪致词。请当时一事，不闻于他人者，验于太上皇，不然，恐钿合金钗，负新垣平之诈也。

方士从仙女杨贵妃那里领取了钿合金钗，依旧不满意。问其缘由，方士答道，仅凭钿合金钗怕是有造假的嫌疑，还请您将两人间不为人所知的"一事"告诉我。于是仙女杨贵妃向他透露了七月七日两人的誓言：

> 因仰天感牛女事，密相誓心，愿世世为夫妇。言毕，执手，各呜咽。此独君王知之耳。

这就是《长恨歌》所说的"临别殷勤重寄词"和"比翼连理"。《长恨歌传》继续写道：

> 由此一念。又不得居此。复堕下界，且结后缘。或为天，或为人，决再相见，好合如旧。因言，太上皇亦不久于人间。幸惟自安，无自苦耳。

值得注意的是，这里使用了"一念"和"后缘"这样的佛教词语。杨贵妃因为思念玄宗而触发了"一念"，想要离开仙界回到人间与玄宗再续前缘。最后还提到玄宗也将不久于人世。

再读一遍《长恨歌序》①，就能对这一轮回转世的逻辑理解得更为透彻。摘录全文如下：

> 长恨者杨贵妃也。既废于马嵬。玄宗却复宫阙，思悼之至，令方士求致其魂魄。升天入地求之不得。乃于蓬莱山仙宫，忽见素貌。惨然流泪，谓使者曰，我本上界诸仙也。先与玄宗有恩爱之故。谪居于下界，得为夫妇。既死之后，恩爱已绝。今汝来求我，恩爱又生。不久却于人世，得为配偶，以此为恨耳。使者曰，天子使我至此，既得相见。愿得平生所玩之物，以明不谬。乃授钿合一扇金钗一股，与之曰，将此为验。使者曰，此常用物，不足为信。曾至尊平生有何密契。愿得以闻。答曰云，但云七月七日长生殿，私语时，曾复记否。使者还，因以钿合金钗奏御玄宗。笑曰，此世所有。岂得相怡。使者因以贵妃密契以闻。玄宗恸绝良久。语使者曰，乃不谬矣。今世人犹言，玄宗与贵妃，处世间，为夫妻之至矣。歌曰（接下来是《长恨歌》的内容）

《长恨歌序》说杨贵妃本是"上界诸仙"，因与玄宗有恩爱之故，被贬下凡，结为夫妇，死后恩爱断绝，由于方士造访仙界，恩爱又得以复生。杨贵妃再次下凡与玄宗结为夫妇，以此为恨。也就是说玄宗和贵妃本是没有恩爱之情的仙人，因偶然滋生了情愫被贬下凡成为夫妻。杨贵妃死后，经历转世重回仙界，就如《长恨歌》中"昭阳殿里恩爱歇"所言，恩爱消失了踪影。但是仙女杨贵妃见到方士后，恩爱又重新燃起，所以她再次堕入凡间，重新与玄宗结为夫妻。②

---

① 有人认为《长恨歌序》是日本人作的伪序，笔者认为《长恨歌序》的内容很适合用来当《长恨歌》的序文，并猜想除了《白氏文集》里的《长恨歌》，还有另外一个自带《长恨歌序》的版本在平安朝广为传颂，并就此展开论述。引用自龙门文库藏清凉宣贤自笔本（"版本龙门文库覆制丛刊"之四《长恨歌·琵琶行》所收）。参见近藤春雄《关于〈长恨歌〉的序》（载爱知县立女子大学编《说林》，4号）。

② 《太平广记》（卷二十"神仙二十"）中的《杨通幽》一篇记述："上元女仙太真者，即贵妃也。谓什伍曰，我太上侍女。隶上元宫。圣上太阳朱宫真人，偶以宿缘世念，其愿颇重。圣上降居于世，我谪于人间。"从仙界贬谪到凡间这一点与《长恨歌》基本一致。此外，《杨太真外传》中还记载了玄宗转世成仙与杨贵妃再会的内容："吾奉上帝所命，为元始孔升真人。此期可再会妃子耳。"

如果只看《长恨歌》，玄宗与杨贵妃的故事不过只是个从人间到天上的简单故事。倘若结合《长恨歌传》《长恨歌序》来看，该故事就变成了一个"天上（仙界）—人间（玄宗、杨贵妃）—天上（蓬莱）—人间（来世）—……（世世）"反复轮回转世的故事。

这部物语本来就带有的轮回思想与《长恨歌》的"在天愿作比翼鸟，在地愿为连理枝"、《长恨歌传》的"愿世世为夫妇"等誓言交织在一起。让贵妃的恩爱复苏的方士，在推动轮回转世的车轮时起到了决定性作用。

平安时代的人们将《长恨歌》当作这样一个轮回转世的故事，那么将《长恨歌》用于《源氏物语》的结局又有何种用意呢？我们可以设想，如果浮舟见到小君并让他捎"一句话"给薰君的话，两人总有一天还会重逢。但是浮舟态度十分坚决，她不仅不见小君，甚至连"一句话"都没有说。我们可以按照《长恨歌》的逻辑来试着解析浮舟的内心：《长恨歌》里仙女杨贵妃见到了方士，因此一度断绝的恩爱再次复苏，经历了轮回转世，又与玄宗结为夫妇，以此为恨。但是我已经不再想回到恩爱的世界了，所以我不会再见小君，甚至连"一句话"都不想留给他。

四

《长恨歌》的结局是杨贵妃最终生生世世都与玄宗在一起，但是《源氏物语》的结局却是浮舟拒绝了使者小君，故意避开了轮回。紫式部将《长恨歌》改写成截然相反的结局，究竟是怎么考虑的呢？

《唐物语》（成书年代不详）第十八回用日语改编了《长恨歌》的故事。这一改编集中体现了平安时代至镰仓时代《长恨歌》在日本的接受情况。首先看到的是其结尾部分。[1]

仙女杨贵妃对方士说：

> 这个誓言是永恒不变的，我必会重回凡间，与皇上相会，和从前一样相亲相爱。我早已知晓此事，有时想来感到悲伤，有时又感到高兴。

---

[1] 《唐物语》引用自古典文库所收尊经阁文库本（池田利夫编）。

这部分援用的应是《长恨歌传》或《杨太真外传》，但是"有时想来感到悲伤，有时又感到高兴"这几句找不到对应之处，应该是《长恨歌序》的"以是为恨耳"或《长恨歌》的"此恨绵绵无绝期"的意译。很难判断出"此恨绵绵无绝期"究竟是谁的话，而根据《长恨歌序》判断，这句话明显出自杨贵妃口中。① 也就是说，若按照《长恨歌》的结尾方式，《唐物语》第十八回到这里就该结束了，但是之后作者又给杨贵妃加上了"梨花一枝春带雨"的风情，还接着叙述了方士还奏玄宗，玄宗等不到贵妃重生就已去世的故事。还奏后发生的事《长恨歌》里没有，《长恨歌序》虽然有还奏的部分，但是没有谈到玄宗之死。《长恨歌传》简单地叙述了玄宗之死："使者还奏太上皇。皇心震悼，日不豫。其年夏四月，南宫晏驾。"《杨太真外传》讲述了玄宗为了转生与杨贵妃重逢，自己选择了死亡的故事。②

根据《长恨歌传》和《杨太真外传》，《唐物语》第十八回理应在方士还奏和玄宗之死后画上句号，但是作者却继续说道：

> 这样的事情并非只发生在皇帝身上。人非草木皆有情。从古至今，无论高低贵贱或是聪慧愚钝，没有人不入此道。入此道者无不执迷。所以最好是不要遇上令人沉迷的美色。世事如梦，难以摆脱八苦，应当厌离这个苦多乐少的世间。天上纵然有无尽欢乐，但也难免五衰，不值得期待，生在那里也没有意思。所以应当厌舍三界，欣求九品。但是即使祈求往生极乐，却还留执念在此世，就好像不解缆绳却要下船一样。如果不祈求往生极乐，就一定能渡过苦海到达极乐世界。绝不能回归难出离的恶道，一定要达到易往的净土。

这里直接引用了《李夫人》的"人非草木皆有情"和"不如不遇倾城色"，紧接着又用净土思想升华结尾，对玄宗和杨贵妃的轮回转世持否定态度。《长恨歌》中发誓"天上人间会相见"的杨贵妃，《杨太真外传》及《唐物语》第十八回中为了与杨贵妃再会而选择死亡的玄宗，他们两人对于恩爱的执着，就这样被"天上纵然有无尽欢乐，但也难免五衰，不值得期待，生在那里也没有意思"给否定了。

《唐物语》的作者将《长恨歌》的故事当成世事无常的典型，意在令人

---

① 《今昔物语集》（卷十第七）等也提到这是仙女杨贵妃请方士转告玄宗时说的话。

② 参见《杨太真外传》中的"吾奉上帝所命，为元始孔升真人。此期可再会妃子耳"。

顿悟法门。并非只有《唐物语》是这样解读《长恨歌》的。院政期的平治元年（1159 年）通宪入道信西在为《长恨歌图》所题的跋文中写道[①]：

> 唐玄宗皇帝者，近世之贤主也。然而慎其始弃其终。虽有泰岳之封禅，不免蜀都之蒙尘。今引数家之《唐书》及《唐历》《唐纪》《杨妃内传》，勘行事，彰于画图。伏望，后代圣帝明王，披此图，慎政教之得失，又有厌离秽土之志，必见此绘。福贵不常，荣乐如梦，以之可叹欤。以此图，永施入宝莲华院了。于时平治元年十一月十五日，弥陀利生之日也。

创作这幅《长恨歌图》的目的首先是令圣帝明王知政教之得失，其次是让有志于厌离秽土之人顿悟世间无常。

院政期间，净土思想流行，《长恨歌》的故事被当作是世事无常的典型，故事的主题发生了变化。《白氏文集》把《长恨歌》归到感伤诗一类，这也表明这首诗本来的主题在于男女之情具有可以超越生死的巨大力量。《长恨歌序》的结局"今人犹言，玄宗与贵妃，处世间，为夫妻之至矣"，也很好地印证了这一点。但是白居易最看重自己的讽谕诗，所以有时会强调这首诗的讽谕性。《长恨歌传》记述了《长恨歌》创作的目的："意者不但感其事，亦欲惩尤物，窒乱阶，垂于将来者也"，充分体现了这部作品所具有的感伤性和讽谕性。《新乐府·李夫人——鉴嬖惑也》提到玄宗和杨贵妃的爱情悲剧时，也带有同样的讽谕色彩。无论是《唐物语》第十八回直接将《李夫人》的"不如不遇倾城色"译为"最好是不要遇上令人沉迷的美色"，还是通宪入道制《长恨歌图》令帝王知政教之得失，都是基于这一美刺传统。

《唐物语》第十八回的结尾和《长恨歌图》跋文的"厌离秽土云云"在此基础上还加上了净土思想。如果强调感伤的一面，《长恨歌》就是一个感人的爱情悲剧；如果强调讽谕的一面，它就是一个劝诫人们不要迷恋女色的惩戒故事；如果从净土思想的角度来看，它又是一个执着于情爱不能往生净土的故事。净土思想是原本《长恨歌》里没有的要素，究竟它从何而来？

《和汉朗咏集》"无常部"收录了大江朝纲的秀句："生者必灭，释尊未

---

① 《玉叶》（建久二年十一月五日条）所收。《平治物语》记载信西为讽谏后白河院创作了《安禄山绘卷》。池田利夫在《日中比较文学的基础研究》的第一章中谈及这段跋文与《唐物语》的结语之间的关联。

免栴檀之烟。乐尽哀来，天人犹逢五衰之日。"（792）诗句将"天人五衰"的故事用来比喻无常这一点与《唐物语》第十八回相通，让人感到这两篇文学作品性质上的近似。《长恨歌传》的"时移事去，乐尽悲来"叙述的是玄宗回到长安哀悼杨贵妃的情景，大江朝纲的"乐尽哀来"就源于此。这可以算得上是一个将《长恨歌》的一部分用于无常的例子。大江朝纲的秀句出自《重明亲王为家室四十九日御愿文》。该愿文用"鸳鸯衾空，向旧枕而湿袂"来表现亲王丧妻的悲哀，这句诗脱胎于《长恨歌》的"鸳鸯瓦冷霜华重，旧枕故衾谁与共"，可见这篇愿文是基于《长恨歌》的故事创作而成的。

这种愿文都是达官显贵请当时一流的文人帮自己撰写的。《本朝文粹》卷十四中收录的几篇愿文都是写于《源氏物语》成书之前的名文。其中，亲眷为死去的妻子或女儿行追善供养而撰写的愿文经常引用杨贵妃和李夫人返魂的故事。笔者认为这就是《唐物语》第十八回受容《长恨歌》的源流之所在。接下来列举其中五篇，对其引用方法进行探讨。① （1）～（4）收录于《本朝文粹》卷十四，（5）的成书年代略为靠后，收录于《本朝续文粹》卷十三。②

    （1）《重明亲王为家室四十九日御愿文》

        后江相公（大江朝纲）423

        天庆八年（945 年）三月五日

    （2）《为左大臣息女女御四十九日愿文》

        后江相公（大江朝纲）420

        天历元年（947 年）十一月二十日

    （3）《为二品长公主四十九日御愿文》

        庆保胤（庆滋保胤）419

        宽和元年（985 年）六月十七日

    （4）《为大纳言藤原卿息女女御四十九日愿文》

        庆保胤（庆滋保胤）421

---

① 《源氏物语》中有好几段有关愿文的记载。有一段与此处内容相似："夕颜死后，七七四十九日举行法事……光源氏请他熟识的文章博士来书写愿文，愿文特意隐去了死者姓名，仅言'今有可爱之人，染病归西，伏愿阿弥陀佛，慈悲引渡'……"（《夕颜卷》176）

② 愿文引用自《本朝文粹·本朝续文粹》（"新订增补国史大系"二十九卷下）。

宽和元年（985 年）闰八月二日

（5）《圆德院供养愿文》

江帅（大江匡房）

应德三年（1086 年）六月十六日

这些愿文基本上都有一个固定模式①：

（一）世间无常

（二）已故女性之荣枯

（三）男性亲眷哀悼

（四）追善供养的具体内容

（五）女人成佛、极乐往生、众生引接之愿

下面用表 1-4-3 表示（1）～（5）的愿文引用《长恨歌》《李夫人》《长恨歌传》分别对应着（一）～（五）的哪一部分。

表 1-4-3　五篇愿文与《长恨歌》《李夫人》《长恨歌传》的对应关系

（1）	（一）	乐尽哀来。	乐尽悲来。（《长恨歌传》）
	（三）	鸳鸯衾空，向旧枕而湿袂。	鸳鸯瓦冷霜华重，旧枕故衾谁与共。（《长恨歌》）
（2）	（二）	养在深窗，外人不识。 初备三千之列。 附门户于其顾。 乐未央哀先至。	养在深窗人未识。（《长恨歌》） 汉宫佳丽三千人。（《长恨歌》） 可怜光彩生门户。（《长恨歌》） 乐尽悲来。（《长恨歌传》）
	（三）	汉宫入内之夜。 绵绵此恨，生生何忘。	汉宫佳丽三千人。（《长恨歌》） 此恨绵绵无绝期。（《长恨歌》）
（3）	（二）	一笑再顾。	回眸一笑百媚生。（《长恨歌》） 再顾倾人国。（《汉书·外戚传·李夫人》）
		玄宾翠蛾。 洛川之丽质。	翠蛾仿佛平生貌。（《李夫人》） 天生丽质难自弃。（《长恨歌》）
（4）	（三）	昔李夫人之返魂，尚可劳方士。	

① 唱导书《言泉集》的"亡妻"一项也多处引用了这些愿文，虽然并不完整。

续表

	（三）	琼户花玉楼雪，昔不令他人先看。池莲夏宫槐秋，今亦与阿谁共玩。	琼户重阖。（《长恨歌传》） 玉楼宴罢醉和春。（《长恨歌》） 春之日，冬之夜，池莲夏开，宫槐秋落。（《长恨歌传》）
（5）	（五）	顾莫引专夜之昔恩，以轮回于巫岭之雨。顾莫忆七夕之旧契，以怅望于骊山之云。 彼汉武帝之伤李夫人也，遗芬之梦空觉。唐玄宗之恋杨皇后也，宿草之露犹霑。言而何为，唯须恃佛。	春从春游夜专夜。（《长恨歌》） 待辇避暑骊山宫，秋七月，牵牛织女相见之夕。……密相誓心，愿世世为夫妇。（《长恨歌传》） 又不见泰陵一掬泪，马嵬路上念杨妃。（《李夫人》）

如表 1-4-3 所示，（二）"已故女性之荣枯"、（三）"男性亲眷哀悼"这两个部分典故用得最多。后者是从"男性视角"援用李夫人和杨贵妃的典故来表达"那个女子像李夫人和杨贵妃一样红颜薄命，留下我如同武帝和玄宗一般悲痛不已"的心情。这份"悲痛"的结果就是（4）中所写："弟子欲访旅魂而未由，故图金人以为使。将通音信而无便，兼写宝偈以代书。"即欲寻已故之人的游魂未果，遂描佛身，写宝偈，行追善供养。（2）中"以此胜业奉访孤魂"讲的是追善供养之事。接下来又说倘若不得往生，欲借助阿弥陀佛之力将魂魄导向西方净土。

（2）今弟子浑涕，欲开九品于西极乐之池。今日一念，于是而尽。唯愿大悲导此中志。

（3）公主若住暂含之花色，常乐风吹，忽令开敷。若有未明之月轮，余习云散，永令圆满。

（4）努力莫为人中之云雨，自爱不受天上之快乐。又欲其奈此五障何，欲其奈彼五衰何。弟子早引幽灵偏在极乐。

（5）愿莫引专夜之昔恩，以轮回于巫岭之雨。顾莫忆七夕之旧契，以怅望于骊山之云。宜受鸡足金缕衣，速登鹫头红莲之座。

（4）主张不要轮回。"云雨"一词指的是《文选·高唐赋》中的巫山神女。这句话的大意是：巫山神女因有五障故不得再转世成人，因有五衰也不能转世成仙。（5）也一样引用了《高唐赋》和《长恨歌》，意思是不要像巫山神女和杨贵妃那样转世为天人。由此可知"欲访旅魂"这部分是男性站在"女性视角"祈愿逝者往生。

综上所述,这类愿文援用了李夫人和杨贵妃的故事,兼有"男性视角"和"女性视角"。而且"女性视角"下的女子并不是在人间爱情无法圆满而在天上悲叹的女子,愿文塑造了一个为舍弃人间情爱一心向往西方极乐净土的女性形象。这些愿文以净土思想为背景引用了《长恨歌》和《李夫人》的故事,与《唐物语》第十八回十分相似,因此可以看作是《唐物语》的源流。

五

在第四节中,笔者论述了《唐物语》第十八回中以净土思想为背景的《长恨歌》故事可以追溯到平安时代的女人追善供养愿文。女人的游魂既不能徘徊不定,也不能轮回转生,而是应该往生极乐净土。"宇治十帖"里的浮舟也和这些愿文一样,援用了《长恨歌》和《李夫人》的故事,经过分析我们可以得出以下结论。

曾经"死"过一次的浮舟在小野这个天界得到转世,以出家为契机斩断情缘。但是小野并非极乐净土,所以可以转世回到人间(京都)。薰君的使者小君从京都来到小野,企图唤醒浮舟的恩爱之情。倘若浮舟接见使者就会再次回到人间,在烦恼的大千世界被大火烧灼身心。要想凭借阿弥陀佛的法力往生净土,就必须拒绝使者小君。

《长恨歌传》《长恨歌序》《杨太真外传》等都描写了听完方士还奏后悲伤不已的玄宗。《源氏物语》最后也描写了"左思右想"的薰君,为全书画上了句号。试图凭借法力往生的浮舟和妄图接近佛界却思惑不断的薰君形成了鲜明对比,作者打造这样的结局可谓是煞费苦心。

第二部

《源氏物语》与任氏传说

第一章 另一个夕颜
——"帚木三帖"与任氏传说

序

你我之中必有一人是狐狸精。你就当我是狐狸精，让我迷一下吧。

（《夕颜卷》139）

光源氏用"你我之中必有一人是狐狸精"这话来诱惑夕颜。其实这两个人都刻意隐瞒了自己的真实身份，就像是狐狸精化成人形在骗人一样。本章主要考察狐狸对于平安时代的人来说究竟是一种怎样的动物，紫式部让狐狸在此登场的目的究竟何在，以此来阐明"帚木三帖"的创作背景。

一

先行研究表明，唐代沈既济的传奇《任氏传》是一部对《源氏物语》有巨大影响的狐妖小说。[①] 虽然这部作品不一定传到了日本，但是太田晶二郎指出，白居易根据《任氏传》改编的《任氏怨歌行》（也作《任氏行》）确

---

① 川口久雄《平安朝日本汉文学史的研究》第九章第六节"《源氏物语》的素材对中国传奇小说的吸收"、藤井贞和《〈源氏物语〉的发端与现在》Ⅱ6"光源氏物语的另一端倪——小说和物语"等。

实传到了日本，并且在日本广为流传。①

（1）《慈觉大师在唐送进录》记："任氏怨歌行一帖 白居易。"慈觉大师圆仁归朝是在承和六年（839年）。

（2）大江维时撰《千载佳句》收录有以下两联。② 维时于应和三年（963年）去世。

> 燕脂漠漠桃花浅，青黛微微柳叶新。任氏行 白
>
> （卷上·人事部·美女部442）

> 玉爪苍鹰云际灭，素牙黄犬草头飞。任氏行
>
> （卷下·游牧部·游猎部897）

（3）《续古事谈》中有两处提到了《任氏行》。③

> 宜秋门院（任子，九条兼实子）命名之日，兼光中纳言献命名勘文，文中有任子之名。静贤法印曰：白氏有遗文曰《任子行》，内含忌讳之事，不当用作御名。九条殿遍寻此事，无人知晓。唯敦纲曰：确有此事，理应避讳。大才之人，也有目不能及之处。
>
> （第一·王道·后宫）

> 白乐天有遗文传世，《文集》并未收录。其中一篇名为《任子行》。狐女变作美女结识男子，男子坠入情网，二人如胶似漆。一日赴猎场，女子乘马居于前。适值于道，苍犬腾出于草间。狐女身份暴露，终为犬所获。"行"与谣歌等属同一文体。
>
> （第六·汉朝）

根据《玉叶》文治五年（1189年）十一月十五日记录，宜秋门院改名

---

① 参见太田晶二郎《白氏诗文的渡来》（载《解释与鉴赏》，21卷6号。又收录于《太田晶二郎著作集》第一册）。

② 除此之外，《锦绣万花谷》还收录了《任氏行》的两联。参见第二部第三章"日中狐妖谭与《源氏物语·夕颜卷》"。

③ 《塵囊抄》（卷一）、《尘添塵囊抄》（卷二）中也有相同记载。

是在文治五年发生的事。至此，已经无人知晓《任氏行》的内容。此后，除了《千载佳句》收录的两联之外，《任氏行》基本上已经散佚。以上三条都与《任氏（怨歌）行》直接相关。接下来的这三条则是提到了"任氏"或任氏的恋人"郑生"。

（4）《新撰朗咏集》"雨部"收录了源英明〔殁于天庆四年（941年）〕的诗《春雨洗花颜》（75）。

写得杨妃汤后屬，模成任氏汗来唇。

（5）传菅原道真撰《新撰万叶集》〔宽平五年（893年）序〕有两处提到了"任氏"。

秋の野の草の袂か花薄穂に出て招く袖と見ゆらむ
秋日游人爱远方，逍遥野外见芦芒。
白花摇动似招袖，疑是郑生任氏孃。

ほのに見し人に思ひをつけそめて心からこそ下にこがるれ
任氏颜貌仿佛宜，粉黛不无眉似柳。
朱砂不企唇如丹，心思肝属犹胸焦。

这两首汉诗相当于是与之对应的和歌的翻译，汉诗作者从和歌联想到了任氏的传说。[1]

（6）大江匡房《狐媚记》末尾记曰："嗟乎，狐媚变异，多载史籍。殷之妲己为九尾狐，任氏为人妻。到于马嵬，为犬被获，惑破郑生业。"文中记为康和三年（1101年）。

从这些例子来看，平安时代的人们对任氏的传说十分了解。既然"任氏"出现在《千载佳句》"美女部"，又在《新撰朗咏集》中与杨贵妃并列而置，可见任氏对当时的人们来说，是一位能和杨贵妃、李夫人、西施、王昭君相媲美的唐土美女。

---

[1] 《新撰万叶集》中的《任氏行》详见小岛宪之《国风暗黑时代的文学 中（上）》第二篇第一章（2）"白诗的投影"，以及《古今集以前》第三章"《新撰万叶集》的诗与歌"。

倘若《任氏传》真的传到了日本，很有可能与《任氏行》一起并行于世，也或多或少对前面提到的日本文学作品及《源氏物语》产生了影响。除了《千载佳句》的两联之外，《任氏行》几近散佚，难以确定它在日本的传播和影响。所幸，《任氏传》保存了下来，故事梗概如下：

> 从前有一个男子叫韦崟，其从父妹婿名叫郑六。韦崟富裕，郑六落魄，不得不托身于妻族。两人同好酒色，交情不错。某日郑六骑着驴在街上走着，遇到三位女子，郑六钟情于其中一位白衣美女，与她搭讪，那女子也不拒绝。郑六跟她一起来到美女住处，只见房屋甚是华贵。此时天色已晚，美女留郑六歇宿。女子自称为任氏，与姐姐二人住在此处。郑六不觉被其美貌迷惑，共度春宵。第二天早上郑六告别任氏后偶遇一位胡商，胡商说那宅子中住着一位狐妖，常诱惑男子同寝。郑六回到昨夜留宿之地一看，果然是一个荒草废园。虽然他已知道任氏的真实身份，却无法忘怀她的美艳。过了十余日，郑六偶然在街上又见到了任氏，向她表白。任氏被其打动，两人另找了个幽静的宅子住在一起。韦崟听说郑生新获丽人，于是趁着郑生不在家时想要强暴她。任氏拒绝了韦崟，向他倾诉自己对郑生的感情。韦崟被其贞节打动放过了她。此后韦崟经常为任氏提供经济上的援助，三人关系融洽。任氏为报答韦崟恩情给他介绍美女，为郑生谋取利益。
>
> 一年后，郑六因官赴任，想带任氏一起去。但是任氏说巫师说她今年不宜西行，无论如何不肯同行。郑六再三恳请，任氏只好同行。他们走到马嵬时被猎犬袭击，任氏化成狐狸逃跑，结果还是被猎犬咬死。郑六含泪安葬了任氏。回去后跟韦崟说起事情本末，两人悲痛不已。
>
> 我（沈既济）于建中二年（781 年）与友人被贬官到东南地区。途中，各人说些奇异的故事。听我说了任氏的故事，众人都深深为之感叹称奇，劝我将它写下来。于是就有了这篇《任氏传》。

《古事谈》版本的《任氏行》虽然在内容上略有差异，大意基本相同。[①]"狐"虽然在《夕颜卷》才首次出现，但是夕颜早在《帚木卷》"雨夜品评"中就已登场了。《帚木卷》《空蝉卷》《夕颜卷》这三帖可以看成是一个整体。

---

① 《任氏传》没有类似《狐媚记》"惑破郑生业"这样的记述，也许散佚的《任氏行》中才有相关记载。

下一节将拿这三帖与《任氏传》进行比较。

二

夕颜的故事与《任氏传》有以下类似点：

（1）故事发端

《任氏传》在末尾记载了沈既济撰写《任氏传》的缘由："浮颍涉淮，方舟沿流。昼宴夜话，各征其异说。众君子闻任氏之事，共深叹骇。因请既济传之，以志异云。"（106）① 作者沈既济与五个友人在左迁途中"昼宴夜话"，各人说些"异说"之时，他讲述了任氏的故事，众人为之感叹并劝他写成文章。这就是《任氏传》的由来。

《帚木卷》"雨夜品评"讲的是光源氏、头中将和左头马等四人坐在一起对当今女子的优劣、品级等品头论足。其中，头中将谈到了曾经的恋人夕颜（即常夏女），给光源氏留下了深刻的印象。

（2）人物设定

《任氏传》中有一个很有个性的人物韦崟。韦崟虽然爱慕任氏，但是又对郑六与任氏照顾有加。这样一种不可思议的三角关系使得这部作品有别于一般的狐妖勾引男子的传说。

> 有韦使君者，名崟，第九。信安王祎之外孙。少落拓，好饮酒。其从父妹婿曰郑六，不记其名。早习武艺，亦好酒色，贫无家，托身于妻族。与崟相得，游处不间。（83）

《任氏传》中的韦崟与郑六是朋友，两人都喜好酒色。《帚木卷》中的光源氏与头中将"关系特别亲密，每当游戏作乐时，此人总是最可亲的对手。他们两人有许多相似之处：右大臣十分宠爱这个女婿，但他是个风流好色之徒，不爱住在丈人家里"（《帚木卷》46）。光源氏与头中将是一对有姻戚关系的好朋友，他们都将妻子抛在脑后四处风流。在这一点上与《任氏传》有共通之处。

---

① 《任氏传》引自内田泉之助、乾一夫著"新释汉文大系"《唐代传奇》，括号内为页码。

（3）失踪

任氏在与郑六共度良宵后，狐妖身份暴露，消失得无影无踪。《新撰万叶集》下卷的和歌"ほのに見し人に思ひをつけそめて心からこそ下にこがるれ"，对应着一首七言诗，其中有一句诗是"任氏颜貌仿佛宜"，表达了对失踪的任氏的思慕之情。

夕颜也从头中将身边消失，"隐匿行踪，不知去向了"（《帚木卷》73）。光源氏一直担心夕颜会再次人间蒸发，他心想："倘若她有朝一日趁我不防备，悄悄地溜走了，叫我到哪里去找她呢？况且这里原就是暂住的居所，说不定哪一天就迁到别处了。"（《夕颜卷》138）夕颜和任氏都是不知何时就会消失的女子。

（4）邂逅

①道中

任氏与郑六是在路上邂逅的。"偶值三妇人行于道中。中有白衣者，容色殊丽。郑子见之惊悦。"（83）

光源氏在路上看到墙边盛开的白色夕颜花，而女子夕颜此时正在家中。"此时光源氏坐在车上，打量着街上的情景，这虽然是条大街，但颇脏乱。……白花迎风展，花自笑开颜。"（《夕颜卷》121）但是光源氏在某个宅院赠予夕颜和歌一首"夕颜凝露开颜笑，只为道中一面缘"（原文：夕露に紐とく花は玉鉾のたよりに見えしえにこそありけれ）（《夕颜卷》146）。和歌中有"道中"（原文：玉鉾）一词，这表明光源氏与夕颜是在路上邂逅的。

②日暮

《任氏传》并没有明确指出任氏与郑六邂逅的时间。两人一边在路上走一边调笑，渐渐亲昵起来，暮色逐渐降临。"郑子随之。冬至乐游园，已昏黑矣。"（84）白居易还写过一首与狐妖有关的新乐府《古冢狐》（0169），[1]诗云："徐徐行傍荒村路，日欲没时人静处"。"日暮"和"道中"分别是男子邂逅狐妖的时间和地点。白居易《和古社》（0109）云："妖狐变美女，社树成楼台。黄昏行人过，见者心徘徊。"黄昏时分正是狐妖变成美女诱惑男子的时间。我们从"夕颜"这一花名也可以看出，光源氏也是在黄昏时分与夕颜邂逅的。《夕颜卷》直接用花名作为卷名，这令整卷都弥漫着一种妖冶的氛围。

---

[1] 《古冢狐》《李夫人》《长恨歌》《长恨歌传》均引自平冈武夫、今井清校订《白氏文集》（京都大学人文科学研究所）。

③白花摇动

任氏与郑六初次相见时，郑六见任氏貌美，想要跟她搭讪。任氏身着白衣，对他的挑逗有接受的意思。"白衣时时盼睐，意有所受。"（84）此后，任氏邀请郑六去自己家。前面谈到的"秋の野の草の袂か花薄穂に出て招く袖と見ゆらむ"，及其对应的汉诗"白花摇动似招袖"都描写了任氏主动诱惑郑六的情景。《任氏传》里的"白衣"在《新撰万叶集》中变成了"白花"（芒草花）和"招袖"。《夕颜卷》中没有出现过"芒草花"，朝光源氏展开笑颜的白花是夕颜——"白花迎风展，花自笑开颜"（《夕颜卷》122）。

光源氏被小屋旁的白花吸引，这时"一个穿着黄色生绢长裙的女童走了出来，向随从招手"（《夕颜卷》122）。女童将盛有夕颜的扇子交给随从，让他献给光源氏。扇子上写有一首夕颜作的和歌，着实引起了光源氏的兴趣。文章将夕颜描写成一个主动诱惑光源氏的女子。

（5）扇与光

郑六再次在街上见到失踪的任氏时，任氏"以扇障其后"（88），用扇子挡在身后。郑六向她表明心迹，"任氏乃回眸去扇，光彩艳丽如初"（88）。《源氏物语》中也有美女用扇子遮脸这个动作，如《萤卷》（63）中的"用扇子将脸挡住，萤光中的侧脸格外美丽动人"。此外，《今昔物语集》中也有（卷二十七第三十八"狐变少女遇播磨安高语"）"以画扇遮面，看不清楚"的描写①，狐妖的表现手法逐渐模式化。其源头可以追溯到《任氏传》或已失传的《任氏行》。

扇子在《法华验记》的妖狐传说中发挥了重要作用。下卷一百二十七《朱雀大路的狐妖》中有这样一个故事：妖狐化作美女与男子共度一夜，男子送她一把扇子，第二天妖狐把扇子盖在脸上死了。男子看到死去的狐妖，才发觉那是昨夜的美女。《狐媚记》关于扇子有如下记述："牛童不堪其苦，平伏道间。云客给一张红扇倏忽而去车前。轼上有狐脚迹。牛童归家，明日见之，扇是茧栗骨也。"

妖艳的云客其实是狐妖，云客给牛童的扇子是"茧栗骨"（小牛骨）变的。可见扇子与狐狸有不解之缘。说不定哪天夕颜送给光源氏的扇子也会变成骨头吧。

夕颜给光源氏的扇子上题有一首和歌："夕颜凝露容光艳，料是玉人驻

① "日本古典文学大系"《今昔物语集》（四）卷二十第七的注释34中指出，类似描写可见卷二十第七、卷二十二第七、卷二十四第八和卷二十七第三。

马来。"（《夕颜卷》125）值得注意的是，这首和歌里的"夕颜"一词是用来
比喻光源氏的。之后在某宅院时夕颜又作和歌一首："误识夕颜凝露艳，只
因邂逅在黄昏。"（《夕颜卷》146）这首和歌再次将光源氏称为"夕颜"。在
女子夕颜看来，黄昏时分出现的光源氏的面容就是"夕颜"；在光源氏看来，
日暮时盛开的夕颜，或者如妖狐一般的女子才是"夕颜"。双方都把对方看
成是"夕颜"，觉得对方像是黄昏时分现身的狐妖。这就是光源氏会说"你
我之中必有一人是狐狸精"（见本章开头）的缘故。

还有必要比较一下光源氏和任氏。这两首和歌中的"光"形容的是黄昏
时分妖艳动人的光源氏。《任氏传》也形容狐妖任氏"光彩艳丽如初"。可见
光源氏和任氏一样光彩照人。

（6）宅院庄严

任氏邂逅了郑六，将他带到自己的住处——一所高大庄严的宅院。"见
一宅土垣车门，室宇甚严。"（84）此时天色已晚，接下来的部分与《夕颜
卷》两段并记如下：

> ①《任氏传》：白衣将入，顾曰，愿少踟蹰。而入。女奴从者一人，
> 留于门屏间，问其姓第。郑子既告。亦问之。对曰，姓任氏，第二十。
> 少顷延入。郑絷驴于门，置帽于鞍。始见妇人年三十余，与之承迎。即
> 任氏姊也。列烛置膳。（84）
>
> ②《源氏物语》：（光源氏把夕颜带到某个宅院）车子来到了离夕颜
> 家不远的一所宅院门前，停下来。叫守院人开门。趁着间隙，源氏环顾
> 四周，只见路荒草野，古木参天，阴森森甚是吓人。（中略）车子停在
> 西厢前，解下牛，将车辕搁在栏杆上。光源氏等人便坐在车中，等候打
> 扫房间。侍女右近对此大为惊异，暗自回忆起女主人与头中将私通时的
> 情形。从守院人四处奔忙，殷勤服务的态度，依稀可见光源氏的身份。
> 右近心中已有所领悟。天色渐明，远山近树依稀可见。院落已打扫清
> 爽。（《夕颜卷》144）

郑六在门和屏风之间等待了片刻，与随行的婢女互通了姓名。他把驴子
系在门口走了进去，任氏和她的姐姐前来接待他，宴席已准备妥当。

光源氏坐在车里等着打扫房间，在此期间侍女右近已经猜到了光源氏的
身份。下车后院落已经打扫完毕。光源氏在这一段中也呈现出了狐妖的特
点。他说"你我之中必有一人是狐狸精"，是为了劝夕颜跟他去某处宅院。

两段对比可知，光源氏与任氏、夕颜与郑六、右近与婢女、守院人与任氏的姐姐一一对应。

天亮后放眼望去，才发现这是一个荒废了的宅院。"只见庭院树木丛生，寂寥无人，一派凄凉。"（《夕颜卷》145）《任氏传》也描写第二天郑六发现任氏的府邸是一片荒草废园。"质明，复视其所，见土垣车门如故。窥其中，皆蓁荒及废圃耳。"（87）

（7）侍从

任氏经常带着女婢。夕颜的侍女是右近，光源氏则有亲信惟光。此外韦崟的家僮中有一个人叫惠黯。韦崟听说郑六最近得到一个美人，就让惠黯去打听。惠黯说任氏是个稀有的美人："奇怪也。天下未尝见之矣。"（90）韦崟闻之大惊，急忙赶去任氏家。

光源氏看到夕颜赠给他的扇子和和歌，就派惟光前去打探。惟光说："隐约望去，那女子容貌好生漂亮。"（《夕颜卷》134）他的话引起了光源氏对夕颜的兴趣。

（8）隐蔽住处

任氏重新找了个幽静的住处与郑六一起生活。"大树出于栋间者，门巷幽静。"（88）韦崟听完惠黯的报告就去找任氏。"见小僮拥彗方扫，有一女奴在其门。他无所见。征于小僮。小僮笑曰，无之。"（92）任氏不让别人知道自己的存在。

夕颜同样隐瞒了自己的真实姓名，不让别人知道。惟光跟光源氏汇报："那些侍女藏得很好，可是有几个女童偶尔会说漏嘴。那时她们就赶紧掩饰，硬装作这里没有女主人的样子。"（《夕颜卷》135）

（9）顺从与死

任氏最大的特点就是对郑六百依百顺。郑六想带她一同去赴任，刚开始任氏以"有巫者言，某是岁不利西行。故不欲耳"（101）为理由拒绝了他，但是经不住郑六和韦崟的再三劝说还是妥协了，结果在途中被猎犬咬死，命丧黄泉。《任氏传》的"苍犬腾出于草间。郑子见任氏欻然坠于地，复本形而南驰"（103）和《任氏行》的"玉爪苍鹰云际灭，素牙黄犬草头飞"（收录于《千载佳句》）[1] 都描写了任氏惨死的情景。

---

[1] 《和汉朗咏集》"眺望部"中源顺有诗云："一行斜雁云端灭，二月余花野外飞。"笔者认为该诗也参考了《任氏行》。这个推论如果成立的话，可以为《任氏行》在平安朝的传播提供证据。

　　《任氏传》的作者沈既济这样评价任氏之死："嗟乎，异物之情也有人道焉。遇暴不失节，徇人以至死。虽今妇人，有不如者矣。"（105）他称赞了顺从男人致死的任氏，感叹即便是现今的妇女也不能和她相提并论。《任氏传》接着叙述："惜郑生非精人，徒悦其色而不征其情性。向使渊识之士，必能揉变化①之理，察神人之际，著文章之美，传要妙之情，不止于赏玩风态而已。惜哉。"（105）沈既济创作《任氏传》的动机在于记述狐妖任氏远胜于人类女子的"要妙之情"。"要妙之情"大多体现为任氏对郑六"徇人以至死"的百般温顺。

　　夕颜同样是个顺从的女子。光源氏劝说她去某处宅院，她妥协了。光源氏认为："这虽然是世间少有不合常理的行为，但这女子死心塌地地服从我，确是可怜可爱的。"然而夕颜的内心踌躇不安："晓月即将西沉，夕颜不愿贸然乘车去莫名之地，一时间踌躇不决。"（《夕颜卷》143）从夕颜吟咏的和歌"月隐西山不知处，途中蓦然隐芳姿"（《夕颜卷》144）看来，她仿佛已经预感到了自己命不久矣。不出所料，夕颜因为听从光源氏的安排而死于非命。

　　夕颜和任氏一样，应该谨慎的地方却不够谨慎。她死后，右近对光源氏说："我家小姐今年为了避凶，就在五条的那所简陋的小屋里暂住，不料在那里又被公子发现，小姐曾为此事叹息。"（《夕颜卷》170）光源氏对夕颜的死表示怅惜："柔弱的女子是可爱的。自作聪明的人才让人讨厌。我自己生性柔弱，所以就喜欢柔弱的女子。这种人虽然容易被男子欺骗，可是本性谦恭，对丈夫言听计从。若能按自己的一套对其加以调教就好了。"（《夕颜卷》172）夕颜在书中的形象就是百依百顺，最后落得个命丧黄泉的结局。

　　（10）其他

　　此外，夕颜的故事与《任氏传》还有两三个相似点：

　　①让马

　　郑六与任氏初次见面之时，郑六骑驴，任氏徒步。郑六因为把驴借给任氏，两人变得亲密起来。

　　惟光也将自己的马让给了光源氏。光源氏为了接近夕颜，乔装打扮。"穿着粗陋，徒步而来，不似往日那样乘车骑马，以掩人耳目。惟光心想：主子对这个女人的爱是非比寻常了。就将自己的马让给光源氏乘用，自己跟

_____

① 《夕颜卷》也出现了"变化"一词："乔装打扮，把脸挡住不让人看见，夜深人静时出入这户人家，活像是古代小说里的狐狸精。"（原文：昔ありけむものの変化めきて）（《夕颜卷》138）这里所说的"古代小说"应该包括了任氏的传说。

在后面。"(《夕颜卷》136)

②头巾

惠黠的话激起了韦崟对任氏的兴趣。他梳洗打扮一番，戴上头巾前往任氏住处。"汲水澡颈，巾首膏唇而往。"(91)光源氏在夜深人静时出入夕颜家，用头巾似的东西将自己的脸挡了起来。"乔装打扮，把脸挡住不让人看见。"(《夕颜卷》138)"他的脸还是遮得好好的。"(《夕颜卷》146)

③死后对谈、死后确认

任氏在陪同郑六赴任途中遇难。郑六向韦崟说起此事，两人一同哀叹。此后，他们去了任氏丧命的地方，打开墓穴确认了任氏的尸体。夕颜死后，光源氏回到二条院，皇上派使者头中将来查看光源氏可疑的行为。此后，光源氏和惟光一起去看了葬于东山的夕颜尸体。

光源氏对头中将有所隐瞒，没有说出夕颜的事。郑六在与任氏共度春宵后回家，面对韦崟的盘问，他也闭口不谈，找借口搪塞。

④姐妹

任氏向郑六介绍说自己和姐姐在宫中任教坊乐官："某兄弟，名系教坊，职属南衙。"(84)

惟光向看门人打听了夕颜的事，回来向光源氏禀报："这家的主人到乡下去了，他妻子年轻好动，她的姐妹都是当宫人的，常常来此走动。"(《夕颜卷》126)光源氏由此认定姐妹二人都是"宫人"。

三

上一节比较了夕颜的故事与《任氏传》。"帚木三帖"中空蝉的故事也有任氏的影子。虽然空蝉的故事里没有狐狸，但是基本构思来源于《任氏传》。接下来简单列出二者的共通之处。

(1)人物设定

韦崟与郑六分别对应着光源氏和伊予介。韦崟、光源氏分别是郑六、伊予介的庇护者，比之后者都更具男性魅力。任氏自然是对应着空蝉。

(2)避凶与邂逅

任氏要给韦崟介绍美女，介绍到第二个人时她心生一计：她先让那名女子患病，暗中贿赂了巫师，让女子去自己家避凶。"不利在家。宜出居东南某所，以取生气。"(97)然后偷偷带来韦崟与女子私通。

光源氏也因避凶住进了伊予介家，并在那里与空蝉邂逅。"伊予介家里最近举行斋戒，女眷都寄居在我家。"（《帚木卷》82）

（3）求爱

韦崟趁着郑六不在，去了任氏家，任氏假装不在，韦崟还是从门缝中窥见了她。于是为之倾倒，想要非礼她。"崟乃悉力急持之。任氏力竭，汗若濡雨。自度不免，乃纵体不复拒抗，而神色惨变。"（92）任氏拼命抵抗，无奈筋疲力尽。韦崟问她："何色之不悦？"（92）任氏答道："您是个富有的人，身边不缺美女。郑六乃是贫贱之人，只有我一个女人。您就忍心把我从他身边夺走吗？"韦崟听罢立即放开了她。《任氏传》的作者沈既济称赞任氏遇到强暴也不失贞洁，指的就是这个场面。《新撰朗咏集》的源英明诗"模成任氏汗来唇"描写的也是这一场景。①

光源氏等到大家都睡着后，偷偷潜入"障子"对面的空蝉寝室。空蝉"那恹恹欲绝的神色，教人又怜又爱"（《帚木卷》88）。"她身材娇小，光源氏便将她抱起。"（《帚木卷》88）"她觉得比死更痛苦，流了一身冷汗，心中十分懊悔。"（《帚木卷》89）这几处酷似《任氏传》的"任氏力竭神色惨变""崟乃悉力急持之""汗若濡雨"。

光源氏问空蝉为何对他如此冷淡无情："你为何如此讨厌我呢？"（《帚木卷》92），空蝉以自己已经嫁给伊予介为由拒绝了他："我若是未嫁之身与你相逢，或许还会不自量力地有所期待，和你结下这露水姻缘。"（《帚木卷》91）这和任氏以郑六为由拒绝韦崟是一致的。

（4）认识的女子

前面谈到，任氏想报答韦崟，因此介绍了两个认识的女子给他：张十五娘和刁将军缅的宠奴。两人都是美女，一人"肌体凝洁"（95），一人"妖姿艳绝"（96）。

空蝉的替代品轩端荻也肤白胜雪，是个可爱迷人的美女。"肤白胜雪，体态圆润，身材颀长，额发分明，口角眉眼都惹人怜爱，姿态十分艳丽。"（《空蝉卷》108）

（5）旅行

任氏本不想跟郑六一同去赴任，最后还是妥协了。韦崟把马借给她，在临驿站为他们践行。"崟以马借之，出祖于临皋，挥袂别去。"（101）伊予介

---

① 第二部第三章"日中妖狐谭与《源氏物语·夕颜卷》——与《任氏行》逸文之间的关系"指出源英明诗有可能有其他出处，而不是脱胎于韦崟非礼任氏的这一情节。

十月一日左右出发去伊予，空蝉也要随丈夫一同赴任。光源氏格外隆重地为其饯行，"私下为空蝉置办了许多赠品，顺便将那件单衫还给了她"（《夕颜卷》178）。

（6）空蝉

任氏在旅途中被猎犬袭击，化作原形逃跑，最后还是被咬死了。郑六看到她的衣服鞋袜全都挂在马上，像蝉蜕的壳一样。"衣服悉委于鞍上，履袜犹悬于镫间，若蝉蜕然。"（103）

"空蝉"这一卷名来自空蝉留在榻旁的单衫。光源氏也以此衣为题作过和歌"空蝉蜕枝无踪影，睹物怀君不自持"（《空蝉卷》116），这首和歌若换作郑六来吟咏也不为过。

四

综上所述，任氏的传说和"帚木三帖"有很深的渊源。那么二者在主题上又是如何互相关联的呢？我们还是先从与《源氏物语》密切相关的《长恨歌》入手。

《新撰朗咏集》中源英明的诗云："写得杨妃汤后靥，模成任氏汗来唇。"杨贵妃与任氏构成了一组对语，可见平安时代的人们认为任氏的美貌堪比杨贵妃。对这两个美女的描写手法有一些相似，具体对比如下：

表 2-1-1　描写杨贵妃与任氏的手法对比

	杨贵妃	任氏
讽谕性传奇小说	《长恨歌传》	《任氏传》
新乐府中的讽谕诗	《李夫人——鉴嬖惑也》	《古冢狐——戒艳色也》
以怨恨为主题		
歌行形式的感伤诗	《长恨歌》	《任氏行》

其中，《新乐府·李夫人》（0160）可以说是"浓缩版"的《长恨歌》。[①]诗歌前半叙述了汉武帝痛失李夫人的悲哀，后半讲到了杨贵妃的故事："又

---

① 参见第一部第一章"李夫人与《桐壶卷》"、第一部第四章"《源氏物语》的结局——与《长恨歌》《李夫人》相较"。

不见泰陵一掬泪，马嵬路上念杨妃。纵令妍姿艳骨化为土，此恨长在无销期。""此恨长在无销期"模仿了《长恨歌》的最后一句"此恨绵绵无绝期"。该诗列举了汉武帝李夫人、唐玄宗杨贵妃的例子，劝诫帝王不要沉迷于女色，题序"鉴嬖惑也"揭示了这一主题。

《新乐府·古冢狐》（0169）也附有题序："戒艳色也。"全诗引用如下：

古冢狐
戒艳色也

古冢有狐妖且老，化为妇人颜色好。
头变云鬟面变妆，大尾曳作长红裳。
徐徐行傍荒村路，日欲没时人静处。
或歌或舞或悲啼，翠眉不举花颜低。
忽然一笑千万态，见者十人八九迷。
假色迷人犹若是，真色迷人应过此。
彼真此假俱迷人，人心恶假贵重真。
狐假女妖害犹浅，一朝一夕迷人眼。
女为狐媚①害则深，日长月长溺人心。
何况褒妲之色善蛊惑，能丧人家覆人国。
君看为害浅深间，岂将假色同真色。

狐狸化作的美女（"假色"）迷惑男子，危害并不是很大；人类的女子（"真色"）才是长年累月魅惑人心，乃至祸国殃民的罪魁祸首。《古冢狐》中的狐狸比起白居易《和古社》中凶恶的狐妖要驯良得多——"妖狐变美女，社树成楼台。黄昏行人过，见者心徘徊。饥雕竟不捉，老犬反为媒。岁媚年少客，十去九不回。"读惯白居易《任氏行》的人会从《古冢狐》中的美女联想到任氏。《古冢狐》也可以说是《任氏行》的"浓缩版"，类似于《长恨歌》与《李夫人》的关系。

让我们结合《古冢狐》再来读一遍源英明的诗。首先"写得杨妃汤后屑"里的"汤后"指的是《长恨歌传》中的"别疏汤泉，诏赐澡莹。既出水，体弱力微，若不任罗绮。光彩焕发，转动照人。上甚悦"。《长恨歌》中

---

① 大江匡房《狐媚记》中的"狐媚"一词想必出自于此。

也有对杨贵妃出浴的描写："春寒赐浴华清池，温泉水滑洗凝脂。侍儿扶起娇无力，始是新承恩泽时。""靥"指的是《长恨歌》"回眸一笑百媚生"那样的笑脸。"任氏汗来唇"出自《任氏传》中任氏汗流浃背拼命抵抗韦崟侵犯的场面。[①] 上一节说过《空蝉卷》也模仿了这一场景。《新撰万叶集》中的"朱砂不企唇如丹"也强调了任氏之"唇"的美艳。

由诗题"春雨洗花颜"可知，"杨妃汤后靥"和"任氏汗来唇"都是雨中花的比喻。这首诗原本就被收录在"雨部"。把杨贵妃和任氏的美貌比作鲜花也是有据可考的。《长恨歌》中有"芙蓉如面柳如眉""春风桃李花开日"[②]"雪肤花貌参差是"之句，将雨中花比作杨贵妃的例子有名句"梨花一枝春带雨"。《长恨歌》还在"云鬓花颜金步摇，芙蓉帐暖度春宵"中用了"花颜"这个词。

任氏也被比作鲜花。《千载佳句》中收有《任氏行》的逸句"燕脂漠漠桃花浅，青黛微微柳叶新"，寥寥几笔勾勒出任氏的美貌。《新撰万叶集》也从"白花"（芒草花）联想到了美丽的任氏。我们无从得知《任氏行》里是不是也有"花颜"一词，但是《古冢狐》里用"花颜"来形容狐妖的美貌："或歌或舞或悲啼，翠眉不举花颜低。忽然一笑千万态，见者十人八九迷。""忽然一笑千万态"与《长恨歌》的"回眸一笑百媚生"类似。也许散佚的《任氏行》里也曾有过这些表达。

源英明诗中的语句都是有据可考的。可以想象，当时的人们不仅爱读《长恨歌》，对《任氏行》也十分喜爱。也许是因为这两部作品里都有"花颜"一词，所以《春雨洗花颜》这首诗才会将杨贵妃与任氏并列而置吧。小岛宪之曾经指出，《长恨歌》等作品中的"花颜"原本指的是貌美如花，《菅家文草》里的"雪片花颜时一般"[③]、"花颜片片笑多来"[④]，《田氏家集》里的"朝来寻逐见花颜"[⑤] 则是指美丽的鲜花，采用的是拟人化手法。[⑥] 源英明也和菅原道真、岛田忠臣一样吟咏的是鲜花，但是在诗中提到了花容月貌

① 柿村重松著《倭汉新撰朗咏集要解》也曾指出这一点。

② 大贰高远和紫式部是同时代的人。《大贰高远集》中有一首以"春风桃李花开日"为题创作的和歌"芳菲含笑迎春风，花色还似故人颜"。这首和歌也间接证明了"桃李"是杨贵妃的比喻。

③ 《菅家文草》卷一《早春侍宴仁寿殿同赋春雪映早梅应制》（66）。

④ 《菅家文草》卷二《早春侍内宴同赋雨中花应制》（85）。

⑤ 《田氏家集》卷下《暮春宴菅尚书亭同赋扫亭花自落》（172）。

⑥ 小岛宪之《古今集以前》，第三章（二）"承和期以后的文学"。

的杨贵妃和任氏。这是因为看到美丽的鲜花，脑海中自然就浮现出了如花似玉的美女。

《源氏物语》的读者应该记得很多从鲜花联想到美女的情景，特别是光源氏与夕颜花的初次邂逅让人印象深刻：

> 板垣上爬满青青蔓草，白花迎风展，花自笑开颜。

（《夕颜卷》122）

"白花迎风展，花自笑开颜"的夕颜花一开始是"翠眉不举花颜低"的俯首之姿，后来抬起头来"忽然一笑千万态"，仿佛是《古冢狐》里诱惑男子"见者十人八九迷"的主人公。"青青蔓草"相当于"翠眉"。《千载佳句》中所收《任氏行》逸句"青黛微微柳叶新"、《新撰万叶集》中的"粉黛不无眉似柳"都提到了"青黛柳眉"，一对细长的柳眉正是任氏的魅力所在。

以《古冢狐》为介，"花颜"与"夕颜"被联系到了一起。"花颜"一词让人联系起杨贵妃的同时，还让人想到狐妖任氏。《夕颜卷》在卷首设计了光源氏看到"夕颜"的桥段，狐妖故事也就由此拉开了序幕。

接下来进入主题论。"长恨歌"的故事曾被多方演绎，任氏的故事也从三个不同的视点，分别衍生出了《任氏传》、《古冢狐》和《任氏行》。"帚木三帖"的主题分别折射了这三部作品的主题。

《任氏传》称赞任氏比起人类女子更具有"遇暴不失节，徇人以至死"的美德。《帚木卷》"雨夜品评"一节，四个贵公子对多位女性品头论足。在这之后，光源氏身边出现了两个女人——空蝉和夕颜，前者没有背叛丈夫，与丈夫一同离去，后者对光源氏百依百顺，最终命丧黄泉。正是因为这两种"美德"，空蝉和夕颜给光源氏留下了极其深刻的印象。"帚木三帖"的末尾，光源氏在秋末冬初之际吟诵了一首和歌："生离死别两茫茫，长恨秋归无觅处"（《夕颜卷》179），恰恰可以说明这一点。任氏的美好品质被《源氏物语》化用成了空蝉和夕颜的美德。

《古冢狐》的主题在于"戒艳色也"。白居易告诫人们，人类女子的危害要比狐妖大得多。《帚木卷》刚开始没多久，就提到了光源氏对爱情有异常执着的一面。"他倒不是常见的好色之徒，但是偶尔也会对明知道不可能的对象孤注一掷，惹来不必要的麻烦。"（《帚木卷》45）左马头告诫他："鄙人诚心劝各位小心防范轻薄的女子。这种女人会做出丑事，令你蒙羞。"（《帚木卷》71）在这之后，光源氏在跟伊予介交谈时，想起了左马头的劝谏。

"他想：'我这样做真是不应该啊！'他又想起了那天左马头的一番话，觉得对不起伊予介。他后来又想：'空蝉虽然冷酷无情，但是为丈夫守节这点还是令人佩服的。'"（《夕颜卷》130）空蝉虽然被光源氏吸引，还算是勉强坚守了任氏"遇暴不失节"的美好品质。套用《古冢狐》的话来说，空蝉还不至于沦为"丧人家覆人国"的"真色"，伊予介的家庭也没有遭到破坏。光源氏在与伊予介夫妻的交往中验证了左马头那番话的真实性。

光源氏在结束与空蝉、夕颜的感情纠葛后进行了自我反省，"他似乎明白这种不可告人的恋情是多么的痛苦"（《夕颜卷》179）。从沉迷女色这一点来看，光源氏与空蝉、夕颜的恋情并不会对他的人生造成极大的危害。《古冢狐》称狐妖为"假色"，目的是劝谏人们不要沉迷于比"假色"危害更大的"真色"。空蝉和夕颜二人是为了劝谏光源氏不要沉迷于会导致"丧人家覆人国"的"真色"而登场的。害死葵姬、破坏光源氏家庭的六条御息所与夕颜形成了鲜明的对比。还有与光源氏育有一子，从某种程度上来说导致了"祸国"的藤壶、让光源氏与紫姬夫妻关系出现裂痕的导火索女三宫、令光源氏郁郁而终的紫姬。这些女子对于光源氏来说才是"真色"。紫式部借左马头之口说出了白居易对人们的劝诫，也让光源氏通过与"假色"（空蝉与夕颜）的交往领悟到了"戒艳色也"的道理。

那么"帚木三帖"又是如何反映了《任氏行》的主题呢？郑六和韦崟对死去的任氏的"恨"，与空蝉、夕颜、光源氏的"恨"本质上是相同的。这样的余恨超越了生死，没有停止完结的一天。八月十五的夜晚，光源氏赠歌给夕颜，称两人的关系堪比《长恨歌》中的玄宗、杨贵妃：

> "请君效仿优婆塞，来生恩爱情不移。"长生殿的故事很不吉利，所以他故意不用"在天愿做比翼鸟"的典故，而是祈愿来世两人能同弥勒佛一道降生。这真是有些夸张。
>
> （《夕颜卷》143）

"紫色之缘"物语从《长恨歌》的"长恨"开始。夕颜死后，此恨未消，余恨要求新的故事登场。这就是末摘花和玉鬘的故事。

第二章　夕颜的诞生与汉诗文

——以"花颜"为中心

序

　　朱雀朝的诗人源英明目睹被雨水打湿的"花颜",写下了"写得杨妃汤后曆,模成任氏汗来唇"(《新撰朗咏集》·雨部75·《春雨洗花颜》[①])这两句诗。诗人将雨中花比作出浴的"杨妃"之"曆"与香汗淋漓的"任氏"之"唇"。"杨妃"即杨贵妃,"写得杨妃汤后曆"参考了白居易《长恨歌》(0596)的"春寒赐浴华清池"、"回眸一笑百媚生"和"温泉水滑洗凝脂"。下半句中的"任氏"指的是化作美女和郑六结为夫妇的妖狐任氏。整句诗沿袭了白居易的《任氏行》或沈既济的《任氏传》。遗憾的是,除了《千载佳句》的两联之外,《任氏行》均已散佚。[②] "汗来唇"描写了郑六的友人韦崟非礼任氏时,"任氏力竭,汗若濡雨"(《任氏传》)的场面。[③]

　　之所以能从雨中花联想到杨贵妃和任氏,是因为这两个人都是如花般美

---

①　《新撰朗咏集》"雨部"有一首"柳眼剪波春黛绿,桃颜流汗宿妆红"(纪家《春雨洗花颜》74),紧接着的就是这两句源英明的诗。小岛宪之在《古今集以前》(第206页)中考察了诗题中的"花颜"以及纪长谷雄的两句诗。纪长谷雄(912年殁)和菅原道真的外孙源英明(据《慈觉大师传》记载为938年殁)是不同时代的诗人,两首诗不可能是同日所作,只是用打湿花朵的雨水来比喻美女的香汗这一点是相同的。

②　此外,宋代《锦绣万花谷》中还发现了两句《任氏行》逸文。参见第二部第三章"日中妖狐谭与《源氏物语·夕颜卷》——与《任氏行》逸文之间的关系"。

③　参见柿村重松著《倭汉新撰朗咏集要解》。

丽的女子。《长恨歌》中的"芙蓉如面柳如眉""春风桃李花开日"等诗句写出了杨贵妃的美貌。[①] 特别是"梨花一枝春带雨"将杨贵妃比作雨中花[②]，"云鬟花颜金步摇"用了"花颜"一词。诗题"春雨洗花颜"和诗句"写得杨妃汤后靥"均是基于这些诗句创作而成的。《千载佳句》中收录的《任氏行》逸句和《新撰万叶集》都提到了任氏。

> 燕脂漠漠桃花浅，青黛微微柳叶新。
>
> （《千载佳句》·美女部 442·《任氏行》）
>
> 秋の野の草の袂か花薄穂に出て招く袖と見ゆらむ
>
> 秋日游人爱远方，逍遥野外见芦芒。
>
> 白花摇动似招袖，疑是郑生任氏孃。
>
> （《新撰万叶集》卷上·秋部 52）

任氏被形容为宛如"桃花"或"白花"（芒草花）般的女子。任氏和杨贵妃一样都被比作鲜花，可将其成为"花颜"美女。

《任氏行》已散佚的部分是否有"花颜"这个词或是雨中花的比喻，已不得而知。但是白居易曾用"花颜"来形容妖狐的美貌："或歌或舞或悲啼，翠眉不举花颜低。"（《新乐府·古冢狐》0169）源英明诗的诗题为《春雨洗花颜》，《任氏行》有可能和《古冢狐》一样都有"花颜"这个词。

上一章讲到[③]，紫式部在执笔《源氏物语》"帚木三帖"时大量参考了以"花颜"美女任氏为主人公的唐传奇《任氏传》，特别是夕颜的人物造型可以明显看出有任氏的影子。"夕颜"这一卷名本身就带有"日暮花颜"的意思。本章将继续深入探讨"花颜"一词，阐明夕颜这一女性人物与汉诗文之间的关系。

[①] 《大贰高远集》有以此为题吟咏的和歌"芳菲含笑迎春风，花色还似故人颜"，"桃李"暗喻杨贵妃。

[②] 小岛宪之在《古今集以前》（第 252～253 页）中指出，《田氏家集》和《菅家文草》中的"雨中花"模仿了白居易的《和雨中花》（2268）。

[③] 高桥亨在《〈夕颜卷〉的表现》（载《文学》，50 卷 11 号，1982 年 11 月）中提到了拙稿，并论述了《夕颜卷》中的狐狸与白花的问题。

一

《新撰朗咏集》所收源英明诗将雨中的"花颜"（美女如花般的脸庞）比作杨贵妃之"靥"和任氏之"唇"。早在《新撰万叶集》中就有对任氏之"唇"的描写。[1]

> ほのに見し人に思ひをつけそめて心からこそ下にこがるれ
> 任氏颜貌仿佛宜，粉黛不无眉似柳。
> 朱砂不企唇如丹，心思肝属犹胸焦。

《新撰万叶集》下卷的汉诗虽然水平欠佳，但是仍有一部分保存了古老的风貌。这首诗用"眉似柳"来形容任氏的柳眉，化用了《千载佳句》所收《任氏行》的逸文"青黛微微柳叶新"。"任氏"与"唇"的搭配有可能也出自《任氏行》。

接着要分析的是《新撰朗咏集》中的一组对语——"靥"与"唇"。《游仙窟》曾经用这两个对仗的词语来描述女主人公崔十娘的美貌："敛笑偷残靥，含羞露半唇。"文章还用"花容"（华容）一词来表现崔十娘的美貌[2]："花容婀娜，天上无俦。玉体透迤，人间少匹。"《游仙窟》诸本将该词训为"花のかほ""花のかたち"[3]。"花容"通"花颜"，源英明在接到《春雨洗

---

① 余田充在《〈任氏传〉的受容形态——〈新撰万叶集〉上卷·秋部 10》（载《四国女子大学纪要》，1 卷 2 号，1982 年 3 月）中谈到了《新撰万叶集》和《新撰朗咏集》中的任氏。
② 醍醐寺本作"花容"，真福寺本、阳明文库本、庆安五年刊本等作"华容"。
③ 醍醐寺本右旁训"花ノカ（ホ）"，左旁训"花ノカタチ"。真福寺本为"花ノカタチ"。庆安五年刊本右旁训"花ノカホ"，左旁训"花ノカタチ"。醍醐寺本因虫蚕食残缺，括号内为推测。

花颜》这个命题作文时，脑海中不仅浮现出了杨贵妃和任氏①，也许还想起了"花容"月貌、秀"靥"芳"唇"的崔十娘。

此外，醍醐寺本及有注的庆安五年刊本等还指出《文选》所收《洛神赋》是《游仙窟》"花容婀娜"的出处。

> 曹子建《洛神赋》曰：华容婀娜，令我忘餐。李善曰：婀娜宜顾也。
>
> （庆安五年刊本）

"华容"这个词原本是用来形容《洛神赋》中的女神宓妃的美貌的。《洛神赋》中也有"靥"与"唇"这一组对语："丹唇外朗，皓齿内鲜，明眸善睐，靥辅承权。"《洛神赋》序曰："感宋玉对楚王，说神女之事，遂作斯赋。"可见这篇辞赋是模仿了宋玉的《神女赋》。"华容"与"丹唇"化用了《神女赋》的表现，如下所示〔宋玉的《招魂》也出现过"华容"："兰膏明烛，华容备些。〔铣曰：华容谓美人也〕"（《文选》卷三十三）〕：

> 须臾之间，美貌横生。晔兮如华，温乎如莹。
>
> （《文选》卷十九·宋玉《神女赋序》）
> 眉联娟以蛾扬兮，朱唇的其若丹。
>
> （《文选》卷十九·宋玉《神女赋》）

"朱唇的其若丹"与《新撰万叶集》的"朱砂不企唇如丹"非常相似。追溯任氏的"花颜"与"唇"形成的轨迹，将文献按顺序排列如下：《神女赋》《洛神赋》《游仙窟》《任氏行》《新撰万叶集》《新撰朗咏集》。换句话说，"丹唇""花颜"的美女，她既是《神女赋》中的巫山神女，也是《洛神

---

① 《长恨歌》用"花颜""玉颜""花貌（儿）""玉容"等词来形容杨贵妃的美貌。诸写本对这些词的训读如下：〔(1) 正宗敦夫文库本 (2) 金泽文库本 (3) 清原宣贤笔龙门文库本〕

花颜：花ノカホ（1）；花ノ颜（2）；花ノカホハセ（3）。
玉颜：玉ノ颜（1）（2）。（3）为音读。
花貌：花ノカタチ（1）；花ノカヲ（2）；花ノカホ（3）。
玉容：玉ノカタチ（1）；玉ノカホ（2）。（3）为音读。
此外，京都大学清家文库的两本（传秀贤笔本及经贤笔本）与（3）相同。

赋》中的宓妃（甄后），再后来是崔十娘，最后又变成了妖狐任氏。

接下来要对《新撰万叶集》下卷汉诗中的"仿佛"一词进行分析。观智院本《类聚名义抄》（佛下本 37）中作"ホノメク""ホノカニ"。《新撰万叶集》的这首和歌也将"仿佛"读作"ホノ"。为何《新撰万叶集》要用这个词来形容任氏呢？任氏和郑六共度良宵后，暴露了妖狐的身份，消失了踪影。郑六无法忘记任氏，在路上偶遇任氏后，两人重归于好结为夫妻。《新撰万叶集》的汉诗表达了郑六对忽然消失的任氏的思念之情。

> 然想其艳冶，愿复一见之。心尝存之不忘。
>
> （《任氏传》）

郑六在似梦非梦中与任氏邂逅，任氏消失后仍然对其念念不忘。因此他对任氏的印象可以用"仿佛"一词来概括。散佚的《任氏行》有可能也用过这个词来形容任氏。《千载佳句》"美女部"所收《任氏行》逸文"燕脂漠漠桃花浅，青黛微微柳叶新"中就有类似表现。"漠漠"指大面积分布的样子。观智院本《类聚名义抄》（僧下部 107）将"微"读作"ホノカナリ"。[1] 因此这句诗可以理解为：任氏匀擦脂粉，面如浅浅桃花；青黛画眉，眉似柳叶如新绿。

此外，《任氏传》也能找到类似描写。过了十多天，郑六在街上偶遇失踪的任氏。"经十许日，郑子游，入西市衣肆，瞥然见之。"潘岳《河阳县作二首（其一）》（《文选》卷二十六）云："颍如槁石火，瞥若截道飚。"九条本将"瞥"读作"ホノカナルコト"。《新撰万叶集》的"任氏颜貌仿佛宜"指的就是郑六偶然瞥见了任氏。可以说任氏是一个如梦似幻（"仿佛"）的女子。接着再来看看《楚辞》和《文选》里的"仿佛"。

> （1）时仿佛以遥见兮，精皎皎以往来。
> 〔王逸注：托貌云飞象其形也。〕
>
> （《楚辞·远游》）

> （2）虽方征侨与偓佺兮，犹仿佛其若梦。

———————————

① 九条本《文选》古训参见中村宗彦《九条本文选古训集》。

〔李善注：说文曰：仿佛相似视不諟也。楚辞曰：时仿佛以遥见。諟即谛字。音帝。〕

（《文选》卷七·杨雄《甘泉赋》）

（3）目色仿佛，乍若有记。见一妇人。
〔李善注：如有可记识也。仿佛见不审也。〕

（《文选》卷十九·宋玉《神女赋序》）

（4）仿佛兮若轻云之蔽月，飘飖兮若流风之回雪。远而望之，皎若太阳升朝霞。迫而察之，灼若芙蕖出渌波。

（《文选》卷十九·曹植《洛神赋》）

（5）帷屏无仿佛，翰墨有余迹。

（《文选》卷二十三·潘岳《悼亡诗三首（其一）》）

（6）独无李氏灵，仿佛观尔容。
〔李善注：桓子新论曰：武帝所幸李夫人死。方士李少君言能致其神。乃夜设烛张幄，令帝居他帐，遥见好女似夫人之状，还帐坐也。〕

（《文选》卷二十三·潘岳《悼亡诗三首（其二）》）

（7）想孤魂兮眷旧宇，视倏忽兮若仿佛。徒仿佛兮在虑，靡耳目兮一遇。

（《文选》卷五十七·潘岳《哀永逝文》）

（2）李善注引《说文》，指出"仿佛"的意思是"相似视不諟也"。《集韵》曰："諟审也。"这和（3）中的"仿佛见不审也"是一个意思。（1）～（7）里的"仿佛"都是指模糊隐约、看不真切的状态。（1）指的是屈原使灵魂飞翔，"仿佛"形容的是魂魄的形态。（2）的意思是即便是像征侨与偓佺这样的仙人从上空俯视高大壮观的甘泉宫，都会感觉像在做梦一样。（3）形容的是宋玉在梦中邂逅巫山神女时的样子。（4）是曹植遇到洛神宓妃时的样子。值得注意的是，《神女赋》和《洛神赋》中同时出现了"花颜"和"仿佛"。（5）（6）（7）三例描写了潘岳的丧妻之痛。（5）（6）哀叹妻子的亡灵渺无踪迹。（7）述说自己好像在朦胧中窥见了妻子的幻影。综上所述，"仿

101

佛"一词多用来形容神女、女性的亡灵、幻影等若隐若现之貌。

《万叶集》多处出现了"仿佛"一词，从中摘录一些有代表性的例子加以说明。

（8）人言吾妹今尚在，遍寻玉姿无仿佛。

［柿本朝臣人麻吕·《妻死之后，泣血哀恸作歌二首（其二）》·卷二 210］①

（9）朝露朝生夕消逝，夕雾夕起朝散去。惊闻罹耗心忧惧，玉姿只得仿佛见。……红颜早逝伤如何，譬如朝露复夕雾。

（《吉备津采女死时，柿本朝臣人麻吕作歌一首》·卷二 217）

（10）玉姿仿佛若朝雾，消失相乐山际间。

（《悲伤死妻，高桥朝臣作歌一首》·卷三 481）

（11）海上仿佛闻桨声，渔女出舟割藻去。

（《悲伤死妻，高桥朝臣作歌一首》·卷七 1152）

（12）仿佛相见又别离，心挂重逢是几时。

（《山上臣忆良七夕歌十二首（其九）》·卷八 1526）

（13）山中朝霞何朦胧，愿得逢君若仿佛。

（卷十二 3037）

（14）形容消瘦如朝影，只为仿佛观尔容。

（卷十二 3085）

（15）纵使仿佛若渔火，也盼隐约见芳踪。

（卷十二 3170）

其中，（11）的"仿佛"是用来表示只听得到微弱的声音。卷十三的第 3344 首和卷十六的第 3791 首和歌原文都记作"仿佛闻而"，都是用来形容声音。除此之外的例子基本上都是用来表示看得不真切。这与《说文》"视不諟也"的解释一致，由此可知万叶歌人在用这个词的时候相当尊重它本有的意思。（8）～（10）是悼念女性的挽歌。特别是（8）人麻吕的亡妻歌酷似潘岳的悼亡诗（5）（6）。两者都吟咏了妻子的亡灵渺无踪迹。（10）和

---

① 山田孝雄《万叶集讲义》在这首和歌的注释中引用了班固《幽通赋》（《文选》卷十四）的五臣注"仿佛不分明貌"。《万叶集》的训点参见"日本古典文学大系"。佐伯梅友在《郁与仿佛》（载《国语与国文学》，19 卷 11 号，1942 年）中分别将（9）（10）的"おほ"训为"ほのみし"和"ほのかになりつつ"。

（7）都讲到了亡妻的魂魄若隐若现，最后消失不见。（9）用"朝露"和"夕雾"，（10）用"朝雾"，（13）用"朝霞"来比喻隐约的形迹。（4）"皎若太阳升朝霞"中也有"朝霞"一词，可见这首和歌里有洛神宓妃等神女的影子。总的来说，《新撰万叶集》用于任氏的"仿佛"一词本来是用来描写神女或灵魂，或是用来书写看不真切的女子。任氏是狐狸，行踪飘忽不定，从某种意义上说她也是一个神女般的美女，这个词用在她身上可以说是十分恰当的。

以上对"花颜"和"仿佛"这两个词进行了考察，结果显示妖狐任氏与《神女赋》和《洛神赋》中的神女有关。夕颜也是时隐时现的女子，男人们都看不清她的真容。

黄昏时分依稀见，安能辨得是夕颜。
原文：寄りてこそそれかとも見めたそかれにほのぼの見つる花の
夕顔

（《夕颜卷》126）

隐约望去，那女子容貌好生漂亮。

（《夕颜卷》134）

后者与《新撰万叶集》的"任氏颜貌仿佛宜"基本相同。前者将女子夕颜称为"花の夕颜"。正如上一章所言，这个词可以理解为"花颜"，重新读作"日暮花颜"。这样一来，夕颜也就成了"花颜"朦胧的女子，可以划为神女、任氏一类。"黄昏时分依稀见"这首和歌历来众说纷纭，下一节拟就这首和歌进行具体考察。

二

墙根开满夕颜花的小屋主人送给光源氏一把扇子，扇子上题有和歌一首："夕颜凝露容光艳，料是玉人驻马来。"（《夕颜卷》125）光源氏也回赠她一首和歌："黄昏时分依稀见，安能辨得是夕颜。"这首歌通常是这样解释的："日暮时分美丽的夕颜也变得模糊不清，不如靠近看个清楚。"（"日本古典文学大系"）也就是说女子已经猜出了男子是光源氏，光源氏说那你就再靠近一点，把我看个清楚吧。这个解释认为"靠近"的人是女子。也有研究者不赞同这一看法。黑须重彦认为主语是光源氏，他看不清楚的"花颜"是女子夕颜。① 黑须氏注意到光源氏在此之前就隐约窥见"室内有很多留着美丽额发的女人"(《夕颜卷》121),见解独到。

然而,内敛的夕颜是绝不会向陌生男子赠歌的,所以黑须重彦认为她应该是把光源氏认成了情人头中将。针对这一说法,藤井贞和把光源氏看作是"高贵的采花贼",并指出"夕颜认出了光源氏,于是默许了其采花贼的行为。如果只是首寒暄性质的和歌,那么女子主动赠歌给男子也是有可能的"②。这一说法很好地诠释了为什么生性内敛、隐姓埋名的夕颜会主动赠歌给一个陌生男子。藤井氏也认为"靠近"的人是光源氏。

上一章谈到,夕颜和妖狐任氏十分相似,《新撰万叶集》中有"穗に出でて招く袖""白花摇动似招袖"等表示任氏诱惑男性的表现,夕颜也继承了这一特点。"一个穿着黄色生绢长裙的女童走了出来,向随从招手"(《夕颜卷》122)中就出现了"招手"这个词。《任氏传》中并没有任氏主动诱惑郑六的片段,是郑六先跟任氏搭讪,任氏才把他带到自己的居所。但是从《新撰万叶集》看来,很有可能《任氏行》里原本是有"诱惑"(招手)这样的情节的。本书虽然不再继续对《新撰万叶集》和《任氏行》进行深入探讨,但是狐狸"诱惑"(招)男子的先例确实存在。《搜神记》(二十卷本卷十八)有一个王灵孝的故事。狐狸化作美女把王灵孝带进唐墓,王灵孝被救出来后说:"狐始来时,于屋曲角鸡栖间,作好妇形,自称阿紫,招我。如此非一,忽然便随去。"这是善家私记逸文的贺阳良藤故事的原型,九世纪末期在日本广为流传。有可能《新撰万叶集》的"招(袖)"就来源于此。

狐狸常常化作美女诱惑男子,所以妖狐般的夕颜即便主动诱惑光源氏也是极有可能的,只是这一行为和她本身内敛的性格有些矛盾而已。可以说藤井氏的"寒暄说"是极富魅力的。

---

① 黑须重彦《香气扑鼻的白纸扇》(载《平安文学研究》,46 辑,1971 年)、后收录于《女子夕颜》(1975 年)。其中,《女子夕颜》一文指出"夕颜花"受到了《长恨歌》"云鬓花颜金步摇""雪肤花貌参差是"的影响(第 316 页)。《河海抄》在为"黄昏时分依稀见,安能辨得是夕颜"这首和歌作注时提到"花容无止〔万叶〕"。然而《万叶集》并没有这一记载,出典不详,但是这算是将"夕颜花"和"花容"结合在一起的较早的例子。

② 藤井贞和《三轮山神话式叙述方法——〈夕颜卷〉》(载《公立女子短期大学(文科)纪要》,22 号,1979 年 2 月)。此外,松尾聪在《关于〈夕颜卷〉和歌"料是玉人驻马来"》(载《文学》,51 卷 11 号,1982 年 11 月)中批判了藤井说,并对黑须氏的观点表示支持。

此外还有另一种看法。《岷江入楚》"称名院三条西公条"指出夕颜听到光源氏自言自语说"花不知名分外娇"，回答说她也不太清楚光源氏要找的花的名字是什么，那就权当是夕颜花吧。《绍巴抄》也持同样意见。

光源氏的自言自语是基于《古今和歌集》（卷十九·1007、1008）的一首旋头歌。

题人不知 读人不知

花不知名分外娇，远方人可道芳名？

原文：打わたす遠方人に物申すわれそのそこに白く咲けるは何の花ぞも

返歌

春日野边花烂漫，若无谢礼不语君。

原文：春されば野辺にまづ咲く見れどあかぬ花まひなしにただ名のるべき花の名なれや

这首返歌感觉是由女子吟咏的，端起架子不愿意说出花的名字。这样一来，就可以把这两首歌看成是男子向女子询问白花的花名，女子被要求作答的一组赠答歌。

在《夕颜卷》中，光源氏自言自语地说完"花不知名分外娇"后，随从答道："这白花的名字叫作夕颜。"这一回应看起来非常得体，其实并非如此。这个问题本应该由"远方"的女子来作答的，结果却被光源氏身边的男子（随从）回答了。这样一来情况就变得与《古今和歌集》有所不同。

但是"远方"，即夕颜花盛开的小屋中有一位女子，按理说应该由这位女子来回答光源氏的问题。因此，她用"夕颜凝露容光艳，料是玉人驻马来"这首歌答复光源氏。这样一来逻辑就捋顺了，《古今和歌集》的和歌也引用得恰到好处。

《新撰万叶集》上卷的和歌"秋の野の草の袂か花薄穂に出て招く袖と見ゆらむ"对应着一首七言诗："秋日游人爱远方，逍遥野外见芦芒。白花摇动似招袖，疑是郑生任氏孃。"把这首和歌与《古今和歌集》的旋头歌进行比较，就会发现"远方"对应着"遠方"，"野外"对应着"野辺"，"白花"对应着"白く咲ける花"，而且两者都针对花产生了疑问。虽然这两首和歌在季节上（春与秋）有所不同，但是在游人在野外看到白花从而心生疑问这点上可以说是极其相近的。

光源氏看到白花后自言自语说的"花不知名分外娇"这句话，不仅为《物语》铺设了《古今和歌集》的场景，还蕴含了《新撰万叶集》中的任氏的故事。女子相当于"远方人"，她回答了白花的花名，从而使得这一场景得以成立，由女方进行诱惑［"招（袖）"］，又酝酿出了如同任氏般的狐妖的氛围。夕颜虽然被塑造成一个内敛的女性，但是她向光源氏赠歌"夕颜凝露容光艳，料是玉人驻马来"是有其必然性的。

综上所述，应该这样理解"夕颜凝露容光艳，料是玉人驻马来"和"黄昏时分依稀见，安能辨得是夕颜"这两首和歌：男子询问花名，女子回答说是"夕颜花"。男子听到女子的回答，就想再靠近一些，看看这模糊的"花颜（夕颜）"（女子芳容）究竟是谁。

三

上一节解释了"黄昏时分依稀见，安能辨得是夕颜"这首和歌，接下来再来看看《夕颜卷》与《洛神赋》之间的关联。第一节阐明了夕颜与《洛神赋》的神女的共同之处——她们都是有着花容月貌的女子，在男性面前若隐若现。下面比较一下《洛神赋》神女出现的场景和《夕颜卷》开头的表现。

> 日既西倾，车殆马烦。尔乃税驾乎蘅皋，秣驷乎芝田。容与乎杨林，流眄乎洛川。于是精移神骇，忽焉思散。俯则未察，仰以殊观。睹一丽人于岩之畔。乃援御者而告之曰，尔有觌于彼者乎。彼何人斯。若此之艳也。御者对曰，臣闻，河洛之神，名曰宓妃。然则君王所见，无乃是乎。其状若何。臣愿闻之。

曹植爱着哥哥曹丕的妻子甄皇后，闻其死讯，悲痛不已，离开洛阳去了封地鄄城。这时日已西下，车困马乏。他在洛川边休息时极目远眺，不觉精神恍惚，思绪飘散。一抬头，发现一个绝妙佳人立于山岩之旁。曹植问车夫那是什么人，车夫回答："听说河洛之神的名字叫宓妃，莫非就是她！请您跟我说说她的长相。"他向车夫描述了神女的容貌，其中就有之前出现过的"仿佛""华容"等词。

光源氏将白色的夕颜花看作是陋室的女主人，赠给她和歌一首："黄昏时分依稀见，安能辨得是夕颜。"

　　这里开着的白花，叫作夕颜。这花的名字听起来像是人名。这种花
都是开在这种肮脏的墙根的。

（《夕颜卷》122）

　　《洛神赋》和《夕颜卷》的相同点在于：男子在日暮时分隐约看到了
"花颜"，于是询问随从那究竟是什么，随从告诉他答案。《夕颜卷》的这一
段脱胎于《洛神赋》。特别需要注意的是光源氏和歌"黄昏时分依稀见，
安能辨得是夕颜（原文：寄りてこそそれかとも見めたそかれにほのぼの見つ
る花の夕顔）"中的"それか"这个词。《洛神赋》中也有同样表述。车夫
回答曹植："然则君王所见，无乃是乎。"九条本、宽文版本也作"無廼是
乎"，可以读作"むしろそれか""むしろこれか"。潘岳《哀永逝文》（《文
选》卷五十七）云：

　　　是乎非乎，何皇趣一遇今目中。
　　　〔李善注：汉书曰：孝武李夫人卒。悲感作诗曰，是邪非邪，立而
　　望之，偏何，姗姗其来迟。〕

　　"是邪非邪"读作"むしろそれか""むしろこれか"。"是"读作"そ
れ"或"これ"。白居易的《新乐府·李夫人》（0160）"去何速兮来何迟，
是耶非耶两不知。翠蛾仿佛平生貌，不似昭阳寝疾时"也讲述了李夫人返魂
香的故事。"是耶非耶两不知"按神田本《白氏文集》的训读作"それかあ
らぬかふたつながらしらず"。这是平安时代的读法，《哀永逝文》可以找到
更古老的训读方式。小林芳规指出，九条本《文选》的纸背文书是用万叶假
名写的古训。[1] 他举出的例子中就有《哀永逝文》（卷二十九）"是邪非邪"
的训。正应二年（1289年）点记作"是乎非乎"，纸背文书基座"加母加
母"。《新乐府·李夫人》将其读作"それかあらぬか"，因此上代读作"そ
れかもあらぬかも"。换言之，前者是在后者的基础上形成的。

----

① 小林芳规《上代对〈文选〉的训读》，（载"全释汉文大系"《文选1》月报8）。

"それかあらぬか"还可以用作歌语。[1]

去夏郭公是耶非，啼声还与旧日同。

原文：去年の夏鳴きふるしてし郭公それかあらぬか声のかはらぬ

（《古今和歌集》卷三·夏部 159）

君恩似露何易晞，寂寞春雨濡袖湿。

原文：かげろふのそれかあらぬか春雨の降る日となれば袖ぞ濡れ

ぬる

（《古今和歌集》卷十四·恋部四 731）

参考这些古训与歌语，应该将《洛神赋》的"无乃是乎"读作"むしろ
これか"而不是"むしろそれか"。《洛神赋》中推测时隐时现的洛水美女是
神女宓妃时用了"彼何人斯"这个词，《夕颜卷》光源氏靠近在黄昏时分隐
约出现的美女，试图判断出她是谁（"それか"）。

《洛神赋》（4）"迫而察之，灼若芙蕖出渌波"和"黄昏时分依稀见，安
能辨得是夕颜"十分相似。这句话是说曹植靠近了看时隐时现（"仿佛"）
花容月貌（"华容"）的神女。同样地，光源氏想再靠近一些看清楚暮色朦
胧中依稀可见（"ほのぼの"）的"花之夕颜"。可以说《夕颜卷》的这些表
现是受到了《洛神赋》的影响。

四

第一节考察了《源氏物语》中的"花颜"。根据《源氏物语大成》"索引
篇"，可以从《源氏物语》中找出这两个"花颜"的例子：

深山松扉今开启，今朝有幸拜花颜。

（《若紫卷》203）

夕雾想把这小女公子和之前窥见的两位美女的"花颜"比较一下。

---

[1] 参见小岛宪之《汉语中的平安佳人——〈源氏物语〉》（载《文学》，50 卷 8 号，
1983 年 8 月）。小岛宪之在文中谈到了歌语"それかあらぬか"与《李夫人》训读
文之间的关系。

他平日不喜欢做这种事情，今天也顾不得这许多了。夕雾藏在帘子底下，身上披上帘子，从帷屏的缝隙里偷窥。

(《朔风卷》142)

第一个例子中的"花颜"是北山老僧对光源氏容貌的称赞。后一个例子是夕雾在朔风过后来六条院问候时无意间窥见了紫姬和玉鬘的倩影（"花颜"），分别将她们二人的美貌比作樱花和棣棠花。此后夕雾还见到了小女公子，并将她比作藤花。从"夕颜""若紫"这些卷名看来，《源氏物语》可以称得上是一部"花颜"女子的列传。

值得注意的是，第一个例子中的"花颜"是用来形容男性光源氏的。兵部卿宫见到光源氏时就觉得他"是个世间稀有的美男子，做梦都没想到他是女儿的夫婿，反倒是动了心，想让他变作女子才好"（《红叶贺》18）。虽说光源氏具有女性般的美貌，但是"花颜"这个词用来形容男子算是个特例。

话虽如此，也不是没有将"花颜"用于男子的例子。[1]《哀永逝文》的作者潘岳（安仁）同时也是中国美男子的代表。醍醐寺本《游仙窟》记载："语林曰：潘安仁玉华姿容。每行老妪以果投掷之，常满车。""玉华姿容"这个词合并了"玉姿"和"华容"，等于是用"花颜"来形容男子。刊本的注用的不是"玉华姿容"，而是"至美姿容"。

　　语林曰：潘安仁至美姿容。每行老妪以果掷之，常满车。

(庆安五年刊本)

《语林》早已散佚，《初学记》和《世说新语》刘孝标注提到了这个故事。

　　语林曰：……潘安仁至美。每行于道，群妪以果掷之，常盈车。

(《初学记》美丈夫·叙事)

---

[1] 《菅家文草》卷五《三月三日同赋花时天似醉应制》（342）中有"帝尧姑射华颜少"之句，川口久雄注："假托宇多天皇。"（"日本古典文学大系"）这句诗可以看作是用"华颜"来形容男性的例子。《庄子·逍遥游》形容尧在姑射山遇到的神仙"肌肤若冰雪，绰约若处子"。这一表现又为《长恨歌》"其上淖约多仙子""雪肤花貌参差是"所沿袭。此外，道真诗的诗题"花时天似醉"出自刘禹锡的《曲江春望》。

> 语林曰：潘安仁至美。每行老妪以果掷之，常满车。

> （刘孝标注《世说新语》容止第十四）

经比较，刊本的"至美姿容"比起醍醐寺本的"玉华姿容"更接近《语林》原有的形态。但是醍醐寺本的"玉华姿容"这段文字有可能存在于紫式部所属的时代。也就是说潘岳被看成是一位"玉姿""华容"的美男子。

除此之外还有一些证据可以证明潘岳拥有花容月貌（"花颜"）。事实上，潘岳与花容月貌（"花颜"）的女子十分相似。引用了《语林》的《游仙窟》注附在"容貌似舅，潘安仁之外甥。气调如兄，崔季珪之小妹"这几句话后面。这是《游仙窟》中的名句，还被《和汉朗咏集》"妓女部"引用过。女主人公崔十娘是潘岳母亲的侄女，美貌酷似叔父。刊本注在引用了《语林》后，接着指出百分之九十的侄女都和叔父长相肖似。

> 一云，俗语云，外甥似舅，十中有九也。言此娘子，乃是安仁之外甥，美丽似舅也。

十娘是一位绝世美女。潘岳既然和她血脉相连，自然也是个花容月貌（"花颜"）的美男子。据醍醐寺本《游仙窟》注，潘岳不仅具有"华容"，还具有"玉姿"。虽然在《语林》中看不到有关他"玉姿"的表述，但是《初学记》可见相关记载。

> 夏潘连璧 甥舅映珠
> 〔郭子曰：潘安仁，夏侯湛并有美容貌。常同行，人谓之连璧。《卫玠别传》曰：王武子，玠之舅也，语人曰：昨与吾外甥并坐，炯然若明珠之在我侧，朗然来映人。〕

> （《初学记》美丈夫·事对）

> 岳湛连璧
> 〔（潘岳与夏侯湛）京都谓之连璧。岳美姿仪，辞藻绝丽。少时常挟弹，出洛阳道。妇人遇之者，皆连手萦绕，投之以果，满车而归。〕

> （《补注蒙求》）

潘岳被称为"璧"。美男子被比喻为"璧"或"珠"，有的也被称为"玉"。

晋裴楷，容仪俊爽，时人谓之玉人。

（《初学记》美丈夫·叙事）

　　光源氏在《桐壶卷》中被称为"容华如玉的皇子"。可见潘岳和光源氏在"花颜"和"如玉"这两点上是一致的，两人都是如花似玉的美男子。

　　《源氏物语》在描写光源氏等人时有没有借鉴潘岳的故事呢？光源氏和头中将竞相争艳的场景让人想起"夏潘连璧""岳湛连璧"的潘岳与夏侯湛。《红叶贺卷》中，老妇源典侍对光源氏和头中将倾心爱慕。据《语林》记载，潘岳走在洛阳大街上，"老妪"争着向他乘坐的马车上投掷果品，以至于他"满车而归"。《葵卷》中描写了源典侍在贺茂祭上赠歌给乘着牛车的光源氏。这一段也许是从潘岳的故事获得了灵感。这样想来，当光源氏走在大街上自言自语说"远方人可道芳名"，夕颜会对他吟道"夕颜凝露容光艳，料是玉人驻马来"（《夕颜卷》125）也不足为奇了。《补注蒙求》写的不是"老妪"而是"妇人"手拉手地将他围住，往他的车里投掷果品。这也都是因为潘岳美如璧玉的缘故。

　　"玉"会发光。《白氏六帖》"美丈夫部"有"掷果"一项，记载了潘岳的故事："晋潘岳字安仁至美。每行于道，群妪常掷果，满车中。"此后，又列举了"明珠、玉人、羊车"等词。这三个词来自《初学记》与"夏潘连璧"对仗的"甥舅映珠"，即卫玠的故事。

　　明珠　玉人　羊车
　　卫玠字叔宝。在龆龀之中。乘羊车于洛阳市。市人咸曰，谁家玉人。王武子，玠之舅也。语人曰，吾与外甥并坐，炯然若明珠之在我侧。后卒。人谓之看杀。

　　卫玠乘羊车行驶于洛阳的大街上，众人纷纷议论那个"玉人"是谁；舅舅王武子与他并坐时，感到仿佛有"明珠"在身边一样，外甥卫玠的光芒连身边的人都相映生辉。

　　这个故事可以用来解读夕颜的和歌"夕颜凝露容光艳，料是玉人驻马来"。"玉人"光源氏乘坐牛车来到女子附近询问花的名字。女子回答说这种花叫作夕颜，并用"凝露容光艳"来形容光源氏的美貌。夕颜要回答花的名字，所以将人的"容光"说成是"露水反射出的光辉"，实际上是借夕颜花来比喻光源氏的美貌。

露水常常被比喻成玉。比如《初学记》"露部"的"未有玉聚珠联，光梁若是。"（沈约《谢赐甘露启》）"九畹凝芳叶，百草莹新珠。"（［梁］刘憺《惊早露诗》）日本的和歌里也有与"玉聚珠联"类似的表现。

　　白露に風の吹きしく秋の野はつらぬきとめぬ玉ぞ散りける
　　秋风扇处物皆奇，白露缤纷乱玉飞。
　　好夜月来添助润，嫌朝日往望为晞。

（《新撰万叶集》上卷·秋部44）

《初学记》"露部"也有将美少年比作兰花挂满露水的例子。

　　阮籍咏怀诗曰，清露被兰皋，凝霜沾野草。朝为美少年，夕暮成丑老。

（事对，在棘　被兰）

《文选》第二十三卷录有此诗，五臣注云："向曰：春露秋霜互以相代。言，霜凝岁暮，野草当尽。我值今日，身亦固然。此乃籍忧生之词也。"用"夕颜凝露容光艳"来形容花容月貌的"光华公子"光源氏是再恰当不过了。这首和歌的意思是"我来猜猜看您要找的花的名字。我想应该是挂满了闪耀着光辉的露水的夕颜花吧（光芒四射花容月貌的你究竟是何人，莫非是那闻名遐迩的光源氏吗？）"

五

《夕颜卷》把朝颜花与夕颜花进行对比，用来比喻美女的容貌。

　　光源氏：
　　虽畏流言惮折花，无奈今朝朝颜艳。
　　中将：
　　朝雾未晴催驾发，莫非心不在此花？

（《夕颜》133）

前者是光源氏早上离开六条御息所府邸时，作歌一首挑逗侍女中将。后者是中将回复光源氏，故意不说自己的事，巧妙地将光源氏的诗意推在了女主人六条御息所身上。光源氏是在去往六条御息所府邸的途中注意到夕颜花的。紫式部对上等女子御息所（以及侍女中将）和下等女子夕颜进行了比较。朝颜花和夕颜花分别象征了这两种人。

黑须氏曾经指出，夕颜花用于和歌的例子很少，所以其意象也很模糊。[①] 而朝颜花从《万叶集》开始就被频繁吟咏，相对比较好理解。山上忆良曾用七种花草的名字创作了旋头歌："萩花与芒草，葛花瞿麦花，女郎花藤袴及朝颜。"（《万叶集》卷八 1538）"朝颜"在现代叫什么花呢？"日本古典文学大系"的注释举出了四种说法：牵牛花、木槿、桔梗、旋花，并指出桔梗的可能性比较大。也就是说，如果只说"朝颜"的话其实很难断定是特指哪种花。《古今六帖》"朝颜部"有四首和歌：

家持

春日野边朝颜花，心中念君不能忘。（3894）
晓雾未散朝颜隐，不知烟笼是何人。（3895）
闻说朝颜迎晓露，须知暮色犹绽芳。（3896）

贯之

山脚唯有朝颜绽，寻君不遇怅然归。（3897）
原文：この山のもとにもあらじ朝顔の花をのみ見て我やかへらん

第一首和歌出自《万叶集》卷八（1630），但是原文不是"朝颜"，而是"容花"。第二首被收录于《和汉朗咏集》"槿部"和《新敕撰集》"秋上"。第三首出自《万叶集》卷十（2014），原文第二句作"负朝雾"。第四首《贯之集》一二句作"この宿の人にもあはで"。除了第三首之外都是对"朝颜"这一花名表示关心，采取了拟人比喻的手法。第三首吟咏了暮色中的朝颜，与"夕颜"十分接近。可以说《夕颜卷》卷首从黄昏时分的夕颜花联想到女性的构思就源自这四首和歌。第二首和歌吟咏"花颜"不知究竟是谁，这一点与夕颜的和歌"夕颜凝露容光艳，料是玉人驻马来"和光源氏的和歌"黄昏时分依稀见，安能辨得是夕颜"有相通之处。此外，朝颜花在"雾"中盛

---

① 参见黑须氏《女子夕颜》序章"何谓夕颜花"。

开这一点又与侍女中将的"朝雾未晴催驾发，莫非心不在此花"相似。

　　接下来具体分析收录了第二首和歌的《和汉朗咏集》"槿部"的诗句与和歌。

　　　　松树千年终是朽，槿花一日自为荣。

（白居易·291）

　　　　来而不留，蕙垅有拂晨之露。
　　　　去而不返，槿篱无投暮之花。

（中书王·愿文292）

　　　　晓雾未散朝颜隐，不知烟笼是何人。
　　　　原文：おぼつかなたれとかしらむあきぎりのたえまにみゆるあさがほのはな

（293）

　　　　莫笑朝颜日枯荣，人生复更忧患多。
　　　　原文：あさがを何はかなしとおもうひけむ人をもはなはいかがみるらむ

（道信少将·294）

　　标题"槿"指的是"木槿"，木槿是落叶灌木。前面提到的"日本古典文学大系"注的"木槿说"就是源自于此。兼明亲王（中书王）的诗被收录于《本朝文粹》第十三卷《供养自笔法华经愿文》（408）。"去而不返，槿篱无投暮之花"之后接着的是"论此浮生，如彼花露乎"，将人生无常比作木槿花和蕙叶上易晞的露水。柿村重松著《本朝文粹注释》对"槿篱"一词进行了如下解释：

　　　　《文选》沈约《宿东园诗》云，槿篱疏复密，荆扉新且故。注云，谢灵运诗曰：插槿当列墉①。《庄子·逍遥游》云，朝菌不知晦朔，蟪蛄不知春秋，此小年也。疏云，菌则朝生暮死。《吕氏春秋·仲夏》云，木槿荣。注云，木槿朝荣暮落，杂家谓之朝生，一名蕣。诗云，颜如蕣华，是也。

---

①　谢灵运《田南树园激流殖援》（载《文选》卷三十）。

《本草纲目·木槿》云："时珍曰：此花朝开暮落，故名日及。曰槿，曰蕣，仅荣华一瞬之义也。"木槿有朝菌、朝生、日及、蕣等别名，皆因木槿花朝开暮落，红颜短暂之故。

白居易的"槿花一日自为荣"[①] 和兼明亲王的"槿篱无投暮之花"都是以槿花的无常为前提吟咏的诗句。"槿"读作"あさがほ"（朝颜），是因为此花朝开之故。为什么要叫作"かほ"（颜）呢？我们再回过头来看看柿村注最后提到的《吕氏春秋》引《毛诗》。"颜如蕣华"出自《郑风》。

> 有女同车，颜如蕣华。（中略）
> 有女同行，颜如蕣英。
> 〔毛传：行，行道也。英犹华也。〕
>
> （《郑风·有女同车》）

诗中说，车中美女的容颜有如蕣华。换言之，蕣华就是犹如美女容颜一样的花朵。这就是为什么这种花的名字里有个"颜"字的缘故。《绍巴抄》在解释光源氏在六条御息所府邸吟咏的"虽畏流言惮折花，无奈今朝朝颜艳"时，引用了头两句作为将朝颜比作女子的例子。

从标题"槿"来看，《和汉朗咏集》的和歌中的"あさがほ"（朝颜）应该指的是木槿，但是"晓雾未散朝颜隐，不知烟笼是何人"这首和歌被收入了《古今六帖》"草部"的"あさがほ"一项，可见是草无疑。《和汉朗咏集》"槿部"不仅收入了木本植物的木槿，还包括了草本植物的朝颜。《拾遗集》（1283）不仅载有藤原道信的和歌，还附有"送朝颜花给某人"的字样，在朝颜花中寄托了对人生无常的感慨。无论是木本植物还是草本植物，朝颜花都是朝开暮落，花期不过一日的花。

《源氏物语·朝颜卷》多处提到了这种朝开暮落的朝颜花。光源氏从槿姬那里回到家中，一夜辗转难眠。

> 光源氏早晨命人把格子窗打开，远眺雾中的庭院。只见有许多枯萎的槿花攀缠于草木之上，颜色褪去。他叫人折来一枝，送与槿姬，（中

---

① 《放言五首（其五）》（0897）。白居易《别元九后咏所怀》（0404）、《秋槿》（0523）、《白槿花》（1137）等都吟咏了无常的秋槿。特别是用秋槿比喻晚婚的女子。朝颜斋院的人物造型或许就源自白诗。

略）（光源氏的）歌中写道："难忘旧日花容艳，秋来朝颜减色无?"（中
略）槿姬答道："秋末篱畔寒雾起，朝颜枯槁花容衰。君以此花喻我，
妥当至极，催人泪下。"

（《朝颜卷》195）

从"槿花攀缠于草木之上"一句看来，这里的"朝颜"是一种蔓草。而
且"秋末篱畔寒雾起，朝颜枯槁花容衰"将兼明亲王的"槿篱无投暮之花"
和歌化，着眼于槿花的一日荣枯。父亲桃园式部卿宫亡故后，槿姬从斋院辞
职。因此她用"枯槁""衰"来表现自己不幸的境遇。"君以此花喻我，妥当
至极"这句话是在感慨自己如同槿花一样薄命。

朝颜花和夕颜花都有个"颜"字，所以都被拟人化，被秋雾（朝雾）和
暮色笼罩，让人产生了"这是何人"的疑问。《夕颜卷》卷首"板垣上爬满
青青蔓草，白花迎风展，花自笑开颜"（《夕颜卷》122）提到夕颜花和朝颜
花一样，都属于蔓草类。朝颜花一日枯荣，夕颜花也同样短命。被比喻成花
的女性也是一样红颜薄命。夕颜在某处院落结束了其短暂的一生。

六

《帚木卷》《空蝉卷》《夕颜卷》三卷因联系紧密被合称为"帚木三帖"。
"帚木三帖"始于"雨夜品评"，讲述了光源氏与至今为止没有交往过的中等
女子（伊予介之妻空蝉）、下等女子（谜一样的女子夕颜）之间的关系。下
等女子夕颜住在破烂不堪的肮脏小屋里，不知何时就会消失不见，光源氏为
此担心不已。

倘若她有朝一日趁我不防备，悄悄地溜走了，叫我到哪里去找她
呢？况且这里原就是暂住的居所，说不定哪一天就迁往别处了。

（《夕颜卷》138）

事实上，夕颜最后在某处府院香消玉殒。"帚木三帖"的末尾光源氏咏
歌一首："生离死别两茫茫，长恨秋归无觅处。"（《夕颜卷》179）"死别"指
的是惨死的夕颜，"生别"是指和丈夫一起去了伊予的空蝉。时值立冬，一
场阵雨突如其来，光源氏想起从此与这二人或是天各一方，或是人鬼殊途，

不禁感慨万千。

夕颜就是这样一个身份卑贱、身份成谜的女子。夕颜自己也认识到了这一点，所以她对光源氏自称是"渔家子"（《夕颜卷》147）。"渔家子"这个词源自《和汉朗咏集》"游女部"的和歌"白浪拍岸江渚上，漂泊不定渔家子"，充分体现出她卑贱的身份和不定的行踪。早在《帚木卷》"雨夜品评"中，就已经勾勒出了夕颜这一人物的形象。头中将回忆起自己疏远常夏女（即后来的夕颜）后，她折了一枝抚子花（常夏花）叫人给头中将送去，并在和歌中称自己为"山人"："山人微贱居荒岭，抚子愿沾雨露恩"（原文：山がつの垣ほ荒るともをりをりにあはれはかけよ撫子の露）（《帚木卷》72）。

这首和歌以及这一段里的夕颜有白居易新乐府诗的影子。《陵园妾》（0161）就是其中一首，表达了对守陵宫女的怜悯之情。

陵园妾

怜幽闭也

陵园妾，陵园妾。

颜色如花命如叶，命如叶薄将奈何。

一奉寝宫年月多，春愁秋思知何限。

青丝发落拔鬓疏，红玉肤销系裙慢。

忆在宫中被妒猜，因谗得罪配陵来。

老母啼呼趁车别，中官监送锁门回。

山宫一闭无开日，未死此身不合出。

松门到晓月徘徊，柏城尽日风萧瑟。

松门柏城幽闭深，闻蝉听莺感光阴。

眼看菊蕊重阳泪，手把梨花寒食心。

手把梨花无人见，绿芜墙绕青苔院。

四季徒支妆粉钱，三朝不识君王面。

遥想六宫奉至尊，宣徽雪夜浴堂春。

雨露之恩不及者，犹闻不啻三千人。

三千人，我尔君恩何厚薄。

愿令轮转直陵园，三岁一来均苦乐。

我们来把这首诗里的宫女和《帚木卷》里的夕颜比较一下。首先，二者在境遇上有这些共同点：被丈夫抛弃住在荒山，被妻子妒忌，对丈夫诉说自

己的艰辛。"陵园妾"因"宫中被妒猜"而成为牺牲品，夕颜也被头中将的
正妻妒忌。之所以夕颜会赠歌给头中将，后来又失踪都是因为正妻的妒忌中
伤。这首和歌与《陵园妾》在遣词造句方面也有很多共通之处："山がつ"
与"山宫"，"垣ほ荒る"与"绿芜墙"，"撫子の露"与"雨露之恩"。"日本
古典文学大系"对于"撫子の露"是这样解释的："请给盛放在墙根的抚子
花多施舍一些雨露的恩惠。"虽然这与期待着"雨露之恩"的"陵园妾"是
一致的，但是歌中还应该含有更深层的意义。①

　　和歌经常把露水比作泪水，这里也是一样。可以将"撫子の露"理解成
常夏女希望头中将对抚子花上挂着的"露（水）"（女儿玉鬘的泪水）多一
些关心。后来头中将再去找常夏女时，只见"庭院一片萧条，霜露霏霏，虫
声凄鸣，女子悲泣"（《帚木卷》72）。这时常夏女又吟道："珠泪万行常盈
袖，秋来风摧常夏残。（中略）虽然不禁流泪，还是略加掩饰。"（《帚木卷》
73）

　　《陵园妾》里也有对花流泪的情景。"眼看菊蕊重阳泪，手把梨花寒食
心"指的是女子在九月重阳节独自一人赏菊，泪落无人见；春天寒食节手把
梨花，心痛不已。诗歌接着又用"手把梨花无人见"将女子的孤独寂寞表现
得淋漓尽致。夕颜也借沾着露水的抚子花寄托自己寂寞的心情，所以差人把
花送给了头中将。

　　此外，两者的共通之处还有陵园妾的"春愁秋思知何限"和夕颜的"面
带愁容"（《帚木卷》72）、"心中恨我薄情"（《帚木卷》73），"闻蝉"和"虫
声凄鸣"（《帚木卷》73），"柏城尽日风萧瑟"和"秋来风摧抚子残"，"秋
思"和"秋"也有对应关系。但是最大的共同点在于两个人都是花容月貌
（"花颜"）的女子。《陵园妾》中虽然没有"花颜"一词，但是开篇有"颜
色如花命如叶"一句。貌美如花，命薄如叶。这句话用来形容像"可怜的薄
命花"一般的美女夕颜也是再适合不过的。②

　　说起梨花，人们就会联想到"梨花一枝春带雨"的杨贵妃。由此可以推
测，手把梨花的陵园妾一定也是一位美若梨花的女子。夕颜的和歌将"梨
花"换成"抚子花"，成功塑造出一个对花流泪的乡野村妇的形象。

---

① 黑须氏在《紫式部文学中的"露"——日本文学对汉文学的吸收》（载《东方学》，
　　51 辑，1977 年 1 月）中提到"露"有恩爱之意这一点与汉文学的关联。
② 横川僧都也引用《陵园妾》中的"命薄如叶""松门到晓月徘徊"来安慰出家的浮舟
　　（《手习卷》237）。正是这首诗的存在使得夕颜和浮舟有着相同的命运。

"颜色如花"让人联想到一种特定的花,那就是《毛诗·郑风》"有女同车,颜如舜华"的"舜花"。宋玉《神女赋》的"晔兮如华",李善注:"毛诗曰:有女同车,颜如舜华。"讲到如花般的容颜,势必会想起《毛诗》的"颜如舜华"。"舜花"是一种短命的花,非常适合用来形容陵园妾。读过《陵园妾》的紫式部想起了"舜花"的典故,又从"舜花"演绎出了"夕颜"的故事。

<h1 style="text-align:center">七</h1>

"雨夜品评"对下等女子的评价众口不一。头中将表示不大关心:"下等女子微不足道"(《帚木卷》49),左马头另有其他看法:"令人意外的是,荒凉的蓬门荜舍中有时隐藏着秀慧可爱的女子。想不通这种人物怎么会在这样的地方,让人不能忘怀。"[1](《帚木卷》52)光源氏好像比较赞同左马头的意见。他在与夕颜花小屋的主人互赠和歌寒暄一番后,对这个身份低微的女子表示了强烈的关心:"这破烂不堪的小屋大概就是那天左马头他们提到的下等中的下等吧。要是那里有什么意外发现就好了。"(《夕颜卷》129)"下等中的下等"让人想起头中将的话。此外,左马头的话里也有"意外"这个词,可见是他的话引起了光源氏对下等女子的兴趣。

夕颜的居所被认为是"下等中的下等",位于五条惟光府邸旁边,相邻的也都是些破烂不堪的简陋小屋。从帘影间,光源氏窥见室内女子的身影。

> 他看见那户人家的门也是薄板编成的,敞开着。室内很浅,是极其简陋的住宅。他觉得可怜,想起了古人说的"人生到处即为家",又想:金楼玉屋到头来还不是一样。

(《夕颜卷》121)

现代的诸注提示"人生到处即为家"是《古今和歌集》(卷十八 987)"陋室如同金玉屋,人生到处即为家"中的一句,但是没有对"金楼玉屋"

---

[1] 左马头的这番话里也可以看到《陵园妾》的影子。"陵园妾"被尘世忘却,被幽闭在松门而不是"蓬门"。《陵园妾》中还有一句诗是"山宫一锁无开日",参照这句话就更能领会左马头所说的"隐藏"是什么意思了。

做出解释。《河海抄》引用了《古今六帖》中的"玉屋陋室无常居，蓬门之下度良宵"。

　　光源氏以前就对左马头口中的"蓬门荜舍"的女子很有兴趣。他窥见女子们的身影时想起了左马头的话，期待与下等女子交往。"金楼玉屋"这个词表达了对现世荣华皆成空的断念，同时暗含了在男女之情前金楼玉屋也为之逊色的意味。光源氏期待和这陋室中的女子共度良宵。紫藤诚也认为这首《河海抄》的和歌对《夕颜卷》整卷影响极大①，光源氏留宿夕颜家就是基于这首和歌创作的。此外紫藤氏还认为，《夕颜卷》中"板垣上爬满青青蔓草"中的"蔓草"就是夕颜。《古今六帖》"葎"项包含了"玉屋陋室无常居，蓬门之下度良宵"这首和歌，之后就是"玉かづら"项。可见夕颜女儿"玉かづら"不是"玉鬘"，而是"玉葛"。卷名"玉鬘"出自寻找夕颜女儿下落的光源氏的一首和歌"苦恋夕颜身依旧，玉鬘（葛）有缘来相会"（原文：恋ひわたるみはそれなれど玉かづらいかなる筋を尋ね来つらむ）（《玉鬘卷》323）。这首和歌里的"かづら"究竟是"鬘"还是"葛"呢？"わたる""すぢ""尋ね"② 等是"葛"的缘语，特别是在这之前的光源氏与玉鬘的赠答歌中也出现了这个用于藤蔓植物的缘语："宿缘延绵不断绝，天涯苦苦觅芳踪"（知らずとも尋ねて知らむ三島江に生ふる三稜の筋は絶えじを）（《玉鬘卷》315）"此身常恨似飘蓬，今归此地是因缘"（原文：数ならぬ三稜や何の筋なれば憂きにしももかく根をとどめけむ）（《玉鬘卷》316）。可见还是用"葛"比较好，卷名也应当记作"玉葛"才对。

　　紫藤诚认为《源氏物语》参照了《古今六帖》的关于"葎""玉葛"的和歌，现将这一系列的和歌抄录如下：

葎

（作者名略，以下同）

　　若知君宿在蓬屋，以玉饰阶恭相候。（《万叶集 》4270）

---

① 紫藤诚也《〈古今和歌六帖〉与〈源氏物语〉》，收录于寺本直彦编《〈源氏物语〉与其受容》（1984 年）。

② 陆机《悲哉行》（载《文选》卷二十八）："女萝亦有托，蔓葛亦有寻。"〔李善注：寻犹缘也。〕这或许就是为什么"寻ね"是"葛"的缘语的缘故。"恋ひわたるみ"的"身"通"实"，也可以看作是"葛"的缘语。这里指的不是光源氏之"身"，而是玉鬘之身（"实"）。

（省略三首）

玉屋陋室无常居，蓬门之下度良宵。① （3874）

葎草丛生恋荒宿，全然忘却黄金屋。（3875）

玉葛

（省略一首）

最是日暮待君时，幻影不绝如玉葛。

不知玉葛为何貌，思来惟愿窥花颜。②

葛

心有绵绵相思意，山脚萋萋葛叶生。

（省略一首）

葛藤

（省略六首）

真葛

（省略四首）

青葛

（省略一首）

山野青葛绵绵生，殷勤踏访君可知。（3892）

青葛绵绵延幽谷，山人忧思无断时。（3893）

朝颜

春日野边朝颜绽，仿佛玉容自难忘。（3894）

（省略二首）

山脚唯有朝颜绽，寻君不遇悻然归。（3897）

（之后还有"浅茅""茅花"等项）

　　这里的"朝颜"虽然不是蔓草，但是接在一连串的蔓草歌后。前面讲过，《朝颜卷》里的"朝颜"是一种蔓草，如果把蔓草"朝颜"和蔓草"夕颜"对调，那么"葎""玉葛""夕颜"就明显变得连贯起来了。蔓草的共通之处在于都长在荒山野岭。"葎"项以"若知君宿在蓬屋""葎草丛生恋荒宿""青葛绵绵延幽谷""山野青葛绵绵生"等一连串的和歌吟咏了长在荒山

---

① 紫藤氏在《〈古今和歌六帖〉与〈源氏物语〉》中指出，"いつらん"为误写或误读，其他版本作"はへらん"。

② 紫藤氏在《〈古今和歌六帖〉与〈源氏物语〉》中指出，光源氏对养女玉鬘的爱慕是基于这首和歌演绎出来的。

野岭的蔓草。在那里居住的人被称为"山人"。

夕颜也曾经在给头中将的和歌里称自己为"山人"："山人微贱居荒岭，抚子愿沾雨露恩。"这首和歌源自《古今和歌集》卷十四的"今又思君盼相见，山人墙根抚子花"（695），"墙根"也很适合爬满青葛等蔓草。

这样看来，《源氏物语》是以蔓草为中心的构想。"雨夜品评"中左马头的"蓬门"，头中将"山人墙根"，《夕颜卷》中光源氏说的"玉台"，夕颜花的"青蔓"，玉鬘卷的"玉葛"。从蔓草爬满的荒山野岭，象征着"夕颜""玉鬘"等身份低贱。

上面我们概括了日语的"蔓草"，汉语"蔓草"又是如何呢？江淹《恨赋》（《文选》卷十六）"试望平原，蔓草萦骨，拱木敛魂。"白居易新乐府《海漫漫》（0128）"君看骊山顶上杜陵头，毕竟悲风吹蔓草"，白骨坟墓生的草。这与日本的蔓草的看法并不矛盾。但是，《恨赋》李善注引用了《毛诗郑风》的"野有蔓草"，那又是一种全新的"蔓草"。

野有蔓草

野有蔓草，零露溥兮。

有美一人，清扬婉兮。

邂逅相遇，适我愿兮。

这首诗的大意是，在露水晶莹"蔓草"青青的郊野，有一位美丽的姑娘飘然而至，让我无比欣喜。这首诗让人联想到《夕颜卷》的开头。光源氏和夕颜邂逅于"夕颜凝露容光艳"的场景。"野有蔓草"应该和《毛诗·郑风》的"有女同车"一样，讲的也是身份地位悬殊的二人的邂逅。众所周知，《毛诗》是平安朝贵族的必读书目。

作者将夕颜设定成一个貌美足以迷惑光源氏、身份低贱、行踪不明的女子。"夕颜"这一卷名既有日暮花颜的意思，这种蔓草象征着女子的身份低贱，夕开朝落又象征着女子的红颜薄命。《夕颜卷》的诞生之际吸收了各种各样的汉诗文的元素。最重要的莫过于新乐府《陵园妾》。《紫式部日记》记载紫式部为中宫彰子讲解过《新乐府二卷》。彰子是上流社会的贵族女子，而紫式部是中等女子，对于下等女子的事情也应当略有耳闻。《陵园妾》的主人公为了跻身上流社会进宫，结果却换来守陵终老一身。紫式部十分同情"陵园妾"凄惨的命运，所以才在描述上流社会的《源氏物语》中加入了中等女子和下等女子的故事。

第三章　日中妖狐谭与
《源氏物语·夕颜卷》
——与《任氏行》逸文之间的关系

一

任氏是一只中国的狐狸。她不仅仅是只狐狸，还化身美女诱惑郑六，与他结为夫妻，后来在旅途中不幸被猎犬活活咬死。沈既济创作的唐传奇《任氏传》讲述了这个故事。[①] 虽然没有证据可以证明平安时代的人们读过这部作品，但是白居易根据这部作品改编的诗歌《任氏怨歌行》被渡唐僧圆仁带到了日本。太田晶二郎对此进行了详细的考证。[②]

《新撰万叶集》、《新撰朗咏集》、源英明的诗、《狐媚记》等文学作品中都可以找到妖狐任氏的身影。任氏在平安朝一度被当成美女的代名词。特别是源英明的《春雨洗花颜》一诗中，任氏和杨贵妃成对出现，可见任氏被看作能与杨贵妃相提并论的美女。

---

① 沈既济也是《枕中记》的作者，其生殁年不详，著有《建中实录十卷》，活跃于唐德宗建中年间。据《任氏传》记载，大历中（766—779年），沈既济从韦鉴那里听说了任氏的故事，于建中二年（781年）写下了这部传奇。二十五年后的元和元年（806年），白居易创作了《长恨歌》。参见内田知也《隋唐小说研究》第二节"沈既济的生涯"。

② 太田晶二郎《白氏诗文的东渡》（载《解释与鉴赏》，21卷6号，1956年6月，见《太田晶二郎著作集》第一册）。太田晶二郎认为《任氏怨歌行》是在承和六年（839年）传到日本的。

（1）《新撰万叶集》① 宽平五年（893年）上卷序

> 秋の野の草の袂か花薄穂に出て招く袖と見ゆらむ
> 秋日游人爱远方，逍遥野外见芦芒。
> 白花摇动似招袖，疑是郑生任氏孃。
> ほのに見し人に思ひをつけそめて心からこそ下にこがるれ
> 任氏颜貌仿佛宜，粉黛不无眉似柳。
> 朱砂不企唇如丹，心思肝属犹胸焦。

（2）源英明的诗《春雨洗花颜》②。源英明卒于天庆四年（941年）。首联和尾联见《作文大体》，颈联被收入《新撰朗咏集》"雨部"（75）。

> 春雨何因细脚频，为过花面洗红尘。
> （颔联缺）
> 写得杨妃汤后靥，模成任氏汗来唇。
> 花情若听吾微诲，莫恃妖姿妄折人。

（3）大江匡房《狐媚记》③。文中记曰康和三年（1101年）。

> 嗟呼狐媚变异，多载史籍。殷之妲己为九尾狐。任氏为人妻。到马嵬，为犬被获，惑破郑生业。

任氏的事迹可以追溯到《续古事谈》，然而此后《任氏行》散佚，任氏

---

① 参见余田充《〈任氏传〉的受容形态——〈新撰万叶集〉上卷·秋部10》（载《四国女子大学纪要》，1卷2号，1982年3月）。

② 参见小泽正夫《作文大体注解（下）》（载《中京大学文学部纪要》19卷3、4号，1985年2月）、柳泽良一《新撰朗咏集注释稿7》（载《金泽女子大学纪要》，1集，1987年12月）。此外，柳泽氏根据《作文大体》记载主张缺少的应该是尾联，实际上缺少的是颔联或颈联。因为"杨妃"和"任氏"与尾联的"妖姿"关系密切，所以《日本诗纪》的颔联散佚的说法应该无误。

③ 参见小峰和明《大江匡房的〈狐媚记〉——汉文学与坊间传说之间》（载《中世文学研究》11号，中四国中世文学研究会，1985年11月）、《狐媚记》（载"日本思想大系"《古代政治社会思想》）。

的故事也被逐渐淡忘。

(4)《续古事谈》①

宜秋门院（任子，九条兼实子）命名之日，兼光中纳言献命名勘
文，文中有任子之名。静贤法印曰：白氏有遗文曰任子行，内含忌讳之
事，不当用作御名。九条殿遍寻此事，无人知晓。唯敦纲曰：确有此
事，理应避讳。大才之人，也有目不能及之处。

(第一·王道·后宫)

白乐天有遗文传世，《文集》并未收录。其中一篇名为《任子行》。
狐女变作美女结识男子，男子坠入情网，二人如胶似漆。一日赴猎场，
女子乘马居于前。适值于道，苍犬腾出于草间。狐女身份暴露，终为犬
所获。"行"与谣歌等属同一文体。

(第六·汉朝)

所幸，《任氏行》并未完全散佚，仍存两联四句，载于大江维时撰《千
载佳句》。

(5) 大江维时撰《千载佳句》。维时殁于应和三年（963 年）。

燕脂漠漠桃花浅，青黛微微柳叶新。　　《任氏行》

(卷上·人事部·美女部 442)

玉爪苍鹰云际灭，素牙黄犬草头飞。　　《任氏行》

(卷下·游牧部·游猎部 897)

"美女部"收录的这两句诗写出了任氏在匀擦脂粉，青黛画眉，梳妆打
扮一番后的美丽容貌。"游猎部"的两句则描写了任氏被猎犬袭击后现出原
形最后惨死的情形。

会昌五年（845 年），白居易在《白氏长庆集后序》中说除了"大集"
（七十五卷本《白氏文集》）里的作品，其他都不是自己的作品（"其文尽在
大集内，录出别行于时。若集内无而假名流传者，皆谬为耳。"）。因此，日
本流传的《任氏行》也有可能是伪作。② 笔者认同《续古事谈》中"白乐天

---

① 《塵囊抄》（卷一）、《尘添塵囊抄》（卷二）中也有相同记载。

② 参见太田晶二郎《白氏诗文的东渡》注 21。

有遗文传世,《文集》并未收录。其中一篇名为《任子行》"这段记载的真实性,并将《任氏行》看作是白居易的作品。

笔者曾经着眼于《千载佳句》所载《任氏行》逸文、《新撰万叶集》诗歌、《任氏传》,论述过任氏传奇对《源氏物语》"帚木三帖"的影响①,并指出夕颜这一女性形象很大程度上参考了任氏的人物造型。如果拙文观点无误的话,《任氏传》应该和《任氏行》一样在平安朝广为流传。《任氏行》与《任氏传》的关系类似于《长恨歌》与《长恨歌传》之间的关系,后者相当于是前者的注释。

二

《千载佳句》收录有《任氏行》逸文,除此之外还有二联四句载于宋代类书《锦绣万花谷》②(见王重民、孙望、童养年三辑录《全唐诗外编》③ 下卷):

任氏行句二

兰膏新沐云鬟滑,宝钗斜坠青丝发。

蝉鬓尚随云势动,素衣犹带月光来。

《锦绣万花谷》十七

《全唐诗外编》收录的《锦绣万花谷》究竟依据的是哪个版本不得而知。对《锦绣万花谷》进行考察后发现,前集卷十七"美人部"有上述诗句。明弘治七年(1494 年)刊本第一句中的"膏"作"高","鬟"作"鬓"。明嘉靖十五年(1536 年)刊本第一句中的"鬟"也作"鬓"。四库全书本与嘉靖

---

① 参见第二部第一章"另一个夕颜——'帚木三帖'与任氏传说"、第二章"夕颜的诞生与汉诗文——以'花颜'为中心"。高桥亨在《〈夕颜卷〉的表现》(载《文学》,50 卷 11 号,1982 年 11 月)中提到了拙稿,并论述了夕颜与任氏的关联。

② 《锦绣万花谷》撰者不详。自序中说该书编于淳熙十五年(1188 年)十月一日,南宋孝宗年间成书。该书由前集四十卷、后集四十卷、续集四十卷、别集三十卷组成。自序记为"三集""每集""四十卷"。弘治七年、嘉靖十五年这两个刊本参见内阁文库本所藏本,《四库全书》(子部类书类)据文渊阁本所录。

③ 《全唐诗外编》(全二册),中华书局 1982 年 7 月版。

刊本相同。把这两联连在一起看，"云鬟"和"蝉鬓"的"鬓"字重复，"兰膏"当然比"兰高"好，所以应该选用嘉靖刊本及四库全书本。

《全唐诗外编》没有就《任氏行》进行说明。这一文学作品传到了日本，传为白居易所作。虽然有伪作之嫌，笔者还是认为这些逸文应当是白居易创作的。白居易的《任氏行》一共有四联八句流传于世，除了《千载佳句》所收的两联四句之外，还应该再加上《锦绣万花谷》的两联四句。

接下来拙文将依据《锦绣万花谷》嘉靖刊本试解读逸文大意。主要语例来自"白诗文学圈"（即以白居易、元稹为代表的元白诗派）的作品。

> 兰膏新沐云鬟滑，宝钗斜坠青丝发。
> 蝉鬓尚随云势动，素衣犹带月光来。

第一联的第一句依据的是《飞燕外传》。赵飞燕的妹妹合德"合德新沐膏九曲沉水香，为卷发号新髻。为薄眉号远山黛"，入浴后头发抹上"九曲沉水香"（九回香）发膏，挽成发髻。"兰膏"一般指用泽兰子炼制的灯油，这里指的是发油。[①]《飞燕外传》中也有"新沐"一词。"云鬟"意思是鬟发如云。《长恨歌》（0596）有"云鬟半偏新睡觉"之句，描写了杨贵妃听说玄宗派来的方士到了蓬莱山，从梦中惊醒，慌慌张张出来迎接的样子。《长恨歌》"云鬟花颜金步摇"里也有"云鬟"，用来表示杨贵妃开始得到玄宗恩宠时的发型。此外，"云鬟"在《新乐府·古冢狐》（0169）"头变云鬟面变妆，大尾曳作长红裳"中被用来形容妖狐。白居易还写有"眉敛远山青，鬟低片云绿"（《和梦游春诗一百韵》0804）。"滑"指的是秀发光滑光艳。

"宝钗"是用金银制作的簪子。刘禹锡《同乐天和微之深春二十首》（其十一）"归来看理曲，灯下宝钗斜"中有"宝钗斜"一词。元稹《会真诗三十韵》中有"宝钗行彩凤，罗披掩丹虹"（与《才调集》相比，《太平广记·莺莺传》中为"瑶钗"）。《长恨歌》有个类似的例子："空持旧物表深情，金钗钿合寄将去。""青丝发"意思是黑发。白居易《新乐府·陵园妾》（0161）云："青丝发落丛鬓疏，红玉肤销系裙慢。"白居易《奉和汴州令狐公二十二韵》（2412）"发滑歌钗坠，妆光舞汗沾"描写了"钗"从柔顺的发丝中滑落的样子。整句话的意思是任氏的秀发无比顺滑，簪子从乌黑的发丝

---

① ［北宋］周邦彦《咏梳儿词》："晓妆初试鬓雪侵，每被兰膏香，染色深沉。"（《佩文韵府》所引）

中滑落。《千载佳句》"美女部"所收的两句诗用"桃花""柳叶"来表现任氏的美貌，《锦绣万花谷》所收诗句则称赞了她美丽的秀发。

再看第二联。"蝉鬓"指的是薄如蝉翼的一种发式。据说是由魏文帝的宫人发明的。白居易《妇人苦》（0597）云："蝉鬓加意梳，峨眉用心扫。""素衣"是白色的衣服。任氏与郑六第一次见面时身着白衣。《任氏传》在昭示任氏身份前一直用"白衣"来指代任氏，如"偶值三妇人行于道中。中有白衣者，容色姝丽""白衣时时盼睐""白衣笑曰"等。下一节再详述。"月光"是白色的，所以"素衣"和"月光"是"缘语"，用"云鬓"一词联系起来的"云势"和"蝉翼"也是缘语。整句话的意思是任氏如云般的蝉鬓蓬松散乱，白衣在月光的映衬下更显得洁白无瑕。元稹《会真诗三十韵》中"低鬟蝉影动，回步玉尘蒙"将美女崔莺莺比喻成西王母，描写了她去跟张生相会的情景。"蝉影"指的是梳"蝉鬓"的美女的身影，整句诗都与"蝉鬓尚随云势动"十分相似。

参照《任氏传》，这两联应该是描写了任氏与郑六初次邂逅的那天晚上的情景。郑六在路上邂逅了"白衣"任氏，天黑后被带到了任氏府上。"东至乐游园，已昏黑矣。见一宅土垣车门室宇甚严。白衣将入。"他在门口稍等片刻，随后受到了任氏姐姐的热情款待。畅饮数杯，任氏换了衣服出来（"任氏更妆而出"）。这两联描绘的正是这一情景。随后二人"酣饮极欢，夜久而寝"，共度良宵。像极了元稹《会真诗三十韵》中崔莺莺去与张生相会的情景，或是《长恨歌》"春寒赐浴华清池，温泉水滑洗凝脂。侍儿扶起娇无力，始是新承恩泽时"所描绘的杨贵妃入浴后盛装打扮参见玄宗并受到宠爱的情景。后者在入浴方面与"写得杨妃汤后靥"有共通之处，可以看作是源英明诗的出处。[①]

综上所述，《任氏行》与元白二人的诗歌有很多共通之处。如果《任氏行》是白居易所作，相似自然是理所当然的事；如果《任氏行》是伪作的话，也有可能是有人刻意模仿了白居易的诗，所以诗风才会如此相似。从场景设计这点来看，《锦绣万花谷》所收《任氏行》逸文与《会真诗三十韵》等有很多共同点。从这个角度可以发现源英明的"模成任氏汗来唇"所存在的问题。

逸文中找不到有关任氏"（红）唇"的描写，只有"模成任氏汗来唇"

---

① 任氏与杨贵妃的共同点是两人都活跃于天宝年间，都是死于马嵬。杨贵妃死于马嵬是历史事实，可见沈既济在撰写《任氏传》时有意识地模仿了杨贵妃的故事。

和《新撰万叶集》的"朱砂不企唇如丹"这两个例子提到了"唇",应当是与《任氏行》有关。柿村重松认为这句诗里的"任氏汗"源自《任氏传》中任氏被韦崟非礼时"任氏力竭,汗若濡雨"的描写。[①] 笔者同意这一说法。虽然这段话提到了"雨",但是形容的是"神色惨变"的任氏,因此不太适合用来形容任氏的美貌。源英明诗的尾联将雨中花比作杨贵妃和任氏,任氏的香汗淋漓的"唇"更适合用来表现花朵的娇艳欲滴。

白居易《和梦游春诗一百韵》"眉敛远山青,鬟低片云绿"的后面是"朱唇素指匀,粉汗红绵扑"。元稹《会真诗三十韵》"宝钗行彩凤,罗披掩丹虹","低鬟蝉影动,回步玉尘蒙"的后面几句是"眉黛羞频聚,唇朱暖更融","汗流珠点点,发乱绿松松"(松松,乱发貌),都是在描写了盛装女子的美貌后,转而描写男女欢会时美女的情态,其中就用了"唇"与"汗"等词,形成了一个固定的模式。《任氏行》应该也沿袭了这一模式。想必"兰膏新沐云鬟滑,宝钗斜坠青丝发。蝉鬓尚随云势动,素衣犹带月光来","燕脂漠漠桃花浅,青黛微微柳叶新"之后也会出现有关"汗"和"唇"的描写。

这样想来,源英明诗参考的并非任氏被韦崟非礼时的场面,而是她与郑六欢会时的情景。《新撰朗咏集》在源英明诗前还收录了一首纪长谷雄作的《春雨洗花颜》:"柳眼剪波春黛绿,桃颜流汗宿妆红。"这里也有"汗"字,虽然没有举出女性的名称,但是"宿妆"意思是隔夜的残妆,同样描绘了男女欢会的香艳场景。将"柳眼剪波春黛绿,桃颜流汗宿妆红"和"燕脂漠漠桃花浅,青黛微微柳叶新"进行比较,就会发现两首诗都构成了"桃"与"柳"、青(绿)色与红色的对照,并且都用了"黛"字。"柳眼剪波春黛绿,桃颜流汗宿妆红"有可能是基于"燕脂漠漠桃花浅,青黛微微柳叶新"创作而成的,纪长谷雄是想象着任氏的美貌创作了这首诗。既然我们推测《任氏行》原来存在"汗"和"唇"的描写,那么"桃颜流汗宿妆红"的"汗"也应该是化用了《任氏行》的表现。[②]

---

① 柿村重松《倭汉新撰朗咏集要解》(1931 年)。此外,余田、柳泽两氏也同意这一主张。参见余田充《〈任氏传〉的受容形态——〈新撰万叶集〉上卷·秋部 10》、柳泽良一《新撰朗咏集注释稿 7》。

② 菅原道真《上巳日对雨玩花》(340)中"蜀锦沾波依晚岸,吴娃点汗立晴沙"是晒太阳出的汗。

三

《任氏传》将任氏描述成一个白衣女子。《锦绣万花谷》所收《任氏行》逸文也作"素衣犹带月光来"，任氏被刻画成一个在月光下身着白衣来找男子的迷人又神秘的女性。[①]《新撰万叶集》"白花摇动似招袖，疑是郑生任氏嬢"将秋野"芦芒"的"白花"比作任氏的衣袖。

任氏被比喻成鲜花，是因为她拥有"花颜"（花容月貌）。《千载佳句》"美女部"所收《任氏行》逸文"燕脂漠漠桃花浅"，把任氏的脂粉比作桃花。任氏白居易《新乐府·古冢狐》也用"花颜"来形容女子的美貌："或歌或舞或悲啼，翠眉不举花颜低。忽然一笑千万态，见者十人八九迷。"源英明《春雨洗花颜》将杨贵妃比作雨中花，原因是《长恨歌》"云鬓花颜金步摇"中也有"花颜"一词。源英明之所以在诗中将任氏与杨贵妃并置，是因为任氏也拥有"花颜"之故。

《新撰万叶集》中的任氏被比喻成秋野"白花"（芦芒），其根本在于任氏向来被认为是一个拥有"花颜"，身着"白衣"的美女。狐狸大多在日暮时分化身美女出现，如《古冢狐》"徐徐行傍荒村路，日欲没时人静处"。

任氏的人物造型启发了紫式部。在设计夕颜的人物形象时，紫式部的脑海中肯定浮现出了任氏的故事。夕颜被描绘成狐妖一样的女性。八月十五之夜，光源氏想带夕颜去另一个地方，他说："你我之中必有一人是狐狸精。你就当我是狐狸精，让我迷一下吧。"（《夕颜卷》139）白花"夕颜"象征着这个妖狐一般的女子，令人想起任氏。《夕颜卷》卷首描写路旁的"白花"对光源氏展开笑颜："板垣上爬满青青蔓草，白花迎风展，花自笑开颜。"（《夕颜卷》122）这一幕再现了《新撰万叶集》中的"白花摇动似招袖"的

---

① 妖狐的"白衣"与白狐是否有关系呢？白狐乃祥瑞之兆。《初学记》"狐部"引赵晔撰《吴越春秋》："禹年三十未娶。行涂山，恐时暮失嗣。曰，吾之娶也，必有应也。乃有白狐，九尾而造于禹。禹曰，白者吾服也，九尾者其证也。于是，涂山人歌曰，绥绥白狐，九尾庬庬，成于家室，我都攸昌。于是娶涂山女。"此处的九尾狐与结婚有关，可以将其看作是九尾妖狐故事的起源。内田知也在《隋唐小说研究》中列举了《太平广记》卷四百五十的"祁县民"（宣室志）作为妖狐白衣的例子（349页）。高桥亨在《〈夕颜卷〉的表现》中分析妖狐白衣与夕颜之间的关联时也谈到了这一点。

情景，或是类似于花容月貌的《古冢狐》主人公仅用微笑就能迷倒众生（"忽然一笑千万态，见者十人八九迷。"）的桥段。夕颜花展开笑颜以及"她好像在沉思，旁边的侍女似乎在偷偷哭泣"（《夕颜卷》128）也许还参考了《古冢狐》的"或歌或舞或悲啼，翠眉不举花颜低"。

　　"白花"脱胎于任氏的"白衣"和"素衣"。"宇治十帖"《手习卷》中也有将白衣女子误认为是狐狸化身的片段。横川僧都在荒废的宇治院发现了失去知觉的浮舟。"树林茂密，阴森可怖，地上有一团白色的东西。一个僧人走近了说："莫非是狐狸的化身？真是讨厌的东西，快快现出原形。"（《手习卷》175）夕颜也穿过"白衣"："夕颜身穿白色内衫，罩着一件淡紫色外衣。装束并不华丽，却给人娇艳动人的感觉。"（《夕颜》142）任氏的"白衣"与月光交相辉映，这又说明了什么呢？"八月十五的夜晚，皓月当空，月光从板屋的缝隙中射了进来。"（《夕颜卷》140）黎明时分，光源氏劝夕颜跟他去某个府院。"晓月即将西沉，夕颜不愿贸然乘车去莫名之地，一时间踌躇不决。光源氏多次催促她动身。此时月亮忽然隐入云中，天色微明。"（《夕颜卷》143）这一段可以说是化用了《任氏行》逸文"蝉鬓尚随云势动，素衣犹带月光来"。

　　"你我之中必有一人是狐狸精"这句话既可以理解成光源氏说自己是狐狸精骗了对方，也可能是说夕颜才是狐狸精骗了自己。[①] 夕颜明显被描绘成狐妖，那为什么光源氏也说自己是狐狸精呢？一般的狐妖故事都是狐狸像任氏那样变成女性的居多，但是也不是完全没有狐狸化身男性的例子。《太平广记》卷四百四十七《说狐》讲述了狐狸变成男子诱惑女子的故事："狐五十岁，能变化为妇人。百岁为美女，为神巫，或为丈夫。与女人交接，能知千里外事，善蛊魅，使世人迷惑失智。千岁即与天通，为天狐。"（《出玄中记》）同书卷四百五十《田氏子》[②] 记述妇人和老奴在一个相传有狐妖出没的栎树林中相遇，以为对方是妖狐而互相伤害的故事。光源氏和夕颜也将对方看成是狐狸精。

　　"你我之中必有一人是狐狸精"这句话还与《夕颜卷》的整体构思相关。夕颜把和歌写在扇子上送给了光源氏："夕颜凝露容光艳，料是玉人驻马

①　"你我之中必有一人是狐狸精"这一说法或许是源自《今昔物语集》卷二十七《狐变人妻形来家语第三十九》的狐狸传说。故事讲述了丈夫怀疑相继回家的妻子中有一个是狐狸，最后发现第一个回家的妻子才是狐狸变的。

②　《说狐》和《田氏子》这两个故事引用自富永一登《狐说话的展开——六朝志怪到唐代小说》（载《学大国文》29 号，大阪教育大学国语国文学研究室）。

来。"（《夕颜卷》125）光源氏也回赠她一首和歌："黄昏时分依稀见，安能辨得是夕颜。"（《夕颜卷》126）夕颜的和歌表面上吟咏的是夕颜花，实际上是将日暮时分变得模糊的光源氏的容颜比作夕颜花。同样，光源氏返歌中的"夕颜"一般被当作是夕颜看到的光源氏的脸，而实际上并非如此。这两首和歌称得上是《夕颜卷》的核心内容，要是这两首和歌中的"夕颜"都指的是光源氏的脸的话，光是考虑到卷名来源于此是非常不自然的。光源氏的和歌中的"夕颜"表面上是指从光源氏的角度看到的夕颜花，实际上应该理解为待在家中的女子（即夕颜）才对。关于这一点，笔者已经在第二部第二章进行了详细的论述。

这两首和歌的赠答是以夕颜花为媒介达成的。女子从屋子里通过夕颜花向男子赠歌，男子在街上通过夕颜花向女子赠歌。双方都对彼此在日暮时分变得模糊不清的容颜（夕颜）产生了兴趣。前面提到的《田氏子》也说的是在路上邂逅了连脸都看不清楚的怪人，互相疑心对方是狐狸的故事。换言之，光源氏在日暮时分与夕颜初次邂逅，夕颜遇到光源氏，以及"你我之中必有一人是狐狸精"这句话都具有《田氏子》的特征。"你我之中必有一人是狐狸精"与《夕颜卷》卷首相呼应。卷名来自对光源氏露出微笑的白色夕颜花以及光源氏歌中的"夕颜"，无论哪一个都是女性夕颜的象征。

男女以夕颜花为媒介互相赠歌这一构想来自元稹《会真记》。崔莺莺所居寓所的东厢房种有一株杏树。张生在宴会上被崔莺莺吸引，他将自己创作的两首《春词》托侍女送给莺莺。诗中的"莺"都指的是崔莺莺。

> 春来频到宋家东[①]，垂袖开怀待好风。
> 莺藏柳暗无人语，惟有墙花满树红。
>
> 深院无人草树光，娇莺不语趁阴藏。
> 等闲弄水流花片，流出门前赚阮郎[②]。

[①] "宋家东"语出《文选》卷十一宋玉《登徒子好色赋》。宋玉的东家是一位绝色美女，爱慕宋玉。《会真记》及《元氏长庆集》中都没有收录《春词》（古艳诗）二首。这里依据的是中华书局版的《元稹集》（外集补遗一）。详见花房英树编《元稹研究》（194 页）。

[②] "阮郎"指的是《续齐谐记》《蒙求》记载的"刘阮上天台"的故事，讲的是刘晨、阮肇共入天台山，迷不得返，与两个仙女相遇。张生在这首诗里自比阮郎，向仙女（莺莺）求爱。

莺莺则回赠一首《明月三五夜》给张生。

> 待月西厢下，迎风户半开。
> 拂墙花影动，疑是玉人来。

男子在墙角盛开鲜花的某家门前看着"花片"等待女子，女子夜晚在家中把门半打开，花影拂动让她误以为是男子（"玉人"）到来。这一情景令人想起《夕颜卷》中"用木格子片做成的，被高高吊起"的"门"（《夕颜卷》122）、夕颜花盛开的肮脏的"墙根"、被小屋里的女主人吸引的光源氏，以及在家中吟咏"夕颜凝露容光艳，料是玉人驻马来"的夕颜。

上一节在谈到白居易《任氏行》和元稹《会真诗三十韵》的同质性时，曾经说过《夕颜卷》参考了《任氏行》（或《任氏传》），《夕颜卷》卷首的构想来自于《会真记》（包括《会真诗三十韵》）。莺莺的《明月三五夜》"拂墙花影动，疑是玉人来"与《新撰万叶集》"白花摇动似招袖，疑是郑生任氏孃"十分相似，有可能是后者模仿了前者，开创了任氏传奇借鉴崔莺莺故事表现的先例。紫式部也有可能意识到了这一点并创作了《夕颜卷》。

之前在第二部第一章中谈到过《任氏传》与《夕颜卷》的相似性，除此之外还有一点十分相似，那就是女性都是在夏季登场。《任氏传》讲述郑六在长安的街上邂逅任氏时是"唐天宝九年夏六月"。光源氏也是在夏季遇到夕颜的。卷中写到"乳母在五月间身患重病。"（《夕颜卷》158）光源氏的乳母在五月后病情加重，光源氏前去探望，他与夕颜赠答和歌都是发生在这之后。惟光向光源氏汇报小屋女主人的情况时说"五月间有一个女人偷偷搬到了这里"（《夕颜卷》128），可见他不是在五月时报告此事的。之后没过多久就已经"秋末"，所以报告的时间应该是在六月，光源氏与夕颜之间的赠答也是五月末到六月间的事。以"白花"盛开为象征的美女，最适合她登场的季节莫过于夏季。此外，秋季还描写了洁白月光照耀下的夕颜的身影。"捣衣的砧声"（《夕颜卷》141）也是月下的风光。①

---

① 借鉴了白居易的"八月九月正长夜，千声万声无了时"和刘元叔的"北斗星前横旅雁，南楼月下捣寒衣"等。这两首月下诗都载于《和汉朗咏集》"捣衣部"（345、346）。

四

任氏在《新撰万叶集》和《新撰朗咏集》中登场，在《夕颜卷》中也留下了踪影。既然如此，任氏的故事对其他日本的狐狸传说应该也或多或少有一些影响，如《日本灵异记》第二部《狐为妻令生子缘》、逸书《善家秘记》所收贺阳良藤的故事等。① 《灵异记》记述男子乘马在路上走时遇到了狐狸所化的美女，邂逅的地点是"旷野"（《新撰万叶集》上卷的诗歌描述郑六和任氏是在"秋野"邂逅的，《任氏传》则是在夏季的大街上，《任氏行》则有可能是在郊野）。女子对男子的挑逗有接受的意思、两人结为夫妇、女子被猎犬咬死等都受到了任氏故事的影响。此外，女子身着"红襕染裳"这一点也与《古冢狐》女主人公的尾巴变作"长红裳"一致。贺阳良藤的故事中"来到女子府院"之前的部分都与《任氏传》极其相似。

下文将具体指出贺阳良藤的故事与《夕颜卷》之间的共同点。这个故事载于《扶桑略记》卷二十二、宇多天皇宽平八年（896 年）九月条。

> 《善家秘记》云，余宽平五年，出为备中介。时有贺夜郡人贺阳良藤者。颇有货殖，以钱为备前少目。至于宽平八年，秩罢，居住本乡苇守。其妻淫奔入京。良藤鳏居于一室，忽觉心神狂乱。独居执笔，讽吟和歌，如有挑女通书之状。或时有与女儿通殷勤之辞。然而不见其形。如此数十日，一朝俄失良藤所在。举家寻求，遂无相遇。良藤兄大领丰仲，弟统领丰荫，吉备津彦神功祢宜丰恒，及良藤男左兵卫志忠贞等，皆豪富之人也。皆谓良藤狂悖自舍其身，悲哽懊恼。求其尸所在，然犹无遇。俱发愿云，若得良藤死骸，当造十一面观世音菩萨像。即伐柏树，与良藤形体，长短相等，向之顶礼誓愿。如此十三日，良藤自其宅藏下出来。颜色憔悴，如病皇瘅者。又其藏无柱，唯石上居桁，桁下去

---

① 除了《扶桑略记》之外，这个故事还被收录于《今昔物语集》卷十六《备中国贺阳良藤，为狐夫得观音助语第十七》、《元亨释书》卷二十九《拾异志》、《狐草子》（古典文库《室町时代物语（三）》所收，大东急纪念文库本，略有出入）、金泽文库本《观音利益集（四十五）》（古典文库《中世神佛说话》所收）等。参见三谷荣一《说话与和歌——狐妻传说与〈灵异记〉上卷第二话的文学性》。

地才四五寸，曾不可容身。而良藤心情醒窹。话云，鳏居日久，心中常念与女通接。于是，女儿一人以书着菊花来云，公主有爱念主人之情。故奉书通殷勤。即开书读之，艳词佳美，心情摇荡。如此往反数度，书中有和歌，递唱和。彼遂以饰车迎之。骑马先导者四人，行数十里许，至一宫门。老大夫一人迎门云，仆此公主家令也。公主令仆引丈人。于是，从家令入门屏之间。其殿屋帷帐，绮饰甚美。须史荐馔，珍味尽备。日暮即入燕寝。终成怀好，意爱缠密。虽死无吝。昼则同筵，夜则并枕。比翼连理，犹如疏隔。遂生一男儿。儿聪悟，状貌美丽，朝夕抱持，未尝离膝下。常念改长男忠贞为庶子，以此儿为嫡子。此为其母之贵也。居三个年，忽有优婆塞，执杖直升公主殿上。侍人男女皆尽逃散，公主又隐不见。优婆塞以杖突我背，令出狭隘之间。顾而视之，此我家藏桁下也。于是家中大小大怪，即毁藏而视之，狐数十散走入山。藏下犹有良藤坐卧之处。良藤居藏下，才十三个日也。而今谓三年。又藏桁下才四五寸。而今良藤知高门缩形出入其中。又以藏下令如大殿帷帐，皆灵狐之妖惑也。又优婆塞者，此观音之变身也。大悲之力脱此邪坡而已。其后良藤无恙十余年，年六十一死。已上。

接下来将一一列举贺阳良藤的故事与《夕颜卷》之间的共同点：

（1）女子通过女童赠歌给男子，男子也吟咏和歌回应。三谷荣一曾指出过狐狸传说与和歌之间的关联。①

（2）男子处于不正常的狂乱状态。光源氏也说"不可思议的是，早上才刚刚离开就已经相思成疾，焦灼难耐地等待夜晚的幽会。另一方面他又觉得自己是着了魔"（《夕颜卷》137）。

（3）男子消失踪影，族人非常担心。光源氏和夕颜共赴某府院时开始担心："宫里的人一定在找我吧？让他们上哪儿去找我呢？"（《夕颜卷》148）皇上"昨日就派人打探光源氏行踪，非常担心"（《夕颜卷》158），第二天又派使者前去二条院探望。不仅如此，光源氏回家时憔悴的样子也与良藤如出一辙。

（4）观音帮助了男子。良藤得到十一面观音帮助；光源氏在东山的寺庙拜别

---

① 三谷荣一《说话与和歌——狐妻传说与〈灵异记〉上卷第二话的文学性》（载《论纂说话与说话文学》，1979年）及《夕颜物语与古传承》（见《讲座〈源氏物语〉的世界》，1集，1980年）。

夕颜遗骸后向清水观音（十一面千手千眼观音）祈求保佑（《夕颜卷》158）。①

（5）良藤找寻公主府院一段与《任氏传》的任氏府院一段很相似，与光源氏在某府院找夕颜的桥段也很相似。

（6）引用《长恨歌》比翼连理的盟誓。《善家秘记》记："昼则同筵，夜则并枕。② 比翼连理，犹如疏隔。"意思是两人的爱情就连比翼连理的誓言都相形见绌。光源氏与夕颜则对比翼连理的誓言持否定态度："'长生殿'的故事很不吉利，所以他故意不用"在天愿做比翼鸟"的典故，而是祈愿来世两人能同弥勒佛一道降生。"（《夕颜卷》143）

（7）优婆塞的存在。良藤的故事中，观音化作优婆塞拯救良藤。③《夕颜卷》在"长生殿"的场景之前，光源氏听到了朝山进香修行的老人们念着"南无当来导师"诵经礼拜，便口占道："请君效仿优婆塞，来生恩爱情不移。"（《夕颜卷》143）虽然"优婆塞"没有一定要登场的必然性，但是会不会是为了留下良藤故事的痕迹才特意提到的呢？与其说紫式部想要极力消除自己模仿过的先行作品的痕迹，倒不如说她有想要特意保留这些痕迹的倾向。我们之所以能考证出《源氏物语》的出处都是多亏了紫式部的这一书写方法。

《源氏物语》与妖狐谭乍看之下没有什么相似点，但事实上，《任氏行》、《任氏传》以及紫式部给中宫彰子讲授的《新乐府·古冢狐》都从妖怪传说发展成了包含女性观的物语，为《源氏物语》的创作打下了基础。此外，据《初学记》（兽部·狐第十三）记载，还有叫"紫""阿紫"的名字的妖狐："名山记曰：狐者先古之淫妇也。其名曰紫。紫化而为狐。故其怪多自称阿紫也。"④ 想必对紫式部来说，将狐狸传说插入"紫色之缘"物语是件无比快乐的事吧。

---

① 此处向观音求救是基于《法华经》所描述的观音的功德："若三千大千国土中满夜叉、罗刹，欲来恼人，闻其称观世音菩萨名者，是诸恶鬼，尚不能以恶眼视之，况复加害。""或遇恶罗刹、毒龙、诸鬼等，念彼观音力，时悉不敢害。"（观世音菩萨普门品第二十五）

② 化用了《长恨歌传》的"与上行同辇，居同室，宴专席，寝专房"和《长恨歌》的"春从春游夜专夜"。

③ 观音化身优婆塞见《法华经》"即现比丘、比丘尼、优婆塞、优婆夷身而为说法。""是观世音菩萨成就如是功德，以种种形，游诸国土度脱生。"（观世音菩萨普门品第二十五）

④ 出自《搜神记》二十卷本卷十八所收的王灵孝故事的最后一段话。良藤故事应当是源于王灵孝故事。《河海抄》注《夕颜卷》也引用了这段话的一部分。

第三部

《源氏物语》与白居易的讽谕诗

第一章 《源氏物语》的女性形象与汉诗文
——从"帚木三帖"到《末摘花卷》《蓬生卷》

据《紫式部日记》记载，紫式部自幼跟随父亲藤原为时（汉学者）学习中国典籍。紫式部比哥哥惟规掌握得更好，父亲不禁为之惋惜：可惜不是个男儿。紫式部进宫担任中宫彰子的女官后，还曾经应彰子要求，偷偷为她讲授《新乐府二卷》。

虽然从《源氏物语》对汉诗文的大量引用可知紫式部学问渊博，但实际情况究竟如何呢？本章将主要围绕"帚木三帖"和《末摘花卷》、《蓬生卷》，考察紫式部对白居易诗歌的引用。

紫式部曾为彰子进讲《新乐府二卷》，但是她究竟关心的是"讽谕诗"或"新乐府"的哪些地方呢？让我们来看一看《源氏物语》具体是如何对《新乐府二卷》进行借鉴的。首先是《新乐府·上阳白发人》（0131）。丸山清子在《〈源氏物语〉与〈白氏文集〉》[1]一书中列举了《源氏物语》对《新乐府二卷》的引用。

- "打窗声"（《幻卷》144）　"萧萧暗雨打窗声"[2]
- "壁间灯火微明"（《帚木卷》65）　"耿耿残灯背壁影"[3]
- "她十六岁入宫成为皇太子妃，二十岁成了寡妇，今年三十岁，得以

---

[1] 丸山清子《〈源氏物语〉与〈白氏文集〉》，第二篇"《白氏文集》对《源氏物语》的影响"，东京女子大学学会研究丛书三，1964年，第117页。

[2] 《白氏文集》中《新乐府二卷》引用自神田本，其他据四部丛书所收那波本所录。

[3] 村上哲见认为"背烛""背壁"的意思是把灯火移到壁火和屏风的背面。《和汉朗咏集私注》（"春夜、背烛"注）："焰方向壁曰背也。"笔者认为"背烛""背壁"应该指的是将亮的一面朝着墙壁，使房间暗下来。参见村上氏《烛背·灯背——读词琐记》（载《中国文学报》第一册，1954年10月）。

重见九重宫阙。"（《贤木卷》136）　　"玄宗末岁初选入，入时十六
今六十"

- "但凡是不太亲近的人，光源氏一律不见。"（《幻卷》133）　　"外人
不见见应笑"
- "我的女儿进宫也只能屈居下位，被明石皇后远远地冷眼相看。"
（《竹河卷》201）　　"已被杨妃遥侧目"

　　《帚木卷》的例子出自左马头的情人，即所谓"咬手指的女人"的故事。
丸山氏指出左马头疏远"咬手指的女人"后，女子的心情与"上阳白发人"
有一些相通之处。这二者之间是否有着更为密切的联系呢？《帚木卷》中有
这样一句话："害怕被外人看见，丢了丈夫面子，处处小心顾虑。"（《帚木
卷》63）《紫明抄》和《河海抄》均指出，这里的"外人"是出自《上阳白
发人》的"外人不见见应笑"。① 《帚木卷》的这两处引用并非偶然，是作者
特意为之，理由是"上阳白发人"和"咬手指的女人"这两个人物的设定非
常相似。"咬手指的女人"痛恨男人的薄幸。《上阳白发人》正如其题序"愍
怨旷也"所言，表达了对宫女凄凉身世的同情。换言之，《上阳白发人》写
的是被皇帝抛弃的怨女，同样是带着怨恨和妒意的女人。这样想来，《源氏
物语》中的"咬手指的女人"的原型其实就是"上阳白发人"。

　　接下来要看到的是白居易的讽谕诗《议婚》（0075）被引用的例子。《议
婚》是著名的组诗《秦中吟十首》之一。《帚木卷》中，藤式部丞谈及"博
士之女"，回忆道："听说这位博士有好几个女儿，我便随便跟其中一个攀谈
起来。她的父母听说了此事，举杯贺道：'听我歌两途'。"（《帚木卷》75）
此处引用了《议婚》，全文如下：

议婚

　　　天下无正声，悦耳即为娱。人间无正色，悦目即为姝。
　　　颜色非相远，贫富则有殊。贫为时所弃，富为时所趋。
　　　〔关于富家女〕
　　　红楼富家女，金缕绣罗襦。见人不敛手，娇痴二八初。
　　　母兄未开口，已嫁不须臾。

---

① 神田本、金泽文库本《白氏文集》将"外人"训为"うときひと"，属于传统读法。

〔关于贫家女〕

绿窗贫家女,寂寞二十余。

荆钗不直钱,衣上无真珠。几回人欲聘,临日又踟蹰。

〔主人的行动〕

主人会良媒,置酒满玉壶。

〔主人说的话〕

四座且勿饮,听我歌两途。

〔主人的"两途之歌"〕

富家女易嫁,嫁早轻其夫。贫家女难嫁,嫁晚孝于姑。

闻君欲娶妇,娶妇意何如?

　　这首诗把女人分为"富家女"和"贫家女",前者因经济状况好被世人所趋求,容易嫁出去;后者则被时俗厌弃,嫁不出去。诗中的"主人"主张"富家女"嫁得虽早却看不起丈夫,"贫家女"嫁得虽晚却孝顺公婆(且尊敬丈夫),进而反问:"您要娶哪一种女人呢?""两途"指的是"富家女"和"贫家女"的不同遭遇。博士父亲引用了《议婚》中的一句话,想表达"我的女儿虽然出生在经济状况不好的家庭,但是她是个好女孩,我赞成你们结婚"这个意思。博士的女儿对丈夫照顾得非常周到,让藤式部丞没有话说。她贤妻良母式的性格是从《议婚》中的"贫家女"身上借鉴而来的。

　　第三要讲的是《帚木卷》"雨夜品评"中头中将所说的"常夏女"与《新乐府·陵园妾》(0161)之间的关联。学界向来对此鲜有言及,笔者发现二者具有女子被丈夫抛弃隐居深山、遭到有权有势的妻子妒忌被赶走、向丈夫讲述自己的艰辛等共同点。[①] 此外,二者在表现内容上还有以下这些类似的地方:

* 女子对花流泪

"山人微贱居荒岭,抚子愿沾雨露恩"

"珠泪万行常盈袖,秋来风摧常夏残"

→ "眼看菊蕊重阳泪,手把梨花寒食心"

---

① 第二部第二章"夕颜的诞生与汉诗文——以'花颜'为中心"。

- 听到风声虫声感到悲伤。秋思
  "虫声凄鸣"
  → "闻蝉听莺感光阴"
  "秋来风摧"
  → "柏城尽日风萧瑟""春愁秋思知何限"
- 其他类似的语句
  "山人""山宫""荒岭""绿芜墙""雨露""雨露之恩"

前面已经说过，"常夏女" 与 "陵园妾" 最大的共同点就是两人都是如花似玉的美女。陵园妾 "颜色如花命如叶"，常夏女则是一个宛如常夏花般的女子。后来她又更名为 "夕颜"，在物语中再次出场。她的命运正像《陵园妾》所说的那样 "命如叶薄将奈何"，"薄命"（《夕颜卷》122）的夕颜花象征着她不幸的人生①。由上可知，"常夏女" 即 "夕颜" 的人物造型深受《陵园妾》的影响。

《帚木卷》"雨夜品评" 一共提到了四个女人，分别是左马头的情人 "咬手指的女人"、"出轨的女人"、头中将的情人 "常夏女" 和藤式部丞的情人 "博士的女儿" 这四个人。其中有三个人的人物造型是以白居易的讽谕诗为原型的。

二

《帚木卷》全卷的构成与汉诗文又有何种关联呢？在 "雨夜品评" 的开头，光源氏的情书引发了头中将的上中下三等女性观。头中将推崇的是 A 段中的中等女子。

A 有的女子出身高贵，集万千宠爱于一身，缺点多被遮掩，人们自然都觉得那是个绝代佳人。中等人家的女子则各有千秋。下等人家的女子就不值一提了。

B 这三等是什么意思？中上下三等又是用什么标准来划分的呢？比如有

---

① 《手习卷》（237）中 "命薄如叶""松门到晓月徘徊" 也引用了《陵园妾》的语句。夕颜与浮舟有着相似的命运，主要是受这首诗影响。

一个女子原来出身高贵，后来家道中落，地位降低。另有一个女子出身普通家庭，后来父亲位列高官，讲究风光体面，事事不落人后。这两人的等级又该如何裁定呢？

（《帚木卷》49）

　　光源氏针对 A 段的三个等级划分提出了疑问（B 段）。后来左马头和藤式部丞二人进来值宿，大家开始"争相讨论上中下三等的分别"。引用如下：

C 无论怎样加官进爵，只要原来门第不够高贵，世人就不会对他们另眼相待。从前出身高贵后来家道中落的人，心气虽高，财力不足，难免会做出不体面的事来。这两种人都应该评为中等。还有一种人是"受领"，掌握地方行政，等级属于中等，其中又有上中下之别。从中选拔出中等的女子，正是当今的风潮。还有一种人，既不是公卿，也不是参议，只有四位的爵位。然而世间对他评价很高，本来的出身也不低贱，过着安乐的日子。这样的富足家庭在养育女儿方面可谓是倾其所有，无微不至。这样成长起来的女子中有不少才貌双全的美人，入宫后获得恩宠的例子也数不胜数。

D 光源氏笑道："这样说来等级的划分是以金钱为标准了。"

E 头中将恨恨地说："这不像是你说的话！"

F 左马头说："原本出身高贵，现尽世人景仰，可谓两全其美。然而在这种家庭长大的女子却全无教养可言，人们看见了都会想：怎么会培养出这样一个女儿呢？反之，出身高贵，声名显赫的家庭养大的女儿自然是才貌双全，没什么值得惊讶的。最上等的女子，我等凡夫俗子是接触不到的，暂且不提。令人意外的是，荒凉的蓬门荜舍中有时隐藏着秀慧可爱的女子。想不通这种人物怎么会在这样的地方，让人不能忘怀。（中略）"藤式部丞心想：这番话莫非是在说我妹妹？便默默不语。

（《帚木卷》52）

　　一般认为是左马头说了 C 这段话，但是事实果真如此吗？C 段明确表示自己重视财力充足的"中等"女子。但是左马头 F 段的观点和 C 段明显是矛盾的。

　　《夕颜卷》中，光源氏对夕颜花之家以及小屋中的女人很有兴趣。

143

> 这小屋大概就是"雨夜品评"那天左马头所说的下等中的下等，微不足道吧。说不定有意外的惊喜，可以邂逅可爱的女子。
>
> （《夕颜卷》129）
>
> 虽说是暂住而已，看这家中排场，应该就是左马头鄙视的下等吧。或许会有什么意外的发现呢。
>
> （《夕颜卷》136）

夕颜暂住的小屋就是这两段话中的"下等中的下等，微不足道"，"左马头鄙视的下等"。"微不足道"对应着头中将所说的"下等人家的女子就不值一提了"（A 段）。光源氏心想在这小屋中"说不定有意外的惊喜"，"或许会有什么意外的发现呢"，他想起了左马头所说的"令人意外的是，荒凉的蓬门荜舍中有时隐藏着秀慧可爱的女子。想不通这种人物怎么会在这样的地方，让人不能忘怀"（F 段）。

我们来整理一下"雨夜品评"后夕颜是如何登场的：

- 头中将像在 A 段中说过的那样对"下等女子"不屑一顾。
- 左马头认为"令人意外的是，荒凉的蓬门荜舍中有时隐藏着秀慧可爱的女子。"（F 段）
- 夕颜花之家相当于头中将不屑一顾的下等人家的住处。
- 光源氏想如果真如左马头所说在这样寒酸的小屋中藏着一个意想不到的美女该有多好。
- 实际上夕颜确实是一个秀慧可爱的女子。

也就是说，左马头所说的"荒凉的蓬门荜舍"（F 段）（C 段中家道中落的上等人家）不是"中等"而是"下等"人家。左马头对"蓬门荜舍"的女子（即下等女子）十分感兴趣。这样一来就和鄙视"下等"重视"中等"的 C 段的主张自相矛盾。

倘若不是左马头而是头中将说了 C 段的话，这个问题就迎刃而解了。C 段本来就是回答光源氏问的问题（"这三等是什么意思？中上下三等又是用什么标准来划分的呢？"）的（B 段）。该问题提出时，左马头和藤式部丞就参与了讨论。此时应该由光源氏质疑的对象头中将来回答 C 段这一问题，而不是左马头忽然插进去抢答光源氏的问题。这样一来，光源氏听了 C 段的主张后，就笑着讽刺他："这样说来等级的划分是以金钱为标准了。"头中将正是因为光源氏讽刺自己，才恨恨地说："这不像是你说的话！"

头中将是左大臣的嫡子，他推崇的是身家优越的中等女子。左马头的官职是五位下，他反击说下等里也有意想不到的才貌双全的女子。就连 C 段中的"不是参议，只有四位的爵位"的女儿都是左马头可望而不可即的对象。把 C 段看成是左马头的话，最终会模糊了头中将和左马头二人的主张。

左马头在 F 段最后（中略部分）提到，"没想到有的人家闺中竟然藏有一位气质高雅才华出众的美女"，令他十分难舍。藤式部丞听到他这么说，心想这番话莫非是为我妹妹而发。"式部丞"这一官职大丞为正六位下，小丞为从六位上，比左马头官衔更低，一般来说他属于"下等"身份。当大家让他谈谈交往过的女性时，他也说自己是"下等"身份："像我这种微不足道的人，哪里有什么可以讲的呢？"（《帚木卷》75）藤式部丞如果是"下等"身份的话，那么让他想到自己妹妹的左马头的话（F 段）就应该是针对"下等"女子的。

如果 C 段的发言者不是左马头而是头中将的话，就有必要明确"雨夜品评"在"帚木三帖"中的地位。也就是说，头中将和左马头推崇的是家境优越的"中等"女子，以及家境不好但是才貌双全的"下等"女子。后来这两种女人真的出现在了光源氏面前，先是空蝉在《帚木卷》后半段登场，接下来夕颜又在《夕颜卷》中亮相。空蝉是"中等"女子，夕颜是"下等"女子。空蝉是纪伊守之父伊予介继娶的妻子，她居住的纪伊守府邸给光源氏"中等"的印象："左马头所说的中等人家，大概指的就是这种人家吧。"（《帚木卷》83）流水潺潺、花草葱郁的庭院彰显了纪伊守的经济实力。如前所述，后来夕颜又作为"下等"女子的代表登上了《物语》的舞台。

重要的是，"雨夜品评"主要围绕"中等"女子和"下等"女子的区别争论不休，唯独对"上等"女子的裁定没有分歧。光源氏娶左大臣的女儿葵姬为妻，已故皇太子的妃子六条御息所是他的情人，藤壶中宫又是他最爱的女子。这些女子都是"上等"女子，并非大家争论的焦点。"即便是上中之上的女子，似乎也配不上光源氏这个举世无双的美男子"（《帚木卷》53），所以他才会对大家讨论的"中等"女子和"下等"女子感到格外新鲜。

"雨夜品评"乍看上去像是评论三个阶级，实际上只讨论了两个阶级。这和白居易的《议婚》是一致的。《议婚》通过对比"贫家女"和"富家女"，探讨了究竟要选择哪一种女子作为结婚对象。更进一步说，《帚木卷》"雨夜品评"的基本架构就是基于《议婚》搭建而成的，理由是《帚木卷》对《议婚》的引用、有关寻找佳偶的讨论、"贫家女"和"富家女"的轮番上场等等。此外，光源氏和头中将之间的对话也可以结合《议婚》来进行理解。头中将在 C 段中称自己重视家境优越的"中等"女子，赞同"贫为时所弃，富为时所趋"这样的世俗看法。光源氏嘲笑他"这样说来等级的划分是以金钱为标准了"（D 段）。光源氏略带批判性的口吻与《议婚》中颂扬"贫家女"的立场一致。此外，左马头推崇"下等"女子（F 段），替白居易说出了他的主张。①

之后，"中等"女子空蝉和"下等"女子夕颜轮番登场，可以再举出一些相关语例。在"帚木三帖"的结尾，光源氏吟道："生离死别两茫茫，长恨秋归无觅处。"（原文：過ぎにしもけふ別るるもふたみちに行くかた知らぬ秋の暮れかな）（《夕颜卷》179）这里的"生离"指的是远赴伊予的空蝉（"富家女"），"死别"指的是死去的夕颜（"贫家女"），两人都不知去向了。"两茫茫"象征着"富家女"空蝉和"贫家女"夕颜不同的两条人生轨迹。这一点与《议婚》中的"两途"十分相似。《议婚》用"两途"来形容"富家女"和"贫家女"婚后的两种人生。"富家女"结婚虽早但是看不起丈夫，"贫家女"结婚虽晚但是尊敬丈夫孝顺公婆。《帚木卷》中的博士将"两途"训读成"ふたつのみち"，所以光源氏的和歌也将"两途"译成了"ふたみち"。

这样一来也就决定了人们对空蝉与夕颜的态度和看法。光源氏在跟空蝉的丈夫伊予介交谈时，想起了左马头的劝谏。"他想：'我这样做真是不应该啊！'他又想起了那天左马头的一番话，觉得对不起伊予介。他后来又想：'空蝉虽然冷酷无情，但是为丈夫坚守节操这点还是令人佩服的。'"（《夕颜卷》130）这是因为左马头曾在"雨夜品评"那天告诫过他："鄙人诚心劝各位小心防范轻薄的女子。这种女人会做出丑事，令你蒙羞。"（《帚木卷》71）。空蝉总算是没有看不起丈夫。她被塑造成一个出生富贵人家却不轻视丈夫的"富家女"。

夕颜则是无条件信任来路不明的光源氏，百依百顺。《议婚》中的"贫家女"也是一个体贴人的女子。就这样，空蝉和夕颜脱胎于《议婚》中的两种女性，分别被塑造成了"中等女子"和"下等女子"。

---

① 《议婚》在唐诗选集《才调集》中更名为《贫家女》。小岛宪之在《古今集以前》（第 204、205 页）指出了《议婚》对纪长谷雄《贫女吟》（《本朝文粹》卷一 18）的影响。

三

"下等"女子夕颜的后继者末摘花的人物造型也受到了白居易讽谕诗的影响。末摘花不合时宜的打扮应该是从《上阳白发人》的"小头鞋履窄衣裳，青黛画眉眉细长。外人不见见应笑，天宝末年时世妆"中获得的灵感。《末摘花卷》的"八月二十过后，有一天黄昏，天色已晚，月亮还没有出来，天空中只有星光闪耀，夜风拂过松枝发出的声音，催人哀思。小姐谈起往事，不禁流下泪来"和"月亮终于出来了，照亮了这荒宅里的断垣残壁"（《末摘花卷》258）这两段话化用了《陵园妾》的"松门到晓月徘徊，柏城尽日风萧瑟。松门柏城幽闭深"，"手把梨花重阳泪"及"绿芜墙"。此外，《蓬生卷》中有这样一段文字："这几年来春花秋月你是如何度过的，想必除我之外也无人可以倾诉吧。"（《蓬生卷》78）《细流抄》注："上阳人之意。"此处应该是参考了《上阳白发人》的"秋夜长"、"春日迟"以及"春往秋来不记年，唯向深宫望明月"。当时的末摘花确实是在仰望着天空的明月。

说到白居易讽谕诗对《末摘花卷》的影响，就不得不提《末摘花卷》对《秦中吟十首》之《重赋》（0076）的引用。[1]

> "可怜老翁鬓如雪，锦衣公子泪沾襟。"光源氏又吟诵起白居易的"幼者形不蔽"的诗句。此时他忽然想起了那个冻得瑟瑟发抖、鼻尖发红的小姐，不禁莞尔。
>
> （《末摘花卷》274）

光源氏吟诵了《重赋》中的一句诗"幼者形不蔽"。《重赋》全文如下：

重赋

厚地植桑麻，所要济生民。生民理布帛，所求活一身。

身外充征赋，上以奉君亲。国家定两税，本意在忧人。

---

[1] 村井利彦在《末摘花的思想——〈源氏物语〉中的兼济志向》（载《山手国文论考》5，1983年3月，见《今井卓尔博士喜寿纪念〈源氏物语〉及其前后》）中谈到了末摘花与白居易讽谕诗之间的关联。

厥初防其淫，明敕内外臣。税外加一物，皆以枉法论。
奈何岁月久，贪吏得因顺。浚我以求宠，敛索无冬春。
织绡未成匹，缫丝未盈斤。里胥迫我纳，不许暂逡巡。
岁暮天地闭，阴风生破村。夜深烟火尽，霰雪白纷纷。
幼者形不蔽，老者体无温。悲喘①与寒气，并入鼻中辛。
昨日输残税，因窥官库门。缯帛如山积，丝絮似云屯。
号为羡余物，随月献至尊。夺我身上暖，买尔眼前恩。
进入琼林库，岁久化为尘。

光源氏之所以会吟咏"幼者形不蔽"，是因为当时的状况让人联想到了《重赋》。当时的状况是：

- 下雪。 "霰雪白纷纷"
- 妙龄女子和老人看上去很冷。 "幼者形不蔽，老者体无温"
- 老人一头白发似雪。 "霰雪白纷纷"

据《细流抄》考证②，前一天晚上光源氏造访末摘花府邸时的场景描写也参考了《重赋》。"雪越下越大，天色阴森可怖，北风呼啸，大殿的灯火灭了，也没有人去点亮。"（《末摘花卷》269）这一雪夜的场景描写脱胎于《重赋》的"夜深烟火尽，霰雪白纷纷"。除了"幼者形不蔽"这样的直接引用，还需要进一步考证两部作品的关联。

《重赋》主要反映了税外税给广大劳动人民带来的苦难，批判了"贪吏"违反税法、压榨百姓的丑恶行径。"税"具体指"绡""丝""缯帛""丝絮"等物。老百姓织成的绢、缫出的丝都交税赋了，自己却没有衣服御寒。"夺我身上暖，买尔眼前恩"这句诗充分体现了贪官污吏的无耻和老百姓的不幸，无衣御寒象征了民众的苦难。

《末摘花卷》将重心放在了无衣御寒上。"妙龄女子的衣服映着雪光，衣衫褴褛。看起来很冷的样子。她把火种放进一个奇怪的容器里，用衣袖包了

---

① "喘"四部丛刊本作"端"。依据通行本订正。

② 《细流抄》："此处引《秦中吟》。古来只解得物语咏此翁之态。'北风呼啸，大殿灯火灭，人尽散去'云云，（中略）出自《秦中吟》'夜深烟火尽，霰雪白纷纷。幼者形不蔽'。今案云云。"

起来。"此外,光源氏之所以说"可怜老翁鬓如雪,锦衣公子泪沾襟",是因为他看到老人的衣服被雪打湿、冷得难受的样子,流下了同情的泪水。这里之所以提到"衣""袖"是有用意的。原本光源氏吟诵"幼者形不蔽"就是因为他看到妙龄女子衣衫单薄不足以御寒。可以说紫式部把握了《重赋》的关键。

既然说"衣"是《重赋》的主题,那就需要重新对《末摘花卷》里出现的"衣"进行总结分析。

有几个侍女穿着肮脏的白衣服,污旧的罩裙系在腰间,寒酸极了。

（《末摘花卷》268）

小姐披着一件黑貂皮衣,清香扑鼻。这原是件高贵的装束,年轻女子穿起来毕竟不合时宜。可要是没有这件皮衣,一定冷得够呛。光源氏看她瑟瑟发抖的样子,觉得十分可怜。

（《末摘花卷》271）

光源氏所赠并非黑貂皮衣,而是绸、绫、绵等物。就连老侍女和管门的老人所用的物品,从上至下一切人等的需要,也都一一配备齐全。

（《末摘花卷》274）

光源氏见末摘花府上的人们衣着褴褛,瑟瑟发抖,末摘花本人勉强裹着黑貂皮衣御寒,但那不是年轻女子的装束。因此光源氏给常陆宫上上下下的人,乃至侍女、看门的老人等都送去了取暖的衣服。

《重赋》描绘了在寒冷中挣扎的劳动人民,以及为了自己升官得宠,残酷搜刮老百姓财物的贪官污吏。白居易想让当权者认识到黑暗的社会现实,推动社会更好地发展。这也正是这篇讽谕诗的写作目的。光源氏在《末摘花卷》的赠衣行为虽然不能代表当权者的立场,但是对于常陆宫的人来说他是一个很好的庇护者。光源氏并不只是吟诵《重赋》,他也在力所能及的范围内贯彻了白居易的思想。

此外,《源氏物语》的诸注都曾指出,光源氏在吟诵完"幼者形不蔽"之后,"他忽然想起了那个冻得瑟瑟发抖、鼻尖发红的小姐,不禁莞尔"这一句也受到了《重赋》的影响。光源氏吟诵完"幼者形不蔽",又想起了"悲喘与寒气,并入鼻中辛",由此联想到末摘花因寒冷变红的鼻尖。考察这一问题时,同样与《重赋》关联密切的菅原道真《寒早十首》可以为我们提供参考。

《菅家文草》卷三的《寒早十首》（200～209）写作于仁和二年（886年）十月，那时菅原道真被任命为赞岐守。他作为地方官关注民生疾苦，积极思考如何治理地方，写下了一系列的讽谕诗。这组作品被誉为菅原道真讽谕诗的代表作。这十首五言律诗用的是同一个韵（"人身贫频"），第一句都是"何人寒气早"，这是模仿了元稹、白居易、刘禹锡的三组唱和诗《深春二十首》（共六十首，元稹诗现已失传）以及元稹的《生春二十章》等。

> 刘禹锡《深春二十首》
> （何处深春好，春深——家）
> 白居易《和春深二十首》（2653～2672）
> （何处春深好，春深——家）
> 元稹《生春二十章》
> （何处生春早，春生——中）

这样看来，《寒早十首》的"何人寒气早，寒早——人"一开始用"早"字这一点依据的是元稹的《生春二十章》。但是《寒早十首》并不仅仅来源于这二十首组诗。《寒早十首》是讽谕诗，当然要考察其与讽谕诗之间的关联。这组诗的篇数与《秦中吟十首》相同。此外，"何人寒气早"这句诗中的"寒气"也同样出现在《秦中吟十首》之一的《重赋》中（"悲喘与寒气，并入鼻中辛"）。这并非偶然，可以说道真在创作《寒早十首》时采用了与《秦中吟十首》相同的作品数量，也借鉴了十首之一的《重赋》的主题——"寒"。

从韵字"人身贫频"也可以看得出来，《寒早十首》是一组讲述百姓贫苦的诗歌，描绘了十种穷困生活。表现"贫"的方法多种多样，这组诗是用"寒气早""寒早"等词来表现贫困。也就是说，诗中的"寒"就是"贫"的象征。

这一点与末摘花十分相似。夕颜薄命死去，末摘花是作为她的替身登场的，《末摘花卷》卷首的那句"夕颜的死令光源氏悲痛不已，经年累月也无法释怀"（《末摘花卷》245）就已经说明了这一点。此外，在光源氏眼中，末摘花属于"蓬门荜户"的女子（"'雨夜品评'那天左马头所说的蓬门荜户，就指的是这种地方吧。"《末摘花卷》272）。也就是说她被塑造成了一个家道中落的"下等"女子，物语主要围绕着她的穷困潦倒来进行描写。"寒"象征着她的"贫"。常陆宫上上下下无论是侍女还是看门的老人，身上穿的

衣服都不足以抵御严寒，在寒风中瑟瑟发抖。就连末摘花的红鼻子也被冻得
更红了。

　　光源氏曾经在和歌中提到过末摘花的"鼻子"："本不钟情红颜色，奈何
缘定末摘花。"（《末摘花卷》277）这就是"末摘花"卷名的由来。"末摘花"
是一种红色的花，小姐的鼻尖有一点红色，因此将她比作末摘花；"はな"
一语双关，既有花的意思，还有鼻子的意思，严寒使得小姐的红鼻子冻得更
红了。换言之，卷名"末摘花"可以说是"寒"的象征。① "寒"既然象征
"贫"，这一卷名就象征了贫困潦倒的"下等"女子。"帚木三帖"之后，末
摘花作为《议婚》中"贫家女"的具体代表粉墨登场。② 《秦中吟十首》的
《重赋》对于塑造这一人物具有非常重要的意义。也就是说，紫式部读《重
赋》时注意到了"悲喘与寒气，并入鼻中辛"这句诗，并将鼻子冻得通红的
女子塑造成了光源氏的恋人。

　　《末摘花卷》的续篇《蓬生卷》与《重赋》的关系又是如何呢？"八月里
狂风肆虐，把走廊都吹倒了。下人们的小屋被吹得只剩下屋架。仆人们无处
容身，不见了踪影。炉灶也没有一丝炊烟，日子过得十分凄惨。"（《蓬生卷》
59）这一情景描写与《重赋》的"岁暮天地闭，阴风生破村"类似。此外，
"十一月霰雪纷飞，其他人家的积雪还有消融的时候，但是常陆宫的蓬草挡
住了阳光，导致积雪不消，看上去像是越国的白山一般。"（《蓬生卷》71）
之所以强调"霰雪"之"白"，是受了《重赋》"霰雪白纷纷"的影响。从
《末摘花卷》到《蓬生卷》，《重赋》的影响可谓无所不在。

四

　　上一节讨论了《重赋》之于《寒旱十首》的意义，当然只凭《重赋》是
不可能创作出十首诗的。《寒旱十首》大量运用了"贫"的形象，这些形象

---

① 村井利彦在《末摘花的思想——〈源氏物语〉中的兼济志向》中指出，应该将末摘
　花的鼻子的颜色理解为是她在这世上"悲喘"的象征。

② 按照上一节 C 段的分类标准"无论怎样加官进爵，只要原来门第不够高贵，世人就
　不会对他们另眼相待。从前出身高贵后来家道中落的人，心气虽高，财力不足，难
　免会做出不体面的事来。这两种人都应该评为中等"，末摘花也可以被划分成中等女
　子。但是 C 段是头中将的话，末摘花又是在 F 段左马头的话的延长线上出现的，所
　以笔者还是想把她分到下等。无论是中等还是下等都属于"贫家女"。

有可能是来自于《初学记》和《白氏六帖》等类书。将类书的"贫"部与《寒早十首》作比较，可以发现以下这些关联。

> ●"蜗舍"（《寒早十首》其二）
> "蜗庐"（《初学记》），"蜗舍"（《白氏六帖》）
> ●"立锥无地势"（《寒早十首》其七）
> "立锥地"（《初学记》），"立锥"（《白氏六帖》）

此外，《寒早十首》中的"鹿裘"（其二）和"葛衣"（其四）这两个词引自《韩非子·五蠹篇》（《史记·李斯传》所收）中的"夏日葛衣，冬日鹿裘"[1]，形容的是中国古代帝王尧的朴素简约。还有两个类似的词是"羊裘"与"短褐"。《初学记》引《淮南子》："贫人夏则被褐带索，含菽饮水，以支暑热。冬则羊裘短褐不掩形。""褐"通"葛"，《淮南子》里的冬着"褐衣"，相当于《寒早十首》（其四）的"葛衣冬服薄"。

通过类书可以了解到中国文学中的"贫"是有其固有形象的。《末摘花卷》和《蓬生卷》也是依据这一固有形象写成的。"蓬生"这一卷名与表示"贫"的词之间也有关联。比如《初学记》"贫部"的事对就列举了一系列与"贫"有关的含有"蓬"的词汇："蓬室棘庭""茅宅蓬庐""蓬户蒿床"等。可见"蓬"与"贫"有着不解的渊源。"蓬生"这个卷名可以说象征了"贫"这一概念。

除此之外，《蓬生卷》中是否还有与中国传统的"贫"相关的表现呢？比较《初学记》和《蓬生卷》，可以找出如下类似的表现：

> ●"窥灶不见烟"（陶潜《咏贫士》）
> "炉灶也没有一丝炊烟，日子过得十分凄惨。"（《蓬生卷》59）
> ●尘甑"闾里歌之曰：甑中生尘范史云"（《续汉书》）
> "有漏狭之草屋，不蔽覆而受尘"（束皙《贫家赋》）
> "虽然积满了灰尘，还是可以看出这里曾是个讲究的府院，末摘花就住在此处。"（《蓬生卷》59）

---

① 《史记》的《太史公自序》中也有同样的话，形容的是墨家的节俭。

"炉灶也没有一丝炊烟""积满了灰尘"都是"贫"的具体表现。《重赋》的"夜深烟火尽"也是用"贫"这一概念演绎出来的。《白氏六帖》云："风尘化缁。古诗，'京洛多风尘，素衣化为缁'"，讲的是贫困之人的白衣变成了黑色。末摘花府邸的描写中"穿着肮脏的白衣服"（《末摘花卷》268）、"衣服映着雪光，更显得褴褛"（《末摘花卷》273）、"污秽不堪的帷屏风"（《蓬生卷》73）等描述与"风尘化缁"相近。

末摘花的"黑貂裘皮"照理说是高级货。但是《寒早十首》里出现了"鹿裘"，《初学记》里有"羊裘"，后面还会说到有"裘褐"这个词，可见"裘"有时是指穷人御寒时穿的衣服。"黑貂裘皮"虽然有可能是昂贵的装束，但同时"裘"也意味着末摘花的"贫"。

末摘花的人物造型与汉诗文之间的关联并不仅仅停留在外在的"贫"，还包括人格方面的"贫"。"贫"并不只意味着穷困，还可以理解成"安贫"（《白氏六帖》）。"安贫"指的是不受世俗名利牵绊，安于贫穷的境遇，乐于奉行自己信仰。这一道德准则积极地肯定了"贫"，称赞了贫者之德。

《初学记》中所记载的"宋陶潜咏贫士诗"是陶渊明《咏贫士》七首之一。陶渊明在这首诗中称赞了贫者之德，被誉为是贫者文学的代表作。其中有一些表现让人联想起末摘花。

"倾壶绝余粒，窥灶不见烟。诗书塞座外，日昃不遑研。"（其二）
"荣叟老带索，欣然方弹琴"（其三）
"袁安门积雪，邈然不可干"（其五）

- 炉灶没有一丝炊烟（《蓬生卷》59）
- 看看小说，读读古歌，使内心安适（《蓬生卷》60）
- 爱好弹琴（《末摘花卷》248）
- 门前积雪（《蓬生卷》71）

《咏贫士其六》中仲蔚的故事也与《蓬生卷》十分相近。"仲蔚爱穷居，绕宅生蒿蓬。翳然绝交游，赋诗颇能工。举世无知者，止有一刘龚。"屋前长满了蒿蓬，隐匿行踪不与世人来往，独来独往，知音只有刘龚一人。"仲蔚蓬蒿"这个著名的故事载于《蒙求》。独居于蓬草之中，与世隔绝的末摘花宛如仲蔚，孤身一人去见末摘花的光源氏就像是仲蔚的知音刘龚。[①] "别来蓬蒿隐荒径，来会坚贞不易心。"（《蓬生卷》76）

《蓬生卷》中的末摘花是个忠贞的女子，穷困潦倒依旧安守荒宅，一心等着光源氏。"这住处虽然荒凉，想来总能找到'三径'吧"（《蓬生卷》67）前田家本《源氏释》注"三径"[②]："三辅决录云：蒋诩字元卿，舍中竹下开三道（径）。"这说的正是《蒙求》"蒋诩三径"的典故。《古注蒙求》[③] 记载王莽专权时，蒋诩告病辞官，隐居乡里，在园里竹荫下"开三径"，只和羊仲、求仲两人相交（"三辅决录曰：诩舍中竹下开三径，惟故人求中（仲）、羊仲从之游"）。《源氏释》有可能依据的是《蒙求》的某一个注释本。

《河海抄》记："文选曰：三径就荒，陶渊明。"注中加入了陶渊明《归去来辞》（《文选》卷四十五《归去来》）的"三径就荒，松菊犹存"。《文选》李善注也引用了《三辅决录》。由《蒙求》和李善注可知，人们说到"三径"就会联想到蒋诩。

《蓬生卷》中的"三径"更接近《归去来辞》一些。蒋诩的故事主要是关于隐居生活的，《归去来辞》说的是陶渊明离家期间田园变得荒芜。然而，从"贫"这个角度看，白居易的《和春深二十首》中的"三径"与《蓬生卷》的场景描写的关系更为密切。

和春深二十首（其二）

何处春深好，春深贫贱家。荒凉三径草，冷落四邻花。

奴困归佣力，妻愁出赁车。途穷平路险，举足剧褒斜。

---

① 光源氏时隔很久再次来到常陆宫，末摘花昼寝时梦到了已故的父亲常陆亲王。"阴雨连绵，心绪纷纷，她昼寝时做了一个梦，梦到了已故的父亲，醒来后更觉悲伤，命人将漏雨打湿的檐前擦拭干净。（中略）亡人入梦袖不干，况遇荒檐漏滴频。"（《蓬生卷》73）这与《寒早十首》的第三首咏"鳏人"的"低檐独卧身（中略）通宵落泪频"以及第四首咏"孤人"的"每被风霜苦，思亲夜梦频"十分相似。有可能紫式部读了《寒早十首》后借鉴了道真的诗歌表现。

② 《紫明抄》注"三径"乃"通门之径"，"通井之径"和"通厕之径"，采诸注通说。

③ 国会图书馆本。《古注蒙求》和《蒙求和歌》据朽尾武解题《付音增广古注蒙求 蒙求和歌》所录。圣母清心女子大学本异本《紫明抄》的"三径"注列举了《蒙求》的标题。此外，《蒙求和歌》"よもぎふのつゆわけえふるかよひぢはあとたえたりといはぬばかりぞ"吟咏了"蒋诩三径"。和歌的作者是《源氏物语》的注释《水原抄》的作者源光行，他有可能是基于《蓬生卷》创作了这首和歌。

154

这首诗和《蓬生卷》关注的都是"贫贱"。不仅如此，第五句"奴困归佣力"值得注意。《蓬生卷》中，侍奉末摘花的侍女们接二连三地散去了，特别是她的侍从（即乳母的女儿）被姨母带走的部分描写得格外详细。此外，荒凉的蔓草被屡屡提及。《蓬生卷》用"葎""薮原""浅茅""蓬生"来表示"三径"旁丛生的杂草。在荒烟蔓草中艰难度日这一点上两者可以说是一致的。

尽管如此，《归去来辞》的"三径就荒，松菊犹存"与《蓬生卷》也不是没有半点关联。还记得光源氏再次踏访常陆宫时，首先映入眼帘的是一棵松树。杂草丛生的宅子里还有一棵松树。

　　一株高大的松树上挂着藤花，在月光下摇动，随风飘来一阵幽香，令人怀念。

（《蓬生卷》72）

　　松树已比之前高大了许多，令人惊觉光阴似箭，感慨世事沉浮人生如梦。

　　藤花殷勤留人住，青松贞心待我来。

　　（原文：藤波のうち過ぎがたく見えつるは松こそ宿のしるしなりけれ）

（《蓬生卷》78）

陶渊明云："三径就荒，松菊犹存。"末摘花府邸的状况可以说是"三径就荒，松藤犹存"了。这里的"松"既是和歌常见的双关语（"松"谐"待"），也含有中国文学元素。《论语·子罕篇》中"子曰：岁寒然后知松柏之后凋也"，以松柏来比喻坚贞高洁的节操。一心一意在荒废的宅子里等待光源氏的末摘花被比作松树，正是基于这一文学传统。

《归去来辞》的后段也出现了"松"："抚孤松而盘桓。〔李善注：盘桓不进也〕"可见"松菊犹存"的"松"对陶渊明有着特殊意义。五臣注："谓赏其坚贞，故盘桓恋之。""松"成为节操坚贞的象征。

光源氏称末摘花府邸门前的松树"并非杉树"（《蓬生卷》77），并且在和歌中称它为"记号"（宿のしるし）。这是模仿了《古今和歌集》的"君若思妾访茅庵，记取门前有杉树"（杂部下982）。《蓬生卷》把门前的"杉树"换成了"松树"，"松树"蕴含着《论语》《归去来辞》等中国古典文学知识。

五

丑女末摘花的人物造型究竟是怎样形成的呢？《初学记》"丑人部"记载了孟光的故事。孟光是西汉梁鸿的妻子，"丑黑而肥，力能举石"（《初学记》引《烈女传》）。孟光虽然相貌丑陋，但以德行见称。《续烈女传》云："姿貌甚丑，而德行甚修。"据《续烈女传》《后汉书·逸民部·梁鸿传》记载，有许多人为孟光做媒，却屡遭谢绝，她年逾三十还不愿结婚。父母询问孟光为何不愿出嫁，才知道她已经有了意中人梁鸿。梁鸿迎娶孟光后的头七天，对盛装打扮的孟光爱理不理。孟光问其缘由，梁鸿说他想娶的妻子是"裘褐之人"。孟光听罢立刻褪去盛装穿上布衣，与梁鸿隐居于霸陵山中，过上了"诵书弹琴"的生活。

"裘褐"意为粗陋的衣服，这对夫妻就是"贫穷"的典型。不仅如此，也是"安贫"的典型。《续烈女传》："君子谓，梁鸿妻好道安贫，不汲汲于荣乐。《论语》曰：不义而富且贵，于我如浮云，此之谓也。"孟光是一个不求荣华富贵，在贫穷中坚守德行的女子。孟光和末摘花都是丑陋、贫困、有节操、读书、弹琴、穿"裘"衣的女子。除了丑陋之外，这些共同点在"贫士"身上都看得到。"贫士"一般都是男性，孟光可称为"女贫士"。末摘花可以说是继承了丑陋的"女贫士"孟光的特点。

之前已经考察过"下等"女子的设定是从《议婚》的"贫家女"中受到的启发。《议婚》还有孟光的影子。《议婚》是这样描写"贫家女"的："绿窗贫家女，寂寞二十余。荆钗不直钱，衣上无真珠。几回人欲聘，临日又踟蹰。""荆钗"这个词就来自孟光。《蒙求》中有"孟光荆钗"之题。说到孟光，就会想到"荆钗"这个词。徐注本《蒙求》没有提到"荆钗"，古注《蒙求》曰："常荆钗布裙"，《蒙求和歌》云："常以荆枝当发钗，穿粗布制的衣裙。""荆钗"象征着孟光的朴素。

白居易在《议婚》中用了"荆钗"一词，给"贫家女"赋予了安贫乐道的孟光的色彩。对《议婚》的读者来说，"贫家女"就是像孟光一样的贤妻。如果说"雨夜品评"是基于《议婚》写成的话，那么从"贫家女"衍生出的"下等"女子就是以孟光为原型的。夕颜继承了"贫家女"真诚的特点，末摘花则继承了"贫家女"真诚与丑陋的特点。

《帚木卷》的"雨夜品评"掀起了一场对女性的讨论，主要是从白居易的《议婚》中获得了灵感，几个女子的人物造型都受到了以白居易讽谕诗为代表的汉诗文的巨大影响。这对《源氏物语》的读者来说是个很大的启发。也就是说，紫式部针对爱读白居易讽谕诗的读者创作了《源氏物语》。当时的男性并不认可假名文学的正统性，如果不把他们当成首要的读者的话，那么这部作品针对的应该就是对白居易讽谕诗感兴趣的女性，也就是非中宫彰子莫属了。

第二章　如何摄取汉诗文
——与白居易讽谕诗之间的关系

一、《源氏物语》与汉诗文

　　紫式部自幼随父亲藤原为时学习汉文，甚至比哥哥惟规学得更为出色。父亲深深为之惋惜："可惜不是个男儿，真是家门不幸。"据说紫式部进宫后，曾为中宫彰子讲授白居易《新乐府五十首》。《紫式部日记》记载的这些内容，为我们思考《源氏物语》频繁引用汉文学的意义提供了绝佳的资料。本章主要就《源氏物语》如何摄取汉诗文进行考察。首先对研究史进行爬梳。

　　说到研究史，就不得不提到始于藤原伊行《源氏释（伊行释）》（平安朝末期成书）的物语注释。这些注释指出，《源氏物语》中引用的故事和典故大多都来自汉籍。从素寂的《紫明抄》或异本《紫明抄》（作者不详），到四辻善成的《河海抄》，形成了出典论的一个高峰。《河海抄》之后，各方面的研究趋于停滞，幕末的汉学者斋藤拙堂在《拙堂文话》中指出物语草纸多依据汉籍："物语草纸之作，在于汉文大行之后，则亦不能无所本焉"，"《源氏物语》其体本《南华寓言》，其说闺情盖从《汉武内传》《飞燕外传》，及唐人《长恨歌传》《霍小玉传》诸篇得来"。斋藤拙堂主张有必要进行《源氏物语》和唐传奇的比较研究。

　　近代以后，关于平安朝初期以来的日本文学对白居易文学的接受[①]和影

[①]　白居易诗文传来日本是在承和年间（834—848 年）左右。详见太田晶二郎《白氏诗文的传来》（《解释与鉴赏》，1956 年 6 月。又收录于《太田晶二郎著作集》第一册）。

响的研究有了很大进展。水野平次《白乐天与日本文学》（目黑书店，1930
年；后经藤井贞和添加补注解说后复刊，大学堂，1982 年）、金子彦二郎
《平安时代文学与〈白氏文集〉——句题和歌·千载佳句研究篇①》（初版
1943 年；增补再版 1955 年；复刻版，芸林舍，1977 年）、小岛宪之《古今
集以前》（塙书房，1976 年）等研究为阐明《源氏物语》与《白氏文集》之
间的关系打下了牢固的根基。②

川口久雄对平安文学对汉诗文受容进行了综合性的研究，《平安朝日本
汉文学史的研究》③（明治书院，上卷 1959 年，下卷 1961 年）、《西域的虎
——平安朝比较文学论集》（吉川弘文馆，1974 年）、《花之宴——日本比较
文学论集》（吉川弘文馆，1980 年）、《通往〈源氏物语〉之路——物语文学
的世界》（吉川弘文馆，1991 年）等都探讨了《源氏物语》与汉诗文之间的
关联。

此外，现代的《源氏物语》注释也有很多谈到了《源氏物语》与汉文学
之间的关系。如岛津久基《对译〈源氏物语〉讲话》（《桐壶卷》至《贤木
卷》全六卷。1～5 卷，中兴馆，1930—1942 年；1～6 卷，矢岛书房，
1946—1950 年。复刻版，名著普及会，1983 年）、玉上琢弥《〈源氏物语〉
评译》（全十二卷，别卷二卷，角川书店，1964—1969 年）等。玉上琢弥
《所引诗歌佛典》（池田龟鉴编《〈源氏物语〉事典》（下）所收，东京堂出
版，1960 年；合本，1989 年）也便于查阅引用出处。

探讨这一问题的专著有丸山清子《〈源氏物语〉与〈白氏文集〉》（东京
女子大学学会研究丛书三，1964 年）、古泽未知男《从汉诗文引用看〈源氏
物语〉研究》（樱枫社，1964 年）、小守郁子《〈源氏物语〉中的〈史记〉与
〈白氏文集〉》（私家版，1989 年）等。

此外，还有阿部秋生《〈源氏物语〉研究序说》（东京大学出版会，1959
年）、清水好子《〈源氏物语〉论》（塙书房，1966 年）谈到了光源氏贬谪须

---

① 续篇《平安时代文学与〈白氏文集〉——道真的文学研究篇第一册》（1948 年；复
　刻版，芸林舍，1977 年），《增补 平安时代文学与〈白氏文集〉——道真的文学研究
　篇第二册》（芸林舍，1978 年）。

② 最近的研究有近藤春雄《〈白氏文集〉与国文学：〈新乐府〉〈秦中吟〉的研究》（明
　治书院，1990 年）。文献解题有《日本的白居易研究》（"白居易研究讲座"第七卷，
　勉诚社），下定雅弘"战后日本的白居易研究"，新间一美"白居易对日本文学的影
　响研究"。

③ 增补合册再版，1964 年；三订版（上）1975 年，（中）1982 年，（下）1988 年。

磨与周公东迁之间的关系，今井源卫《紫林照径——〈源氏物语〉的新研究》（角川书店，1979 年）论述了光源氏与菅原道真的关系。[①] 藤井贞和《〈源氏物语〉的发端与现在》（三一书房，1972 年；定本，冬树社，1980年）考察了《源氏物语》与中国小说、李夫人故事等之间的关联。笔者也就《源氏物语》与汉诗文之间的关联进行了考察。接下来结合具体事例进行分析。

二、"目を側め"与"侧目"

古注释中记录的出处不过是冰山一角，有必要将文学表现乃至整体的构想都纳入视野当中，从各个角度重新思考《源氏物语》与中国文学的关系。首先要考察的是斋藤拙堂提出的《长恨歌传》中"侧目"的问题。

《桐壶卷》开头写道："就连朝中高官贵族都不得不侧目而视。"（《桐壶卷》11）《紫明抄》注："侧目也，陈鸿《长恨歌传》云，京师长吏为之侧目。"这里既指出"目を側め"源自汉语"侧目"，又提示了该文的出处。《河海抄》则举出了四个"侧目"的例子，《长恨歌传》只是其中的一个例子而已。

与之相对地还有现代的注释。比如岛津氏的《对译〈源氏物语〉讲话》在明确指出"目を側め"源自《长恨歌传》中"侧目"的基础上，还列出《长恨歌》（0596）全文，探讨了《桐壶卷》与《长恨歌》、《源氏物语》各卷与《长恨歌》之间的深刻关联。玉上琢弥在《〈源氏物语〉评释》中也对二者的关系进行了详细的解说。[②]《桐壶卷》开头写的是"朝中高官贵族""侧目而视"（《桐壶卷》11），而《长恨歌传》则是"京师长吏为之侧目"，也就是说"朝中高官贵族"相当于"京师长吏"，两者在表现上是一致的。笔者也认可"目を側め"源自《长恨歌传》这一观点，并在此基础上尝试论证二者在皇上的宠妃（及其族人）受人责难这一点上是相通的。

《桐壶卷》卷首描写了皇上对桐壶更衣的宠爱招来了人们的批评。无论是"出身高贵的妃子"，还是"和更衣同等地位的，或者出身比她卑微的更

---

① 光源氏谪贬须磨与菅原道真等参见拙稿《须磨的光源氏与汉诗文——浮云蔽日月》（载《平安朝文学与汉诗文》）。

② 与玉上氏有关的论文有《〈桐壶卷〉与〈长恨歌〉与伊势》（载《〈源氏物语〉评释（别卷一）〈源氏物语〉研究》，角川书店，1966 年）。

衣"都是满腹怨恨。然而皇上不顾"众口非难",只是一味专宠更衣,就连朝中的达官显贵也为之侧目。这就从单纯的后宫问题逐渐变成了政治家之间的问题。此后,人们又议论说"唐朝就有这种事情,最后弄得天下大乱",将其上升到国家社稷的问题,更有甚者"举出玄宗因迷恋杨贵妃招致亡国之祸的例子来议论"。"侧目"在这些各种各样批评皇帝的描写中,可以说是非常具有代表性的一个词。

《长恨歌传》记载,玄宗宠爱杨贵妃,于是杨家越发专横,出入禁门无人敢问,官吏都为之侧目。也就是说,"侧目"这个词集中体现了人们对杨氏一族的不满,以及对玄宗专宠杨贵妃的非难。这种非难从安禄山之乱爆发一直延续到玄宗逃亡蜀地,以及中途在马嵬赐死杨贵妃,因此具有十分重要的意义。

这一批评的存在不管对于《长恨歌传》还是《长恨歌》来说,都是十分重要的。陈鸿在《长恨歌传》末尾记载了创作《长恨歌》的意图:"意者,不但感其事,亦欲惩尤物,窒乱阶,垂于将来者也。"① 《长恨歌》不仅仅是一部描写玄宗与杨贵妃爱情的故事,也包含了以美色为惩戒,规避祸源的意图。也就是说,《长恨歌》旨在批判和惩戒帝王沉迷女色致使国家陷于动荡。借用白居易的话来说,《长恨歌》也是一部带有"讽谕"性的作品。②

例如,"汉皇重色思倾国"里有"倾国"一词,这个词和"倾城"一样指的是倾覆邦国的绝色美女。美女与乱世被联系到了一起,《长恨歌》的书写重心被放在了"倾覆邦国"上。这样一来就可以理解这个词被放在篇首是为安禄山之乱埋下伏笔。

桐壶帝对更衣过分宠爱,惹得朝廷上下议论纷纷:"唐朝就有这种事情,最后弄得天下大乱。"更衣被形容成祸国殃民的"红颜祸水"。紫式部并不是单纯地将《长恨歌(传)》当作爱情故事加以引用的。桐壶更衣被看作是引发大乱的祸源。皇上对她的过分宠爱是需要被批判的,这种批判使得更衣的立场变得危机四伏,也使得她诞下的皇子光源氏的处境变得不安定。这篇长篇物语设想主人公光源氏是一个才貌双全,但是政治上危机四伏的存在。正是由于在物语中掺杂了政治元素之故,这一构想才得以成立。因此"侧目"一词与物语的构想可谓是息息相关。

---

① 《白氏文集》原文基本据神田本及金泽文库本所录。
② 白居易在给友人元稹的信(《与元九书》)中将自己的诗分为"讽谕诗"、"闲适诗"、"感伤诗"和"杂律诗",并称自己最看重的是"讽谕诗"。

紫式部的讽谕精神是从白居易身上学来的①。这一点我们也可以从紫式部为中宫彰子讲解《新乐府二卷》这件事中看出来，因为《新乐府五十首》是白居易讽谕诗的代表作。

三、《桐壶卷》与《李夫人》

说起《桐壶卷》与《新乐府》之间的关联，首先想到的就是《李夫人》（0160）。这首诗讲述了汉武帝与宠妃李夫人之间的故事，基于《汉书·外戚传》的《李夫人传》写成。《外戚传》讲的是李夫人殒天后，汉武帝将她生前的形象画下来（"写真"的故事），日夜瞻顾，并令方士（道士）焚"返魂香"招夫人魂，夫人魂魄最终消散而去，徒留武帝悲痛难抑的故事。

藤井贞和曾找出了李夫人与桐壶更衣的共同点，并指出更衣的人物塑造有李夫人的影子，共同点有：更衣并不高贵的身份、皇子（光源氏）的诞生、更衣患病的样子、更衣将光源氏托付给皇上、更衣死后皇上的哀叹、皇上看图思念更衣等。②拙稿《李夫人与〈桐壶卷〉》③ 也就这些方面进行了考察，并补充了以下几点。

首先，讽谕诗《李夫人》的意义是题序所说的"鉴嬖惑也"。"嬖惑"意思是宠爱迷恋身份不高贵的女子。诗中写："生亦惑，死亦惑，尤物惑人忘不得。人非木石皆有情，不如不遇倾城色。""倾城"这个词本来是《汉书·外戚传》中李延年要把妹妹李夫人介绍给汉武帝时在歌中唱到的词，与《长恨歌》第一句中的"倾城"相呼应。此外，《长恨歌传》中也有"尤物"这

---

① 关于《源氏物语》和白居易的讽谕诗之间的关联的研究有：太田次男《平安时代白居易文学受容的历史考察（下）［附］平安朝女流与〈白氏文集〉》（载《史学》，33卷1号，1960年12月）、丸山清子《〈源氏物语〉的源泉》Ⅲ "汉文学《源氏物语》与汉诗文——与《白氏文集》的关联"（见《〈源氏物语〉讲座》卷八，有精堂，1972年）、目加田佐久绪《〈源氏物语〉的白居易受容——论讽谕诗》（载《日本文学研究》18号、梅光女学院大学，1982年11月）、阿部秋生《新乐府二卷》（载《国语与国文学》，66卷3号，1989年3月）、近藤春雄《〈白氏文集〉与国文学：〈新乐府〉〈秦中吟〉的研究》等。

② 藤井氏在《〈源氏物语〉与中国文学》（载"讲座日本文学"《源氏物语 上》，至文堂，1978年5月）中再次谈到了李夫人。

③ 参照第一部第一章"李夫人与《桐壶卷》"。

个词。诗中还有玄宗在死后依然思悼杨贵妃的场景："又不见泰陵一掬泪，
马嵬路上念杨妃。"结句"此恨长在无销期"相当于《长恨歌》的结句"此
恨绵绵无绝期"。《李夫人》继承了《长恨歌（传）》的表现①，这首诗与
《长恨歌》想必是被当成一系列以"嬖惑"为戒的讽谕诗来吟诵的。套用
"李夫人"的话来形容《桐壶卷》，就是桐壶帝爱上了倾城"倾国"的更衣
（"嬖"），迷恋不已无法自拔（"惑"）。

　　此外，《长恨歌》和《李夫人》还有一个共同点是对女子亡魂的关注。
《李夫人》焚烧"返魂香"招来魂魄，《长恨歌》也用了这个方法，但是没有
成功，最后方士在蓬莱山找到了变成仙女的杨贵妃。《长恨歌》的"蓬莱山"
一段原本就是以"李夫人"的"返魂香"的故事为原型的。

　　《桐壶卷》命妇造访更衣家一段脱胎于《长恨歌》中的方士赴蓬莱山。
命妇还奏后桐壶帝吟诵的和歌集中体现了他的心情："愿君化作鸿都客，能
以精诚寻芳魂。"（《桐壶卷》27）和歌吟咏了搜寻亡者的魂魄却求之不得的
悲叹。桐壶帝想学习玄宗和武帝找到更衣的魂魄，结果却不尽人意。

　　虽然桐壶帝没能找到更衣的亡魂，却得到了其他东西，那就是更衣之子
光源氏以及肖似更衣的藤壶。这两个人相当于是李夫人的魂魄。《桐壶卷》
对白居易《李夫人》或《长恨歌》的摄取于此可见一端。从桐壶到藤壶，再
从藤壶到若紫，她们之间的相似性被称为"紫色之缘"，这样一种将《源氏
物语》长篇化的方法正是从李夫人的故事中诞生的。此后的"宇治十帖"中
已故大君的替代品浮舟的登场也使用了这种反复替代的方法。② 浮舟登场之
际，李夫人的故事被频频引用绝非偶然。

① 《长恨歌》《长恨歌传》作于元和元年（806 年），《新乐府》是在三年后（809 年）所
　作。

② 三田村雅子《〈李夫人〉与浮舟物语》（载《文艺与批判》，1971 年 10 月。又收录于
　"日本文学研究资料丛书"《源氏物语Ⅳ》有精堂，1982 年）。三田村氏在《源氏物
　语 感觉与论理》中用"替身"这个词说明了《源氏物语》长篇化的方法。此外，第
　一部第三章"梧桐与《长恨歌》《桐壶卷》——从汉文学的角度看《源氏物语》的诞
　生"、第四章《源氏物语》的结局——与《长恨歌》《李夫人》相较"、《日中〈长恨
　歌〉的受容——黄滔〈明皇回驾经马嵬〉与〈源氏物语〉》（载新间一美《平安朝文
　学与汉诗文》）等多次谈到了《李夫人》和《长恨歌》。

四、"帚木三帖"与《新乐府》《秦中吟》

"帚木三帖"(《帚木卷》《空蝉卷》《夕颜卷》）的"雨夜品评"一节，男人们在交换风月之事的经验时谈到了四位女性，其中有三个人与白居易的讽谕诗有关。[①] 左马头讲述"咬手指的女人"(《帚木卷》63) 的故事时的"害怕被外人看见，丢了丈夫面子，处处小心顾虑"和"壁间灯火微明"(《帚木卷》65)，分别出自《上阳白发人》(0131) 的"外人不见见应笑"和"耿耿残灯背壁影"。《紫明抄》《河海抄》曾指出此处出处是《白氏文集》。但是，这里又不仅仅只是对个别诗句的引用，"咬手指的女人"本身就是根据"上阳白发人"的形象进行人物塑造的。《上阳白发人》的题序是"愍怨旷也"，所以诗歌主题是怜悯悲怨的女性。"咬手指的女人"也是一个"怨女"。

此外，藤式部丞口中的"博士的女儿"的故事中，博士举杯对藤式部丞说："听我歌两途。"(原文：わがふたつの途歌ふを聞け)(《帚木卷》75) 这是引用了《秦中吟十首》之一的《议婚》(0075) 的"听我歌两途"。诗中列举了贫家女和富家女两种女子：前者很难结婚，但是结婚后孝顺公婆；后者很容易嫁出去，婚后却轻视丈夫，你要娶哪一种呢？

博士之所以吟诵这句诗，是作为父亲向藤式部丞推荐自己的女儿，她虽然不是富贵人家出身但却是个贤良淑德的好女孩。"雨夜品评"的议论的焦点在于头中将推崇的有钱人家的"中等"女子和左马头推崇的贫困人家的"下等女子"孰优孰劣。这与《议婚》的主题如出一辙，可见《议婚》是其构想的轴心。

纵观"帚木三帖"，"雨夜品评"中的"中等"女子之后化身为空蝉，"下等"女子化身为夕颜登场。一个奔赴远方，一个香消玉殒。光源氏吟诵的和歌"生离死别两茫茫，长恨秋归无觅处"(原文：過ぎにしもけふ別るるも二道に行くかた知らぬ秋の暮れかな)(《夕颜卷》179) 中出现的"二道_{ふたみち}"一词脱胎于《议婚》的"两途"。

头中将口中的"常夏女"(《帚木卷》72) 虽然没有直接引用《秦中吟》，

[①] 参见第三部第一章"《源氏物语》的女性形象与汉诗文——从'帚木三帖'到《末摘花卷》《蓬生卷》"。

但是与《新乐府·陵园妾》（0161）的女主人公有以下这些共同点①：女子遭到正妻妒忌被赶了出去，被丈夫抛弃住进深山，对花垂泪，听风声虫语感伤，秋思等。除此之外，遣词造句也很类似，如"山がつ"与"山宫"，"垣ほ荒る"与"绿芜墙"，"撫子の露"与"雨露之恩"。特别重要的一点是两者都是花容月貌（"花颜"）的美女。《陵园妾》是"颜色如花命如叶"的宫女，"常夏女"则是宛如常夏花般的女子，即后来的"夕颜"。夕颜也是一个貌美如花，命薄如叶的美女。②

五、夕颜与妖狐任氏

光源氏把夕颜带到了某处府院，对她说："你我之中必有一人是狐狸精。"二人隐瞒身份，他们的交往让人联想起狐狸的传说。《河海抄》中为《新乐府·古冢狐》（0169）等诗作注，本书"另一个夕颜——'帚木三帖'与任氏传说"考察了白居易《任氏行》及唐传奇《任氏传》对夕颜故事的影响。③ 虽然没有确凿的证据证明后者传到了日本，但是《千载佳句》等载有前者的逸文④，《新撰万叶集》《新撰朗咏集》深受其影响，可见任氏的故事应该是传到了日本，是平安朝广为人知的妖狐传说。夕颜所具有的"白花"的形象源自"白衣"美女任氏所具有的形象。

《古冢狐》的题序为"戒艳色也"，具有讽谕诗的特点。《帚木卷》中，左马头提醒对风月之事充满好奇的光源氏，要"小心防范轻薄的女子"，这也应当与"戒艳色"的《古冢狐》有关。

---

① 参见第二部第二章"夕颜的诞生与汉诗文——以'花颜'为中心"。

② 夕颜亡故后代替她上场的是末摘花。村井利彦在《末摘花的思想——〈源氏物语〉中的兼济志向》（载《山手国文论考》5，1983 年 3 月。修订后收录于《今井卓尔博士喜寿纪念〈源氏物语〉及其前后》），以及本书第三部第一章谈到了末摘花与《秦中吟十首》的《重赋》之间的关系。

③ 第二部第一章"另一个夕颜——'帚木三帖'与任氏传说"。参见高桥亨《〈夕颜卷〉的表现》（载《文学》，50 卷 11 号，1982 年 11 月）。

④ 第二部第三章"日中妖狐谭与《源氏物语·夕颜卷》——与《任氏行》逸文之间的关系"曾指出，除了《千载佳句》之外，《锦绣万花谷》中也有逸文。

六、白诗、女性与汉诗文

之前我们主要围绕白居易的讽谕诗探讨了《源氏物语》与汉诗文的关系。白居易的新乐府诗大多是以女性为主题①，其中有一些是对女性的处境表示同情的作品，如《上阳白发人》《议婚》《妇人苦》②（0579）等。对紫式部来说，阅读白居易的诗歌也是在反思女性的命运。这种反思成为她撰写《源氏物语》的一大动机。此外，据《紫式部日记》记载，紫式部对其他女官隐瞒了自己爱读汉籍这件事。考虑到《源氏物语》对汉籍的大量引用，该书最大的读者应该就是对新乐府诗感兴趣的中宫彰子了。《源氏物语》并不仅仅只是将汉诗文当作某一场景的表现素材，汉诗文的引用关系到人物的基本造型，乃至整体的构思。今天，我们有必要基于对平安朝汉文学的正确理解，来重新解读《源氏物语》。

---

① 近藤春雄在《〈白氏文集〉与国文学：〈新乐府〉〈秦中吟〉的研究》第四章"五妃曲与国文学"中列举了庆长敕版"白氏五妃曲"。"五妃曲"搜罗了与上阳白发人、李夫人、陵园妾、杨贵妃、王昭君这五个人相关的白诗，"五妃"无一例外地出现在《唐物语》中。这五个人与《源氏物语》相关，借由这些用例可以更好地把握白诗与女性的关联。

② 藤原克己《紫式部与汉文学——宇治大君与〈妇人苦〉》（载《国文论丛》，17 号，神户大学文学部国语国文学会，1990 年 3 月。后收录于《研究讲座〈源氏物语〉的视界——出处与引用》）谈到了《妇人苦》。

第三章 《源氏物语》的表现
与汉诗文
——白居易的讽谕诗与夕颜、六条御息所

一

　　说到《源氏物语》对汉诗文的引用，就不得不提到它与白居易文学之间的关系。特别是紫式部给中宫彰子进讲《新乐府二卷》这件事（《紫式部日记》）更是证明了这一点。这件事不仅证明了《源氏物语》对《新乐府》的借鉴，更是揭示了《源氏物语》与白居易讽谕诗（包括《新乐府五十首》《秦中吟十首》）之间的密切关联。本章主要围绕夕颜与六条御息所这两位女性，试探讨《源氏物语》与白居易讽谕诗之间的密切关联。

　　夕颜的人物造型源自以妖狐任氏为主人公的《任氏行》及《任氏传》。[①]描写妖狐的《新乐府》第四十五首《古冢狐》（0169）称得上是《任氏传》的微缩版，诗中出现了"花颜"这个词（"翠眉不举花颜低"[②]）。拙著曾指出《帚木卷》里的夕颜（也就是头中将曾经的情人"常夏女"）与《新乐府》第三十七首《陵园妾》（0161）之间的关联。[③]《陵园妾》中有一句"颜色如花命如叶"。"花颜"或"颜色如花"这一表述与卷名"夕颜"有很大关

---

① 第二部第一章"另一个夕颜——'帚木三帖'与任氏传说"、第二章"夕颜的诞生与汉诗文——以'花颜'为中心"、第三章"日中妖狐谭与《源氏物语·夕颜卷》——与《任氏行》逸文之间的关系"。此外，《千载佳句》和《锦绣万花谷》收录有《任氏行》逸文。后者参见第二部第三章。

② 《新乐府》诗文据神田本所录。《秦中吟》引用自内阁文库藏《管见抄》。其他白居易诗歌据那波本所录。

③ 第二部第二章"夕颜的诞生与汉诗文——以'花颜'为中心"。

系。本章将对夕颜所属的"下等"阶层进行探讨。六条御息所在《葵卷》的牛车之争中对葵姬怀恨在心，后来变成怨灵要杀死葵姬。本章将阐明这一"怨女"的苦痛主要是从《新乐府》第七首《上阳白发人》（0131）的女性形象中获得的灵感。

二

《帚木卷》的那场"雨夜品评"将女子所属阶层分成上中下三等，分别论述了各个阶层的女性。话题发起人光源氏和头中将属于上流阶层，两人的妻子分别是左大臣之女葵姬和右大臣之女四之君，不用说也知道她们属于上等女子。"雨夜品评"的意义在于讨论除了上等女子之外还有没有好女人。也就是说，中等和下等这两个阶层的女性是主要讨论对象。

一共有四个人参与了讨论，除了光源氏和头中将，还有左马头和藤式部丞。四人之中推崇中等女子的是头中将，推崇下等女子的是左马头。笔者[①]在梳理了发言者和发言内容后发现，向来被认为是左马头说的那段话，其实说话的人是头中将。下面对二人的发言内容进行一一确认。首先头中将推崇中等女子，对下等女子避而不谈。

> 头中将：
>
> 有的女子出身高贵，集万千宠爱于一身，缺点多被遮掩，人们自然都觉得那是个绝代佳人。中等人家的女子则各有千秋。下等人家的女子就不值一提了。

（《帚木卷》49）

这段话又被具体演绎成了以下内容（﹡的部分通常被认为是左马头的话）[②]。

---

① 第三部第一章"《源氏物语》的女性形象与汉诗文——从'帚木三帖'到《末摘花卷》《蓬生卷》"。

② "完译日本古典"（1983 年）、"新日本古典文学大系"（1994 年）、"新编日本古典文学全集"（1995 年）认为这段话是头中将讲的，提出了全新的观点。

头中将：*

还有一种人是"受领"，掌握地方行政，等级属于中等，其中又有上中下之别。从中选拔出中等的女子，正是当今的风潮。还有一种人，既不是公卿，也不是参议，只有四位的爵位。然而世间对他评价很高，本来的出身也不低贱，过着安乐的日子。这样的富足家庭在养育女儿方面可谓是倾其所有，无微不至。这样成长起来的女子中有不少才貌双全的美人，入宫后获得恩宠的例子数不胜数。

光源氏笑道："这样说来等级的划分是以金钱为标准了。"
头中将恨恨地说："这不像是你说的话！"

（《帚木卷》50）

光源氏嘲笑上述发言只重视女性的经济实力。听到自己被人嘲笑，头中将才恨恨地说："这不像是你说的话！"另外，左马头主张从贫困的家庭挖掘女子的价值，刚好和头中将想法相反。

左马头：

令人意外的是，荒凉的蓬门荜舍中有时隐藏着秀慧可爱的女子。想不通这种人物怎么会在这样的地方，让人不能忘怀。

（《帚木卷》52）

他认为"荒凉的蓬门荜舍"中如果能有让人意想不到的佳丽，那才是极具魅力的。通常的观点是将"蓬门荜舍"的女人归到中等一类。然而紧接着，左马头又列举了一种人家的女子："父亲年迈肥胖，兄长面目可憎，本来以为这家的女儿一定不怎么样。谁知这深闺中竟有一位气质高雅的佳丽，才艺即便平平，也让人喜出望外。"藤式部丞还以为他在说自己的妹妹，这样一来又产生了矛盾。藤式部丞是下等阶层的人。大丞的官职是正六位下，少丞是六位上。就连藤式部丞自己也说自己是"下中之下，像我这种微不足道的人，哪里有什么可以讲的呢？"（《帚木卷》75）。可见"蓬门荜舍"的女人应该属于下等。

左马头是宫廷中服侍天皇的中级官吏，官职是从五位上，属于中流阶层的人。上中下三个阶级大致可以分为公卿、"非参议、四位"的殿上人，以及官职比这更低的人。"雨夜品评"的发言者一共是四个男人：两个上流阶层的男人、一个中等阶层的男人和一个下等阶层的男人。也就是说，上流阶层的男人头中将推崇中等女子，中等阶级的左马头推崇下等女子，彼此意见不同，十分有趣。

笔者曾经指出，按经济实力划分中下等女性的议论是模仿了白居易讽谕诗——《秦中吟十首》的第一首《议婚》（0075）。[①]《议婚》中，"富家女"和"贫家女"相继登场，后者被誉为贤妻。《帚木卷》藤式部丞说的故事直接引用了"听我歌两途"这句诗。"她的父母听说了此事，举杯贺道：'听我歌两途。'"（《帚木卷》75）此外，在《夕颜卷》末尾，光源氏的和歌中也用了"二道"："生离死别两茫茫，长恨秋归无觅处。"（原文：過ぎにしもけふ別るるも二道に行くかた知らぬ秋の暮れかな）（《夕颜卷》179）歌中的"二道_{ふたみち}"这个词源自《议婚》的"两途"。

光源氏听到这两种截然不同的意见，深有感触。他首先爱上的是中等女子空蝉。空蝉所住的纪伊守府邸给光源氏以"中等"的印象："左马头所说的中等人家，大概指的就是这种人家吧。"（《帚木卷》83）纪伊守也就是备受头中将推崇的富裕的"受领"。

此外，光源氏还对夕颜很感兴趣，暗中派惟光进行调查。他想："这破烂不堪的小屋大概就是那天左马头他们提到的下等中的下等吧。要是那里有什么意外发现就好了。"（《夕颜卷》129）夕颜就是头中将认为不值一提的下等女子。之前左马头推崇下等女子的话中就用过"意外"这个词，可见是他的一番话引起了光源氏对夕颜的兴趣。

再回过头去看看《桐壶卷》，皇上、大纳言的女儿桐壶更衣、弘徽殿女御、藤壶、左大臣的女儿葵姬、葵姬的哥哥头中将是主要登场人物。按照"雨夜品评"的标准，这些人都属于上流阶层。从登场人物的阶级来看，《桐壶卷》围绕着上流阶层的人展开，而"帚木三帖"则是着眼于中下等女性，空蝉和夕颜的出场则是将中下等女性具体呈现于《物语》之中。

上中下三个阶层一般是按照一家之主的官职和财产来进行划分的。住宅作为财产的一部分也可以用来判定阶层。左马头所说的"蓬门荜舍"因为荒芜所以属于下等之家，纪伊守的家从庭院的流水花草可以看出来，属于典型的中等之家。夕颜住的小屋破败不堪，超出了光源氏的想象。首先，小屋的所在地五条大街"颇脏乱"（《夕颜卷》121）。随从告诉光源氏："这种花都

---

① 古泽未知男在《从汉诗文引用看〈源氏物语〉研究》（1964 年）中提到了《议婚》与"雨夜品评"的关联。

是开在这种肮脏的墙根的。"（《夕颜卷》122）确实，夕颜花就开在"破破烂烂东倒西歪"（《夕颜卷》122）的屋子旁边。八月十五夜的黎明时分，隔壁传来了嘈杂的声音，夕颜为小屋的简陋觉得难为情。"如果是装模作样的人，一定会害羞得要钻进地里去。"（《夕颜卷》140）以头中将的价值观看来，夕颜的居所是"微不足道"（《夕颜卷》129）的。

《夕颜卷》也描写了上等女性六条御息所的住宅，与狭小简陋的夕颜的小屋形成鲜明对比。"六条的府邸里的花草树木与众不同，住处娴静优雅。高雅的六条妃子更是区别于一般女子，光源氏便把那墙根夕颜之事忘了。"（《夕颜卷》127）

此外，宽阔荒芜的"某处府院"也是《夕颜卷》的一个重要舞台。在这一卷中出现了夕颜的小屋、御息所的府邸、"某处府院"这三个住所。可见《夕颜卷》对住所是十分重视的。接下来就《夕颜卷》的住所与汉诗文之间的关联进行考察。

光源氏要去到夕颜小屋那样简陋破旧的住处，需要具备跨越阶级壁垒的世界观。《夕颜卷》卷首，光源氏从帘影间窥见一户人家室内有许多美丽的女人。

> 他看见那户人家的门也是薄板编成的，敞开着。室内很浅，是极其简陋的住宅。他觉得可怜，想起了古人说的"人生到处即为家"，又想：金楼玉屋到头来还不是一样。
>
> （《夕颜卷》121）

"人生到处即为家"出自《古今集和歌集》的"陋室如同金玉屋，人生到处即为家"（卷十八 987・《读人不知》）。《河海抄》注"玉台"时引用了《古今六帖》的"玉屋陋室无常居，蓬门之下度良宵"（3874）。[①] 这两首和歌想要表达的是，所谓家其实只是个临时的居所，只要和心爱的人在一起，即便是住破败的房子也会心满意足，壮丽的宫殿也没有意义。

光源氏觉得"人生到处即为家"，这反映了紫式部的世界观。这一世界观的形成有可能是受到了佛教无常观的影响，但是《夕颜卷》的开头并没有

---

① 紫藤诚也在《〈古今和歌六帖〉与〈源氏物语〉》（寺本直彦编《〈源氏物语〉及其受容》，1984 年 9 月）中指出这首引歌与《夕颜卷》故事的展开有关，并提出"玉かづら"不是"玉鬘"而是"玉葛"。此外，第三部第二章曾提到与蔓草有关的葎、夕颜、玉葛这一连串的概念象征着身份的低贱。

太多佛教色彩，应该是白居易的讽谕诗对其造成了巨大影响。《新乐府五十首》中的第三十九首《杏为梁》（0163）阐述了把家当作临时的住所，不重视"玉台"的思想。全文如下：

杏为梁
刺居处奢也

杏为梁，桂为柱，何人堂室李开府。
碧砌红轩色未干，去年身没今移主。
高其墙，大其门，谁家第宅卢将军。
素泥朱版光未灭，今日官收别赐人。
开府之堂将军宅，造未成时头已白。
逆旅重居逆旅中，心是主人身是客。
更有愚翁念身后，心虽甚长计非久。
穷奢极丽越规模，付子传孙令保守。
莫教门外过客闻，抚掌回头笑杀君。
君不见，马家宅子犹存，宅门题作凤城园。
君不见，魏家宅属他人，诏赎赐还五代孙。*
俭存奢失今在目，安用高墙围大屋。

　　* 自注：元和四年诏，特以官钱，赎魏征胜业里旧宅，以还其后。用奖忠俭也。

　　这首诗抨击了奢华的居所，列举李开府装修了豪华的府邸却无福消受撒手人寰、卢将军的府邸被没收的例子，强调居所对于人来说不过是暂住的地方罢了。其中最引人注目的诗句就是"逆旅重居逆旅中"。"逆旅（客舍/旅馆）"一词依据的是李白《春夜宴桃李园序》的"夫，天地者万物逆旅也"。李白表达的是万物变转无穷尽，时间流逝不停留的意思。白居易在此基础上稍加改动，阐述了天地是万物借宿的旅馆，府邸不过是暂时的居所，装修都是徒劳的观点。下一句"心是主人身是客"意思是装修府邸的人也许心里觉得这个居所永远都归自己所有，实际上他不过是相当于暂住旅馆的客人而已。《杏为梁》宣扬的思想与《夕颜卷》的"人生到处即为家""金楼玉屋到头来还不是一样"有相通之处，后来又被鸭长明的《方丈记》所沿袭。
　　此外，《秦中吟十首》中的第三首《伤宅》（0077）也提到了豪华的府邸。

伤宅

谁家起甲第，朱门大道边。丰屋中栉比，高墙外回环。
累累六七堂，檐宇相连延。一堂费百万，郁郁起青烟。
洞房温且清，寒暑不能干。高堂虚且迥，坐卧见南山。
绕廊紫藤架，夹砌红药栏。攀枝摘樱桃，带花移牡丹。
主人此中坐，十载为大官。厨有臭败肉，库有贯朽钱。
谁能将我语，问尔骨肉间。岂无穷贱者，忍不救饥寒。
如何奉一身，直欲保千年。不见马家宅，今作奉城园。

这首诗和《杏为梁》一样说的是装修豪宅的徒劳。老百姓在水深火热中挣扎，达官显贵却过着奢侈的生活。"厨有臭败肉，库有贯朽钱"沿袭了杜甫《自京赴奉先县咏怀五百字》的"朱门酒肉臭，路有冻死骨"①，强烈批判了权贵无视民众疾苦、纵情享乐的社会现象。诗歌通过列举"马家宅"变为"奉城（诚）园"的例子，阐述了这样的奢华生活不过是暂时的，不能持续千年的道理。唐代贞元末年，马畅将父亲马燧建的府邸献给唐德宗，更名为"奉诚园"，《杏为梁》又作"凤城园"。② 这两首诗里都有"奉诚园"，因此可以将二者合在一起读。

紫式部从这些讽谕诗里感悟到了豪华居所的虚无，因此让上流社会的男性光源氏替自己发声。特别是《伤宅》的"绕廊紫藤架"一句，被《蝴蝶卷》描绘春日风景的"绕廊的紫藤，开得正艳"（《蝴蝶卷》32）所援用。由此可知紫式部对这首诗十分熟悉。《源氏物语》构建了广阔壮丽的六条院，但是并不仅仅只是赞叹庭院的气派，而是着眼于人本身的何去何从。总的来说，《源氏物语》描绘了大宅院的枉然虚无。

白居易还写有一首以大宅为题材的讽谕诗《凶宅》（0004）。

凶宅

长安多大宅，列在街西东。往往朱门内，房廊相对空。
枭鸣松桂树，狐藏兰菊丛。苍苔黄叶地，日暮多旋风。

---

① 白居易从讽谕诗的角度高度评价了杜甫的这两句诗，详见《与元九书》（1486）。
② 神田本作"凤城园"，那波本等刊本作"奉诚园"。

前主为将相，得罪窜巴庸。后主为公卿，寝疾殁其中。
连延四五主，殃祸继相锺。自从十年来，不利主人翁。
风雨坏檐隙，蛇鼠穿墙墉。人疑不敢买，日毁土木功。
嗟嗟俗人心，甚矣其愚蒙。但恐灾将至，不思祸所从。
我今题此诗，欲悟迷者胸。凡为大官人，年禄多高崇。
权重持难久，位高势易穷。骄者物之盈，老者数之终。
四者如寇盗，日夜来相攻。假使居吉土，孰能保其躬。
因小以明大，借家可喻邦。周秦宅崤函，其宅非不同。
一兴八百年，一死望夷宫。寄语家与国，人凶非宅凶。

这首诗批判了人们的任性，将不祥事件归咎于宅院。其中叙述了权倾朝野的权贵容易没落，维续大宅院的困难，这一点与《杏为梁》《伤宅》如出一辙。此外，荒废宅院的描写给人极其深刻的印象。《紫明抄》指出："枭鸣松桂树，狐藏兰菊丛。苍苔黄叶地，日暮多旋风"这几句被《夕颜卷》用来形容"某处府院"。

　　时间已过夜半，风力渐强，松风凄切，怪鸟发出空洞的叫声，想必是枭吧。

(《夕颜卷》153)

对比可知，"某处府院"荒凉可怖的风景援用了《凶宅》的描写。[①] 之前提到《秦中吟十首》中的第一首《议婚》被《帚木卷》援用。光源氏在夕颜的小屋度过了八月十五夜晚，黎明时分听见朝山进香修行的老人们在诵经礼拜，他心想："人生无常，譬如朝露，何苦贪婪地为自己祈祷呢?"(《夕颜卷》143) 这一段引用了第五首《不致仕》(0079) 的"朝露贪名利，夕阳忧子孙"。老人"跪拜起伏，看起来非常辛苦"的样子模仿了《不致仕》中贪恋禄位的老人的形象 ("何乃贪荣者"，"可怜八九十，齿坠双眸昏"，"金章腰不胜，伛偻入君门")。

《夕颜卷》里阐述了光源氏不屑"金楼玉屋"的观点以及否定晚年还执

---

① 　参见中西进《引喻与暗喻——〈源氏物语〉中的〈白氏文集·凶宅〉等》(载《日本研究》，第一集，国际日本文化研究中心纪要，1989 年 5 月。收录于中西进《源氏物语与白乐天》)。他谈及了《蓬生卷》与《凶宅》之间的关联。

着辛苦的观点。这些观点都源自白居易的讽谕诗。"帚木三帖"中还引用过白居易《新乐府》中的《上阳白发人》《陵园妾》等讽谕诗。此外，《夕颜卷》的续篇《末摘花卷》也引用了《秦中吟十首》的第二首《重赋》(0076)。① 由此可知，《源氏物语》对《杏为梁》《伤宅》《凶宅》等诗歌的借鉴绝非偶然。

此外，夕颜在"某处府院"被光源氏追问姓名时，说自己是"渔家子"（《夕颜卷》147）。"渔家子"这个词源自《和汉朗咏集》"游女部"的和歌"白浪拍岸江渚上，漂泊不定渔家子"(727)。"漂泊不定"这个词概括了夕颜这个人物的特征。刚开始的时候，夕颜（常夏女）从头中将身边消失，借住在夕颜花盛开的小屋里。她是一个四处漂泊的女子，玉鬘也继承了母亲的这一特征。这一特征与《夕颜卷》卷首处的"人生到处即为家"（《夕颜卷》121）相呼应。这对把居所当成是临时住处的男女，正是光源氏和夕颜。

"雨夜品评"围绕中下等女子的一番议论，《杏为梁》《伤宅》《凶宅》所提倡的不重视豪宅的精神，正是使得光源氏迈向夕颜小屋的前提。这种精神难道仅仅只是对于夕颜、末摘花、玉鬘的故事来说是必要的吗？与《源氏物语》整体的构想是否有关？

就《物语》整体走向常会让人觉得《物语》应该是以上流社会的人物为中心展开的，其实未必如此。光源氏的母亲是已故大纳言的女儿，除了祖母之外没有任何依靠，算不上是上流社会的女性。就连光源氏最爱的女人也谈不上是"上等"。因此，光源氏了解上流社会之外的世界可以说是《物语》的一个非常重要的前提。"雨夜品评"以及光源氏与空蝉、夕颜之间的故事，在《物语》建构上具有非常重要的意义。

我们不应该将《桐壶卷》《若紫卷》与"帚木三帖"割断，分别来假设《物语》的走向，而是应该将"雨夜品评"视作少女若紫登场的前提。这样一来就使得光源氏获得了跨越上中下三种阶层的视点。选择理想的妻子，正是基于跨越阶级这一视点达成的。葵姬和六条御息所虽然具有高贵的身份这一优势，却没有被光源氏视作理想的妻子。

放到明石姬身上也可以得出同样的结论。她原本只是个受领的女儿，并不适合成为光源氏的妻子。明石姬与她的女儿在《物语》中登场，从中可以

---

① "此时他忽然想起了那个冻得瑟瑟发抖、鼻尖发红的小姐，不禁莞尔。"（《末摘花卷》274）与《重赋》的关联参见第三部第一章"《源氏物语》的女性形象与汉诗文——从'帚木三帖'到《末摘花卷》《蓬生卷》"。

感受到紫式部企图超越身份制度壁垒的精神。这一精神虽然与紫式部自身的出身有一定关系，但是笔者认为白居易的讽谕诗也对其造成了巨大影响。

三

接下来考察的是《源氏物语》对《新乐府》第七首《上阳白发人》（0131）的受容。笔者曾经提到《帚木卷》"雨夜品评"时，"咬手指的女人"的故事中引用了该诗。本节将再次进行探讨。

> 这个女人唯恐自己相貌丑陋被我厌弃，总是精心打扮；害怕被外人看见，丢了丈夫面子，处处小心顾虑。我渐渐习惯和她相处，她的性情也不坏，只是善妒一事，让我难以忍受。
>
> （《帚木卷》62）

"害怕被外人看见，丢了丈夫面子，处处小心顾虑"援用了《上阳白发人》的"外人不见见应笑"。神田本中，本句有好几种读法："外き人には见えず见えば笑ふべし"或"外き人には见えじ见えなば笑はれなむ"。对《上阳白发人》的引用并不仅仅只有这一处而已。左马头与女子吵架，被女子咬伤手指后，又再次去了女子家里，只见她家里"壁间灯火微明，熏笼上烘着柔软的衣服，帷屏高高挂起"。（《帚木卷》65）这里援用了"耿耿残灯背壁影"这一表现。① 现将白居易的《上阳白发人》全诗抄录如下：

上阳白发人
愍怨旷也

天宝五载以后，杨贵妃专宠后宫无复进幸矣。六宫有美色者，辄潜退之别所，上阳人是其一也。贞元中尚存焉。

---

① "背壁"的解释依据是《和汉朗咏集私注》（注"春夜部"）中说"焰方向壁曰背也"。第三部第一章"《源氏物语》的女性形象与汉诗文——从'帚木三帖'到《末摘花卷》《蓬生卷》"曾指出"背壁"是灯台的火焰朝着墙壁使整个屋子变暗的意思。近藤春雄《〈白氏文集〉与国文学：〈新乐府〉〈秦中吟〉的研究》（1990 年，第 372 页）也引用了《和汉朗咏集私注》的观点。

上阳人，红颜暗老白发新。

绿衣监使守宫门，一闭上阳多少春。

玄宗末岁初选入，入时十六今六十。

同时采择百余人，零落年深残此身。

忆昔吞悲别亲族，扶入车中不教哭。

皆云入内必承恩，脸似芙蓉胸似玉。

未容君王得见面，已被杨妃遥侧目。

妒令潜配上阳宫，一生遂向空房宿。

秋夜长，夜长无睡天不明。

耿耿残灯背壁影，萧萧暗雨打窗声。

春日迟，日迟独坐天难暮。

宫莺百啭愁厌闻，梁燕双栖老休妒。

莺归燕至请悄然，春往秋来不记年。

唯向深宫望明月，东西四五百回圆。

今日宫中年最老，天家遥赐尚书号。

小头鞋履窄衣裳，青黛画眉眉细长。

外人不见见应笑，天宝年中时世妆。

上阳人苦最多。

少亦苦老亦苦，少苦老苦两如何。

君不见，昔时吕向《美人赋》*，

又不见，今日上阳白发歌。

＊自注：天宝末有蜜（密）采艳色者，当时号为花鸟使。吕向献
《美人赋》以讽之。

"咬手指的女人"的故事不仅仅有两处援用了《上阳白发人》的表达①，就连该女子的性格也与"上阳白发人"有所关联。"咬手指的女人"的性格特征是幽怨善妒（"非常妒忌"，《帚木卷》62），每回她和左马头吵架都是这

① 中西进《引喻与暗喻——〈源氏物语〉中的〈白氏文集·上阳白发人〉等》（载《日本研究》，第二集，国际日本文化研究中心纪要，1990 年 3 月。收录于中西进《源氏物语与白乐天》）。中西氏指出，左马头去见咬手指的女人那天晚上"夜已深，雨雪纷飞"（《帚木卷》65）化用了《上阳白发人》的"萧萧暗雨打窗声"。

个原因。《上阳白发人》题序为"愍怨旷也",可以将女主人公的性格特征概括为"怨旷"。两者在"怨"上是相同的,但是"怨旷"一词的意思还是有些问题。

"怨旷"被解释为"女子无夫"[①],但也有人将其理解成"怨女旷夫,无夫无妻的成年男女"[②],没有固定的解释。《毛诗·邶风·雄雉序》有云:"《雄雉》刺卫宣公也。淫乱不恤国事。军旅数起,大夫久役,男女怨旷。国人患之而作是诗。"郑笺注:"男多旷女多怨也。男旷而苦其事,女怨而望其君子。"意思是男子征战,思念家中的妻子,女子抱怨丈夫远行。这就是所谓的"怨女旷夫"。中西进指出:"咬手指的女人"身上有"上阳白发人"的影子,一方面《物语》将该女子描写成一个怨妇,另一方面她回娘家后左马头就成了"旷夫"。[③] 然而,如果把"怨旷"理解成"怨女旷夫"的话,又不太适合作为《上阳白发人》的题序。"旷夫"的"夫"其实是不必要的,所以还是应该将其理解成"女无夫"比较好。这一解释见《毛诗正义》孔颖达疏:"此相对故为男旷女怨,散,则通言也。故采绿刺怨旷,经无男子,则总谓妇人也。"《雄雉》的"男旷女怨"是一个并列短语,分开用的时候"旷"与"怨"的意思是相通的。《小雅·采绿》的序云:"《采绿》刺怨旷也。幽王之时多怨旷者也。"这首诗描写了妻子怨恨丈夫不归,独守空房的孤独寂寞。诗中并没有说到男子的"旷怨",全诗都是关于妇人。《小雅·不黄何草》中有"匪兕匪虎,率彼旷野"一句,《毛传》注曰:"旷,空也。"《采绿》的疏解也引用了这句话。也就是说,《上阳白发人》题序中的"怨旷"与《采绿》序一样,都是站在女性的立场表达了对丈夫不在的寂寞怨恨。

颂扬唐太宗善政的《新乐府》第一首《七德舞》(0125)云:"怨女三千放出宫,死囚四百来归狱。"白居易自注:"大(太)宗常谓侍臣曰:妇人幽闭深宫,情实可愍。今将出之任求伉俪。于是令左丞戴胄、给事中杜正伦于

---

① 高木正一《白居易 上》(见"中国诗人选集12",1958 年)。
② 西村富美子《白乐天》(见"鉴赏中国古典十八",1988 年)。铃木虎雄《白乐天诗解》(1926 年)、佐久节《白乐天诗集》中的解读基本相同。
③ 中西进《引喻与暗喻——〈源氏物语〉中的〈白氏文集·上阳白发人〉等》(载《日本研究》,第二集,国际日本文化研究中心纪要,1990 年 3 月。收录于中西进《源氏物语与白乐天》)。

掖庭宫西门，简（拣）出数千人尽放归也。"① 这里的"怨女"与"上阳白发人"是同一立场。

如果这样理解"怨旷"的话，那么《上阳白发人》要表达的中心思想就是对幽闭于上阳宫的宫女无夫的空虚寂寞表示同情。"咬手指的女人"对左马头四处寻花问柳无比怨恨："要忍受你的薄情，虚度年华等着你的归期，这真是太痛苦了。"（《帚木卷》46）虽然妒忌其他女子这一点与《上阳白发人》不同，但是等待薄情的男子的痛苦与"上阳白发人"的"少亦苦老亦苦，少苦老苦两如何"有相通之处。

四

《贤木卷》也援用了《上阳白发人》。六条御息所的女儿斋宫出发去伊势前，进宫向皇上告辞，御息所也一同前往。这一天有很多游览车来瞻观她们的行列。"她十六岁入宫成为皇太子妃，二十岁成了寡妇，今年三十岁，得以重见九重宫阙。她感慨万千，作歌一首：不忍回忆宿昔事，无奈心中悲不尽。"（《贤木卷》136）这一段脱胎于《上阳白发人》的"入时十六今六十"，只是把"六十"改成了"三十"。② 而且，旧抄本中此处的训读非常重要。神田本读作"入りし時は十六、今は六十"，"入"读为"まゐる"，与《源氏物语》一致。这段话前面还有一处也援用了《上阳白发人》的表达。"六条御息乘坐的是轿子"，她回想起当年父亲送她入宫，一心指望她能登上皇后的宝座，还记得当时她坐的也是轿子。此处沿袭了"扶入车中不教哭""皆云入内便承恩"等句。

最重要的是御息所吟诵的和歌中的"昔事"（原文：そのかみ）一词。神田本《上阳白发人》中"忆昔"也读作"そのかみ"。《上阳白发人》中"忆昔"指的是此时被幽禁在上阳宫的宫女回忆起曾经对未来无限憧憬的往昔。御息所当年一定也是满怀希望入宫的。虽然她不愿意回忆，然而还是不可避免地想起了往事。她丧夫十年，又被光源氏抛弃，现在又要离开京城前往伊势，近况十分凄惨。《上阳白发人》和《贤木卷》在充满希望的过去与

---

① 参见西村富美子《白乐天》（见"鉴赏中国古典十八"，1988 年）。白居易于元和四年（809 年）上奏宪宗《请拣放后宫内人状》，建议放出一些宫女。

② 丸山清子《〈源氏物语〉与〈白氏文集〉》（1964 年）。

希望落空的现在形成了强烈的对比这一点上如出一辙。

对比御息所的和歌中的"昔事"和《上阳白发人》的"忆昔"可知，紫式部在描写御息所时参照了"上阳白发人"的不幸遭遇。甚至可以说，紫式部是以"上阳白发人"为原型写了御息所这个角色。以此为前提来揣摩御息所这一人物，更可以找出以下这些与《上阳白发人》的相似之处。

- 御息所早早丧夫，又被年轻的情人光源氏抛弃。相当于是"少亦苦老亦苦"。苦的原因在于无夫的寂寞空虚，即"怨旷"。
- 御息所哀叹自己的年华老去。虽然不至于"六十"，但是"三十"这个岁数已经不能成为光源氏的妻子。上阳白发人的苦肯定也与"老"脱不开关系。
- 御息所在与葵姬的车位之争中惨败，结果只能离开光源氏去了伊势。这与被杨妃妒忌送到远离长安的上阳宫的上阳白发人相似。
- 御息所被描写成一个善"妒"的怨女。上阳白发人也是一个"怨旷"之女，正如"梁燕双栖老休妒"所言，产生了又恨又妒的心理。

此外，中西进还指出野宫一段与《上阳白发人》有相通之处。①

光源氏步入广漠的旷野，只见一片萧条凄清。秋花都已枯萎，杂草丛中响起不绝于耳的虫鸣声，凄厉的松风呼啸。远处断断续续传来了乐声，清艳动人。

（《贤木卷》129）

笔者认为"虫声""松风"合奏、富有趣致的野宫秋景是化用了《陵园妾》的表现。"松门到晓月徘徊，柏城尽日风萧瑟。松门柏城幽闭深，闻蝉听莺感光阴"写出了为皇帝守陵的宫女的孤独感，被紫式部用来描写《帚木

---

① 参见中西进《引喻与暗喻——〈源氏物语〉中的〈白氏文集·上阳白发人〉等》（载《日本研究》，第二集，国际日本文化研究中心纪要，1990 年 3 月。收录于中西进《源氏物语与白乐天》）。

卷》的常夏女和《末摘花卷》《蓬生卷》的末摘花的孤独。^①《上阳白发人》和《陵园妾》都描写了孤独度过四季的女子，六条御息所的人物造型也是基于这两首诗创作出来的。

经过上文的比较分析，可以进一步明确紫式部创作《物语》的表现方法。也就是说，紫式部深刻理解了《上阳白发人》等汉诗所刻画的女性形象，不仅仅只是借鉴女性的外表和状况，而是走进女性的内心深处去尝试理解。从这点来说，紫式部算得上是一个难得一见的《白氏文集》的读者。但是紫式部不只是个读者，她还是一个创作者。她稍稍改换立场，在新的背景下创作出了新的女性形象。她并没有想要抹掉《上阳白发人》等诗歌的痕迹，而是故意予以保留。虽然这让后世的研究者发现了出处之所在，但是她的根本目的在于让文章更具有深度。她依据已确立的汉诗的文学性，将白居易文学改写成日文，赋予了文章全新的文学性。笔者想这就是她创作《物语》的方法。

《紫式部日记》记载，紫式部的同僚女官忌讳女性阅读汉籍。因此，基于白居易的讽谕诗创作出来的这部作品应该不是为这些女官所写的。虽有一条天皇和藤原公任等男性在《紫式部日记》中作为《源氏物语》的读者登场，但是男性也不是其首要的读者。如此想来，《源氏物语》的首要读者可以说非中宫彰子莫属。我们可以推测，《源氏物语》是在紫式部出任彰子的家庭教师后，与讲授《白氏文集》同时间创作而成的。

---

① "八月二十过后，有一天黄昏，天色已晚，月亮还没有出来，天空中只有星光闪耀，夜风拂过松枝发出的声音，催人哀思。小姐谈起往事，不禁流下泪来"和"月亮终于出来了，照亮了这荒宅里的断垣残壁"（《末摘花卷》258）这两段借鉴了《陵园妾》。此外，《细流抄》指出《蓬生卷》中有这样一段文字："这几年来春花秋月你是如何度过的，想必除我之外也无人可以倾诉吧。"（《蓬生卷》78）此处借鉴了《上阳白发人》。

第四章 《新乐府·陵园妾》 与《源氏物语》
——以"风入松"为线索

一

晚秋九月，光源氏去嵯峨野的野宫找六条御息所。"光源氏步入广漠的旷野，只见一片萧条凄清。秋花都已枯萎，杂草丛中响起不绝于耳的虫鸣声，凄厉的松风呼啸。远处断断续续传来了乐声，清艳动人。"（《贤木卷》129）这是一段典型的具有"物哀"之美的景色描写。接下来本章以"松风"这个词为中心，尝试论证"松风吹琴声扬"这一场景的创作源泉。长期以来，野宫一段被认为是化用了斋宫女御徽子以初唐诗人李峤"松声入夜琴"一句为题创作的和歌。

野宫斋宫庚申夜赋"松风入夜琴"[①]

琴声悠悠混松风，借问佳音何处来？

飔飔松风乱琴音，遥想子日拔松根。[②]

（《拾遗集》卷八·杂上·451、452）

---

① 出自《李峤百（二十）咏》的"风"诗："月影临秋扇，松声入夜琴。"参见高岛要《日本古典中的〈李峤百咏〉》（收录于《古典的变容与新生》，1984 年）、黑须重彦《〈源氏物语〉的实相——汉文学的内在化》（1996 年）。

② 《古今六帖》（琴部 3397）、《拾遗抄》（杂部下 514）以及《和汉朗咏集》（管弦部 469）等中也有收录。第三句或作"通ふなり"。

徽子一直被看作是六条御息所的原型。野宫一段显然化用了徽子的和歌，但是两者在场景设定以及整体氛围上还是有所区别的。《贤木卷》将六条御息所描写成一个孤独女性，不信任光源氏的爱，"松风吹"这一自然景色衬托出御息所寂寞的心境。与之不同的是，徽子和歌的意境有别于御息所所具有的孤独感。

贞元元年（976 年）九月，徽子的女儿归子内亲王被选为斋宫，徽子随归子来到了野宫。第二年十月二十七日庚申夜，归子召开歌会，这两首和歌就是当时所作。源顺的《顺集》（121）收录了这场歌会的歌序，详细记述了当晚的情形。[1]

　　贞元元年冬庚申夜于伊势斋宫以"松风入夜琴"为题作歌合，是为序。[2]

　　伊势斋宫秋至野宫，冬日山风渐冷，十月二十七日夜适逢庚申，长夜漫漫无所事事，斋宫遂令御帘内女官于野宫御殿赛和歌，奏丝竹管弦，以"松风入夜琴"为题。深夜山风吹动松林，琴声混入松涛，随风响彻野宫，宛如"风入松"[3]之古调。顺已白头，白雪皑皑不分夏冬；迷妄之心，和歌汉诗均无法抑制。池水浮残菊，耻于沉沦和泉之身；遥望衣笠岗之红叶，羞于侍宴于旁。顺之所言，必为众人所讥。神明垂怜，定将开恩赐福。今书此文，欲将今宵风趣令后人知晓，谨遵主人所言。

　　夜寒松风入琴音，千秋万代贺长生。

---

[1]　《顺集》由《私家集大成》所收的书陵部藏御所本《三十六人集》与书陵部藏《歌仙集》这两本书编撰而成。

[2]　这里的"相合"与徽子第 452 号和歌的"乱松风"都是借鉴了纪长谷雄《风中琴赋》［《和汉朗咏集》（风部 398）、《本朝文粹》（卷一 9）所收］的"入松易乱，欲恼明君之魂。流水不返，应送列子之乘"。参见下一条注释。

[3]　指的是《风入松曲》。《初学记》（乐部）："琴历曰：琴曲有蔡氏五弄……风入松、乌夜啼。"《乐府诗集》（琴曲歌辞四）所收唐僧皎然的《风入松歌》题解："琴集曰：风入松，晋嵇康所作也。"据说《风入松曲》乃嵇康之作。源光行的《百咏和歌》（风）："琴有风入松曲也。言风吹松，作声似鸣琴也。"《百二十咏诗注》（张庭芳注，庆应大学本）："琴有风入松曲也。言风吹松作声似鸣琴也。谢朓诗曰：复此风中之琴也。"源顺想必也是从《百咏》的注释中知道了这首曲子。参见枥尾武《百咏和歌注》（1979 年）以及黑须重彦《〈源氏物语〉的实相——汉文学的内在化》（1996 年）。

时值初冬十月，山风彻骨寒冷，从这段文字中依然能感受到通宵歌会的热闹非凡。源顺虽然耻于年老位卑，却还是想将歌会的盛况如实传达给后人。源顺在序言后作的那首和歌"夜寒松风入琴音，千秋万代贺长生"模仿了徽子的第452号和歌"飕飕松风乱琴音，遥想子日拔松根"。所谓"子日"，指的是正月初子之日，人们会在该日到野外郊游，拔松根据说能够去除邪气，长生不老。

徽子歌"松風の音に乱るる琴のねをひけば子の日の心地こそすれ"中的"ね"一语双关，既表示琴"音"，也表示松"根"；"ひく"则同时表示"弾く"（弹）和"引く"（拔）两个动作。琴声中混入了松风的声音，虽是初冬时节，宴会上仿佛洋溢着初子之日的喜庆氛围。源顺的和歌"夜を寒み琴にしも入る松風は君にひかれて千代や添ふらん"也用了"ひく"这个双关语。两首歌都将寒冷的十月夜晚当成是喜庆的正月。

徽子的和歌"琴声悠悠混松风"虽也吟咏了松风混入琴音的风情，但是却没有描写女性孤独的心境。"松风"本身并不是象征孤独的女子，试举出《红叶贺卷》的例子来说明这一点。

> 高大的红叶林的树荫下，四十名乐人奏起了笛声，松风和着乐声，宛如深山吹来的风一般。光源氏在落叶缤纷中跳起了"青海波舞"，风情万种，妙不可言。

（《红叶贺卷》14）

光源氏在丝竹管弦和"松风"的合奏下翩翩起舞，这里的"松风"并非孤独的象征，而是一种风雅之物。不难想象，紫式部在描写野宫松风呼啸的情景时，除了徽子的和歌之外，还运用了其他素材。

二

《贤木卷》中"物哀"之景的创作源泉不是来自"松风"和"琴"，而是来自"虫鸣"和"松风"。野宫一段过后，光源氏与御息所二人在拂晓时分依依惜别，这一场景中再次出现了"风"和"虫"。

> 此时凉风忽起，松虫乱鸣，即便是无忧无虑的人听到这样的声音也

无法忍受，更何况是这一对妙人，无心作歌赠答。御息所勉强吟道：
"秋别本就无限悲，何况虫鸣更添悲。"

（《贤木卷》133）

　　"风"与"虫"的搭配让人想起白居易的新乐府《陵园妾》中的"松门到晓月徘徊，柏城尽日风萧瑟。松门柏城幽闭深，闻蝉听莺感光阴"。《陵园妾》题序为"怜幽闭"，表达了对被贬来守陵的宫女的深刻同情。寥寥几笔写出了陵园的寂寥。宫女被幽闭于"松门""柏城"之中，听着萧瑟的风声度过漫漫长日。"萧瑟"是用来形容秋风的，语出宋玉的楚辞代表作《九辩》（《文选》卷三十三）的"悲哉秋之为气也，萧瑟兮草木摇落而变衰"①，可以说它是一个象征宫女之悲的词。她的四周环绕着常绿的松柏，在蝉鸣和莺啼中感到岁月的流逝。紫式部将这位听风闻蝉的孤独的女性形象，巧妙地挪用到了野宫的六条御息所身上。②

　　现将《陵园妾》的全文再次列出，原文据神田本《白氏文集》所录。③

陵园妾

怜幽闭也

陵园妾，陵园妾，

颜色如花命如叶，命如叶薄将奈何。

一奉寝宫年月多，春愁秋思知何限。

青丝发落拔黌疏，红玉肤销系裙慢。

忆在宫中被妒猜，因谗得罪配陵来。

老母啼呼趁车别，中官监送锁门回。

山宫一闭无开日，未死此身不合出。

松门到晓月徘徊，柏城尽日风萧瑟。

松门柏城幽闭深，闻蝉听莺感光阴。

---

① 五臣注："翰曰：萧瑟秋风貌。言屈原枉见放逐。其情如秋节之悲。故托言秋之为状而盛述之。"

② 第三部第三章"《源氏物语》的表现与汉诗文——白居易的讽谕诗与夕颜、六条御息所"也提到了这一点。

③ 参见太田次男、小林芳规著《神田本〈白氏文集〉的研究》以及"新潮日本古典集成"《源氏物语8》的附录。

185

眼看菊蕊重阳泪，手把梨花寒食心。

手把梨花无人见，绿芜墙绕青苔院。

四季徒支妆粉钱，三朝不识君王面。

遥想六宫奉至尊，宣徽雪夜浴堂春。

雨露之恩不及者，犹闻不啻三千人。

三千人我尔，君恩何厚薄。

愿令轮转直陵园，三岁一来均苦乐。

凄冷的月光下，秋风萧瑟，孤独的女子听着蝉鸣和莺啼任岁月无情流逝，秋天独自赏菊，春天手把梨花暗自落泪。《手习卷》直接引用了这首汉诗，可见紫式部对陵园妾这一女性形象是很感兴趣的。下面是横川僧都在比叡山山麓的小野劝说浮舟的一段话。

> 僧都说："你在这寂寞的山林之中修行，又有何可恨，有何可耻呢？人生本就是'命如叶薄'的啊。"说罢又吟道："松门到晓月徘徊"，听起来学识十分渊博。浮舟心中感慨自己遇到了一位好法师。这一天整日都刮着大风，僧都说："这种'大风萧瑟'之日，修验者容易落泪。"浮舟心想："我也是个入山修行的人，流泪不止也是正常的了。"

（《手习卷》237）

僧都引用了"命如叶薄将奈何"和"松门到晓月徘徊"，又化用了"尽日风萧瑟"。久保重曾经指出这一段之后的内容也借鉴了《陵园妾》。[1] 据其考证，被大雪困在小野的浮舟的模样以及"头发末端非常美丽，像一把打开的折扇"，"清秀的脸庞，妆容恰到好处，两颊微微泛着红晕"（《手习卷》139）等外貌描写模仿了《陵园妾》的"青丝发""红玉肤"。此外，久保氏还指出手拿"若菜"（《手习卷》243）和"红梅"（《手习卷》244）是借鉴了"眼看菊蕊重阳泪，手把梨花寒食心"的"陵园妾"的人物形象。这一观点值得首肯。此外，中西进也指出了"想是久病之故，浮舟的头发略有脱落"（《手习卷》223）与"青丝发落拔鬓疏"之间的关联。[2]

---

[1] 久保重《浮舟的环境与白诗〈陵园妾〉之间的关联》，载《大阪樟荫女子大学论集》，15 号，1978 年 3 月。

[2] 中西进《源氏物语与白乐天》，1997 年，第 467 页。

《帚木卷》对《陵园妾》的引用虽不像《手习卷》这般直接，但是头中将在谈到他曾经交往过的常夏女时也借鉴了《陵园妾》的表现。[①] 头中将的正妻妒忌常夏女，把她赶了出去。于是常夏女差人给头中将送去和歌与抚子花。

> "山人微贱居荒岭，抚子愿沾雨露恩。"我收到信，惦念起她来，就前去找她。她还是同往常一样殷勤地招待我，只是面带愁容。庭院一片萧条，霜露霏霏，虫声凄鸣，让人想起古代小说里的情景。我赠她一首和歌："千娇百媚无区别，无人堪比常夏花。"我不提抚子花（女儿玉鬘），而是引用古歌"夫妻之床不积尘"之句来安慰她（会常来见她）。于是她又吟道："珠泪万行常盈袖，秋来风摧常夏残。"她表现得若无其事的样子，看起来并非真心怨恨我。

（《帚木卷》72）

正妻妒忌女子、女子被男子抛弃躲进了山里、采花流泪、听到虫鸣风声悲伤不已、秋思等元素都沿袭了《陵园妾》。"垣ほ荒る"与"绿芜墙"、"抚子の露"与"雨露恩"等在遣词造句方面也有很多相似之处，还有一个重要的共同点就是两位女主人公都是花容月貌（"花颜"）的女子。"陵园妾"是一个"颜色如花命如叶"的女子，和红颜薄命的夕颜一样貌美如花。

《源氏物语》反复引用白居易的《长恨歌》，也多次借鉴了其《陵园妾》。《陵园妾》不仅是浮舟和常夏女的人物造型的模板，同时也被用来描写《贤木卷》中的六条御息所。除了"虫"与"风"，两者的状况也十分类似。

御息所来到野宫的主要原因是她与葵姬的车位之争。此外，葵姬的死也导致了光源氏对她的疏远。《陵园妾》写的是女子被其他女人妒忌，被男性遗弃，住进了偏僻的山里，听着秋风虫鸣过着孤独的生活。这与常夏女和六条御息所是一致的。野宫一段在描写一个像"陵园妾"一样孤独的女性时，给《源氏物语》添加了"松风"的背景音，又从"松风"联想到了"琴声"。

---

① 参见第二部第二章"夕颜的诞生与汉诗文——以'花颜'为中心"、第三部第一章"《源氏物语》的女性形象与汉诗文——从'帚木三帖'到《末摘花卷》《蓬生卷》"、第三部第二章"如何摄取汉诗文——与白居易讽谕诗之间的关系"。

三

上一节论述了《陵园妾》被用来表现孤独的女性（特别是听"松风"的女子）。接下来的Ⅰ～Ⅵ列出了《源氏物语》与"松风"相关的各个场景，这些场景也借鉴了《陵园妾》的表现。

Ⅰ《末摘花卷》的末摘花　　Ⅱ《明石卷》的明石姬
Ⅲ《松风卷》的明石姬　　Ⅳ《夕雾卷》的落叶公主
Ⅴ《宿木卷》的中君　　　Ⅵ《手习卷》的浮舟

这些场景的主要特征有：秋日的"松风"吹拂着远离京城的山乡，或是让人联想到山乡的地方；女子没有心爱之人，或是远离爱人孑然一身；"松风"与"琴"有联动关系，两者常常会一起出现；自然风物的"月""虫（蝉）""秋花"也频频登场。接下来对这些特征进行一一论述。

Ⅰ《末摘花卷》的末摘花（八月下旬，荒废的常陆宫府邸）

八月二十过后，有一天黄昏，天色已晚，月亮还没有出来，天空中只有星光闪耀，夜风拂过松枝发出的声音，催人哀思。小姐回忆往昔，不禁流下泪来。命妇觉得这正是个大好时机。光源氏大概是得到她的通知，照例偷偷来到常陆宫。月亮终于出来了，照亮了这荒宅里的断垣残壁。小姐不免触景生情，命妇便劝她弹弹琴。琴声悠悠，颇有趣致。

《末摘花卷》（258）

"月亮还没有出来""月亮终于出来了"写出了月亮的动态。"月"配以"松风"（"夜风拂过松枝发出的声音"）模仿了《陵园妾》的"松门到晓月徘徊，柏城尽日风萧瑟"；"荒宅里的断垣残壁"化用了"绿芜墙绕青苔院"。"回忆往昔，不禁流下泪来"也颇有《陵园妾》的风格。

Ⅱ《明石卷》的明石姬（明石浦）

那些山里人家听到光源氏的琴声和着松声随风飘来，都十分感动。

(《明石卷》275)

"想必是我这个深山修体验者耳钝，把琴声当成了'松风'，胡言乱语罢了。不过我还是想让您听听小女的琴声，不知意下如何。"他说完，大哭了起来。

(《明石卷》277)

这山边的住宅精致幽静，光源氏想："真是个伤春悲秋之所"，心中涌起几分同情。附近有一个"三昧堂"，钟声与松风交响，听起来十分哀怨。岩石上的松树也很有风情。庭院的草丛中传来了唧唧虫鸣。

(《明石卷》289)

明石浦给人印象深刻的风景有岩石上的松树。明石姬边听松风边沉思，并从中领悟了古筝技法。① 四月的某天夜里，光源氏的琴音随着松风一起飘来，令人感动。八月十三日晚，光源氏来到明石姬的住处，钟声与松风相和，草丛中也传来了秋虫的叫声。

Ⅲ《松风卷》的明石姬（秋日大堰山庄，松风吹拂，类似明石的山乡）

她思念故乡，百无聊赖之际，取出当年光源氏送她的那张琴弹了起来。时值深秋，万物衰败，她在僻静之处弹了一会儿，便觉得松风飘来，与琴声合奏。尼君正斜倚着悲叹，听到琴声便起身吟道："改换行头独回乡，松风犹是旧时音。"明石姬答道："思慕故乡弹旧琴，不知何处觅知音？"

(《松风卷》129)

明月当空之时才回到大堰山庄。明石姬知道他想起了那天晚上的事，便取出了那张琴。光源氏顿时感到悲伤难过，便弹奏了一曲。琴音还是和从前一样，想起从前，仿佛历历在目。光源氏吟道："弦音不改

① "从中领悟了古筝技法"指的是《松风卷》中的明石姬长期倾听松风，从中习得古筝的音色。此处模仿了嵇康《风入松》的创作过程。

当年调，恩情不变无转移。"明石姬答道："信守誓言甚宽慰，奈何松风
添泣音。"

（《松风卷》135）

明石姬因为顾虑紫姬，没有进京，暂住在大堰山庄。尼君和明石姬听着
"松风"想念故乡明石。八月十五日之夜，光源氏造访大堰山庄，弹起了他
送给明石姬作纪念的那张琴，并与明石姬吟诗作对。"松风"与琴声的合奏，
带有哭泣之意，表现了明石姬听到"松风"的孤独感。

Ⅳ《夕雾卷》的落叶公主（八月中旬，比叡山山麓的小野）

日已西沉，天色渐暗，浓雾弥漫，山阴顿觉幽暗。蝉鸣四起，墙根
处的抚子花随风摆动，开得正艳，庭院里百花争艳，水声淙淙，山风呼
啸，松涛阵阵。

（《夕雾卷》17）

此时夜色已深，秋风瑟瑟。虫声、鹿鸣与瀑布的流水声相混合，饶
有情趣。即便是愚钝之人，想必也难以入眠。格子窗没有关上，可以窥
见月亮已近山头。此情此景让人流泪不止，感慨万千。

（《夕雾卷》22）

落叶公主被深爱夕雾的云居雁妒忌。文中的"日已西沉""天色渐暗"
是听到"蝉鸣"的前提，完全照搬了《陵园妾》的"闻蝉听莺感光阴"。"日
已西沉""天色渐暗""夜色已深"是"感光阴"的具体表现。"山阴顿觉幽
暗"想必是从"阴"字获得的灵感。紫式部并不只是将"光阴"理解成时
间，还将其解读为光线从明向暗转变的样态。"月亮已近山头"或是化用了
"月徘徊"一词。"墙根处的抚子花"让人联想到常夏女，大概也是从"菊
蕊""梨花""绿芜墙"等联想而来。"山乡墙根""烟雾笼罩的住家"（《夕雾
卷》18）等语句也与"绿芜墙"相似。

Ⅴ《宿木卷》的中君（八月中旬的二条院，比宇治更猛烈的松风）

"他今夜如此狠心地将我舍弃，让人觉得前尘后世都已成空，悲痛
难忍，无法释怀。不过只要是活着或许还有转机。"她想要聊以自慰，

但见"姨舍山的月亮"① 皎皎升空，夜色越深，愁绪越多。平日里总觉得这里松风徐徐，比起宇治山庄来还是悠闲平静的，今夜听起来甚至比柯叶更难听。遂吟诵："松荫山居虽寂寥，未有秋风惹人愁。"如此看来，她恐怕是已经忘记了在宇治山庄的不如意。

（《宿木卷》179）

晚风习习，天色清幽。他原是个风流潇洒的人，此时更是容光焕发。然而中君心中只觉得无限感伤，无法忍受。她听到蝉鸣，格外思念宇治山乡，遂吟道："宇治常闻蝉鸣声，秋暮听来恨此身。"

（《宿木卷》187）

匂宫在八月十六之日夜与右大臣夕雾的六女公子结婚，中君觉得他背叛了自己，于是格外思念家乡宇治。这里的"松风"明明比起宇治山乡听起来更为舒服，今日却觉得格外刺耳。第二天匂宫再赴六条院。"天色清幽"化用了《陵园妾》的"感光阴"，恨听"蝉鸣"则源自"闻蝉"。

Ⅵ《手习卷》的浮舟（秋日小野，比落叶公主的住所更遥远的深山）

小野比从前住的宇治山乡要好得多，水声也很幽静温柔。（中略）这地方比落叶公主母亲所居山乡更来得遥远，依山而建，松树郁郁葱葱，风声凄凉。浮舟每日无事可做，只是诵经念佛，排遣寂寥。尼君在月明之夜弹琴。

（《手习卷》193）

现如今爱弹七弦琴的人日渐稀少，因此反倒觉得她的琴声格外稀罕动人。松风与琴声相和，月色也似乎变得更为清澄皎洁。老尼越发感动，顿时睡意全无，爬起来专心听琴。

（《手习卷》210）

秋夜风声凄厉，浮舟思绪万千，遂吟诗道："粗心不识秋暮趣，百感交集泪沾襟。"月亮出来了，饶有风情。正在此时，白天寄信来的中将来到了草庵。

（《手习卷》217）

---

①　译者注：出处为《古今和歌集》（卷十七·杂歌上 878·《读人不知》）的和歌"更级姨舍山上月，望之我心难平静"。

中将吟道："山乡秋夜何凄凄，愁人可知其中趣？小姐心中想必感慨良多。"（中略）浮舟答道："不知悲喜虚度日，愁人应当是他人。"

（《手习卷》218）

她的头发剪短后，末端松散且参差不齐。

（《手习卷》229）

每当心有愁思，就对着砚台信笔书写。其中有诗云："昔日决绝别人世，今日再欲弃世人。事到如今，一切都已结束了。"话虽如此，心中终归还是感伤无限。又作诗云："昔欲投河了此身，如今重又背世人。"

（《手习卷》230）

这几段反复描写了浮舟在秋暮时分边听松风边沉思冥想的样子。浮舟曾经预想过"春愁秋思知何限"会在她出家后画上句号，然而还是不停地回味这一状况的终结并反复对此进行确认。文中还有很多关于出家后的浮舟的秀发的描写，"末端松散且参差不齐"的头发源自《陵园妾》的"青丝发落拔鬓疏"。

<h1 align="center">四</h1>

第三节围绕"松风"列举了《源氏物语》中的女性形象，特别是山乡秋暮之际，眺望夜空沉思冥想的落叶公主和浮舟身上，被深深打上了《陵园妾》的女性形象的烙印。

"风景"这个词原本是指"风"和"光"。《陵园妾》中既有吹拂松柏林的萧瑟秋风，也有"光"和"阴"（"感光阴"）。此外，徘徊在夜空中的"月"也可以看作是"光"，紫式部没有错过这种"风"和"光"（即风景），创作成了日本式的具有"物哀"之美的风景。紫式部的这种塑造女性形象的方法就是全身心融入白居易的诗歌世界，与《陵园妾》的女主人公产生了心灵的共鸣。

《紫式部日记》记载了紫式部向中宫彰子进讲《新乐府二卷》之事。五十首《新乐府》中，除了《陵园妾》之外，还有很多以女性为题材的诗歌，如《上阳白发人》《李夫人》等。应该说读懂读透白居易笔下的这些女性形象，是《源氏物语》塑造女性形象的第一步，向中宫彰子进讲《新乐府二卷》才是紫式部创作《源氏物语》的最大动机。

第四部

《源氏物语》与白居易
江州时代的诗文

第一章 《源氏物语》与庐山

——《若紫卷》"北山段"之出典考证

序

请问若紫在这里吗？

（《紫式部日记》）

这是当时官任左卫门督的藤原公任在寻找紫式部。

公任通晓和汉诗歌，编撰了《和汉朗咏集》，是平安时代的大文豪。他在此之前［宽弘五年（1008 年）十一月之前］已经读过了《源氏物语》的一部分内容（其中就有《若紫卷》）。公任的这句话带着深深的敬意与亲近感。这是因为这部新的物语吸收了以往和汉文学的精华，向他展现了唯有女性才能写出的内容和文体。那么公任又是如何阅读《源氏物语》的呢？为了弄清楚这一点，有必要以公任或当时的男性知识分子所具备的汉文学知识为基础来阅读《若紫卷》。本章通过考证《若紫卷》中有关北山一段对汉文学的引用，以期对这一问题作出回答。

一

元和十年（815 年），白居易被贬为江州司马。江州位于浔阳江畔，背靠名岳庐山。第二年秋，白居易创作了以"浔阳江头夜送客，枫叶荻花秋索索"①（《新撰朗咏集》钱别部 592）开头的《琵琶行》（0603）。到元和十二年，他又如"兰省花时锦帐下，庐山雨夜草庵中"（《和汉朗咏集》山家部555）所言，在庐山修建了一间草庵（草堂）。《枕草子》所引"香炉峰雪拨帘看"之句也是在这间草庵里创作的，由此也让江州的山水为平安朝贵族所熟知。②

　　白居易在《草堂记》（1472）中描述了庐山草庵，使得我们能够很清楚地了解草庵的状况。《花鸟余情》在注释《若紫卷》时引用了《草堂记》中的一段话：

　　　　不知名的草木
　　　　〔白氏《草堂记》云：杂木异草，盖覆其上。绿阴蒙蒙，朱实离离，不识其名，四时一色。〕

　　《花鸟余情》的这条注释虽然为《湖月抄》所引，但是很少被现代的各类注释引用。不得不说，"杂木异草""不识其名"与"不知名的草木"确实非常相似。试将《草堂记》全文与《若紫卷》北山一段进行比较，可以发现两者除了《花鸟余情》提到的内容之外，其实还存在不少联系。现将《草堂记》抄录如下，方便进行具体的比较。

　　　　匡庐奇秀，甲天下山。山北峰曰香炉峰，北寺曰遗爱寺。介峰寺间，其境胜绝又甲庐山。元和十一年秋太原人白乐天见而爱之。若远行客过故乡，恋恋不能去。因面峰腋寺作为草堂。明年春草堂成。（中略）乐天既来为主。仰观山俯听泉，傍睨竹树云石，自辰及酉应接不暇。俄而物诱气随，外适内和，一宿体宁，再宿心恬，三宿后颓然嗒然，不知其然而然。自问其故，答曰：是居也，（中略）堂北五步，据层崖积石

---

① 引用文献如下，表记方式略有改动。《白氏文集》（主要参见平冈武夫、今井清校订《白氏文集》。校订本中没有的作品及元稹诗参见四部丛刊本）、《庐山记》（《大正新修大藏经》第五十一卷史传部三）、《高僧传》（《大正新修大藏经》第五十卷史传部二）、《法苑珠林》（《大正新修大藏经》第五十三卷事汇部上）。

② 三木雅博在《纪长谷雄的〈山家秋歌〉——白诗享受的一侧面》（《中古文学》，23，1979 年 4 月）中，围绕纪长谷雄的诗歌，就平安时代前期如何摄取"白氏草堂诗"（与庐山草堂有关的诗）进行了论述。

嵌空垤垠，杂木异草盖覆其上。绿阴蒙蒙，朱实离离，不识其名，四时一色。又有飞泉植茗就以烹燀。好事者见可以永日。堂东有瀑布。水悬三尺，泻阶隅，落石渠。昏晓如练色，夜中如环佩琴筑声。堂西倚北崖右趾，以剖竹，架空，引崖上泉脉，分线悬。自檐注砌，累累如贯珠，霏微如雨露，滴沥飘洒，随风远去。其四傍，耳目杖屦可及者，春有锦绣谷花，夏有石门涧云，秋有虎溪月，冬有炉峰雪。（中略）又安得不外适内和，体宁心恬哉。昔永远宗雷辈十八人，同入此山，老死不反。去我千载，我知其心以是哉。（中略）其喜山水病癖如此。（中略）时三月二十七日，始居新堂。四月九日，与河南元集虚，范阳张允中，南阳张深之，东西二林寺长老凑朗满晦坚等凡二十二人，具斋施茶果，以落之。因为《草堂记》。

（1）北山晚春

北山某寺中有一个高僧。

（《若紫卷》183）

时值三月末，京中花事已经阑珊。

（《若紫卷》183）

寺院清净庄严，山峰高耸，岩石环绕，那高僧就住在里面。

（《若紫卷》184）

光源氏走出寺外，眺望四周景色。这里地势很高，可将各处僧舍尽收眼底。一条曲折的坡道下有一间屋子，同样围着篱笆，内有整洁的房屋和回廊，庭院中的树木也富于趣致。

（《若紫卷》184）

光源氏在三月末去北山访问某寺。北山山峰高耸，可以望见僧舍，其中就有僧都所住的草庵。

而白居易是在三月二十七日来到草庵，这间草庵介于庐山"山北"的香炉峰和"峰北"的遗爱寺之间，风景绝佳。所谓"面峰腋寺"，与北山僧都所住草庵的方位非常类似。

（2）池水和瀑布

虽然敝舍也是一间草庵，内有清凉的水池可供您观赏。

（《若紫卷》194）

> 庭院确实风雅，虽然草木与山上并无不同，但是布置得富于趣致。庭院中的池塘上点着篝火，挂着灯笼。

（《若紫卷》194）

> 光源氏内心烦恼之际，雨开始下了起来，山风寒气逼人，瀑布的声音也变得更大了。

（《若紫卷》197）

> 天快要亮了，佛堂里传来朗诵"法华三昧忏法"的声音听起来像是呼啸的山风，庄严无比，又与瀑布的声音交织在一起。

（《若紫卷》201）

僧都草庵里有"清凉的水池"，附近还有瀑布。从夜晚到天明，光源氏都在倾听瀑布的声音。

白居易的草庵内有"飞泉"。他"剖竹，架空，引崖上泉"，分出了"如贯珠""如雨露"般的水流。草堂东侧有瀑布，"昏晓"之际呈现出"练色"，"夜中"可以听到宛如"环佩琴筑声"的水声。

（3）不知名的草木与果实

> 虽然草木与山上并无不同，但是布置得富于趣致。

（《若紫卷》194）

> 不知名的草木花卉五彩斑斓，像锦绣一样铺满了大地。小鹿行走的姿态看起来也很稀奇，不知不觉间忘却了烦恼。

（《若紫卷》202）

> 僧都从谷底挖来世间稀有的果实，热心地讲解。

（《若紫卷》202）

僧都的草庵饶有风情，种满了"草木"，周边点缀着各种"不知名的草木花卉"，"像锦绣一样铺满了大地"，还有"世间稀有的果实"。

正如《花鸟余情》所言，在白居易草堂北面山崖的土堆（"垤埦"）上，覆盖着各种"杂木异草"，绿树成荫，"朱实"缀满枝头，不知其名。春天，"锦绣谷"里繁花怒放。

（4）恢复健康

"身患疟疾"的光源氏在山上各处逛了一整天，在僧都草庵住了一宿后，听到鸟鸣，看到花和鹿，"不知不觉间忘却了烦恼"（《若紫卷》202），恢复了健康。

《草堂记》中的白居易看山听泉，眺望竹树云石，朝夕与美景相伴。在草堂的闲适生活让他"外适内和"，身体安宁，心情恬适（"一宿体宁，再宿心恬，三宿后颓然嗒然"）。

白居易"自问其故"又自问自答，从"答曰"直到"又安得不外适内和，体宁心恬哉"一句都是他给出的答案，其中包括了"杂木异草""不识其名""锦绣谷花"等语句。这些美丽的风景就是白居易"体宁心恬"的原因之所在。这与看到北山"不知名的草木花卉"于是"不知不觉间忘却了烦恼"的光源氏十分类似。

<h1 style="text-align:center">二</h1>

《若紫卷》的北山一段与《草堂记》有上面这些相似点，它与白居易的其他作品是否也有关呢？

比如《大林寺桃花》（0969）云："人间四月芳菲尽，山寺桃花始盛开。长恨春归无觅处，不知转入此中来。"（第二联被收录于《千载佳句》首夏部118 以及《新撰朗咏集》首夏部138）这首诗吟咏了庐山的桃花，令人联想到《若紫卷》卷首描绘的北山春天的风景。

> 时值三月末，京中花事已经阑珊。山中的樱花还开着。进到深山，只见云雾缭绕，饶有风情。

（《若紫部》183）

桃花和樱花，虽然一个是三月末谢，一个是四月才谢，但是在叙述"山寺花开而人间春已逝"这点上是十分相似的。白诗以描写山中残春而闻名，《枕草子》也引用了白诗第一联中的"人间四月"一词。

下面这篇诗序详细叙述了《大林寺桃花》的创作背景。

<h3 style="text-align:center">游大林寺序 （1479）</h3>

余与河南元集虚范阳张允中南阳张深之广平宋郁安定梁必复范阳张特东林寺沙门法演智满士坚利辩道建神照云皋息慈寂然凡十七人，自遗爱草堂，历东西二林，抵化城，憩峰顶，登香炉峰，宿大林寺。大林穷

远，人迹罕到。环寺多清流苍石短松瘦竹，寺中唯板屋木器，其僧皆海东人。山高地深，时节绝晚。于是孟夏月，如正二月天。梨桃始华，涧草犹短，人物风候与平地聚落不同。初到恍然，若别造一世界者。因口号绝句云："人间四月芳菲尽，山寺桃花始盛开。长恨春归无觅处，不知转入此中来。"既而周览屋壁，见萧郎中存魏郎中弘简、李补阙渤三人姓名文句。因与集虚辈叹且曰：此地实匡庐间第一境。由驿路至山门，曾无半日程。自萧魏李游迫今垂二十年，寂寥无继来者。嗟呼名利之诱人也如此。时元和十二年四月九日，乐天序。

白居易踏访的大林寺，清流涓涓，因地处深山而"时节绝晚"①，虽然时值四月但是气候如春，梨花与桃花盛放，与山外是两个世界。《大林寺桃花》这首诗便是创作于此。

诗序写于元和十二年四月九日，这与《草堂记》里记载的草堂落成之日是同一天。而且序中出现了元集虚、张允中、张深之这三个人的名字，以及"自遗爱草堂"的字样，由此可知白居易等十七个人在草堂落成仪式结束后共赴大林寺。

《草堂记》和这篇关于大林寺的诗与序中记载的日期是同一天，因此可以将这些诗看成是一组诗篇。紫式部应该也是这么理解的。光源氏从京城来到了樱花烂漫的北山，白居易到离驿路不到半日路程的大林寺欣赏桃花，两人之行颇有相似之处。

> 光源氏带了四五个亲信随从，天还没亮的时候向北山出发了。
>
> （《若紫卷》183）
>
> 寺院清净庄严，山峰高耸，岩石环绕，那高僧就住在里面。光源氏走进寺内……
>
> （《若紫卷》184）

与白居易同行的有十六个人，光源氏则带着四五个人，他们都来到了繁花盛开的山中。庐山大林寺是一个"山高地深"之所，而北山的某寺院则位于北山"深处"，而高僧的居所"山峰高耸，岩石环绕"。白居易登上香炉

---

① 依据立野春节训点本，"绝晚"读作"はなはだおそし"。

峰，借宿清流环绕的大林寺。光源氏访问高僧，爬上了高峰，住在池水潺潺的僧都草庵。抵达大林寺的白居易看到寺院的"板屋"，遍观"屋壁"。光源氏将各处僧舍尽收眼底，目光停在了围着篱笆的僧都草庵上。

让我们继续追寻白居易的脚步。白居易欣赏过大林寺的桃花后，于四月十日再次回到了遗爱寺的草堂，那天晚上他写了一封信给贬至通州的友人元稹（字微之）。

与微之书（1489）

四月十日夜，乐天白：微之微之，不见足下面已三年矣。不得足下书欲二年矣。（中略）又睹所寄，闻仆左降诗云：残灯无焰影幢幢，此夕闻君谪九江。垂死病中惊起坐，暗风吹雨入寒窗。此句他人尚不可闻，况仆心哉。至今每吟犹恻恻耳。（中略）仆去年秋始游庐山。到东西二林间香炉峰下，见云木泉石胜绝第一，爱不能舍，因置草堂。堂前有乔松十数株修竹千余竿。青萝为墙垣，白石为桥道。流水周于舍下，飞泉落于檐间，红榴白莲罗生池砌。大抵若是，不能殚记。（中略）微之微之，作此书夜，正在草堂中山窗下，信手把笔，随意乱书。封题之时，不觉欲曙。举头但见山僧一两人或坐或睡。又闻山猿谷鸟哀鸣啾啾。平生故人去我万里，瞥然尘念此际暂生。余习所牵，便成三韵云：忆昔封书与君夜，金銮殿后欲明天。今夜封书在何处，庐山庵里晓灯前。笼鸟槛猿俱未死，人间相见是何年。微之微之，此夕我心君知之乎。乐天顿首。

白居易在《与微之书》中提到了两首诗，一首是元稹在通州的病床前听闻白居易被贬江州（元和十年八月）时作的诗。此据四部丛刊本《元氏长庆集》所录。

闻乐天授江州司马

元稹

残灯无焰影幢幢，此夕闻君谪九江。
垂死病中仍怅望，暗风吹雨入寒窗。

白居易经常怀着悲痛的心情吟诵友人的这首诗（"至今每吟犹恻恻耳"）。"暗风吹雨入寒窗"既是元稹听到白居易消息时的实景，又可以看成是他的心像风景。此外，这句诗还写出了草庵中的白居易的心情。继《与微之书》之后他创作的《庐山草堂夜雨独宿，寄牛二李七庚三十三员外》印证了这一点。

庐山草堂夜雨独宿，

寄牛二李七庚三十三员外 (1079)

丹霄携手三君子，白发垂头一病翁。

兰省花时锦帐下，庐山雨夜草庵中。

终身胶漆心应在，半路云泥迹不同。

唯有无生三昧观，荣枯一照两成空。

（颔联载于《和汉朗咏集》山家部 555）

白居易自称"一病翁"，听着夜雨独宿草堂。他常常吟诵元稹的那首诗，想必白居易这首诗中的"病"和"雨"是从元稹诗中获得的灵感。白居易在《与微之书》中提到的另一首诗是他自己的诗作。抄录如下：

山中与元九书，因题书后 (0985)

忆昔封书与君夜[①]，金銮殿后欲明天。

今夜封书在何处，庐山庵里晓灯前。

笼鸟槛猿俱未死，人间相见是何年。

元稹读了《与元九书》和《山中与元九书，因题书后》后，又创作了一首三韵诗来酬答白居易。

酬乐天书后三韵

今日庐峰霞绕寺，昔时鸾殿凤回书。

---

① 汪立名指出白居易写这封信时所写的诗是《禁中夜作书与元九》(0723)："心绪万端书两纸，欲封重读意迟迟。五声宫漏初鸣后，一点窗灯欲灭时。"（第二联载于《千载佳句》晓部 307、《和汉朗咏集》晓部 419）"立名按，元和十二年，公在江州。作书于微之，封题有诗，昔忆封书与君夜，金銮殿后欲明天，今夜封书在何处，庐山庵里晓灯前。即指此书也。"（汪立名《白香山诗集》卷十四）参见佐久节译注"续国译汉文大成"《白乐天诗集》。

两封相去八年后，一种俱云五夜初。

渐觉此生都是梦，不能将泪滴双鱼。

通过整理这些白居易和元稹的诗，可以勾勒出白居易"草庵之夜"的全貌。接下来试比较"草庵之夜"与光源氏在僧都草庵度过的北山一夜。

> 光源氏内心烦恼之际，雨开始下了起来，山风寒气逼人，瀑布的声音也变得更大了。断断续续传来了略带困意的诵经声，就连平日里不感兴趣的人也觉得凄凉。更何况是多愁善感的光源氏，更是不能成眠。说是初夜诵经，其实夜色已深。内屋里的人虽然小心翼翼怕惊扰了别人，但是还是隐约可以听见念珠碰撞矮几的声音。

（《若紫卷》197）

自称"一病翁"的白居易听着夜雨声独宿草堂。光源氏也身患疟疾，听着北山草庵的夜雨声，内心烦恼不已。

元稹的"垂死病中仍怅望，暗风吹雨入寒窗"与"光源氏内心烦恼之际，雨开始下了起来，山风寒气逼人，瀑布的声音也变得更大了"十分相似。此外，正如《酬乐天东南行诗一百韵序》"到通州后，予又寄一篇。寻而乐天贶予八首。予时疟病将死"[1] 所言，元稹所患疾病和光源氏一样都是"疟疾"。

元稹一边听着"暗风吹雨"的声音一边"怅望"，这与一边听着山雨山风一边"多愁善感"的光源氏如出一辙。

对于元稹的这首诗，白居易是这样评价的："此句他人尚不可闻，况仆心哉。"这句话被紫式部化用为"就连平日里不感兴趣的人也觉得凄凉。更何况是多愁善感的光源氏"。

白居易写完信时，不知不觉天已经亮了，"举头但见山僧一两人或坐或睡"。"说是初夜诵经，其实夜色已深"，然而光源氏还是"不能成眠"，此时不知是谁起来了，"虽然小心翼翼怕惊扰了别人，但是还是隐约可以听见念珠碰撞矮几的声音"。"初夜"一词与元稹诗中的"五月初"类似。

---

[1] 《和名抄》注"疟病"："俗云衣夜美，一云和良波夜美。"

天快要亮了，佛堂里传来朗诵"法华三昧忏法"的声音听起来像是呼啸的山风，庄严无比，又与瀑布的声音交织在一起。光源氏吟道："簌簌山风吹梦醒，遥听瀑布泪自流。"僧都答道："君望山水湿襟袖，禅心已惯不动心。想必是我听习惯了吧？"霞光满天，山鸟啼啭。

（《若紫卷》201）

黎明时分，白居易听到了"山猿谷鸟"之声，光源氏也听到"山鸟啼啭"。元稹在《酬乐天书后三韵》中描写了庐峰的云霞（"霞绕寺"），北山的天空也是"霞光满天"。

白居易听到猿啼鸟鸣，想起了万里之外的元稹，"瞥然尘念此际暂生"。他用"尘念"这个词来表达对朋友的思念①，创作了《山中与元九书，因题书后》这首诗。但是在佛教看来"尘念"是应要被否定的。白居易的"唯有无生三昧观，荣苦一照两成空"和元稹的"渐觉此生都是梦，不能将泪滴双鱼"，充分说明了这一点。

光源氏之所以"多愁善感"，"不能成眠"，是因为心中有白居易所说的"尘念"。白居易对元稹、京城的牛二等人萌生了"尘念"，光源氏也对藤壶和偶然窥见的若紫萌生了"尘念"。

光源氏也有必要对此"尘念"进行否定，所以他吟道："簌簌山风吹梦醒，遥听瀑布泪自流。"元稹的"渐觉此生都是梦，不能将泪滴双鱼"中也出现了"梦"和"泪"这两个词。

光源氏之所以从"尘念"的梦中惊醒，是因为听到了"法华三昧忏法"之声。白居易也在"唯有无生三昧观"这句诗中用"三昧"这个词来否定尘俗之念。

三

本节继续列举白居易在草庵周边吟咏的诗歌。

---

① 元稹早在元和五年（810 年）就用过"尘念"或"瞥然"。元稹被贬江陵，给在京城的白居易寄去了《酬乐天八月十五夜禁中独直玩月见寄》一诗："何意枚皋正承诏，瞥然尘念到江陵。"白居易的原诗《八月十五夜诗》（0724）则更广为人知，"二千里外故人心"就出自此诗。远在江陵的元稹读到白诗，心中生起友情的"尘念"。七年后，想起元稹的白居易心中再次萌生了"尘念"。

香炉峰下新卜山居，草堂初成，
偶题东壁，五首（其三）（0977）

长松树下小溪头，班鹿胎巾白布裘。
药圃茶园为产业，野麋林鹤是交游。
云生洞户衣裳润，岚隐山厨火烛幽。
最爱一泉新引得，清冷屈曲绕阶流。

（颔联载于《千载佳句》山居部 992）

"香炉峰雪拨帘看"就出自组诗《香炉峰下新卜山居，草堂初成，偶题东壁，五首》，上面这首诗则是其中的另一首。试将该诗与北山一段进行比较。

"野麋"与"林鹤"是白居易的交游对象，光源氏眼前也出现了行走的"小鹿"（《若紫卷》202）。"云生洞户衣裳润"讲的是身处山涧中的陋室，云雾让衣服变得潮湿。同样，僧都的和歌"君望山水湿襟袖"（《若紫卷》201）说的是僧都草庵附近的山水打湿了光源氏的衣袖。白居易诗中的"岚"相当于《若紫卷》中的"山风"（《若紫卷》202）。白诗中提到了"火烛幽"，僧都的草庵也"点着篝火，挂着灯笼"（《若紫卷》194）。"最爱一泉"凉爽而略带寒意（"清冷"），而僧都草庵的水池也十分"清凉"。

宿西林寺，早赴东林满上人之会，
因寄崔二十二员外（0924）

谪辞魏阙鹓鸾隔，老入庐山麋鹿随。
薄暮萧条投寺宿，凌晨清净与僧期。
双林我起闻钟后，只日君趋入阁时。
鹏鷃高低分皆定，莫劳心力远相思。

"满上人"应该是《草堂记》和《游大林寺序》中提到的"东林寺沙门"智满。傍晚，白居易尾随庐山的小鹿投宿西林寺，约好第二天早上去东林寺见满上人。东林寺与西林寺并称"双林"，日暮时分的西林寺寂寞"萧条"，凌晨却变得无比"清净"。白居易听到钟声后起身，并与僧人邂逅。光源氏听从高僧的建议决定留宿一晚，并约定"明早"（《若紫卷》188）再见。漫漫长夜，寂寞难耐，光源氏在天亮时听到了庄严的"法华三昧忏法"之声，从梦中惊醒。之后，他见到了僧都与高僧，与僧都赠答和歌：

光源氏：

簌簌山风吹梦醒，遥听瀑布泪自流。

僧都：

君望山水湿襟袖，禅心已惯不动心。

对二人来说，这确实是一个"清净"的早晨。

此外，"瀑布的声音""山水"对光源氏来说都有驱除"尘念"之功效。对白居易来说，草庵的泉水也有荡涤心灵的作用。"何以洗我耳，屋头落飞泉"（《香炉峰下新置草堂，即事咏怀题于石上》0303）和"从兹耳界应清净，免见啾啾毁誉声"（《香炉峰下新卜山居，草堂初成，偶题东壁，五首（其二）》0976）都将庐山草庵当成是远离俗世的"清净"之所。

上香炉峰（0962）

倚石攀萝歇病身，青筇竹杖白纱巾。

他时画出庐山障，便是香炉峰上人。

白居易在《游大林寺序》中记述自己登上了香炉峰（"憩峰顶，登香炉峰"），他在诗中称自己为"病身"，同样抱病的光源氏为了散心也登上了北山。

光源氏登上后山，向京城方向望去。只见云雾弥漫，万木若隐若现。他说："这真像是一幅画。住在这里的人想必是心旷神怡了。"

（《若紫卷》185）

白居易和光源氏都把从顶峰眺望的风景比作一幅画。白居易在香炉峰上吟诵道：

登香炉峰顶（0306）

迢迢香炉峰，心存耳目想。终年牵物役，今日方一往。

攀萝蹋危石，手足劳俯仰。同游三四人，两人不敢上。

上到峰之顶，目眩神恍恍，高低有万寻，阔狭无数丈。

不穷视听界，焉识宇宙广。江水细如绳，湓城小于掌。

纷吾何屑屑，未能脱尘鞅。归去思自嗟，低头入蚁壤。

"湓城"是浔阳的城市，相当于北山一段的"京城方向"。浔阳江细得像一根绳子。《若紫卷》中从山顶眺望的美丽风景引出了明石浦的话题。从山联想到海或许会让人感觉有些唐突，但如果能想到北山和明石原本就是一个地方，这一唐突感就不复存在了。光源氏被贬到须磨明石明显是模仿白居易被贬江州。也就是说，《源氏物语·若紫卷》援用了庐山山景的描写，《须磨卷》和《明石卷》则是借鉴了浔阳江水景的描写。从香炉峰峰顶看到的山景和水景被分别用来描写北山和须磨明石。

《须磨卷》再次提到了"如画般的风景"。

> 光源氏的住处很有唐土的风情，清幽如画。"石阶松柱竹编墙"，虽然简单朴素，却也饶有风味。

（《须磨卷》251）

正如"他时画出庐山障"所言，光源氏画下了这美丽的风景，并在《绘合卷》中向众人展示。"石阶松柱竹编墙"出自白居易的"五架三间新草堂，石阶松柱竹编墙"（《香炉峰下新卜山居，草堂初成，偶题东壁，五首（其一）》0975）。①

元十八从事南海，欲出庐山。
临别旧居，有恋泉声之什。
因以投和，兼申别情（0128）
贤侯辟士礼从容，莫恋泉声问所从。
雨露初承黄纸诏，烟霞欲别紫霄峰。
伤弓未息新惊鸟，得水难留久卧龙。
我正退藏君变化，一杯可易得相逢。

（颔联载于《千载佳句》征隐士部986）

白居易的友人元十八（元集虚）奉诏离开庐山时，创作了《恋泉声》。白居易与之唱和，表达了依依惜别之情。元十八表示他醉心林泉，难舍庐

---

① "松"据酒井本《白氏长庆集》第二十二卷所录。四部丛刊本作"桂"。见花房英树《〈白氏文集〉的批判性研究》（第140页）、丸山清子《〈源氏物语〉与〈白氏文集〉》（第77～78页）。

山。白居易则劝他不要因贪恋泉声而违抗皇帝的命令。"烟霞欲别紫霄峰"讲的是元十八即将告别云雾缭绕的庐山紫霄峰。

白居易离开庐山时也写过三首诗。

别草堂三绝句（1095～1097）

正听山鸟向阳眠，黄纸除书落枕前。
为感君恩须暂赴，炉峰不拟别多年。

久眠褐被为居士，忽挂绯袍作使君。
身出草堂心不出，庐山未要动移文 ①。

（第二联载于《千载佳句》别山居部 1008）

三间茅舍向山开，一带山泉绕舍回。
山色泉声莫惆怅，三年官满却归来。

这三首诗和与元十八的唱和诗里都有"黄纸""泉声"这两个词。虽然白居易也对"山泉"声留恋不已，最终还是服从"君恩"离开了庐山。

光源氏离开北山时也对那里的"山水"依依不舍。

京中派人前来迎接，祝贺公子痊愈。宫中的使者也到了。

（《若紫卷》202）

这里的山水风景让我恋恋不舍，只是父皇催我回京，只能就此告辞。

（《若紫卷》202）

因为桐壶帝召见，所以光源氏不得已离开了北山。虽然他"想在这里入山修行"（《若紫卷》194），却必须下山。讽刺的是，光源氏所憧憬的庐山草庵般的生活，竟然在他被贬到须磨之后实现了。

---

① "移文"一词出自《文选》（第四十三卷）的孔稚珪《北山移文》。文章开头的"钟山之英，草堂之灵"用了"草堂"这个词。白居易"草堂"的原型就是这个钟山草堂，钟山又被称为"北山"。作为隐居地的北山因为这篇《北山移文》而名声远播。僧都修建草庵、光源氏心仪的隐居地"北山"的由来也可以追溯到这篇《北山移文》。

除了山水之外，还有一件让光源氏恋恋不舍的事。离开北山时，他作和歌一首："昨夕隐约窥花色，今朝霞起不忍归。"（《若紫卷》204）这首和歌里提到了"霞"，白居易与元十八的唱和诗中也有"霞"这个词（"烟霞欲别紫霄峰"）。"早年薄有烟霞志，岁晚深谙世俗情"（《香炉峰下新卜山居，草堂初成，偶题东壁，五首（其二）》0976）中的"烟霞志"指的是隐居深山的志向。"烟霞欲别紫霄峰"的"烟霞"也是隐居地庐山的象征。

"烟霞"在《若紫卷》中数次出现，非常适合用来形容北山这个隐居胜地的风景。此外，光源氏歌中的"霞起不忍归"化用了《古今和歌集》（卷二春下部130）的和歌"眷恋留春春不住，但见霞起春归去"。这两首和歌均是受白居易"三月尽诗"的影响。[1] 春天结束了，春霞也要离开山里，然而心中充满了对"花色"的不舍，"不忍"离去。《若紫卷》卷首提到"时值三月末"，光源氏的和歌与这一时间设定遥相呼应。以往的注释多将此处的时间理解为"三月下旬"，其实时间可以具体到"三月末日"，"昨夕隐约窥花色，今朝霞起不忍归"可以看成是光源氏四月一日吟咏的和歌。

四

光源氏访问的北山，住着一位医术高明的高僧和一位僧都。白居易修建草庵的庐山也有一位僧人"满上人"。说起庐山，让人联想起以前的一位高僧。

游石门涧 （0300）

石门无旧径，披榛访遗迹。
时逢山水秋，清辉如古昔。
常闻慧远辈，题诗此岩壁。

（后略）

---

① 参见金子彦二郎《平安时代文学与〈白氏文集〉——句题和歌·千载佳句研究篇》、小岛宪之《古今集以前》、小岛宪之《通过四季语——"尽日"的诞生》（《国语国文》46卷1号）、平冈武夫《三月尽——白氏岁时记》（《日本大学人文科学研究所研究纪要》，18号。又收录于平冈武夫《白居易——生涯与岁时记》）等。

《草堂记》"夏有石门涧云"说的就是这个"石门涧",石门涧的石头上写有慧远的诗。慧远是东晋的高僧,住在庐山东林寺,创立了白莲社,是中国佛教的开山祖师之一,深受白居易爱戴。宋朝的陈舜俞《庐山记》(卷一)收录了慧远所著《庐山略记》[①],同书还记载了与慧远有关的事迹,例如慧远拒绝晋安帝不愿出仕的故事。

> 桓玄震主,不觉致敬。[②] 安帝自江陵还都,辅国何无忌劝师候觐。师称疾不行,帝遣使劳问。凡居山三十年,影迹不至尘俗。每送客以虎溪为界。
>
> (《庐山记》卷三《十八贤传·社主远法师》)

据传,慧远以生病为由拒绝出仕,隐居深山三十年,每次送客时都以"虎溪"为界限,绝不过溪。《草堂记》云:"秋有虎溪月。""虎溪"是庐山的名胜,因"虎溪三笑"而闻名。

> 昔远师送客过此,虎辄鸣号。故名焉。时陶元亮居栗里山南,陆修静亦有道之士。远师尝送此二人,与语合道,不觉过之。因相与大笑。今世传《三笑图》,盖起于此。
>
> (《庐山记》卷一)

"虎溪三笑"讲的是慧远送别陶渊明、道士陆修静二人时,三人谈得极为投契,不知不觉越过了虎溪的界限,三人因此相视大笑的故事。慧远的故事对《若紫卷》中高僧和僧都的人物形象产生了影响。

首先,高僧以"年老体衰,不能外出"(《若紫卷》183)为由拒绝了光源氏的邀约,就像是慧远拒绝晋安帝招贤一样。光源氏下山后,向桐壶帝汇报了高僧的高明贤德。桐壶帝对高僧格外重视:"此人可当阿阇梨了。他的道行如此高深,朝廷竟然全然不知。"(《若紫卷》207)这与晋安帝"遣使劳

---

① 木村英一编《慧远研究》"遗文篇"对《庐山略记》进行了注释。此外,庐山的历史参见《慧远研究》"研究篇"中收录的木村氏的论文《中国中世思想史上的庐山》。

② 桓玄逼晋安帝让位后称帝。他也曾求慧远出山,慧远称病没有答应。之后桓玄亲自入山,见到慧远,"不觉致敬"(《高僧传》卷一)。高僧不愿出山,光源氏亲自去北山拜访他,这一行为与桓玄类似。

问"的行为相近。

其次，僧都没有把光源氏送到京城，只在山中相送。他说："贫僧发誓今年不出此山，因此未能远送。就此别过，各自珍重。"（《若紫卷》202）虽然这与慧远"居山三十年"有所区别，但是在"下决心不出山"这一点上是一致的。

再次，光源氏、僧都、高僧这三个人构成了类似"虎溪三笑"的人物关系。虽然三人不是同时发笑，但是都露出了笑脸①。或许紫式部看过《三笑图》。

（高僧）笑容满面　　　　　　　　　　　　　（《若紫卷》184）

（僧都）笑道　　　　　　　　　　　　　　　（《若紫卷》195）

（光源氏）微笑　　　　　　　　　　　　　　（《若紫卷》203）

东林寺的慧远有一个同门师弟——西林寺慧永。白居易在《草堂记》中写道："昔永远宗雷辈十八人，同入此山，老死不反。"他还用"永远"二字来表达对这两位法师的仰慕之情："有期追永远〔晋时永远二法师同隐庐山二林〕②。"（《郡斋暇日忆庐山草堂，兼寄二林僧社，三十韵。多叙贬官已来出处之意》1111）

此外，据说慧永的庵室洋溢着芳香。"又别立一庵室于岭上，每欲禅思，辄往居焉。所居尝有香馥之气，因号香谷。"（《庐山记》卷三《十八贤传·西林觉寂大师》）北山僧都的草庵也有"沁人心脾的香气，佛前的名香也四处弥漫"。（《若紫卷》194）

《庐山记》引用了慧远的《庐山略记》，抄录如下：

释惠远《庐山略记》曰：（中略）众岭中第三岭极高峻。人迹之所罕经也。昔太史公东游，登其峰而遐观。南眺三湖，北望九江，东西肆

---

① 《高僧传·慧永传》（卷六）称赞了慧永高尚的品德："永，贞素自然，清心克己。言常含笑。语不伤物。"《庐山记》（卷三）也引用了这段话。微笑显示了僧人内心清明，不伤害他人的高贵品质。高僧与僧都的微笑也是在暗示二人的德行。

② 四部丛刊本中并无此注。此处据《白香山诗集》所录。此外，这首诗的"先生乌几舄，居士白衣裳。竟岁何会闷，终身不拟忙。灭除残梦想，换尽旧心肠。世界多烦恼，形神久损伤。正从风鼓波，转作日销霜"，讲的是白居易与僧人相对，谈论如何消除烦恼。这首诗让人联想到光源氏与僧都的对话。《若紫卷》中也有"梦醒"（《若紫卷》201）字样。

目，若涉天庭焉。其岭下半里许，有重巘，上有悬崖，傍有石室。即古仙之所居也。其后有岩，汉董奉馆于岩下，常为人治病。法多奇神，绝于俗医。病愈者，令栽杏五林。数年之中，蔚然成林。计奉在民间二百年，容状常如二十时。俄而升举，遂绝迹于杏林。其北岭西崖，常有悬流。（后略）

文中记述了司马迁登山远眺的故事（见《史记·河渠书》）。该故事被白居易登顶香炉峰、光源氏北山眺望所沿袭。此外，《和汉朗咏集》"柳部"中引用了著名的董奉"杏林"的故事："大庾岭之梅早落，谁问粉妆。匡庐山之杏未开，岂趁红艳。"（江纳言《内宴停杯看柳色序》106）《庐山略记》记："董奉馆于岩下，常为人治病。法多奇神，绝于俗医。"董奉住在庐山的岩石下，是一个举世闻名的神医。以医术闻名[①]的北山高僧这一人物设定正是借鉴了董奉的形象。高僧住的地方"山峰高耸，岩石环绕"（《若紫卷》184），也很像董奉的住所。《神仙传》（六）有一篇董奉的传记，记述了他用药丸治疗病人，或是在庐山为身患重病的病人治病的事迹。"后还豫章庐山下居。有一人，中有疠疾垂死。载以诣奉，叩头求哀之"，描写了一个求董奉看病的病人，该病人与找北山高僧治病的光源氏相似。此外，"僧都从谷底挖来世间稀有的果实，热心地讲解"（《若紫卷》202）中的"果实"让人联想起董奉的"杏"。

五

北山一段谈到了明石入道及其女儿，从《物语》的构想来看具有相当重要的意义。在庐山有一个关于庐山之神"庐君"与人类女子结婚的传说。该传说与明石入道的故事十分相似，本节试将二者进行比较。

庐君的故事详见《搜神记》（卷四）、《水经注》（卷三十九《庐江水》），《庐山记》中也有收录。《水经注》所载故事如下：

---

① 高僧不仅会加持祈祷，还会治病救人。道教派的山人学习本草学，采药制药。《田氏家集》（卷上）的《九日侍宴冷然院，各赋山人采药》（19）和《菅家文草》（卷七）的《画屏风松下道士赞六首》（523）也是关于山人道士"采药"的诗。僧都赠给光源氏的药（《若紫卷》203）应该也是在山上采来的。

山庙甚神，能分风擘流，住舟遣使。行旅之人，过必敬祀，而后得去。故曹毗咏云：分风为贰，擘流为两。昔吴郡太守张公直，自守征还，道由庐山。子女观祠，婢指女戏妃像人。其妻夜梦致聘，怖而遽发。明引中流，而船不行。合船惊惧曰：爱一女而合门受祸也。公直不忍，遂令妻下女于江。其妻布席水上，以其亡兄女代之，而船得进。公直方知兄女，怒妻曰：吾何面目于当世也。复下己女于水中。将渡，遥见二女于岸侧。傍有一吏立曰：吾庐君主簿，敬君之义，悉还二女。故干宝书之感应焉。

从前，吴郡太守张公直从任上被召返回，途中经过庐山。他的女儿们去参观神庙，一个侍女指着张公直的女儿开玩笑说让她嫁给神像。结果张公直的妻子晚上梦见庐君来提亲①，非常害怕，于是大家连夜坐船离开。天亮时，船只无法继续航行。一船人都惊慌失措，纷纷埋怨张公直舍不得他的女儿害得全家遭殃。张公直不忍，就让妻子把女儿放入江中。妻子把席子铺在水面上，让已故哥哥的女儿顶替了自己的女儿。于是船又能前进了。张公直这时候才发觉被放下去的是哥哥的女儿，他对妻子发怒："你这样做我还有何脸面见人？"于是他又把自己的女儿也放入水中。船只要靠岸的时候，远远看见两个姑娘站在岸边，旁边还站着一个官吏。他说："我是庐君的主簿。他敬重你的义气，所以将两位姑娘还给你。"干宝把这件事写进了《搜神记》"感应篇"。

（1）父亲的职位

张公直曾是吴郡太守，从任上被召还。明石入道是播磨国的"前任国司"（《若紫卷》186）。

（2）水神的妃子

庐君是庐山的山神，也是庐江的水神。侍女开玩笑说让张公直的女儿嫁给庐君，导致张公直的女儿被父亲沉入水中。明石姬的父亲曾留下遗言："如果我的女儿没有发迹，还不如沉入海底的好。"（《若紫卷》187）光源氏等人听了这番话不禁笑道："这是要当海龙王的皇后啊！"（《若紫卷》187）父亲一般是不会希望女儿和水神结婚的，《若紫卷》与庐君故事的相似令人瞩目。

---

① 《搜神记》（百子全书本）讲的是聘为庐君之子的妻子。

此外，《高僧传·安世高传》（卷一）记载庐山的水神是"大蟒"（大蛇）。同书（卷六）中的《慧高远传》将"巨蛇"叫作"龙"。祈雨时诵的经是《海龙王经》。

> 始住龙泉精舍。（中略）其后少时，浔阳亢旱。远诣池侧，读海龙王经，忽有巨蛇，从池上空，须臾大雨。岁以有年。因号精舍，为龙泉寺焉。

祈雨的慧远与在雷雨中"向海龙王及各路神仙祈祷"（《明石卷》262）的光源氏十分相似。

《安世高传》中的"大蟒"和慧远祈雨的故事均收录于《庐山记》，同书还记述了山神出现在慧远梦中，打雷降雨的故事。

> 时又梦山神，请曰：此山足以栖神。一夕忽又雷雨震击。
>
> （卷三《十八贤传·社主远法师》）

（3）梦中的神谕

庐君出现在张公直妻子梦中，要娶她女儿为妻。明石入道也"梦见一个异样的人让我来到此地"（《明石卷》267），由此推断这是事关女儿的终身大事。此外，光源氏还梦见龙王的使者来找自己。

> 光源氏才刚刚入睡，就梦见一个素不相识的人走进来说："刚才大王召见，为何不应?"便四下搜寻。光源氏从梦中惊醒，心想："这海龙王最爱貌美之人，莫非是看上我了。"心中十分害怕，越发觉得这地方是住不下去了。
>
> （《须磨卷》256）

夜梦、梦中惊醒、逃离现在的居所这些行为，与"其妻夜梦致聘，怖而遽发"，因害怕庐君来娶女儿仓皇出逃的张公直是一致的。光源氏梦见的海龙王的使者，相当于庐君派来阻止船只的使者以及把两个女儿送回来的"主簿"。

（4）父亲与母亲的立场

张公直的妻子一心想救女儿，所以让哥哥的女儿顶替自己的女儿，而张公直则主张把自己的女儿送给海龙王。明石入道只想让女儿攀上高枝，不得志时就留下遗言让女儿"沉入海底"（《若紫卷》187），妻子无法理解他的想法，对此持反对意见。

（5）面目

张公直得知妻子让哥哥的女儿顶替了自己的女儿，生气地说："吾何面目于当世也。"照这样下去一船人就无法返京，于是他把自己的女儿放入水中，坚守自己的道义。明石入道在播磨国不受爱戴，他感叹"教我有何面目再回京城"（《若紫卷》186），就此留在了明石。这些相似的言论说明了两人的顽冥不化，也可以说顽固的明石入道继承了张公直注重道义的性格特征。而也正是这种性格救了张公直女儿和亡兄女儿的性命，也让明石姬成功嫁给了光源氏，因此可以说是非常重要的性格设定。

（6）船只行驶

庐君掌控风向和水流，能够自在地操纵船只。明石入道派人来接光源氏，好像刮来一阵神风，将光源氏的船飞也似的吹到了明石浦。当然，这里的水神指的是住吉神，庐君所具有的水神特征被《源氏物语》分别用于海龙王和住吉神这两尊神明身上。

（7）与神像结婚

庐君的故事与明石入道的故事之间有很多共同点。《若紫卷》中还有一处与庐君的故事有关。

> 那女童虽然年幼，也爱慕光源氏的美貌。她说："这个人比父亲还好看呢。"侍女们说："那你就做了他的女儿吧！"她点点头，心想："如此甚好。"此后无论是玩玩具还是画画，都会假定一个"源氏公子"，给他穿上美丽的衣服，用心爱护他。
>
> （《若紫卷》206）

在这一段中，侍女开玩笑让若紫当光源氏的女儿（结果两人成了夫妻）。若紫在玩玩具时把光源氏当作父亲（或者丈夫）。张公直的女儿和庐君的婚事同样源自侍女开的玩笑。侍女让张公直的女儿和庐君的"像人"结婚，结果玩笑成真，演变成了足以左右张家命运的大事。侍女给若紫建议，于是若紫和人偶做起了游戏，后来她真的嫁给了光源氏。这个人偶游戏为若紫将来的婚姻埋下了伏笔，具有非常重要的意义。

六

　　白居易诗歌的流行使得庐山风光为平安时代的人们所熟知。菅原道真的《菅家文草》卷五中有五首以神仙为题材的屏风诗（386～390），作于宽平七年（895 年）。序言记载这五首诗是为源能有五十大寿宴席上摆设的屏风画而创作的。纪长谷雄选择了适合寿宴的题材"灵寿"，分别由巨势金刚作画，菅原道真作诗，藤原敏行书写。序言末尾记："若不详录，难可得意。题脚且注本文，他时断其疑惑。"道真为了写清楚诗歌的由来，在题脚加上了"本文"（即"出处"）。五首诗的诗题分别为《庐山异花诗》《题吴山白水诗》《刘阮遇溪边二女诗》《徐公醉卧诗》《吴生过老公诗》。除了第一首《庐山异花诗》之外，他分别引用《列仙传》《幽明录》《异苑》《述异记》在题脚做了注释。其中，《吴生过老公诗》的题脚为："《述异记》曰：庐山上有三石梁（后略）。"可见这是一首与庐山有关的诗。五首诗中一共有两首与庐山有关（还有一首是《庐山异花诗》），这两首诗以及屏风画的存在说明庐山以神仙之山闻名于世。

　　此外，川口久雄在注释《庐山异花诗》时指出，题脚"不知为何脱落"，出处不详（"日本古典文学大系"《菅家文草》）。事实上，《法苑珠林》所引《述异记》中的一段可以看作其出处：

> 　　《述异记》曰：昔有人，发庐山采松。闻人语云：此未可取。此人寻声而上，见一异华。形甚可爱，其香非常，知是神异，因掇而服之，寿三百岁。

（《法苑珠林》第三十六卷 · 华香篇三十三）

庐山异花诗 （386）

何处异花触目新，庐山独立采松人。
烟霞不记谁家种，水石相逢此地神。
吹送馨香风破鼻，荞来筋力气关身。
一餐算计前程事，珍重童颜二百春。

虽然"三百"与"二百"不同①，但是《述异记》与道真诗基本一致。《述异记》的这段话应该就是庐山"异花"的出处。

川口氏推测"异花"出自《草堂记》中的"异草"。《草堂记》云："杂木异草盖覆其上。绿阴蒙蒙，朱实离离，不识其名，四时一色。"陈舜俞《庐山记》（卷一）所引《旧录》中也有"异草"一词。"由天池直下山十五里，同名锦绣谷。《旧录》云：谷中奇花异草，不可殚述。三四月间，红紫匝地，如被锦绣。故以为名。"庐山的某个山谷，三四月间长满了"奇花异草"，万紫千红，如同锦绣一般盖满了山谷，因此被称为"锦绣谷"。

白居易《草堂记》中"春有锦绣谷花"的"锦绣谷"一词来自《旧录》，谷中的"花"就是"奇花异草"。《草堂记》写于"三四月间"，白居易想必目睹了这些"奇花异草"。

因此，《草堂记》中的"异草"一词沿袭了《旧录》中的"奇花异草"。"奇花"与"异草"是近似词。川口氏的注释把道真诗的"异花"和《草堂记》中的"异草"联系在了一起，应该说是基本正确的。

《庐山记》继续写道："今山间幽房小槛往往种瑞香，太平观东林寺为盛。其花紫而香烈，非群芳之比。始野生深林草莽中，山人闻其香，寻而得之栽培。数年则大茂，今移贸几遍天下，盖出此山云。"文章称"奇花异草"为"瑞香"（沈丁花），先是山人闻到了花香，种于庐山中的"幽房小槛"，后来遍布天下。

《清异录》（《说郛》第六十一卷所引）中有一个关于"瑞香"的故事："庐山瑞香花。始缘一比丘昼寝磐石上，梦中闻花香烈酷不可名，既觉寻香求之，因名睡香。四方奇之，谓乃花中祥瑞，遂以瑞易睡。"传说庐山有位僧人昼寝时于梦中闻到一股浓烈的花香，醒后找到花株，并命名为"睡香"。后来又改成"瑞香"。"瑞香"和《述异记》的"异华"都是被一个男子在山中闻到浓烈的香味后找到的。《述异记》的"异华"、道真诗的"异花"及《旧录》中的"奇花异草"应该指的都是瑞香花。

此外，川口氏还列举了一首南朝梁江淹的诗作为庐山灵草的例子。"瑶草正翕艳，玉树信葱青。"（《文选》卷二十二《从冠军建平王登庐山香炉峰诗》）诗中的"瑶草"是一种仙草。李善注："瑶草玉芝也。本草经曰：白

---

① 有别传显示不是"三百"而是"二百"。慧远的《庐山略记》记载董奉在民间"二百年"，容貌看起来像是二十岁。也有版本作"三百""三十"，如《神仙传》（卷六）记："奉在人间三百余年乃去。颜如三十时人也。"（说库本）

芝一名玉芝。""异草""异花""奇花""瑶草"这些词都用于神仙居住的庐山。

《若紫卷》将少女若紫称为"嫩草""碧草",相当于"异草""瑶草"。

尼姑：
蓬上露晞人逝后，萋萋嫩草无所依。
侍女：
嫩草青青何能久，不料蓬上露先晞。

（《若紫卷》191）

光源氏：
窥得碧草芳姿后，羁人袖中泪未干。

（《若紫卷》198）

光源氏：
野边碧草早摘取，孤根暗连紫草根。

（《若紫卷》220）

长期以来，"嫩草""碧草"都被认为源自《伊势物语》第四十九段。此外，上代以来，"嫩草""碧草"也是妻子和恋人的比喻。

中国也有将草比作女性的例子。以下这句摘自《文选》的诗中也有"瑶草"一词。这首诗与《香炉峰诗》同为江淹的作品。

君结绶兮千里，惜瑶草之徒芳。

（《文选》卷十六《别赋》）

这首诗描写了与丈夫离别的妻子，徒然芬芳的"瑶草"被比作独守空闺等候丈夫归来的妻子。李善注："宋玉《高唐赋》曰：我帝之季女名曰瑶姬，未行而亡，封于巫山之台。精魂为草，寔曰灵芝。《山海经》曰：姑瑶之山帝女死焉。名曰女尸，化为䔽草。其叶胥成，其花黄，其实如兔丝，服者媚于人。郭璞曰：瑶与䔽并音遥，然䔽与瑶同。"李善注引用的宋玉《高唐赋》与载于《文选》卷十九的《高唐赋》内容上稍有不同[①]。"且为朝云、暮为

---

① 小尾郊一在注释《高唐赋》（"全释汉文大系"《文选（二）》） 时指出了这一异同。

行雨"的巫山神女是葬于巫山的"瑶姬"的化身，其精魂变成了草。《山海经》传说姑瑶之山的帝女死后化为"䔄草"，"䔄"与"瑶"相同。由上可知，"瑶草"是已故女性的化身。这就是《别赋》中将妻子比作"瑶草"的由来。

白居易也吟咏过"瑶草"：

出山吟（0293）

朝咏游仙诗，暮歌采薇曲。

卧云坐白石，山中十五宿。

行随出洞水，回别缘岩竹。

早晚重来游，心期瑶草绿。①

出山之际，白居易对"瑶草"百般留恋，希望能在绿水青山的时节再次来到庐山，见到"瑶草"。白居易诗中的"瑶草"也有可能是出自江淹的《香炉峰诗》，但是参照《别赋》的例子，就能将最后一句话理解成期待与心爱的女子重逢。

《游大林寺序》也有关于"草"的描写。"山高地深，时节绝晚。于时孟夏月，如正二月天。梨桃始华，涧草犹短，人物风候与平地聚落不同。"大林寺的春天来得较晚，四月还是像正月二月的天气，梨花和桃花终于绽放，谷底的绿草才刚刚长出来。把这青青的"涧草"与"瑶草"结合在一起，就能联想起北山的"嫩草"。

野边碧草早摘取，孤根暗连紫草根。

（《若紫卷》220）

念念不忘"碧草"的光源氏，正如同样执着于"瑶草"的白居易。白诗中的"早晚"与光源氏和歌中的"早"字相通。

"三月末日"的北山樱花盛开。文章里出现了"嫩草"这个词，说起来在季节上是有些矛盾的。如果说紫式部在创作北山一段时参考了《游大林寺序》的"梨桃始华，涧草犹短"的话，这个问题也就迎刃而解了。

---

① 观智院本《类聚名义抄》将"早晚"读作"イツカ"，将"期"读作"チギル"。

宋玉的《高唐赋》传说中"瑶草"是"瑶姬"的化身。少女若紫（"嫩草"）也可以看作是藤壶（"紫草"）的化身。

接着再来看看"异花（异华）"与"嫩草"的关系。尼姑吟咏和歌"萋萋嫩草无所依"，侍女答"嫩草青青何能久"。对她们来说，"嫩草"（少女若紫）前途未卜，不知道她会在哪里长大。光源氏更是连"嫩草"的身世都不明了。他偶然间窥见了若紫，发现她肖似藤壶，于是念念不忘。光源氏心想："多么美丽的女孩啊！她究竟是谁？真想让她代替那个人，日日夜夜陪伴在我身边，聊慰我心。"（《若紫卷》192）《清异录》中的"瑞香"和《述异记》的"异华"一开始都长在不为人知的地方。《庐山记》中"始野生深林草莽中"，道真诗云："烟霞不记谁家种"，都与"嫩草"的身世相仿。

道真《庐山异花诗》"烟霞不记谁家种"中的"烟霞"就是本章第三节中提到的庐山的"烟霞"。"嫩草"也是在"日暮烟霞朦胧"（《若紫卷》189）中登场的。踏访北山的男子（光源氏）发现了"嫩草"（少女若紫）。光源氏觉得这是被梦境引导："住在这里的究竟是什么人？我曾经做过一个奇怪的梦，想要向你打听此事。没想到今天真的应验了。"（《若紫卷》194）

《述异记》的"异华"、道真诗的"异花"和《庐山记》的"瑞香"都是被男子偶然发现的。而且《清异记》是在梦中就闻到了"瑞香"浓烈的芬芳。光源氏说他要打听梦中人，之后他又"越发想要找到与藤壶有血缘关系的那个孩子"（《若紫卷》220），可见"嫩草"是被光源氏找到的。而"异花"和"瑞香"也是被人找到的。《述异记》云："此人寻声而上。"《清异录》云："既觉寻香求之。"《庐山记》云："山人闻其香，寻而得之。"

光源氏说自己想把"嫩草"带走，尼姑以若紫年幼为由委婉地拒绝了他："此儿年幼无知，更事未多，不敢贸然答应公子。"（《若紫》201）《述异记》记述采松人听到有人说："此未可取。"以"异华"还不能采摘为由来制止采松人，这听起来和尼姑的话非常相似。

"嫩草"肖似藤壶，是一个"美丽的女孩"。《述异记》中的"异华"也十分美丽（"见一异华，形甚可爱"）。光源氏吟咏和歌："野边碧草早摘取，孤根暗连紫草根。"（《若紫》220）对他来说，"嫩草"是可以采摘的。《述异记》的"异华"也被摘走了（"因掇而服之"[1]）。

---

[1] "因掇而服之"读作"因りて掇みて之を服す"。将"掇"读作"ツム"是参考了《名义抄》的读法。

离开北山的光源氏作和歌一首："昨夕隐约窥花色，今朝霞起不忍归。"（《若紫》204）这里的"花"指的是北山盛开的"山樱"，也是少女若紫最初给人的印象。后来，她长成了一个喜爱春天的女子。

如前所述，山樱带有《大林寺桃花》中的"桃花"的特点。然而，若紫被称为"嫩草"，北山开满了"不知名的草木花卉"。这样想来，"昨夕隐约窥花色，今朝霞起不忍归"这首和歌中的"花"，应该是由道真写入诗中、句势金刚画入画中的庐山"异花"联想而来的。无论是"采松人"还是光源氏都没有错过"烟霞"弥漫中"隐约"可见的神秘花朵。

《若紫卷》还有一处与"异花"有关。在下面两首和歌中，光源氏分别被称为"优昙华"和"花颜"①。

僧都：
一心静待优昙华，深山野樱不足观。
高僧：
深山松扉今开启，今朝有幸拜花颜。

（《若紫卷》203）

《若紫卷》中出现了"花颜""不知名的草木花卉""世间稀有的果实"，由此可知北山被描绘成一座非日常的仙山。这座像庐山一样的仙山中的"花"，可以说非常接近道真诗中的"异花"。

之所以吟咏"优昙华"，一方面是因为这是僧都的和歌，另一方面也因为《竹取物语》里有相关用例。辉夜姬让五个求婚者之一的车持皇子取来"蓬莱玉枝"。皇子绘声绘色地描述了蓬莱山的风光："我绕着山周围走，看见许多世间没有的奇花异树。黄金白银琉璃色的水从山中流出来。河上的桥是玉做的。周围长有发光的树。我从中折下一枝来，虽然算不上特别出色，但是与您提的要求相符，我就把那花枝折了回来。"据他描述，蓬莱的树木是"世间没有的奇花异树"，他把其中的一枝花折下带了回来。人们把他带来的"玉枝"称为"优昙华"（"车持皇子拿着优昙华回来了"）。"优昙华"被认为是罕见的异界的花（异花）。

---

① 原文为"花の颜"。该词源自汉语"花颜"。第二部第一章"另一个夕颜——'帚木三帖'与任氏传说"和第二章"夕颜的诞生与汉诗文——以'花颜'为中心"探讨了这个词与"夕颜"的关联。

北山忽然出现的"花"也被称为"优昙华"。这是人们对光芒四射、玉树临风的光源氏的赞美之辞。如果把北山看成庐山般的仙山,"优昙华"这样夸张的表现也就不会显得不自然了。

庐山的"异花"指的是"瑞香"的话,就可以发现"异花"与"紫"之间的关联。《庐山记》描述瑞香花是一种紫色的花("其花紫而香烈")。《清异录》记述:"庐山僧舍有麝囊花一丛。色正紫,类丁香,号紫风流。江南后主诏取数十根,植于移风殿,赐名蓬莱紫。"庐山的麝囊花被称为"紫风流",江南后主将它移植到宫中,取名"蓬莱紫"。同书引用了宋朝张翊的《花经》,《花经》将花卉按品质高低分成"九品九命",最高等级为"紫风流",又名"睡香"。也就是说这些花全部都指的是"瑞香"。宋朝有可能大力宣扬"瑞香"是来自庐山的紫色名花。在与"紫草"有血缘关系的"嫩草"身上,难道不能发现紫色瑞香花的踪影吗?

七

紫式部对《白氏文集》的理解要比我们想象的深刻得多。她将白居易某日某时的行为详细地记在脑中,并将其改头换面地写进了《物语》之中。白居易在《草堂记》中描写了庐山风光:"春有锦绣谷花,夏有石门涧云,秋有虎溪月,冬有炉峰雪。"紫式部在翻阅白居易的诗歌及其他汉籍(包括类书)时,"锦绣谷花""石门涧云""虎溪月""香炉峰雪"等庐山美景便一一浮现在了她的脑海中。

《草堂记》中的"草"或是"草庵"的"草",都是不知名的"杂木异草"中的"异草"。白居易的庐山"草庵"究竟长着什么样的草呢?这些草都是"异草",与菅原道真笔下的"异花"性质相同。这样一来,北山僧都草庵的样子也就变得清晰起来。

僧都不是使用"草庵"这个词,他将自己的僧舍叫作"草のおんむしろ"(《若紫卷》193)、"柴の庵"(《若紫卷》194),这些称呼其实与"草庵"是一样的。"草庵"中的"嫩草"就是少女若紫。"嫩草"以"草庵"为背景,第一次具有了生动的语感。

紫式部十分理解白居易草庵之夜的心情。她将白居易对元稹的思念换作光源氏对最心爱的女人藤壶的思念,使得光源氏的北山一夜得以成立,可以说这是极富女性特色的改写方法。

如上所述，通过研读《白氏文集》，并结合《述异记》《搜神记》《神仙传》《高僧传》《菅家文草》等与庐山有关的诗文进行分析，使得《若紫卷》北山一段显现出了它的真容。但这并不是说以上汉籍就是《若紫卷》全部的出处，只有将《古今和歌集》《伊势物语》以及还没有被指出过的出处统统综合起来，才能了解《若紫卷》乃至《源氏物语》的全貌。

第二章 《源氏物语·若紫卷》 与元白诗

——"梦游春"唱和诗的影响与接受

以《长恨歌》（0596）为首的白居易的文学作品①，从某种程度上讲可以说是决定了平安朝文学的方向。这些作品对《源氏物语》也产生了巨大影响，特别是感伤诗《长恨歌》、讽谕诗《新乐府》《秦中吟》等。②

考察白居易文学的素材基本来源于《白氏文集》所载白居易的诗文，有研究指出，有必要将白居易的友人元稹、刘禹锡（即"白居易文学集团"）的作品也纳入研究的视野，即《元白唱和集》和《刘白唱和集》。唱和诗的复原工作已经完成。③白居易文学还出现了以元白、刘白的形式进行传播的倾向。笔者也曾探讨过元白、刘白对日本文学，特别是对《源氏物语》的影响。④

纵观光源氏的一生，贬谪须磨是一个让他的人生出现巨大转折的重大事件，是他政治生涯的寒冬。《河海抄》（料简）在谈到《源氏物语》的创作时说："拟光源氏为左大臣，紫姬为紫式部，忆周公旦、白居易之昔事，引在

---

① 白居易作品据那波本所录，个别字句有修改。元稹的作品引用自《元稹集》（中华书局，1982 年），作品号码参见花房英树编《元稹研究》（1977 年）。此外，《梦游春七十韵》并没有被收录进《元氏长庆集》，载于唐人撰唐诗集《才调集》（卷五）。

② 第一部第三章"梧桐与《长恨歌》《桐壶卷》——从汉文学的角度看《源氏物语》的诞生"、第三部第二章"如何摄取汉诗文——与白居易讽谕诗之间的关系"、第三部第三章"《源氏物语》的表现与汉诗文——白居易的讽谕诗与夕颜、六条御息所"等。

③ 参见花房英树《〈白氏文集〉的批判性研究》第二部"唱和集复原"及《白居易研究》第二章"白居易文学集团"。

④ 第四部第四章"元白、刘白文学与《源氏物语》——友情与爱情表现"及《我国元白诗、刘白诗的受容》（收录于新间一美《平安朝文学与汉诗文》）。

纳言、菅丞相之例写成。"安和二年（969年）发生了安和之变，左大臣源高明被流放。《源氏物语》就是基于这一史实创作而成的。被贬须磨的光源氏的原型除了源高明之外，还有中国的周公旦和白居易、日本的在原行平和菅原道真等人。

虽然光源氏的原型仍需斟酌，但是该观点将《须磨卷》及《源氏物语》整体的创作动机相关联，让我们理解到贬谪须磨在光源氏的人生中的重要性。当我们理解了《源氏物语》不仅是短篇的集合体，而且是一部描绘光源氏人生起伏的物语时，就能明确贬谪须磨在《物语》中具有的核心般的意义。

值得注意的是，《河海抄》在提到须磨外放时列举了白居易的名字。元和十年（815年），白居易被贬江州，由于《琵琶行（引）》（0603）及其序言（0602）、《与元九书》（1486）、《草堂记》（1472）等作品的普及，这一事件在日本广为人知，白居易的文学作品也被分成了被贬前、被贬中和被贬后三个时期。本章试对白居易被贬与回归、光源氏的须磨外放与复归进行比较。

"贬谪"这一重大人生转折同样也发生在白居易的好友元稹的身上。紫式部也一定清楚元稹的遭遇。她正是因为掌握了这些基础信息，在描写《须磨卷》的八月十五日夜时才特意引用了白居易的诗。

> 一轮明月升上天空。光源氏想起今天晚上是八月十五，不禁怀念起宫中的载歌载舞来，想必众人也在眺望着同一轮明月吧。他凝望着明月，朗诵起"二千里外故人心"之句，周围的人照例感动得流泪不止。
>
> （《须磨卷》240）

这个时候光源氏吟诵的是白居易的《八月十五夜禁中独直，对月忆元九》中的一节。八月十五日的夜晚，白居易在长安的宫中独自值宿时，思念起被贬到江陵的元稹。

八月十五夜禁中独直，
对月忆元九 （0724）

银台金阙夕沈沈，独宿相思在翰林。
三五夜中新月色，二千里外故人心。
渚宫东面烟波冷，浴殿西头钟漏深。
犹恐清光不同见，江陵卑湿足秋阴。

诗中的"二千里外故人心"指的是被贬江陵的元稹的心。光源氏望着明月吟诵起这首诗，他既想起了京城里的那些女子，应该也强烈地意识到被贬到离长安"二千里外"的元稹跟自己有着相同的境遇吧。[①] 紫式部等日本读者也想要尝试着去理解元稹的心情。

后来白居易被贬到江州时，在写给元稹的《与元九书》中更明确地谈到了元稹被贬江陵一事："月日，居易白微之足下：自足下谪江陵，至于今，凡所赠答诗仅百篇。"在这之后，《与元九书》中还提到了元稹转任通州一事："今俟罪浔阳。除盥栉食寝，外无余事。因览足下去通州日，所留新旧文二十六轴。"元稹被贬江陵是在元和五年（810 年），转任通州是五年后的元和十年（815 年）。《与元九书》写于同年十二月。

二

我们可以从白居易的《与元九书》等中了解到元稹被贬江陵、通州的具体情况。更为清楚地记述了元稹被贬江陵一事的是元稹的《梦游春七十韵》（1010）和白居易酬答元稹的《和梦游春诗一百韵》（0804）这两首诗。后者的序文记述了那段时间发生的事情。

和梦游春诗一百韵序

> 微之既到江陵，又以梦游春诗七十韵寄予，且题其序曰："斯言也，不可使不知吾者知。知吾者亦不可使不知。乐天知吾也，吾不敢不使吾子知。"予辱斯言，三复其旨。（后略）

该序中提到的元稹的序除了引用部分之外业已散佚，但是我们还是能从中了解到元稹在江陵创作了《梦游春七十韵》并将此诗寄给了知音白居易。序中还提到了元稹需要借助佛法的力量来消除不得志的烦恼，因此创作了这首诗。白居易在答诗中把七十韵加到了一百韵。

元稹的原诗将其大半生分成三段来写：

---

① 参见新间一美《引诗》（载《源氏物语事典》别册《国文学》36 号，1993 年 5 月）及第四部第四章"元白、刘白文学与《源氏物语》——友情与爱情表现"。

（一）梦中游览春日仙山，遇见一个年轻貌美的女子。

（二）醒后与身份高贵的女子韦氏结婚，过着幸福的生活。然而天有不测风云，岳父和妻子均驾鹤西去。

（三）出仕后，因性格刚直被贬官江陵。

白居易所作唱和诗的内容和这三段差不多，只是在这三段的基础上又加上了第四段：

（四）读罢你写的七十韵诗，我心中感慨人生就像是你做的一场春梦。你应该从平日起更努力地学习佛法，参透这个道理。

白居易在序的后半部分复述了第（一）到（三）段的内容，并解释了自己加上第（四）段的理由："重为足下，陈梦游之中所以甚感者，叙婚仕之际所以至感者，欲使曲尽其妄，周知其非，然后返乎真归乎实。（后略）"他说，我为了你又将梦中、结婚、仕官之际的感动重新复述了一遍，就是要让你迷途知返，认清是非，从而达到佛教的理想境地。阅读这篇序文，能让人更好地理解元白两人间这组分别长达一百四十句和两百句的庞大的唱和诗。

这两首诗中谈到的元稹的大半生基本与光源氏被贬须磨前的生涯（邂逅若紫、与藤壶梦一般的邂逅、与葵姬的婚姻生活、葵姬之死、被贬须磨等）重合。在此，笔者想提出一个大胆的假设，即紫式部在撰写光源氏的人生时参考了元稹的人生经历。《源氏物语》与元白唱和诗表现上的相似能为这个假设提供证据。

三

《若紫卷》"北山段"记述了光源氏在山樱盛开的某寺院邂逅少女若紫的故事。上一章论述了"北山段"与白居易关于庐山草堂的诗文有很深的渊源，但是这些诗文与邂逅心爱的女性没有多大关系。元白诗的第（一）段吟咏了与女性相会的场面，本章将指出第（一）段与"北山段"的相似之处。相关内容如下：

梦游春七十韵 （1010）

元稹

昔君梦游春，梦游何所遇。梦入深洞中，果遂平生趣。
清泠浅漫溪，画舫兰篙渡。过尽万株桃，盘旋竹林路。
长廊抱小楼，门牖相回互。楼下杂花丛，丛边绕鸳鹭。
池光漾彩霞，晓日初明煦。未敢上阶行，频移曲池步。
乌龙不作声，碧玉曾相慕。渐到帘幕间，徘徊意犹惧。
闲窥东西阁，奇玩参差布。格子碧油糊，驼钩紫金镀。
逡巡日渐高，影响人将寤。鹦鹉饥乱鸣，娇狂睡犹怒。
帘开侍儿起，见我遥相谕。铺设是红茵，施张钿妆具。
潜褰翡翠帷，瞥见珊瑚树。不见花貌人，空惊香若雾。
回身夜合偏，敛态晨霞聚。睡脸桃破风，汗妆莲委露。
丛梳百叶髻，金蹙重台履。批软殿头裙，玲珑合欢袴。
鲜妍脂粉薄，暗淡衣裳故。最似红牡丹，雨来春欲暮。
梦魂良易惊，灵境难久寓。夜夜望天河，无由重沿溯。
结念心所期，返如禅顿悟。[①] 觉来八九年，不向花回顾。
杂洽两京春，喧阗众禽护。我到看花时，但作怀仙句。
浮生转经历，道性尤坚固。近作梦仙诗，亦知劳肺腑。

　　（后略）

白居易所作唱和诗中的第（一）段如下：

和梦游春诗一百韵 （0804）

白居易

昔君梦游春，梦游仙山曲。恍若有所遇，似惬平生欲。
因寻昌蒲水，渐入桃花谷。到一红楼家，爱之看不足。
池流渡清泚，草嫩蹋绿蓐。门柳暗全低，檐樱红半熟。
转行深深院，过尽重重屋。乌龙卧不惊，青鸟飞相逐。
渐闻玉珮响，始辨珠履躅。遥见窗下人，娉婷十五六。
霞光抱明月，莲艳开初旭。缥缈云雨仙，氤氲兰麝馥。

---

① 本来第（一）段只到此为止，特地多加了几句。

　　风流薄梳洗，时世宽妆束。袖软异文绫，裙轻单丝縠。

　　裙腰银线压，梳掌金筐蹙。带襜紫蒲萄，袴花红石竹。

　　凝情都未语，付意微相瞩。眉敛远山青，鬟低片云绿。

　　帐牵翡翠带，被解鸳鸯襮。秀色似堪餐，秾华如可掬。

　　半卷锦头席，斜铺绣腰褥。朱唇素指匀，粉汗红绵扑。

　　心惊睡易觉，梦断魂难续。笼委独栖禽，剑分连理木。

　　存诚期有感，誓志贞无黩。① 京洛八九春，未曾花里宿。

　　壮年徒自弃，佳会应无复。（后略）

　　元白的这两首诗描述元稹遇见了一位十五六岁的美丽女子。"北山段"
也叙述了光源氏与少女若紫的邂逅。两者在表现上具有以下这些相似点：

　　1．春花（山樱、桃）盛开的深山

　　《若紫卷》的故事背景是山樱盛开的深山。"山中的樱花还开着。进到深
山，只见云雾缭绕，饶有风情。"（《若紫卷》183）元诗云："过尽万株桃。"
白诗云："渐入桃花谷。"元白诗将故事发生的背景设定为桃花盛开的仙山，
依据的是桃花源的文学传统。②

　　2．曲折的山路和山中雅致的建筑物

　　北山某寺院内有曲折的山路以及雅致的僧舍。"一条曲折的坡道下有一
间屋子，同样围着篱笆，内有整洁的房屋和回廊，庭院中的树木也富于趣
致。"（《若紫卷》184）元诗云："过尽万株桃，盘旋竹林路。长廊抱小楼，
门牖相回互。""盘旋"一词可读作"つづらをり"。《河海抄》举出白居易
《游悟真寺诗百三十韵》（0264）的例子，并将"盘折"读作"ツヅラヲリ"，
与"盘旋"相同。

　　3．嫩草的存在

　　尼姑吟诵的和歌"薤上露晞人逝后，萋萋嫩草无所依"（《若紫卷》191）
中出现了"嫩草"这个词，侍女回答她时也用了该词。光源氏的和歌"野边
碧草早摘取，孤根暗连紫草根"（《若紫卷》220）也出现了"野边碧草"（原
文：野辺の若草）。白诗"草嫩蹋绿蓐"中也吟咏了"嫩草"，"绿蓐"相当
于《若紫卷》中的"草席"（《若紫卷》193）。此外，白诗中的"秾华如可

① 　本来第（一）段只此为止，特地多加了几句。

② 　《游仙窟》云："忽至松柏岩桃华涧。"陈寅恪《元白诗笺证稿》的第四章"艳诗及悼
　　亡诗"指出元稹"梦游春"的"桃"借鉴了《游仙窟》。

掬"表达了想拥有美女的心情。

4. 太阳升高后的邂逅

高僧为光源氏诵经祈祷后，光源氏散步到了女子所在的僧舍。"高僧为光源氏诵经祈祷。这时太阳已经升高，光源氏走出寺外，眺望四周景色。"（《若紫卷》184）可见这是在太阳升高后发生的事。元诗"逡巡日渐高，影响人将寤"叙述元稹在女子所在的建筑物内来回走动，在太阳升高后与侍女邂逅。

5. 帘内

光源氏隔着帘子，窥见了尼姑与若紫。"尼姑把帘子卷起来，在佛前供花。"（《若紫卷》189）僧都告诉尼姑光源氏一行人来了寺院。尼姑说："哎呀，这可糟了。一定被人看到了我们这种简陋的模样"（《若紫卷》192），于是赶紧放下了帘子。元诗"渐到帘幕间，徘徊意犹惧"，"帘开侍儿起"讲的是帘子打开，侍女登场，男女邂逅。此外，元诗"闲窥东西阁"，"潜褰翡翠帷，瞥见珊瑚树"，描绘了元稹撩起帷帐，偷窥女性的场景。

6. 云霞中的女子

山樱与云霞①都是山中具有代表性的景物。"山中的樱花还开着。进到深山，只见云雾缭绕，饶有风情"（《若紫卷》183）与元诗"池光漾彩霞，晓日初明煦"十分相似。光源氏在日暮的烟霞中见到了少女若紫。"光源氏百无聊赖，便在日暮烟霞朦胧之时走到了坡下的那间屋子。"（《若紫卷》189）第二天早上出发之际，光源氏吟道："昨夕隐约窥花色，今朝霞起不忍归。"（《若紫卷》204）他把在云霞中看到的若紫比作山樱花。这首和歌所描绘的"隐约窥"的情景与《古今和歌集》中纪贯之的和歌"隐隐见樱笼云霞，绰约佳人惹春心"（第十一卷·恋部一 479）极其相似。而《若紫卷》的情景和贯之的和歌又都与白诗"遥见窗下人，娉婷十五六。霞光抱明月，莲艳开初旭"有异曲同工之妙。"霞光抱明月"的意思是邂逅的美丽女子宛若霞光拥抱明月般光芒四射。

7. 眉与发之美

《若紫卷》描写了少女若紫眉梢与头发的美丽。"无论是眉梢、额际，还是秀发都是那么美丽。"（《若紫卷》190）白诗云："眉敛远山青，鬟低片云

---

① 汉语"霞"主要表示"赤气""赤云"，它与和语"かすみ"的区别参见小岛宪之《上代的诗与歌——霞与 霞》（《松田好夫先生追悼论文集 万叶学论考》，1990 年）。本文不就此进行探讨。

绿。"《若紫卷》还有一处也描写了若紫的秀发:"她垂下眼睛,秀发闪耀着光彩。"(《若紫卷》191)元诗云:"丛梳百叶髻。"此外,尼姑摸着若紫的秀发,夸赞道:"懒得梳头,却长得一头好头发。"(《若紫卷》191)白诗"风流薄梳洗"将女子懒于梳头称作"风流"。

8. 梦中邂逅

光源氏梦到他会邂逅少女若紫。"住在这里的究竟是什么人?我曾经做过一个奇怪的梦,想要向你打听此事。没想到今天真的应验了。"(《若紫卷》194)此外,第二天早上,光源氏对北山僧都说:"簌簌山风吹梦醒,遥听瀑布泪自流。"他用"梦"来形容昨天晚上的事,说自己因为听到瀑布声才从梦中惊醒。元诗、白诗都是以梦中邂逅女子为主题,元诗把自己与女子的离别看成是从梦中惊醒:"梦魂良易惊,灵境难久寓。"白诗也一样:"心惊睡易觉,梦断魂难续。"

9. 归京后的思念

光源氏回京后还对若紫念念不忘,差人将和歌"山樱倩影长牵梦,一心留在北山春"(《若紫卷》210)送到了尼姑处。元诗"我到看花时,但作怀仙句"或"近作梦仙诗"写的也是花开时节就会想起仙女般的女子,频频作诗抒怀。

10. 目不转睛

光源氏"目不转睛"(《若紫卷》191)地盯着肖似藤壶的少女若紫,流下泪来。白诗"凝情都未语,付意微相瞩"则说的是女子盯着男子看。

11. 花颜

光源氏的和歌"昨夕隐约窥花色,今朝霞起不忍归"以及尼姑的回答"恋花是否真心语,且看浮云变幻多"(《若紫卷》204)都将若紫比作山樱。元诗云:"不见花貌人。"虽然此时还暂时看不到女子容貌,但是在这之后诗歌描写了二人欢会,女子应该就是诗中的"花貌人"。北山高僧在和歌"深山松扉今开启,今朝有幸拜花颜"(《若紫卷》203)中将光源氏称为"花颜"。①

12. 鸟与狗

若紫说:"犬君把麻雀放走了,我好好地关在笼子里的。"(《若紫卷》190)这里出现了一个名叫犬君的小侍女和麻雀。白诗"乌龙卧不惊,青鸟

---

① "花颜"参见第二部第二章"夕颜的诞生与汉诗文——以'花颜'为中心"。

飞相逐"中也提到了"乌龙"（即狗）与"青鸟"。元诗云："乌龙不作声。"元诗"鹦鹉饥乱鸣，娇狌睡犹怒"中也提到了鸟与狗（即"狌"）。此外，白诗"笼委独栖禽"用笼中鸟来形容与女子分别后的元稹。

上述10～12点与文章内容无关，只是因为表现上的类似所以进行了对比。

四

上一节通过比较《若紫卷》"北山段"与元白的"梦游春"唱和诗，发现了许多相似之处。紫式部利用《长恨歌》创作了《桐壶卷》，在创作《若紫卷》时则参考了"梦游春"唱和诗。值得注意的是，北山一段后的故事讲述了光源氏与藤壶的幽会，两人的和歌均出现了"梦"字。因此可以将光源氏与藤壶的幽会看作是一场"梦"。

> 光源氏：
> 只怕别后不复见，不如长在此梦中。
> 藤壶：
> 纵使梦长终不醒，犹惧人言多烦忧。
>
> （《若紫》213）

说起男女在"梦中"相会，首先想到的是中国宋玉的《高唐赋》（《文选》卷十九）。此外，《游仙窟》的主人翁也是以梦一般的心情来到"神仙之窟宅"的。元白诗的第（一）段就是基于这一传统创作而成的。《游仙窟》记述了男子梦到女子（崔十娘）的情景，男子作诗云："梦中疑是实，觉后忽非真。"

此外，元稹还写过唐传奇《莺莺传》（又名《会真记》）。[1] 《莺莺传》

---

[1] 第二部第三章"日中妖狐谭与《源氏物语·夕颜卷》——与《任氏行》逸文之间的关系"中探讨了《会真记》及元稹《会真诗三十韵》与《夕颜卷》光源氏邂逅夕颜之间的关联。此外，学界普遍认为《伊势物语》第六十九段"狩之使"是基于《莺莺传》创作而成。田边爵《伊势竹取对传奇小说的接受》（载《国学院杂志》，40卷12号，1934年12月）、目加田佐久绪《物语作家圈的研究》（1964年）、上野理《伊势物语"狩之使"考》（载《国文学研究》，1969年10月）等文论述了两者之间的关系。

讲的是女子（崔莺莺）来到男子（张生）身边，男子怀疑这是在做梦（"犹疑梦寐"），天亮两人分别后，他又不禁怀疑这果然是一场梦（"岂其梦邪"）。女子被认为是"神仙之徒"，《高唐赋》《游仙窟》《梦游春七十韵》都是在"梦"中邂逅仙女般的女子。人们普遍认为《莺莺传》的主人公张生就是元稹本人，因此可以将《莺莺传》和元白的"梦游春"唱和诗看作一个系列。因此《若紫卷》中的幽会也可以说是以这些"梦中相会"的故事为背景的。

　　然而，虽说都是与"梦"有关的相会，这些文学作品在表现上还是有一些区别的。《高唐赋》只能在梦中邂逅，在现实中几乎是不可能的。《游仙窟》不仅在现实中相会，而且在梦中梦到对方，却怀疑梦是真的。《莺莺传》怀疑现实的幽会其实是一场梦。"梦游春"则是将现实中的幽会表现为梦中的邂逅，标题"梦游春"昭示了这一点。白居易的序文也将这场相会形容成是"梦游之中"。光源氏在《若紫卷》中吟诵道："只怕别后不复见，不如长在此梦中。"他将自己与藤壶在现实中的幽会写成是梦中相会，这点与"梦游春"一致。

　　此外，对光源氏来说，藤壶与少女若紫在某种意义上是一体的。因此"北山段"与"幽会段"可以说有着密切的关系。光源氏只是偶然间窥见了若紫，他与藤壶之间才是真正的男女欢会，把两段结合在一起，才算是完整的幽会。这两段情节应该都是从元白的"梦游春"唱和诗中获得的灵感。

　　此时光源氏与元稹的人物形象相重合，"梦游春"的第（二）（三）段酷似光源氏的人生经历。第（二）段写的是元稹的岳父和妻子相继死去，第（三）段写的是元稹贬官。与之相似，光源氏经历了与若紫邂逅、与藤壶相会、痛失葵姬、痛失父亲桐壶帝、被贬须磨等遭遇。元稹的大半生对光源氏的命运造成了深远影响。晚年的光源氏一心想出家，这相当于白诗的第（四）段。

　　白居易在第（四）段中"请思游春梦，此梦何闪倏。艳色即空花，浮生乃焦谷"一句之后说的是人生就像是与仙女般的女子邂逅的一场春梦，劝元稹皈依佛门。[1] 总的来说，《源氏物语》虽然叙述了光源氏的多场恋爱，但是就像"宇治十帖"中描写的那样，他最后还是皈依了佛门。这一点可以说与《和梦游春诗》的人生观是一致的。

---

① 白居易在序言中列举了《法华经》《维摩经》，在诗及自注中列举了《法句经》《心王头陀经》。

第三章　《源氏物语》与白诗
——《明石卷》对《琵琶行》的受容

　　紫式部在创作《源氏物语》之际，从各种文学作品中吸取了大量养分，并将其灵活运用到了《物语》之中。她借鉴了日本的《伊势物语》《古今和歌集》，以及中国的《史记》等文学作品。在关注作品本身的同时，她还充分意识到了与这些作品相关的故事人物原型和编撰者，如在原业平、纪贯之、司马迁等人。

　　紫式部对白居易（字乐天，772—846 年）有着特别的感情。这不仅仅是因为《长恨歌》等白居易诗歌（即"白诗"）特别富有魅力，也是因为从《白氏文集》中可以了解到白居易的思想和人生，了解到他是一个极具个性的文学家，同时也是一个极具个性的人。这样一来，我们不仅有必要关注个别白诗和《源氏物语》的关系，同时也需要注意白居易这个人物与《源氏物语》之间的联系。当我们在思考白诗以及白居易与《源氏物语》的关联之际，首先需要一窥一条朝（986—1011 年）对白居易诗歌的接受情况。

　　奈良朝后期（八世纪后半叶）到平安朝初期（九世纪后半叶）之间大概一百年左右的时间，被称为"国风暗黑时代"。[①] 这个时期盛行唐风，人们似乎对和歌创作失去了兴趣。自桓武天皇迁都平安京以来，九世纪前半期以嵯峨天皇为中心，《凌云集》（814 年）、《文华秀丽集》（818 年）、《经国集》（827 年）等三部汉诗集陆续编撰完成，史称"敕撰三集"。这个时期相当于中国的中唐。白居易及其友人元稹（779—831 年）、刘禹锡（772—842 年）

---

① 这个词是从大正末期到昭和初期之间由吉泽义则发明并开始使用的。参见小岛宪之《国风暗黑时代的文学 中（上）》（第 598 页）。

等活跃于文坛，据白居易的《刘白唱和集解》（2930）① 记载，人们将他们并称为"元白""刘白"。之所以是并称，是因为他们除了单独作诗之外，还创作了大量的唱和诗，以诗歌为媒介在文学上进行交流，因此被称为"白居易文学集团"②。

白居易的人生有一个巨大的转折点。元和十年（815 年），也就是白居易 44 岁那年，因为越职言事而被贬为江州（扬子江流域，今江西省九江市）司马。当时，白居易给被贬为通州司马的元稹写了一封《与元九书》（1486），书中记录了两人在文学上的交流以及白居易本人的文学观点，其中还提到了一个与《长恨歌》（0596）有关的歌妓的故事。这个歌妓会唱"白学士"的《长恨歌》，所以要价比其他歌妓来得高，由此可见《长恨歌》及其作者白居易广泛受到民众喜爱。

中唐盛行创作唐传奇，唐传奇与诗歌有关。元稹作《莺莺传》，白居易之弟白行简著有《李娃传》。白居易作《长恨歌》，陈鸿几乎同时创作了《长恨歌传》。小川环树指出白居易的古诗具有小说般的结构，③ 这与当时盛行传奇的时代风气不无关系。

《长恨歌》创作于元和元年（806 年），即日本平城天皇即位的大同元年。《长恨歌》对日本文学的影响早在 818 年成书的《文华秀丽集》中就已经看得到。巨势识人的《奉和春闺情愁》是一首酬答嵯峨天皇的诗作，其中有一联是"空床春夜无人伴，单寝寒衾谁共暖"。这句诗化用了《长恨歌》的"鸳鸯瓦冷霜华重，旧枕故衾谁与共"。④

---

① 作品序号与注本参见神鹰德治等编《白氏文集诸本作品检索表〔稿〕》（载《帝冢山学院大学中国文化论丛特刊》）。此外，本章引用的《新乐府》据神田本，《与元九书》《妇人苦》《琵琶行》据金泽文库本，其他据那波本所录。神田本参见太田次男、小林芳规著《神田本白氏文集研究》，金泽文库本参见川濑一马监修《白氏文集》，《与元九书》参见平冈武夫、今井清校订《白氏文集》（京都大学人文科学研究所）。原文部分有改动。

② 详见花房英树《白居易研究》第二章"白居易文学集团"。此外，参见本书第四部第二章"《源氏物语·若紫卷》与元白诗——'梦游春'唱和诗的影响与接受"、第四部第四章"元白、刘白文学与《源氏物语》——友情与爱情表现"、《我国对元白诗刘白诗的受容》（载"白居易研究讲座"第四卷《日本的受容（散文篇）》。又收录于新间一美《平安朝文学与汉诗文》）。

③ 小川环树的观点见高木正一《白居易 上》（"中国诗人选集"）的跋文。

④ 小岛宪之《上代日本文学与中国文学（下）》（第 1483 页）。

此外，根据《文德实录》记载，《元白诗笔》即元稹与白居易的诗文于承和五年（838年）传到了日本，当时白居易尚在人世。元白诗传到日本，意味着白居易文学集团的浪潮也席卷了日本。[1]

国风暗黑时代，白居易的诗歌在日本汉诗世界流行开来，其影响力逐渐深远。白居易被贬江州后，开始编撰自己的诗文集，历经数次编辑增补，最终达到七十五卷。现存有七十一卷本，据说，在平安时代传到日本的是七十卷本。[2] 日本刊行的那波本沿袭了白居易编撰时的卷序，所以本章提到的卷序以那波本为准。

九世纪末期到十世纪初期编撰完成的岛田忠臣的《田氏家集》和菅原道真的《菅家文草》《菅家后集》等汉诗集深受白居易影响。不仅如此，以宇多天皇于宽平五年（893）召开的宽平御时后宫歌合的和歌为基础编撰的《新撰万叶集》（传菅原道真撰）、翌年编撰的大江千里的《句题和歌》（即《大江千里集》）、延喜五年（905年）奉宇多天皇之子醍醐天皇下令编撰的《古今和歌集》均受到白诗深远的影响。[3]

从大江维时撰《千载佳句》（成书于十世纪前半叶）可以一窥当时的流行趋势。《千载佳句》从外来的七言诗里摘录了大约一千首的秀句，其中有半数都是白居易的诗。此外，元稹、刘禹锡的诗大概占了一成，不容小觑。到了十一世纪初期，藤原公任编撰《和汉朗咏集》时也继承了这一倾向。

白居易的诗继续在《和汉朗咏集》编撰的一条朝保持流行的态势，就连女流文学《枕草子》（清少纳言著）也开始频繁引用白居易的诗。《枕草子》第二百一十一段[4]云："文章最好的当属文集、文选、新赋、史记、五帝本纪、愿文、表、博士申文。"其中的"文集"就是《白氏文集》。只用"文集"二字就能表示《白氏文集》。据太田次男考证，"文集"应该用汉音读作"ぶん

---

[1] 金子彦二郎《平安时代文学与〈白氏文集〉——道真的文学研究篇第一册》第二章"《白氏文集》渡来考"、太田晶二郎《白氏诗文的渡来》（见《太田晶二郎著作集第一册》）。

[2] 参见丸山清子《〈源氏物语〉与〈白氏文集〉备忘录》（载《东京女子大学比较文化研究所纪要》，11号，1961年6月。又收录于丸山清子《〈源氏物语〉与〈白氏文集〉》Ⅰ"《源氏物语》作者手中的文集是否是七十卷本"）。

[3] 参见金子彦二郎《平安时代文学与〈白氏文集〉——句题和歌千载佳句研究篇》、小岛宪之《古今集以前》等。

[4] 《枕草子》及《紫式部日记》引用自"日本古典文学大系"。部分表记有改动。

しふ"或"ぶんじふ"。①

白诗的影响是如此之大，学界对此展开了多方面的研究。最近，"白居易研究讲座"（共计七卷）刊行，这套丛书可谓是白居易文学研究的集大成者。白诗的研究大致可以分为纯粹的中国文学研究和白诗对日本文学的影响研究两大类，② 两者间的互动也十分重要。比如对日本现存钞本的研究是《白氏文集》诸本以及原文研究的重要组成部分，钞本的训读也是对白诗的一种解释。

阐明白诗与《源氏物语》之间的关联需要基于平安朝对白诗的训读来进行考察，因此本章的论述将涉及古训。此外，探讨《源氏物语》对《白氏文集》的接受研究的著作有丸山清子《〈源氏物语〉与〈白氏文集〉》、小守郁子《〈源氏物语〉中的〈史记〉与〈白氏文集〉》、中西进《源氏物语与白乐天》。此外，古泽未知男《从汉诗文引用看〈源氏物语〉研究》也多处谈到了白诗，值得参考。③

紫式部似乎比清少纳言更精通汉学④，特别是白诗。《紫式部日记》记述了中宫彰子提出想读《白氏文集》，因此紫式部为她讲授《新乐府二卷》的事情。所谓"新乐府"，指的是《白氏文集》卷三、卷四中的《新乐府五十首》。《源氏物语》中大量引用了以《新乐府五十首》为首的白居易诗文。因此，通过研究《物语》如何接受白诗，有望更接近《物语》的本质。

《新乐府五十首》究竟是些什么样的文学作品呢？白居易在《与元九书》中向元稹诉说了自己编撰诗集一事。白居易被调任闲职后，将自己的旧诗新诗进行了分类。他将八百多首诗分成了"讽谕诗""闲适诗""杂律诗"，共

---

① 太田次男《围绕白诗受容的诸问题》，载《国语国文》，1977 年 9 月。此外，神鹰德治著有《〈文选〉是"もんじゅう"还是"ぶんしゅう"》（载《东书国文》289、290，1989 年 1 月、2 月）、《再论：〈文选〉是"もんじゅう"还是"ぶんしゅう"》（载《冈村贞雄博士古稀纪念中国学论集》）。

② "白居易研究讲座"第七卷《日本的白居易研究》（1998 年）研究文献解题，解题由下定雅弘"战后日本的白居易研究"和新间一美"白居易对日本文学的影响研究"两篇构成。参见"白居易对日本文学的影响研究"中的"源氏物语"和"紫式部"项。

③ 丸山氏《〈源氏物语〉与〈白氏文集〉》（东京女子大学学会研究丛书三，1964 年）、小守氏《〈源氏物语〉中的〈史记〉和〈白氏文集〉附"物哀"论》（1989 年）、中西氏《源氏物语与白乐天》，1997 年）、古泽氏《从汉诗文引用看〈源氏物语〉研究》。

④ 《紫式部日记》记："清少纳言是个自命不凡的人，总是摆出一副才智过人的样子，老是乱写汉字，仔细推敲就会发现许多不足之处。"

十五卷。《新乐府》属于"讽谕诗"。

> 仆数月来，检讨囊帙中，得新旧诗。各以类分，分为卷目。自拾遗
> 来，凡所遇所感，关于美刺兴比者，又自武德至元和，因事立题，题为
> 新乐府者，共一百五十首，谓之讽谕诗。又或退公独处，或移病闲居，
> 知足保和，吟玩情性者一百首，谓之闲适诗。又有事物牵于外，情理动
> 于内，随于感遇而形于叹咏者一百首，谓之感伤诗。又有五言七言，长
> 句绝句，自百韵至两韵者四百余首，谓之杂律诗。凡为十五卷约八
> 百首。

"讽谕诗"是从侧面进行讽刺的诗，与"美刺兴比"有关。"美刺"即歌
颂与讽刺，"兴比"指的是诗歌六义中的"兴"与"比"，即运用象征和比喻
的表现手法。"讽谕诗"的意义在于运用"兴比"的手法从侧面抨击政治。
白诗中有一百五十首属于"讽谕诗"，其中就包括《新乐府五十首》。

"闲适诗"是白居易用来表现自己闲居时怡然自得心情的一百首诗。"感
伤诗"是被外事外物触动，表达个人主观情思的一百首诗。"杂律诗"指四
百多首近体诗。《新乐府》与"美刺兴比"有关。白居易在《与元九书》中
对世人看重自己轻视的"感伤诗"和"杂律诗"表示了不满，他自己特别重
视以《新乐府五十首》为代表的讽谕诗。

紫式部为彰子讲授《新乐府》，一方面《新乐府》在当时应该算是汉学
的入门读物①，另一方面紫式部强烈意识到了"讽谕"的重要性。比如《末
摘花卷》在大雪纷飞的早上引用了《重赋》（0076）一诗，确实意识到了作
品的"讽谕性"。《重赋》是讽谕诗《秦中吟十首》中的第二首，载于《白氏
文集》卷二。《秦中吟》序文中写道："贞元元和之际，予在长安，闻见之
间，有足悲者。因直歌其事，命为秦中吟。"这十首讽谕诗写的是白居易在
长安时见闻的民生疾苦。② 其目的在于通过描写人民的苦难来促进当权者的

---

① "《新乐府》进讲"一事参见高田信敬《乐府进讲——〈紫式部日记〉注释》（载
《〈源氏物语〉探究 第四辑》）、阿部秋生《乐府二卷》（载《国语与国文学》，1989
年3月）、近藤春雄《〈白氏文集〉与国文学：〈新乐府〉〈秦中吟〉的研究》（1990
年）。

② 太田次男在《围绕白诗受容的诸问题》以及《以旧钞本为中心的〈白氏文集〉文本
研究（中）》第三章之二（2）"本国传存的《秦中吟》文本"中指出，《秦中吟》的
旧抄本无题，并认为《秦中吟》原本就是无题的。

自觉，从而对政治产生影响。

光源氏在末摘花的住处常陆宫过夜，第二天早上下着大雪，他看到了末摘花冻得通红的鼻子。回去时又看到看门的老人和一个妙龄女子，顿生怜悯之心，遂吟道："可怜老翁鬓如雪，锦衣公子泪沾襟。"

> 光源氏又吟诵白居易的"幼者形不蔽"的诗句。此时他忽然想起了那个冻得瑟瑟发抖、鼻尖发红的小姐，不禁莞尔。
>
> （《末摘花卷》274）

"幼者形不蔽"直接引用了《重赋》的诗句，表现了因苦于重税而衣着单薄的年幼者的寒冷。表面上《物语》只是引用了一部分白诗，但是这并非单纯的引用，我们有必要把这句话放到文章中重新思考引用的意义。

"可怜老翁鬓如雪，锦衣公子泪沾襟"这首和歌表达了对老人的深切同情，化用了《重赋》中的"老者体无温"。"下雪的早晨"这一设定依据的是《重赋》的"夜深烟火尽，霰雪白纷纷"。《物语》用寒冷描绘了末摘花因父亲早逝、家道中落的贫困生活，所以选择了下雪天作为故事发生的背景。

末摘花的红鼻子（"冻得瑟瑟发抖、鼻尖发红"）也是寒和穷的象征。就这样，末摘花被塑造成了一个"贫寒"的人物。《末摘花卷》频繁出现的"唐衣"等衣服的相关描写也与"寒"有关，是基于以征收"丝""帛"充作赋税为主题的《重赋》而写成的。①

白居易讽谕诗的精神在于同情被重税压迫的民众，批判并力图改良政治。这一精神被嫁接到了同情末摘花的"贫寒"境遇并试图对她进行救助的光源氏身上。光源氏之所以贵为左大臣、准太上皇，权力到达巅峰，是因为他具有作为政治家的优秀资质。《物语》对没落贵族末摘花的同情，正是对这一资质的暗示。这就是紫式部摄取讽谕诗的独特方式。

《帚木卷》对《秦中吟》的第一首《议婚》（0075）的引用可谓相当重

---

① 参见村井利彦《末摘花的思想——〈源氏物语〉中的兼济志向》（载《山手国文论考》5 号，1982 年 3 月）、村井利彦《乐府·讽谕诗·源氏物语》（载《今井卓尔博士喜寿纪念〈源氏物语〉及其前后》、本书第三部第一章"《源氏物语》的女性形象与汉诗文——从'帚木三帖'到《末摘花卷》《蓬生卷》"、藤原克己《〈源氏物语〉与〈白氏文集〉——以〈末摘花卷〉对〈重赋〉的引用为线索》（载《〈源氏物语〉与汉诗文》，"和汉比较文学丛书"十二）。

要。"雨夜品评"一段，藤式部丞回忆起博士要将女儿嫁给他时说："听我歌两途。"对《议婚》的引用并不仅仅只是引用部分诗句的原话而已。"雨夜品评"与其说只是对女人品头论足，倒不如说是讨论选择贤妻的标准，可见《源氏物语》书写的重点不是恋爱而是结婚。可以说紫式部沿袭了《议婚》这首诗的主题。[①]

说到紫式部为彰子讲解《新乐府》，与其说是这五十首诗的讽谕性主题都给紫式部带来了影响，倒不如想想紫式部会对哪些诗歌感兴趣。《新乐府》和《长恨歌》一样，也具有小说般的构想。小川氏认为其"小说般的叙述方式为广大民众所喜爱"，并指出《上阳白发人》（0131）正是其中之一。[②] 除了这样一种小说般的叙述方法，紫式部对男女情爱这点也显示了强烈的关心。

《上阳白发人》是以被幽闭的女性的悲哀为题材，其他的《太行路》（0134）、《李夫人》（0160）、《陵园妾》（0161）、《古冢狐》（0169）等都是描写男女爱情的文学作品，描绘了独特的女性形象。特别是《上阳白发人》和《陵园妾》用小说般的笔法描绘了得不到男性关爱的孤独女性的形象。前者因为杨贵妃的妒忌而被幽闭于洛阳的上阳宫，后者因为貌美遭妒被贬去守陵。前者化作了《帚木卷》的"咬手指的女人"和《贤木卷》的六条御息所，后者则化作《帚木卷》常夏女（夕颜）、《贤木卷》野宫的六条御息所、《夕雾卷》的落叶公主、《宿木卷》的中君及《手习卷》的浮舟。[③] 紫式部在书写这些女性的不幸人生时，化用了《新乐府五十首》的诗歌。

从这点上来说，《太行路》的存在是非常重要的。"人生莫作妇人身，百年苦乐由他人。"白居易的这一忠告多多少少触动了寡妇紫式部的心扉。除了《新乐府》和《秦中吟》这样的讽谕诗，白居易还写有许多描写女性不幸命运的诗歌。《白氏文集》卷十二收录的《妇人苦》（0597）被分到"感伤

---

① 参见古泽未知男《从汉诗文引用看〈源氏物语〉研究》、本书第三部第一章"《源氏物语》的女性形象与汉诗文——从'帚木三帖'到《末摘花卷》《蓬生卷》"。小岛氏在《古今集以前》（第 204 页）指出，唐人撰唐诗集《才调集》将《议婚》题作《贫家女》。

② 小川环树的观点见高木正一《白居易 上》（"中国诗人选集"）的跋文。

③ 第三部第三章"《源氏物语》的表现与汉诗文——白居易的讽谕诗与夕颜、六条御息所"考察了《上阳白发人》，第三部第四章"《新乐府·陵园妾》与《源氏物语》——以'风入松'为线索"考察了《陵园妾》。

诗"一类,写的是一妇人因丈夫薄情而感到痛苦。[①] 金泽文库本原本如下:

妇人苦

蝉鬓加意梳,蛾眉用心扫。几度晓妆成,君看不言好。

妾身重同穴,君意轻偕老。惆怅去年来,心知未能道。

今朝一开口,语少意何深。愿引他时事,移君此日心。

人言夫妇亲,义合如一身。及至死生际,何曾苦乐均。

妇人一丧夫,终身守孤子。有如林中竹,忽被风吹折。

一折不重生,枯死犹抱节。男儿若丧妇,能不暂伤情。

应似门前柳,逢春易发荣。风吹一枝折,还有一枝生。

为君委曲言,愿君再三听。须知妇人苦,从此莫相轻。

一天早晨,妻子抱怨薄情的丈夫,希望他能回心转意。"无论我怎么精心妆扮自己,你都不会称赞我。我想要死后也要和你同穴而葬,你却没有想过要和我白头偕老。我想举出丧偶男女的不同,让你知道妇人之苦。妇人倘若丧夫,就像是永守贞洁的竹子那般终身守节。丈夫倘若失去妻子不过悲痛一时,就像是春天到来发芽的柳树那般又会另娶他人。"这让人想起《帚木卷》"雨夜品评"中左马头所说的"咬手指的女人"的故事。男子想让女子改掉善妒的坏毛病,于是提出分手。女子则说自己一直以来都忍受着他的薄幸,如今已经无法再忍受下去,于是两人大吵一架。男子对"咬手指的女人"说:"屈指细数连理日,瑕疵何止妒心多。今后你不会再恨我了吧。"那女子哭了起来,答道:"长恨君恩不可见,今日终是分离时。"(《帚木卷》64)

"咬手指的女人"非常在意丈夫的眼光,无时无刻不讲究自己的打扮。"害怕被外人看见,丢了丈夫面子,处处小心顾虑。"(《帚木卷》63)这与为了丈夫刻意打扮的《妇人苦》的妻子相仿("蝉鬓加意梳,蛾眉用心扫。几度晓妆成,君看不言好。")。此外,"咬手指的女人"拿自己的痴情和男子的薄幸进行比较,从正面予以男子反击这点,也与《妇人苦》中的妻子类似。最终,"咬手指的女人"在吵架后未及和男人和解就去世了,《妇人苦》中的妻子也将自己比喻为枯死的竹子。

---

① 藤原克己在《紫式部与汉文学——宇治大君与〈妇人苦〉》(载《国文论丛》17号,1990 年 3 月。又收录于《研究讲座〈源氏物语〉的视界 1——出处与引用》)谈到了《妇人苦》。

　　"咬手指的女人"作为怨女与"上阳白发人"相似，同时与《妇人苦》中的妻子也存在相似之处。可以说她的人物形象源自这两首白诗。这样一来，就必须要注意到《妇人苦》与"屈指细数连理日，瑕疵何止妒心多"（原文：手を折りてあひ見しことを数ふればこれひとつやは君が憂きふし）这首和歌的相似之处。《妇人苦》将妇人比作"竹"，"折"与"节"是其缘语。和歌中也有"折りて"和"節"这两个词。"折りて"指的是屈指，"節"则指的是手指的关节。虽然这两个词意指女子的缺点，但也可以将其看成是借鉴了《妇人苦》"有如林中竹，忽被风吹折。一折不重生，枯死犹抱节"中的"折"与"节"。"節"与"节"都是用来表示女子节操的词。

　　在《白氏文集》中，感伤诗《妇人苦》是《长恨歌》的下一首诗。[①] 从《妇人苦》的观点来看，《长恨歌》也是一首描写女性爱情悲剧的诗歌。先学已经阐明了《桐壶卷》等卷对《长恨歌》的引用，笔者也曾经论述过"宇治十帖"中的浮舟的形象脱胎于蓬莱山的仙女杨贵妃[②]。白居易具有对女性的悲惨命运产生共鸣的一面。

　　《长恨歌》是白居易一部深受大众喜爱的代表作，同为感伤诗的《琵琶行》（0603）名声不亚于《长恨歌》。[③] 这首作品和《妇人苦》《长恨歌》同被收录于《白氏文集》卷十二。根据白居易自序（0602）记载，自己于元和十年（815 年）因越职言事被贬为江州司马。翌年秋，白居易在浔阳江溢浦口送客时，偶遇在船中弹琵琶的女子。他被女子高超的演奏技巧和不幸的遭遇所感动，创作了这首《琵琶行》。女子在长安城中负有盛名，嫁给商人为妻后沦落到了偏僻的江州。白居易将自己的不幸遭遇与女子联系了起来，对其报以深切的同情。这也是他首次创作不幸女子的诗歌。

---

① 金泽文库本《妇人苦》附有题注："或本在琵琶引之下。"由此可知有版本是将《妇人苦》排在《琵琶行》之后的。

② 参见第一部第四章"《源氏物语》的结局——与《长恨歌》《李夫人》相较"。此外，第一部第三章"梧桐与《长恨歌》《桐壶卷》——从汉文学的角度看《源氏物语》的诞生"和《白居易的〈长恨歌〉》（载"白居易研究讲座"第二卷《白居易的文学与人生》。又收录于新间一美《平安朝文学与汉诗文》）等对《长恨歌》进行了论证。

③ 《琵琶行》也被称为《琵琶引》。金泽文库本也作《琵琶引》。本章在论述时，采用更为广泛使用的《琵琶行》进行统一。第 82 句金泽文库本等均作"为君翻作琵琶行"。

唐宣宗李忱作《吊诗》①悼念白居易："童子解吟长恨曲，胡儿能唱琵琶篇。""长恨曲"指的是《长恨歌》，"琵琶篇"指的是《琵琶行》。这两部作品都深受"童子"和"胡儿"喜爱。"胡儿"是"胡人"的意思，琵琶是西域的乐器，自然为胡人所亲，就连他们都能吟唱《琵琶行》。

《长恨歌》和《琵琶行》分别是由一百二十句和八十八句组成的七言感伤诗。日本的《枕草子》"琵琶声停物语迟"（八十一段）引用了《琵琶行》的"琵琶声停欲语迟"；"从前人们说的那个半遮面的女人，恐怕还没有这么美吧？"（九十四段）引用了"犹抱琵琶半遮面"。后世的翻译说话集《唐物语》第二话的原型是《琵琶行》，第十八话的原型是《长恨歌》。

虽然早有研究指出《源氏物语·明石卷》中明石入道所说的"商人妇中也有人因弹奏古琴获得赞誉"（《明石卷》277）引用了《琵琶行》，但是一般认为《琵琶行》对《源氏物语》的影响非常少，完全不能跟《长恨歌》相提并论。近藤春雄《〈长恨歌〉〈琵琶行〉的研究》是关于《长恨歌》和《琵琶行》的专著，其中也有谈到这两部作品对日本文学的影响，但是近藤氏也指出《琵琶行》的影响相对还是比较少的。

然而，世人还是低估了《琵琶行》对《源氏物语》的影响力。紫式部不可能没有关注这部描写女性悲惨命运的作品。池田勉指出《琵琶行》之于《源氏物语》构想的重要性不亚于《长恨歌》，据他推测，"光源氏被贬须磨的构想有可能是受到了包括《琵琶行》在内的白居易谪居诗篇的启发"，"正如桐壶帝与更衣的故事以《长恨歌》为媒介形成那样，光源氏的谪居也是以白居易谪居的诗篇为触媒形成的。"②然而池田氏的主张没有被普遍认可，他也没有对此进行深入探讨。本章尝试在池田氏观点的基础上，论证《琵琶行》与《明石卷》不仅仅只存在个别语句的类似，就连《琵琶行》的整体构想也对《明石卷》产生了极为重要的影响。

---

① 见《唐摭言》第十五卷，《全唐诗话》第一卷。近藤春雄在《〈长恨歌〉〈琵琶行〉的研究》（1981 年）对此进行了介绍。

② 池田勉《关于〈须磨卷〉的备忘录》（载《国语与国文学》，1972 年 3 月。又收录于《〈源氏物语〉试论》）。此外，丸山氏在《〈源氏物语〉与〈白氏文集〉备忘录》中探讨了白居易被贬江州对《源氏物语·须磨卷》的影响。

二

接下来列举的《琵琶行》全文是据镰仓时代抄写的金泽文库本所录。①
现将这首诗划分成五段：Ⅰ. 浔阳江的送别宴、Ⅱ. 女子登场与琵琶伴奏、
Ⅲ. 女子述怀、Ⅳ. 白居易的共鸣与述怀、Ⅴ. 女子再次演奏与白居易述怀。

琵琶引并序

元和十五年秋，予左迁九江郡司马。明年秋，送客至湓浦口，闻舟
中夜弹琵琶者。听其音，铮铮然有京都声。问其人，本是长安倡家女，
尝学琵琶于穆曹二善才，年长色衰，委身为贾人妇。遂命酒，使快弹数
曲。曲罢悯默，自叙少小时欢乐事，今漂沦憔悴，转徙于江湖间。予出
官二年，恬然自安，感斯人言，是夕始觉有迁谪意。因为长句歌以赠
之。凡六百一十二言，命曰琵琶引。

Ⅰ. 浔阳江头送别宴
1 浔阳江头夜送客，2 枫叶荻花秋索索。
3 主人下马客在船，4 举酒欲饮无管弦。
5 醉不成欢惨将别，6 别时茫茫江浸月。
Ⅱ. 琵琶女登场及琵琶演奏
7 忽闻水上琵琶声，8 主人忘归客不发。
9 寻声暗问弹者谁，10 琵琶声停欲语迟。
11 移船相近邀相见，12 添酒回灯重开宴。
13 千呼万唤始出来，14 犹抱琵琶半遮面。
15 转轴拨弦三两声，16 未成曲调先有情。
17 弦弦掩抑声声思，18 似诉平生不得意。
19 低眉信手续续弹，20 说尽心中无限事。
21 轻拢慢捻抹复挑，22 初为霓裳后绿腰。

---

① 参见"新潮日本古典集成"《源氏物语 二》附录中的《琵琶引》。此外，金泽文库本
的序作"元和十五年"，应该将其订正为"元和十年"；"六百十二言"应该订正为
"六百十六言"，"浔"的偏旁为补笔。

23 大弦嘈嘈如急雨，24 小弦窃窃如私语。
25 嘈嘈切切杂错弹，26 大珠小珠落玉盘。
27 间关莺语花底滑，28 幽咽泉流冰下难。
29 冰泉冷涩弦凝绝，30 凝绝不通声暂歇。
31 别有幽愁暗恨生，32 此时无声胜有声。
33 银瓶闲破水浆迸，34 铁骑突出刀枪鸣。
35 曲终收拨当心画，36 四弦一声如裂帛。
37 东船西舫悄无言，38 唯见江心秋月白。

Ⅲ. 琵琶女述怀

39 沉吟放拨插弦中，40 整顿衣裳起敛容。
41 自言本是京城女，42 家近虾蟆陵下住。
43 十三学得琵琶成，44 名属教坊第一部。
45 曲罢曾教善才服，46 妆成每被秋娘妒。
47 五陵年少争缠头，48 一曲红绡不知数。
49 钿头云篦击节碎，50 血色罗裙翻酒污。
51 今年欢笑复明年，52 秋月春风等闲度。
53 弟走从军阿姨死，54 暮去朝来颜色故。
55 门前冷落鞍马稀，56 老大嫁作商人妇。
57 商人重利轻离别，58 前月浮梁买茶去。
59 去来江口守空船，60 绕船月明江水寒。
61 夜深忽梦少年事，62 梦啼妆泪红阑干。

Ⅳ. 白居易的共鸣及述怀

63 我闻琵琶已叹息，64 又闻此语重唧唧。
65 同是天涯沦落人，66 相逢何必曾相识。
67 我从去年辞帝京，68 谪居病卧浔阳城。
69 浔阳小处无音乐，70 终岁不闻丝竹声。
71 住近湓江地低湿，72 黄芦苦竹绕宅生。
73 其间旦暮闻何物，74 杜鹃啼血猿哀鸣。
75 春江花朝秋月夜，76 往往取酒还独倾。
77 岂无山歌与村笛，78 呕哑嘲哳难为听。
79 今夜闻君琵琶语，80 如听仙乐耳暂明。
81 莫辞更坐弹一曲，82 为君翻作琵琶行。

Ⅴ. 琵琶女再次演奏及白居易再次产生共鸣

83 感我此言良久立，84 却坐促弦弦转急。

85 凄凄不似向前声，86 满座重闻皆掩泣。

87 就中泣下谁最多，88 江州司马青衫湿。

鸭长明的《方丈记》中有一段描写了宇治川旁弹琵琶的情景，引用了《琵琶行》："风吹桂叶的黄昏，想起'浔阳江头夜送客'之事，效仿源都督弹奏琵琶。若有余兴，和着松风弹一首雅乐《秋风乐》。"

源都督是琵琶名手源经信。"风吹桂叶的黄昏"模仿了《琵琶行》第 2 句"枫叶荻花秋索索"。"枫"读作"かつら"①，"索索"形容微风吹动树叶的萧瑟之感，《新乐府·五弦弹》"第一第二弦索索，秋风拂松疏韵落"将"索索"用来形容秋风吹动松叶的声音。鸭长明之所以会从琵琶引出"松韵"，是基于这两首白诗（诗中有"索索"一词，而且是讲琵琶的诗）之故。《白氏文集》马元调本等作"瑟瑟"，马元调本注"半红半白之貌"。正如近藤春雄所说，将其理解为风声较为妥当。②

从《方丈记》的化用手法可知，《琵琶行》第 2 句"枫叶荻花秋索索"所描绘的秋天萧瑟的风声令人印象深刻。《和汉朗咏集》（秋兴部 229）所收的藤原义孝的和歌"最是秋夕风情好，飒飒风吹荻下露"也可以看作是基于《琵琶行》的"枫叶荻花秋索索"创作的。"风吹秋荻"这一点自不用说，"秋夕"也带有《琵琶行》的色彩。《琵琶行》第 6 句"别时茫茫江浸月"描写了月亮即将从水面上升起的情景，由此可知《琵琶行》是在日暮时分拉开序幕的。藤原义孝的和歌可以说具有浓厚的《琵琶行》的风情。

《琵琶行》描绘了一幅秋夜的冷风吹拂着浔阳江，月亮即将升起的情景。黑川洋一指出，《琵琶行》中月亮的相关描写对《桐壶卷》"朔风段"中的月亮造成了影响。③ 第 I 段第 6 句"别时茫茫江浸月"写的是月亮才刚刚从东边出来，茫茫江水倒映着明月的情景。第 II 段，江面上忽然传来了琵琶声，于是把演奏琵琶的女子叫了出来，之后用了各种比喻来表现女子演奏技巧的

---

① 参见築瀬一雄《方丈记全注释》。《和名抄》（十卷本十，二十卷本二十）"枫"读作"乎加豆良"，"桂"作"女加都良"。

② 近藤春雄《〈长恨歌〉〈琵琶行〉的研究》。此外，"瑟瑟"也能形容风声。

③ 黑川洋一《〈源氏物语〉中〈琵琶行〉的投影——〈桐壶〉朔风段的月光描写》（载实方博士古稀纪念论集编辑委员会编《日本文艺的研究——古稀纪念论集》，1978年。又收录于《同杜诗》）。

精湛。第Ⅱ段末尾，伴随着四弦一声像撕裂布帛般的轰鸣，琵琶演奏结束，四周归于一片寂静。第38句"唯见江心秋月白"形容的是秋月高高升起照耀江面的样子。此外，第Ⅲ段结尾处第60句"绕船月明江水寒"，黑川氏指出"这里的月光照耀着诉说身世的女子，同时也照耀着倾听她的故事的诗人。撒满江面的清冷月光既暗示夜色已深，同时也象征了包围她的另一种寒冷"。白居易也是如此，月下送别宴上听琵琶演奏的前提是第Ⅳ段第75～80句"春江花朝秋月夜，往往取酒还独倾。岂无山歌与村笛，呕哑嘲哳难为听。今夜闻君琵琶语，如听仙乐耳暂明"。第60句和第75句中的月亮具有双重性质：既是回忆中的月亮，又是两人面前的明月。文章就是这样描绘了月明之夜的琵琶声。

《琵琶行》用月亮来表现时间的流逝。黑川氏指出《桐壶卷》也运用了同样的表现手法。桐壶帝派命妇去已故更衣的娘家，首先出现的是"夕月夜"，接着是"秋月照耀着繁茂的杂草"，再是"凉月西沉""月已隐于山端"。从傍晚的月亮写到没于西山之端的月亮，月亮在不停移动，场景随之徐徐展开。黑川氏认为这是受到了《琵琶行》的月亮的影响。

黑川氏的观点主要针对的是"月亮"，笔者认为"风"也可以援用这一观点。《琵琶行》的第2句"枫叶荻花秋索索"里出现了"风"，第Ⅱ段第60句"绕船月明江水寒"描写了月下冷冽的川风，同时也象征了女子内心的孤独寂寞。

"风"同样在《桐壶卷》中扮演了重要角色。"深秋的一天黄昏，秋风飒飒，暮色渐浓，寒气逼人，一名韧命的命妇奉命前往更衣的娘家。命妇于月色当空之夜坐车前往。"（《桐壶卷》19）"朔风"构成了所有景色的背景。"杂草丛生，一片荒凉破败景象。加上这时寒风萧瑟，更显得格外凄凉。繁茂的杂草也遮不住高悬的秋月，明朗地照耀着大地。"（《桐壶卷》20）"月色如水，寒风拂面。"（《桐壶卷》24）"风声虫鸣无不催人哀思。（中略）月已西沉。"（《桐壶卷》28）"月"与"风"可谓是浑然一体。从这个角度来看，《桐壶卷》与《琵琶行》非常相似。既然《桐壶卷》有受到《琵琶行》的影响，那么就更有必要对直接引用了《琵琶行》且描写了水边琵琶声流淌的《明石卷》进行考察。

除了前面提到的池田氏的论著之外，古泽未知男和中西进也曾提到了

《琵琶行》与《明石卷》之间的关联。① 古泽氏指出："白乐天被贬为江州司马时偶遇浔阳江头的长安倡女，听到她的琵琶演奏，于是有感而发创作了《琵琶行》。《明石卷》与《琵琶行》都是在谪居之所听到令人思乡的琴声，这一共通之处说明了《源氏物语》引用《琵琶行》的意图之所在。"

中西进也在《源氏物语与白乐天》一书中指出白居易和琵琶女"通过琵琶心灵相通"，"值得注意是琵琶和琴将两人联系到了一起。即便说《源氏物语》吸收了《琵琶引》的构想这一判断下得过早，依旧无法从《物语》中抹去《琵琶引》的影子"。

这三种学说都考虑到了《琵琶行》对《源氏物语》的影响，古泽氏和中西氏认为《须磨卷》和《明石卷》巧妙地引用了《琵琶行》，而池田氏则更进一步指出包含《琵琶行》在内的白居易谪居作品对《源氏物语》的整体构想产生了巨大影响。笔者基本上赞同池田氏的观点，下面对这三种学说进行分析。

三

首先我们将《明石卷》中的光源氏与明石姬相关的场景分为三段：A. 光源氏与明石入道的对话，B. 光源氏与明石姬相会，C. 光源氏与明石姬离别。父亲入道向光源氏推荐女儿是在 A 段，明石姬并没有出场。四个月后（八月），光源氏造访了明石姬的居所，两人结婚是 B 段，此后又过了一年，光源氏被允许回京，留下有孕在身的明石姬返回了京都，C 段描写了离别的场景。

这三段都有谈到七弦琴、琵琶和古筝。用日语来进行概括的话就是"琴"（弦乐）② 成为故事的关键。此外，中西氏指出《明石卷》与《琵琶行》的相同之处是"月"与"水"，本文再加上"风"来进行考察。A 段与 B 段中有"月"和"风"，C 段中有"风"。《明石卷》讲述了在明石这一傍水的土地上，潦倒一族的女儿与流放的光源氏在"琴"声中、在"月"光

---

① 中西进《源氏物语与白乐天》（1997 年）、古泽未知男《从汉诗文引用看〈源氏物语〉研究》。

② 译者注：日语的"琴"字既可以读作"きん"，也可以读作"こと"。"きん"特指中国传统乐器"古琴"。读作"こと"时为弦乐的总称。

下、在"风"中相遇又分离的故事。《琵琶行》讲述的是在浔阳江的"月"下和萧瑟的秋"风"中，零落的女子与谪居的白居易以琵琶声为媒介相遇的故事。正如诸学所说，《琵琶行》与《明石卷》非常相似。

值得注意的是，黑川氏指出，《明石卷》与《桐壶卷》"朔风段"一样，A段首先说"夕月夜"，然后再到"月已西沉"。时间的流逝与"月"相关。A段的开头如下：

> 在一个娴静的月夜，光源氏眺望海面，觉得看上去很像是故乡府邸的池塘，胸中涌起了无限思乡之情。然而寂寞寡欢，无以慰藉之际，眼前望见了淡路岛。他不禁感慨："淡路岛，好远啊。昔人清眺淡路岛，今宵月色明如昼。"

（《明石卷》274）

此后，光源氏和明石入道分别弹奏了七弦琴、琵琶和古筝，《物语》用"月"来暗示时间的流逝："夜色渐深，海风送凉，残月西沉。"（《明石卷》278）

"残月西沉"之前，光源氏演奏起了七弦琴，明石入道听了泪流不止，派人拿来了古筝和琵琶，并趁机说出了女儿明石姬是古筝名手一事。"残月西沉"之后，入道开始向光源氏诉说自己是怎么从京城搬到明石浦，父亲曾身居大臣之位，奈何家道中落，并对女儿的结婚寄予厚望等事。也就是说，《物语》在描写月亮之前提到了琴（七弦琴、琵琶、古筝）声，之后变成了明石入道的述怀。听了入道的话，光源氏流下了眼泪，说起了自身的遭遇。这一过程与《琵琶行》几乎可以说是相同的。

下面分析A段的内容与被分成五段的《琵琶行》之间的对应关系。第Ⅰ段与第Ⅱ段描写了在月光和风声中流淌的琵琶声。《明石卷》也同样描写了在月光和海风中流淌的琴（七弦琴、琵琶、古筝）声。第Ⅱ段结尾，演奏结束后又出现了月亮，第Ⅲ段开始琵琶女的述怀。第Ⅴ段讲的是琵琶女的再次演奏与白居易的再次共鸣。《明石卷》中也有光源氏被入道的话打动之后的述怀。虽然《物语》没有出现第二次演奏，但是以和歌唱和的形式强调了与明石姬站在同一立场的入道与光源氏之间的共鸣。

《琵琶行》与《明石卷》不仅具有构造上的对应，就连具体表现也十分相似。

夜色渐深，海风送凉，残月西沉，四周一片寂静。入道无所不谈，从初来明石浦时，谈到为来世修行，最后连女儿的事情也说了出来。光源氏听得津津有味，却也对其遭遇深表同情。

（《明石卷》278）

"四周一片寂静"对应着《琵琶行》第 37 句 "东船西舫悄无言"。入道"无所不谈"，将自己的经历全盘托出，这与第 41 句 "自言本是京城女"的"自言"相对应。序言中也有"自叙"二字。下面这一段是入道谈到家道中落的经历以及自己对女儿的期待。

"都是我前世作孽，今生才做了这等山野村夫。我的父亲曾高居大臣之位，到了我这一代却沦为了贱民。代代这样下去，还不知今后会沦落成什么样子，想起来就令人伤心。唯有小女，打她一出生我就寄予厚望，希望她能嫁个京中的达官显贵，因此得罪了许多来求婚的人，然而我并不以为苦。只要我还活着，就会尽己所能地守护她。但若我先离世，还不如让她投身海底。"他边哭边说，词不达意。心事重重的光源氏也边听边流泪。

（《明石卷》279）

入道的自述很像是琵琶女对自己不幸经历的描述（序言，第 41～56句）。入道的眼泪与第 62 句琵琶女的眼泪，光源氏的眼泪与第 64 句白居易的共鸣以及第 88 句白居易的眼泪相对应。

光源氏认为自身的沉沦是命中注定的。入道代明石姬与光源氏进行了赠答。

"我承受了莫须有的罪名，漂泊到了这片意想不到的土地。本来不知道前生犯了什么罪孽，今宵听君一席话，才明白这原来是前世注定的因缘。（中略）我自从离开京城，痛恨人世无常，意气消沉，也没有什么心情修行佛法，虚度时光而已。（中略）也好慰我孤枕难眠。"入道闻言，喜不自禁。他（代明石姬）吟道："君识孤枕愁滋味，应怜荒浦闺中娘。还请多多谅解父母长年的一片苦心。"声泪俱下，仍然不失体统。光源氏说："你那住惯荒浦之人，岂会如我这般寂寥。"遂答道："客子苦夜长难晓，孤枕庄周梦不成。"那推心置腹的样子，非常优美。入道又滔滔不绝地跟光源氏说了许多话，为避免烦冗，恕不尽述。

(《明石卷》279)

（望日，入道代明石姬吟道：）"君眺长空妾亦眺，两处相思一处情。"

(《明石卷》283)

听完入道的话，光源氏想起了自己被贬的宿命。白居易也是听了琵琶女的话想起了"迁谪意"（序）。"意气消沉"对应着"漂沦憔悴"（序）和"谪居病卧浔阳城"（第 68 句）。

此外，光源氏用"孤枕难眠"来形容自己的孤寂，入道的和歌也顺着光源氏的话说女儿明石姬同是"孤枕"人。笔者认为明石姬继承了琵琶女独寝的寂寞。第 58 句琵琶女说丈夫外出去做茶叶的生意，留下自己一人独守空船。她的空虚寂寞借由第 59 句的"空船"和第 60 句的"江水寒"表达了出来。

白居易在第 76 句用孤独的"独"字来表现自己孤身一人在没有音乐的情况下喝着闷酒的境况。他在这样的孤寂中听到了琵琶女的倾诉，真切地感受到因罪被贬的痛苦。《琵琶行》述说了孤独的男女在落魄之地相遇的故事。明石姬和光源氏的"孤枕"可以说是沿袭了《琵琶行》里的男女的孤独。

虽然《琵琶行》中的琵琶女与白居易并没有结为连理，但是被丈夫冷落的女子与白居易的邂逅与共鸣似乎很容易发展成一个爱情故事。事实上，马致远基于《琵琶行》创作的元曲《青衫泪》就描写了白居易与伎女裴兴奴的爱情故事。《琵琶行》原本应该也具有这样的元素。

光源氏与明石姬命运般的邂逅可以说是由《琵琶行》内在的爱情故事发酵而成的。元曲《青衫泪》与《源氏物语》都是将《琵琶行》描绘的谪居邂逅演绎成了恋爱故事，从这一点看来两者算是同类型的文学作品。

语言上需要注意的地方有"入道又滔滔不绝地跟光源氏说了许多话"（原文：数知らぬことども聞こえ尽くしたれど）。诸注均将"ことども"理解为入道所说之"事"，这个词明显指的是入道述怀的内容，同时也暗含了"琴ども"的意思。在此之前《物语》就出现过"琴ども"这个词："入道弹起那音色美好的筝来"（原文：音もいと二なう出づる琴ども）。（《明石卷》276）在那之后也有"商人妇中也有人因弹奏古琴获得赞誉"（原文：商人の中にてだにこそ、古こと聞きはやす人は、はべりけれ）（《明石卷》277）这样的表述。此处明显引用了《琵琶行》的"老大嫁作商人妇"，"新古典文学大系"指出这里的"古こと"含有"古琴"（女子所弹琵琶的古老音色）

251

和"古事"（女子口中的陈年旧事）这两层意思。这些双关语与《琵琶行》的内容相关。

《琵琶行》中，女子弹奏的琵琶的音色与她讲述的陈年旧事在表现女子内心世界这一点上是一致的。第20句"说尽心中无限事"是指女子用琴声把心中无限的往事说尽。第63、64句"我闻琵琶已叹息，又闻此语重唧唧"是指白居易听到琵琶的悲泣早已摇头叹息，又听到女子的诉说，心中更为悲凄。琵琶的音色和女子的话语都表现了女子的内心世界，引起了白居易"同是天涯沦落人，相悲何必曾相识"（第65、66句）的情感共鸣。

这样看来，第20句"说尽心中无限事"与《明石卷》"滔滔不绝地说了许多话"是非常相似的。后者沿袭了前者的表现。《琵琶行》用琵琶声来表现女子内心的隐痛，可以看成是琵琶的音乐语言。与之不同的是，日语中表示弦乐的"琴"和表示"事"或"言"的"こと"是同音词，《源氏物语》仅用一个词"こと"就表现出了双重含义。既然"こと"能表示"琴"和"事"，那么"ことども"就可以理解成弹琴。这个双关语后来也被频繁拿来使用，可以说是将《琵琶行》巧妙地改造成了日本独有的表现形式。

除此之外，《琵琶行》还有很多表示琵琶音色的表现，如"似诉平生不得意""小弦窃窃如私语""今夜闻君琵琶语"等。特别是"今夜闻君琵琶语"直接用"语"来表示琵琶声。本句在日语中读作"こと"这一表现方法在《明石卷》被转换成了双关语（"琴"通"言"）的修辞方法。

四

《琵琶行》与《明石卷》虽然有这些相似之处，但《琵琶行》主要描写的是女子、琵琶、白居易这三者之间的关系，《明石卷》则要更为复杂一些。除了明石姬、琵琶、光源氏这三者之外，又加上了明石入道、七弦琴、古筝三者的对应关系。入道作为明石姬的代言人，他在这些对应关系中的位置是可以理解的，至于七弦琴和古筝的用途有必要另外进行探讨。

首先是琴。琴是光源氏被贬须磨时，特地从京中带来的物品之一。A段，光源氏一边眺望明月一边弹七弦琴，琴音乘着风飘到了明石姬的居所。入道为之感动不已，从山里的内宅取来了琵琶和古筝，宴会上便有三种弦乐。入道弹奏琵琶，光源氏弹古筝。入道谈起音色特别美好的古筝，并提到他家受延喜年间醍醐天皇古筝演奏的嫡传，至今已有三代，现在由自己的女儿继承。入道想把自己的女儿介绍给光源氏，因此谈起了女儿最引以为傲的事。中西进指出这一段与《琵琶行》有关。在《琵琶行》中，女子的琵琶得到了京城音乐的真传（"铮铮然有京都声""尝学琵琶于穆曹二善才"）。

接下来考察《新乐府·五弦弹》（0141）与这一段的关联。《五弦弹》的创作年代比《琵琶行》早七年，白居易在诗中批判了当时流行的五弦琵琶[①]代替传统的二十五弦瑟的现象。儒教将礼乐视作根本，白居易欲借此事批判时人与政治的堕落。神田本《五弦弹》全文如下：

五弦弹
恶郑之夺雅也

五弦弹，五弦弹，听者倾耳心寥寥。
赵璧知君入骨爱，五弦一一为君调。
第一第二弦索索，秋风拂松疏韵落。
第三第四弦冷冷，夜鹤忆子笼中鸣。
第五弦声最掩抑，陇水冻咽流不得。
五弦并奏君试听，凄凄切切复铮铮。
铁击珊瑚一两曲，冰泻玉盘千万声。
铁声杀，冰声寒。
杀声入耳肤血惨，寒气中人肌骨酸。
曲终声尽欲半日，四座相对愁无言。
座中有一远方士，唧唧咨咨声不已。
自叹今朝初得闻，始知孤负平生耳。
唯忧赵璧白发生，老死人间无此声。
远方士，尔听五弦信为美，
吾闻正始之音不如是。
正始之音其若何，朱弦疏越清庙歌。
一弹一唱再三叹，曲澹节稀声不多。
融融洩洩召元气，听之不觉心平和。
人情重今多贱古，古琴有弦人不抚。
更从赵璧艺成来，二十五弦不如五。

[①] 东大寺正仓院北仓存有世上唯一的五弦琴。

《五弦弹》有一部分表现与《琵琶行》相通："弦索索"与"枫叶荻花秋索索"、"掩抑"与"弦弦掩抑声声思"、"陇水冻咽流不得"与"幽咽泉流冰下难""冰泉冷涩弦凝绝"、"凄凄切切复铮铮"与"凄凄不似向前声""嘈嘈切切错杂弹""铮铮然"（序）、"铁击"与"铁骑突出刀枪鸣"、"冰泻玉盘"与"冰泉冷涩弦凝绝""大珠小珠落玉盘"、"四座相对愁无言"与"满座重闻皆掩泣"、"一远方士"与"江州司马青衫湿"、"唧唧咨咨"与"又闻此语重唧唧"、"自叹"与"我闻琵琶已叹息"。

以紫式部为首的白诗读者想必是将这两首咏琵琶的诗结合起来读的。诗中推崇琵琶的是"一远方士"。作者对该男子表示叹息并批判了古瑟遭世人废弃的现象。我们仿佛可以从中看到明石入道将琵琶放到一边，弹起传统乐器古筝的身影。紫式部将白居易对《五弦弹》的批判嫁接到了入道对古筝的推崇上。

由上可知，三种弦乐分别具有不同的功能。七弦琴是光源氏擅长的乐器，能够体现他的心情；琵琶[①]是入道和明石姬拿手的乐器，令人联想到《琵琶行》；古筝虽然像古瑟一样传统，但是其正统的演奏技法几近失传，幸好流传到了荒凉的明石浦，被明石入道及其女儿所继承。三种乐器奏出的优美的音符就这样在明石浦潺潺流淌。

《琵琶行》与《明石卷》A 段具有以上这些相似点。入道最想让光源氏听到的女儿明石姬的筝音却没有在 A 段出现。入道的本意是想拿古筝做借口让二人相见，光源氏却没有在 A 段听到明石姬的筝音，也就没能消除二人"孤枕"的寂寞。

四个月后的 B 段"光源氏与明石姬相会"正是为此设计的。迟迟不露面的明石姬就好似《琵琶行》的那个"千呼万唤始出来"的琵琶女。B 段最重要的场景如下：

> 帷屏上的带子碰到了筝弦，铮铮有声。这表明了她刚才随意弹琴时散乱的样子。光源氏觉得很有意思，便说："素闻小姐擅长弹筝，不知能否为我弹奏一曲？愿得一心人相伴，慰我夜半惊梦魂。"明石姬答道："长夜昏暗尚迷津，焉知是真还是梦？"

（《明石卷》290）

---

① 石田博在《〈源氏物语〉与中国文学——以琵琶为中心》（载《日本文学论究》，第四十册，1980 年 11 月）中探讨了琵琶与《源氏物语》的关联。

"素闻小姐擅长弹筝，不知能否为我弹奏一曲？"光源氏找了个借口要接近明石姬。他的和歌"愿得一心人相伴，慰我夜半惊梦魂"（原文：むつごとを語りり合せむ人もがな憂き世の夢もなかば覚むやと）一方面劝明石姬弹琴，"琴"字一语双关，又带有"语"的意思。换句话说，既有想用我的七弦琴与你的古筝合奏的意思，还有想与你絮絮低语之意。之前说过，这个双关语来自《琵琶行》中琵琶的音乐语言。

光源氏借口要与明石姬合奏，其实是想与她互诉衷肠，这也与《琵琶行》有关。《琵琶行》中的男性并非只有白居易一人。时值饯别宴高潮，肯定有多位男子听到了琵琶女的演奏和故事，并深深为之感动。但是在白居易的主观世界里，只有自己在与女子对话，也就是通过"君"与"我"对话的形式，构筑了只有两个人畅谈彼此不幸遭遇的场景。第63句先说到"我"，第79句是"闻君琵琶语"，第82句为"君"作琵琶歌，第83句"感我此言"女子再次演奏，第88句身为"江州司马"的我也流下了感动的泪水。反复出现的"君"与"我"让人觉得似乎只有白居易与女子心心相印。诗歌以琵琶和音乐语言为媒介，呈现出了两人互诉衷肠的场景。

此外，光源氏与明石姬的和歌中都用了"梦"这个词，这是模仿了《琵琶行》的"夜深忽梦少年事，梦啼妆泪红阑干"。

五

B段两人喜结连理，互诉衷肠，但是合奏一事却依旧没能实现。此后过了一年，光源氏被允许回京，两人终于得以在C段"光源氏与明石姬离别"中合奏。

"分别在即，能否为我弹奏一首作为纪念？"光源氏将京中带来的七弦琴取了出来，随意弹出几个调，琴音在深夜里回响，优美绝伦。明石入道听了也忍不住去取了筝，走进帘幕中。（中略）明石姬也轻轻弹出一曲，果然高雅精妙。（中略）就连擅长此道的光源氏也不曾听过如此美妙的琴声，尚未听够这些鲜为人知的乐曲，心中不禁后悔："平日里为何不曾逼她弹一弹呢？"于是心中立下誓言永不相忘。又对她说："这张琴就留给你作纪念，将来重逢时再合奏。"明石姬吟道："临别一

言等闲寄，含泪对琴长相思。"光源氏与她约定："殷勤赠琴约再逢，惟
愿君心不变迁。在这琴音未变之前，一定会相逢的。"

（《明石卷》298）

先是光源氏弹琴，然后是明石姬抚筝。光源氏被她美妙的琴声感动。从
《物语》受容《琵琶行》的角度来看，这一场景再现了白居易听到女子琵琶
声的感动。"临别一言等闲寄，含泪对琴长相思"（原文：なほざりに頼め置
くめる一ことを尽きせぬ音にやかけて偲ばむ）中的"等闲（なほざり）"
出自"秋月春风 等闲 度"。"一こと"一语双关，即表示"琴"，又表示
"言"，与之前提到的琵琶的音乐语言有关。"尽きせぬ音"化用了"说尽心
中无限事"。这句白诗同时也是"滔滔不绝地说了许多话"（原文：数知らぬ
ことども聞こえ尽くしたれど）的出处。

在这一场景中，二人首次通过各自的琴与筝进行了对话。这不是所谓的
"琴瑟相和"，而是"琴筝相和"。两人的依依惜别之情通过这两种乐器得以表
现出来。光源氏将自己的七弦琴留给明石姬作纪念，这张琴后来在《松风卷》
中成为两人重逢的信物。光源氏被召回京城，明石姬的女儿在明石浦诞生。
算命先生曾预言此女将来会贵为中宫，因此光源氏将母女等三人接到了京城。
《松风卷》中，光源氏先将尼姑夫人、明石姬、小女公子安顿在洛西的大堰山
庄。明石姬在山庄等候光源氏，寂寞无聊时弹起了当年光源氏送她的那张琴。

尼君正斜倚着悲叹，听到琴声便起身吟道："改换行头独回乡，松
风犹是旧时音。"明石姬答道："思慕故乡弹旧琴，不知何处觅知音？"

（《松风卷》129）

让我们来看看这里出现的"琴"与《琵琶行》的关联。明石姬的和歌
"思慕故乡弹旧琴，不知何处觅知音"（原文：故里に見し世の友を恋ひわび
てさへづることを誰れか分くらむ）中的"さへづること"既有"拙劣的琴
技"的意思，也有"（如若鸟鸣声的）乡音"的意思。她将琴的音色形容成
鸟鸣声，以谦卑的姿态来形容在远离京城的乡下长大的自己。这里使用的双
关语"琴"和"言"正如之前所说带有《琵琶行》的特征。此外，《琵琶行》
的"间关莺语花底滑"将琵琶声描写成鸟语，"岂无山歌与村笛，呕哑嘲哳
难为听"提到了乡村音乐。"呕哑嘲哳"既可以用于人也可以用于鸟叫。"さ

へづること"可以说是极具《琵琶行》色彩的一个词。

光源氏终于在八月的月明之夜造访了大堰山庄，与明石姬重逢。

> 明石姬知道他想起了那天晚上的事，便取出了那张琴。光源氏顿时感到悲伤难过，便弹奏了一曲。琴音还是和从前一样，想起从前，仿佛历历在目。光源氏吟道："弦音不改当年调，恩情不变无转移"。明石姬答道："信守誓言甚宽慰，奈何松风添泣音。"

（《松风卷》135）

这一段与《明石卷》离别的场景相呼应，援用了《琵琶行》的双关语（"琴"通"言"）。这是琴声不变，誓言不变的佐证。卷名"松风"与这两个场景（《松风卷》129 和《松风卷》135）相关，即在明石浦听到的风声。《五弦弹》"第一第二弦索索，秋风拂松疏韵落"说的是琵琶声听起来就像是秋日的松风一样。《琵琶行》"枫叶荻花秋索索"也用"索索"来表示秋风吹动树叶的声音。《琵琶行》所描绘的秋风、明月的风景描写被嫁接到了《明石卷》的明石浦和《松风卷》的大堰山庄上，并与悠悠琴声相结合，成为光源氏、明石姬二人爱情故事的背景。

六

《琵琶行序》说白居易在与琵琶女邂逅后，第一次滋生了"迁谪意"。这两年来他一直是"恬然自安"的，将谪居看成是人生的假期乐观地度过。

迎接白居易的并不是贬官的痛苦，而是江州美丽的自然风光。《白氏文集》卷七的这首诗很好地说明了这一点。

题浔阳楼 （0277）

自此后诗，江州司马时作

常爱陶彭泽，文思何高玄。又怪韦江州，诗情亦清闲。
今朝登此楼，有以知其然。大江寒见底，匡山青倚天。
深夜滟浦月，平旦炉峰烟。清辉与灵气，日夕供文篇。
我无二人才，孰为来其间。因高偶成句，俯仰愧江山。

《白氏文集》卷七和卷八收录了白居易江州司马时代的闲适诗。从其自注可以看出，这首诗是他来到江州后创作的第一首闲适诗。

"陶彭泽"指的是在浔阳附近的栗里居住过的陶渊明，"韦江州"是曾任江州刺史的韦应物，这两个人都是与江州相关的著名诗人。白居易在江州的自然风光中找到了两人诗情"清闲"的理由。江州的自然代表了中国传统的山水观。出现在白居易眼前的是"大江"（浔阳江）和"匡山"（庐山），他将山与水的风景进行了对照。笔者用"、"表示与浔阳江相关的部分，用"·"表示与庐山相关的部分，两者之间的对比一目了然。诗人将"山"与"水"相对，描绘了给他带来诗歌灵感的自然风光。

热爱庐山的白居易在山下修建了草堂。《草堂记》（1472）详细记载了此事，与草堂相关的闲适诗和杂律诗也很多。此外还有《琵琶行》这样的感伤诗。白居易外放期间的诗作可以分为庐山草堂相关的作品群和浔阳江畔相关的作品群。

从《须磨卷》中可以看到庐山草堂相关的作品群对《源氏物语》的影响。光源氏要去须磨前打点行装。"客中所用物品，仅带上必不可少的，力求朴素。又带了些必要的汉文书籍和装《白氏文集》等的书箱，还有一张琴。"（《须磨卷》215）带上《白氏文集》是暗示他决心要去过白居易式的生活。自古以来的研究表明，该段模仿了《草堂记》的"堂中设木榻四，素屏二，漆琴一张，儒道佛书各三两卷"。

此外，当上参议的头中将访问须磨时，光源氏住在一个白居易式的唐风住宅里。"光源氏的住处很有唐土的风情，清幽如画。'石阶松柱竹编墙'，虽然简单朴素，却也饶有风味。"（《须磨卷》251）"石阶松柱①竹编墙"出自白居易的"五架三间新草堂，石阶桂柱竹编墙。"（《香炉峰下新卜山居，草堂初成，偶题东壁，五首（其一）》0975）光源氏模仿白居易的草堂修建了山庄。

这首草堂诗是五首组诗，第二首之后都被记为"重题"。第四首（0978）的名句"遗爱寺钟欹枕听，香炉峰雪拨帘看"收录于《和汉朗咏集》（山家部）。光源氏在须磨迎来了第一个秋天。秋风夹杂着波涛声传入耳际。"光源

---

① 通行本作"桂柱"。花房英树在《〈白氏文集〉的批判性研究》（第 140 页）中指出，酒井宇吉藏平安朝抄本《白氏长庆集第二十二》作"松柱"，《须磨卷》也作"松柱"，"桂柱"多用于富贵人家，"松柱"比较适合用于草堂，酒井本应该保存了白诗的原始形态。

氏一人醒着，欹枕听着四面的秋风。"(《须磨卷》237)此处援用了《重题》的"欹枕听"。按照《与元九书》的分类法，草堂诗应该归到杂律诗一类，《白氏文集》卷十六只收录律诗。

考虑到被贬江州的白居易是《须磨卷》《明石卷》的光源氏人物形象的原型之一，因此无法对《源氏物语》如何引用《琵琶行》和草堂相关的诗歌进行单独考察。正如池田氏所言，光源氏在须磨的谪居生活是基于白居易被贬江州之事写成的。光源氏与亲近江州山水的白居易一样，有时"身闲心适"，有时心中也会有"琵琶行"式的"迁谪意"。

这一视角可以为光源氏带去须磨的那张琴赋予新的解释。这张七弦琴一开始模仿了《草堂记》中的"漆琴一张"，但是一旦在流淌着"琵琶行"式琴音的明石浦演奏后，这张琴就具有了新的意义。琴音传到了山边的内宅，打动了明石姬的芳心，入道也被琴音打动，取来了筝和琵琶，最后演变成了三种乐器的演奏会。在这个过程中入道谈到了明石姬，光源氏也萌发了想听听明石姬弹筝的想法，于是就有了之后明石姬与光源氏的筝琴合奏。这张琴后来还成为光源氏回京时留给明石姬的纪念品。也就是说，琴和筝促成了光源氏与明石姬的结合。《琵琶行》只是描写了女子在浔阳江流淌的琵琶声，《须磨卷》《明石卷》在此基础上进行了演绎，创作了筝琴合奏以及明石姬与光源氏的爱情故事。

庐山不仅仅与《须磨卷》有关，还与《若紫卷》有关。光源氏为了治病踏访的北山某寺院，其周边风景宛若庐山。"知名的草木花卉五彩斑斓，像锦绣一样铺满了大地。"(《若紫卷》202)《花鸟余情》引《草堂记》注："杂木异草盖覆其上。绿阴蒙蒙，朱实离离，不识其名。"前文指出，除此以外《草堂记》还有"春有锦绣花谷"之语，北山的风景被描绘成庐山一般的风光①。"北山段"中，人们从美丽的山景聊到日本各地的名胜，其中还提到了明石浦以及住在那里的明石入道和他的女儿。"京城附近播磨国有个叫明石浦的地方，风景如画。(中略)前任国守已经皈依佛门，他女儿住的地方非常华美。"(《若紫卷》186)《若紫卷》是讲述光源氏遇见肖似藤壶的少女若紫(紫姬)的一卷。虽说明石姬只是人们闲聊的谈资，却也已经在《物语》中登场。可以说北山山景中的少女若紫和明石浦水景中的明石姬是成双成对现身的。

---

① 参见第四部第一章"《源氏物语》与庐山——《若紫卷》'北山段'之出典考证"。

　　如果将《源氏物语》看成是一部光源氏及其妻妾的物语，那么光源氏遇到妻子紫姬（少女若紫）是在《若紫卷》，遇到另一个重要的妻子明石姬则是在《明石卷》。去往明石的前提是《须磨卷》的存在，这些情景全部都与白居易被贬江州相关。白居易谪居的背景是庐山的山景和浔阳江的水景。正如《和汉朗咏集》"山水部"所示，平安朝的基本风景观都源自中国的山水观。两位女主人公是在中国山水观的背景之下被塑造出来的。

　　在《源氏物语》中，紫姬和明石姬同为一个女孩的母亲。这个女孩就是命中注定要当上中宫的小女公子，紫姬和明石姬分别是她的养母和生母。我们可以将《源氏物语》理解成是一部在北山和明石的山水风景中孕育出的两位女性将小女公子培养成中宫的故事。这也是中宫彰子的家庭教师紫式部倾注心血最想创作的故事。

　　紫式部利用了与白居易左迁相关的庐山和浔阳江的风景，如果没有对白居易其人及其作品的深刻理解，是不可能如此叙述的。一方面，紫式部灵活运用了讽谕诗、闲适诗、感伤诗、杂律诗各自的诗歌主题和内容，另一方面，白居易被贬江州的人生经历也为她书写光源氏被贬须磨、邂逅明石姬带来了创作的灵感源泉。作为白居易江州时期的重要代表作，《琵琶行》对《源氏物语》的影响很大，并不亚于《长恨歌》。

第四章 元白、刘白文学
与《源氏物语》
——友情与爱情表现

一、白居易、元稹、刘禹锡的唱和诗与《源氏物语》

紫式部写《源氏物语》时引用了大量汉诗文，并且借鉴了汉诗文的表现。本章将围绕深受平安朝人喜爱的白居易（乐天）及其友人的作品，就《源氏物语》的"友情"与"爱情"表现与汉诗文的关联进行考察。

白居易作为《长恨歌》（0596）、《琵琶行》（0603）、《新乐府五十首》的作者负有盛名，同时也因创作唱和诗广为人知。他将唱和诗中的自作收录进了《白氏文集》。仔细翻阅《白氏文集》，就能看到元白、刘白（白居易与元稹、刘禹锡）是如何相互交流的。再从《元氏长庆集》等中找出元稹、刘禹锡与白居易唱和酬答的诗歌，就更能理解他们之间的诗文交往。① 三人的唱和集被称为《元白唱和集》《刘白唱和集》，当中确实有一部分传到了日本。②

元白、刘白的交友状况通过《白氏文集》、《元氏长庆集》以及唱和集等

---

① 元稹、白居易的传记以及唱和集的复原主要参见花房英树《〈白氏文集〉的批判性研究》（1960年）、《白居易研究》（1971年）、《元稹研究》（1977年）。

② 《日本国见在书目录》关于白居易、元稹、刘禹锡的记录有"白氏文集七十、元氏长庆集二十五、白氏长庆集二十九卷"（三十九别集家）、"刘白唱和集二、杭越寄诗二（十二）"（四十总集家）。参见太田晶二郎《白氏诗文的渡来》（载《解释与鉴赏》21卷6号。又收录于《太田晶二郎著作集》第一册）。

为平安朝日本人所熟知，具体受容情况另作论述。[①] 天野纪代子曾指出《源氏物语》援用了元白、刘白对友情的思考。[②] 本章将沿着该观点深入推进，试探讨《源氏物语》中的友情表现与爱情表现。

二、《须磨卷》与元白诗

被贬到须磨的翌年春天二月二十几日，光源氏一边眺望樱花，一边想起了前年晚春在京城惜别诸友的情景，以及七年前同月同日在南殿（紫宸殿）举行的樱花宴。光源氏追思往事，遂吟道："无时不思京城事，插樱花宴日又至。"（《须磨卷》250）"插樱"指的是花宴上光源氏将东宫（现在的朱雀帝）赏赐的樱花枝插于冠上，表演舞乐《春莺啭》之事。头中将也应桐壶帝要求表演了《柳花苑》。此后，头中将（此时已升任宰相）特地从京城来找光源氏，光源氏前去迎接他并回忆起两人花下共舞之姿。

> 百无聊赖之际，头中将登门拜访。他现已升任宰相，德高望重，但却时常感到这世间枯燥无味，格外想念光源氏。于是冒着遭人非议甚至被判罪的危险，毅然赶来须磨见光源氏。久别重逢的两人悲喜交加，潸然泪下。光源氏的住处很有唐土的风情，清幽如画。"石阶松柱竹编墙"，虽然简单朴素，却也饶有风味。

（《须磨卷》250）

头中将也"格外想念光源氏"，这里以思念朋友为前提构成了双方再会的场景。头中将看到光源氏的住处颇具唐土的风情，"石阶松柱竹编墙"虽然朴素，却也别有一番风味，让人印象深刻。"石阶松柱竹编墙"出自白居易的"五架三间新草堂，石阶松柱[③]竹编墙"（《香炉峰下新卜山居，草堂初

[①] 新间一美《我国元白诗、刘白诗的受容》，载"白居易研究讲座"第四卷《日本的受容（散文篇）》，1994 年。又收录于新间一美《平安朝文学与汉诗文》。

[②] 天野纪代子《交友的方法——落魄、贬官的男人们》，载《文学》，50 卷 8 号，1982年 8 月。

[③] 那波本作"桂柱"。酒井本《白氏文集》《源氏物语》古注《奥入》（定家自笔本）等作"松柱"，与《源氏物语》的"松柱"一致。

成，偶题东壁，五首（其一）》0975）。① 学界普遍认为光源氏的住所模仿了白居易的庐山草庵。紫式部在描写光源氏的谪居生活时，借鉴了白居易左迁江州司马的文学作品。

　　两人久别重逢，无话不谈，饮酒作诗到天亮。此处也借鉴了白居易被贬江州的相关诗作。

> 　　两人通宵不眠，吟诗唱和，直到天明。宰相终于担心此行会遭人非议，急欲回京。匆匆一见，徒增伤悲。光源氏斟酒为他饯别，朗诵道："醉悲洒泪春杯里。"
>
> （《须磨卷》252）

　　黎明饯别时，光源氏吟诵的诗句是白居易的"醉悲洒泪春杯里"。这首诗是白居易离开江州去忠州赴任途中，在黄牛峡遇到五年没见的友人元稹时所作。当时元稹由通州司马转任虢州长史，正在北上途中。读者可以从诗题和诗歌了解到这一时期的元白的人生经历。

> 　　十年三月三十日，别微之于沣上。十四年三月十一日夜，遇微之于峡中。停舟夷陵，三宿而别，言不尽者，以诗终之。因赋七言十七韵，以赠。且欲记所遇之地与相见之时为他年会话张本也。（1107）
>
> 　　　　沣水店头春尽日，送君上马谪通川。
> 　　　　夷陵峡口明月夜，此处逢君是偶然。
> 　　　　一别五年方见面，相携三宿未回船。
> 　　　　坐从日暮唯长叹，语到天明竟未眠。
> 　　　　齿发蹉跎将五十，关河迢递过三千。
> 　　　　生涯共寄沧江上，乡国俱抛白日边。
> 　　　　往时渺茫都似梦，旧游流落半归泉。②
> 　　　　醉悲洒泪春杯里，吟苦支颐晓烛前。

---

① 白居易诗歌据那波本所录。元稹诗歌引用自《元稹集》（"中国古典文学基本丛书"，中华书局）。花房氏《元稹研究》附有作品号码。

② "往时渺茫都似梦，旧游流落半归泉"被收录于《千载佳句》（感叹部517）、《和汉朗咏集》（怀旧部734）。后略部分"风凄暝色愁杨柳，月吊宵声哭杜鹃"收录于《千载佳句》（春兴部71）。可见这首诗在平安时代非常有名。

（中略）

君还秦地辞炎徼，我向忠州入瘴烟。

未死会应相见在，又知何地复何年。

我们将这首诗与《须磨卷》再会的场景相比较，可以发现两者都叙述了主人公在离开京城的落魄旅途中与友人再会的情景，就连终夜不眠作诗直到天明、饮酒落泪、其中一人北上还都等细部描写也很相似。

读者可以通过光源氏朗诵白诗的这一场景，联想到现实中元白二人的友情，并将其与光源氏、头中将的友情相重合。这样一来，《物语》的友情描写就被赋予了更多的现实色彩。紫式部着眼于原诗中的元白友情，尝试用其来构筑《物语》中的世界。光源氏和头中将在须磨的重逢，正是从元白再会联想而来的。两人见面时"悲喜交加，潸然泪下"，虽然从语言表现上来看是源自《后撰集》（第十六卷杂二 1188）的和歌"或喜或悲同此心，一样泪流两不分"，但是与友人再会流泪这一点应该是借鉴了白诗"醉悲洒泪春杯里"。

《须磨卷》中还有一首关于白居易和元稹的诗。这首诗出现在光源氏在须磨度过的第一个秋天，他举头遥望八月十五月亮的情景。

一轮明月升上天空。光源氏想起今天晚上是八月十五，不禁怀念起宫中的载歌载舞来，想必众人也在眺望同一轮明月吧。他凝望着明月，朗诵起"二千里外故人心"之句，周围的人照例感动得流泪不止。

（《须磨卷》240）

光源氏吟诵的"二千里外故人心"是白居易在八月十五夜独自在长安宫中值宿时，思念被贬到南方江陵的元稹的一句诗。

八月十五夜禁中独直，
对月忆元九 (0724)

银台金阙夕沈沈，独宿相思在翰林。

三五夜中新月色，二千里外故人心。

渚宫东面烟波冷，浴殿西头钟漏深。

犹恐清光不同见，江陵卑湿足秋阴。

　　白居易在第二句用"相思"二字表达了对元稹的思念之情，在第四句"二千里外故人心"想象着元稹被贬到远方的心情。第五六句将元稹所处的江陵"渚宫"的"烟波"与自己所置身的宫中"浴殿"（浴堂殿）的钟漏声相对比，真切地体会到元稹被贬的心情。此外，第七八句讲的是江陵由于地势低洼湿气多导致浓雾遮蔽，恐怕看不见我眼前的"清光"。白居易心中期待：元稹远在千里之外，要是此刻也能一同眺望这美丽的月光该有多好。我们可以从中感觉到白居易心中确信元稹一定是在边赏月边思念着自己。

　　这首诗既表达了白居易对元稹的思念，也表现了他与被贬江陵的元稹二人纵然远隔千山万水仍然心意相通、思念彼此的真挚友情。最能体现两人的深厚友情的莫过于"二千里外故人心"这句诗了。

　　对于白居易的这首诗，元稹用下平声侵韵[①]作答：

酬乐天八月十五夜
禁中独直玩月见寄（0484）

一年秋半月偏深，况就烟霄极赏心。
金凤台前波漾漾，玉钩帘下影沉沉。
宴移明处清兰路，歌待新词促翰林。
何意枚皋正承诏，瞥然尘念到江阴。

　　远在江陵的元稹暗自想象宫中和八月十五的夜晚。宫中的"金凤台前"和"玉钩帘下"的月光是如此美丽，君王将宴会地点移到了月明处。今夜更适合吟唱"新词"，君王期待翰林学士白居易能一展风采。白居易奉旨作诗，不知为何想起了远在江陵的元稹。第七句中的"枚皋"是前汉人，对武帝自称是枚乘之子，武帝因赞赏其文才，赐给他官职，《蒙求》中"枚皋诣阙"讲的就是这个故事。元稹之所以将白居易比作枚皋，是希望白居易能够凭借文采获得宪宗赏识。[②] 最后一句写仕途顺利的白居易想起了被贬江陵的友人，也是元稹对于白居易友情的回应。事实上，白居易曾上奏《论元稹第三

---

① 　花房氏在《白居易研究》（第 204 页）指出："白居易的韵字为'沈、林、心、深、阴'。对此，次序虽然用了不同的韵字'深、心、沈（译者注：同沉）、林、阴'，但是还是这五个字。后世称之为'用韵'。"

② 　据说枚皋不通经术，其作品风格滑稽诙谐。也许元稹是作为友人在调侃白居易的文采。

状》（1965）等，积极为元稹辩护。仕途顺利的他仍然关心友人，这与头中将去须磨找光源氏有相通之处。

此外，光源氏脑海中浮现出白诗之际，首先想起的是宫中举办的八月十五的宴会（"怀念起宫中的载歌载舞"），[①] 这与元稹诗中描绘的宫廷宴会非常相似。其次，他又联想到京城中的女人们纷纷望着月亮想起自己（"想必众人也在眺望同一轮明月"）。这些女人和远在长安思念元稹的白居易站在同一立场，光源氏觉得自己的悲惨境遇与被贬江陵的元稹十分相似，所以才吟诵了那句"二千里外故人心"。

然而，光源氏心中应该还有其他感慨。原诗中的"故人心"是指白居易推度谪居中的元稹的心情。光源氏认为白居易对元稹心情的推度，恰似自己对京城中的女人们心思的揣测，所以才情不自禁地吟诵了这句"二千里外故人心"。

《须磨卷》引用白诗的地方还有"又吟起以前藤壶送他的诗'重重迷雾遮明月'，无比怀念"。"雾遮"意思是浓雾遮住了明月，是从"犹恐清光不同见，江陵卑湿足秋阴"这句话联想而来。此时此刻，光源氏想起的是《贤木卷》中藤壶的和歌。

> 今夜月色迷人，藤壶想起桐壶帝在世时每逢月夜，必有丝竹管弦之兴，如今虽说宫院没变，无奈世事变迁，可悲可叹。于是作和歌一首，让命妇转告光源氏："重重迷雾遮明月，遥慕清光不得见。"
>
> （《贤木卷》167）

这一段与《须磨卷》的"一轮明月升上天空。光源氏想起今天晚上是八月十五，不禁怀念起宫中的载歌载舞来"十分相似。很明显《须磨卷》与《贤木卷》是遥相呼应的。作者在描写《须磨卷》八月十五夜晚的场景时，反复锤炼语言，精心布局谋篇，巧妙地利用了白诗。

---

① 新间一美《引诗》（见《源氏物语事典》，别册《国文学》36 号，1993 年 5 月）曾论述过《源氏物语》对白居易八月十五诗歌的引用。

三、《花宴卷》与元白诗

光源氏因"胧月夜事件"被贬须磨，描述了他与胧月夜恋情的《花宴卷》也引用了元白诗，本节将就此进行探讨。

如前所述，南殿花宴之日，光源氏在藤壶跟前翩翩起舞。这一夜春月迷人，光源氏想偷偷去找藤壶，路过弘徽殿时听到廊下传来了一个年轻女人的声音。

> 光源氏走到弘徽殿的细殿，看到第三扇门没有关上。弘徽殿女御去宫中值宿了，殿中似乎没什么人。里面的小门开着，然而人声全无。"这般不注意，难免让人乘虚而入。"他悄悄跨进门向内窥探。门里的人似乎都睡着了。只听得一个娇美的声音吟道："朦胧月夜世无双"，一边朝这边走来。光源氏心中暗喜，一把抓住了她的衣袖。女子害怕地叫道："哎呀，吓死人了，是谁啊？"光源氏说："你为何如此讨厌我呢？同知深夜无穷趣，大抵前世有因缘。"便将她抱进房里，把门关上。
>
> （《花宴卷》52）

胧月夜所吟唱的"朦胧月夜世无双"出自大江千里《句题和歌》（《大江千里集》）的"月色不明亦不暗，朦胧春夜世无双"。这首和歌是以白居易的"不明不暗胧胧月"为句题创作而成的。

光源氏吟诵的和歌"同知深夜无穷趣，大抵前世有因缘"（原文：深き夜のあはれを知るも入る月のおぼろけならぬ契りとぞ思ふ）化用了白居易的"背烛共怜深夜月"。"深夜"与"深き夜"、"怜"与"あはれ"、"月"与"月"一一对应，完全可以断定光源氏的和歌是基于这句诗创作的。[①] "背烛共怜深夜月"出自下面这首白居易的七言律诗。

春中与卢四周谅华阳观同居 （0633）
性情懒慢好相亲，门巷萧条称作邻。

---

① 新间一美《引用》（载《国文学》1985 年 9 月号，特集《古典文学的关键词》）曾就此进行过论述。

背烛共怜深夜月，踏花同惜少年春。

杏坛住僻虽宜病，芸阁官微不救贫。

文行如君尚憔悴，不知霄汉待何人。

　　颔联"背烛共怜深夜月，踏花同惜少年春"收录于《和汉朗咏集》及《千载佳句》"春夜部"。《千载佳句》"春夜部"的第二首就是这两句诗，第三首是白居易的"不明不暗胧胧月，非暖非寒慢慢风"，两首都与《花宴卷》相关。紫式部巧妙利用《千载佳句》"春夜部"中"深夜月""胧胧月"的意象，构成了光源氏与胧月夜春夜邂逅的场景。

　　元和四年（809 年），元稹任监察使赴东川途中创作了组诗《使东川》。他在嘉陵驿创作的两首诗中，有一首是与远在长安的白居易的唱和诗。现将元白唱和诗一并摘录如下：

嘉陵驿二首（0464、0465）

元稹

（其一）

嘉陵驿上空床客，一夜嘉陵江水声。

仍对墙南满山树，野花撩乱月胧明。

（其二）

墙外花枝压短墙，月明还照半张床。

无人会得此时意，一夜独眠西畔廊。

嘉陵夜有怀二首（0764、0765）

白居易

（其一）

露湿墙花春意深，西廊月上半床阴。

怜君独卧无言语，唯我知君此夜心。

（其二）

不明不暗胧胧月，非暖非寒慢慢风。

独卧空床好天气，平明闲事到心中。

　　其中，大江千里以白居易的《嘉陵夜有怀二首》第二首第一句为句题创作了和歌。胧月的风情本来出自元稹诗第一首第四句。元稹在第一首写自己望着空中的明月和墙根的花，听了一夜嘉陵江的水声。第二首写无人能够理解自己在月下花间独眠"西畔廊"的心情。

白诗第一首写的是"可怜你于花开月上之时无言一人独卧'西廊'，唯有我知道你的心情"。第二首白居易代元稹吟咏了元诗中没有的"风"，并推测元稹在"平明"（黎明）时分心中滋生了"闲事"。

元稹说没有人能理解自己的心情，白居易说只有我能理解。这四首唱和诗描绘了一个诉说自己在孤独的春夜独寝的人和一个对此表示理解的人之间的心灵交流。

另一方面，《花宴卷》中描述女子孤身一人走在弘徽殿的细殿，一边欣赏月色，一边口中吟诵着大江千里的和歌。光源氏对她说，你我都懂得春夜（胧月）的风情，想必是前世有缘。既有胧月又有花，还有一个懂得春之风情的人，就在这个时候，另外一个能理解他的人登场了。《花宴卷》在这一点上与元白的四首诗基本一致。"细殿"是弘徽殿的西厢，与"西（畔）廊"近似。

千里的和歌"月色不明亦不暗，朦胧春夜世无双"是基于白诗创作而成，并表现出"胧月"风情的文学作品。《花宴卷》的这个片段将"胧月"风情改编成了一篇故事。紫式部不仅借鉴了白诗（千里和歌的出处），还仔细翻阅了元诗，才想出了光源氏与胧月夜邂逅的场景，由此实现了友情表现向爱情表现的过渡。

此外，光源氏的和歌"同知深夜无穷趣，大抵前世有因缘"与"背烛共怜深夜月"在场景上也有共通之处，即两者都用了"共"字之意，"共"与"同"都是"一起"的意思。"背烛共怜深夜月"要表现的并非独赏春月的风情，而是两人同赏"深夜月"。第四句"踏花同惜少年春"也表示两人一起踩着落花珍惜青春的意思。

此时，校书郎白居易搬到了长安永崇里的道观华阳观，与友人卢周谅一同赏花观月。《永崇里观居》（0179）、《春题华阳观》（0619）、《华阳观桃花时，招李六拾遗饮》（0623）、《华阳观中八月十五夜，招友玩月》（0627）等记录了当时的状况。他与同任校书郎的元稹之间也有很多诗歌赠答。

第二年即元和元年（806年），白居易为备考制举，辞掉校书郎一职，与元稹退居华阳观，创作《策林》七十五篇等准备考试。《代书诗一百韵，寄微之》（0608）描写了白居易的人际关系以及用功备考的样子。前年在华阳观时，白居易多与卢周谅、李六等人来往，想必他和元稹也共同度过了踏花赏月同惜"少年春"的美好时光。

光源氏与头中将在南殿花宴上的舞姿，也可以用"踏花同惜少年春"来形容。这句诗的韵字和光源氏在花宴上作诗时押的韵字都是"春"字，这就证明了南殿花宴的背后蕴含了"踏花同惜少年春"这一典故。至少，光源氏作诗时被"春"字所限，他的脑海中一定浮现出了同是平声真韵的《春中与卢四周谅华阳观同居》这首诗。

《花宴卷》的花宴描写和当晚胧月夜的描写都是以"背烛共怜深夜月，踏花同惜少年春"为核心构成的。这两句诗到了《须磨卷》又演变成光源氏在须磨赏花时的回忆，甚至一直关联到头中将访问须磨。换言之，光源氏与头中将之间的友情有白居易及其友人的影子。

值得注意的是，还有一个人也在与光源氏一同看花，同惜"少年春"。看到在樱花前翩翩起舞的光源氏，藤壶的内心久久不能平静。她在心中默念："若能修得平常心，当能自在赏芳姿。"（《花宴卷》51）藤壶和光源氏在一同赏花的过程中确认了彼此的心意。就这样，白居易的友情表现被嫁接到了藤壶与光源氏的恋情表现上。

四、《葵卷》与刘白诗

刘禹锡与白居易并称"刘白"，与"元白"齐名，紫式部在《葵卷》中引用了他的诗。葵姬生下夕雾死去后，在某个下过雨的晚秋傍晚，光源氏与头中将（时任三位中将）眺望庭中花木思念葵姬。

> 一天傍晚，下过一场秋雨，头中将脱去深色的丧服，换上淡色服装，英姿飒爽，令人自惭形秽。光源氏靠在西边门口的栏杆上，望着庭院中被霜打枯了的花草。晚风凄凄，阴雨绵绵，光源氏潸然泪下。他两手支颐，自言自语道："为雨为云今不知。"头中将不禁为之心动，心想："我要是女人，死后魂魄也一定会回来找他。"便走近他。光源氏的衣衫有些凌乱，他又重新系好了衣服的带子。（中略）头中将吟道："浮云化作潇潇雨，不知何处觅芳魂。她就这样不知所踪了。"光源氏吟道："为雨为云天昏暗，芳魂已逝空悲戚。"

（《葵卷》100）

光源氏吟诵的"为雨为云今不知"出自刘禹锡追悼情人的两首绝句。定家的《奥入》（定家自笔本）将这两首记为"梦得"作。定家注："梦得乃白乐天同时人也。爱人先逝时所作。"①

有所嗟

梦得

（其一）

庾令楼中初见时，武昌春柳似腰支。

相逢相失两如梦，为雨为云今不知。

（其二）

鄂渚濛濛烟雨微，女郎魂逐暮云归。

只应长在汉阳渡，化作鸳鸯一只飞。

"为雨为云"源自《文选》（卷十九）宋玉《高唐赋》中巫山神女的故事。故事说的是先王在高唐于白天小睡，梦中出现了一位神女，她离开时说自己住在巫山，朝为"朝云"，暮为"行雨"。

刘禹锡的诗讲的不是一位美若天仙的女子，而是将死去的情人比作巫山神女，这是有根据的。李善注《高唐赋》时引《襄阳耆旧传》："赤帝女姚姬未行而卒，葬于巫山之阳，故曰巫山之女。楚怀王游于高唐，昼寝梦见与神遇，自称是巫山之女。"② 此外，《文选》卷十六中，江淹（字文通）的《别赋》有李善注"瑶草"："宋玉《高唐赋》曰：我帝之季女名曰瑶姬，未行而亡，封于巫山之台，精神为草，实曰灵芝。"换言之，死去的"瑶姬"就是巫山神女。③《河海抄》（注《葵卷》）与李善注基本引用了同一段文字，

---

① 《全唐诗》（略称《全》）与《刘宾客文集》（略称《刘》）第三十一卷附有文本校对。题注："一作元稹诗，题作所思。"（《全》）"似"作"斗"。（《刘》）"支"作"肢"。（《全》《刘》）"失"作"笑"，（《全》《刘》）注："一作失。"（《全》）"如"作"尽"。（《全》《刘》）

② 《高唐赋》李善注："善曰：襄阳耆旧传曰，赤帝女姚姬未行而卒，葬于巫山之阳，故曰巫山之女。楚怀王游于高唐，昼寝梦见与神遇，自称是巫山之女。王因幸之。遂为置观于巫山之南，号为朝云。后至襄王时复游于高唐。"

③ 小尾郊一（"新释汉文大系"《文选（二）》）在注释《高唐赋》时引《文选》旁证，指出"李善看到的《宋玉集》收录的《高唐赋》与《文选》的《高唐赋》有字句上的异同"。

《异本紫明抄》（黑川本，注《葵卷》）载有一篇寡妇化雨化云的物语①，可见日本也流传有《高唐赋》的异传。《万叶集》中有很多死去的女性化作浮云游荡的表现，基本上都源自这一传说。

菅原道真的很多作品中都有这两首刘诗的影子，如《为源大夫阁下先妣伴氏周忌法会愿文》（637）的"红妆何日再理，青眼几时重开。为雨为云，谁维谁絷"②、《七月七日，代牛女惜晓更》（346）的"相逢相失间分寸，三十六旬一水程"、《不出门》（478）的"中怀好逐孤云去，外物相逢满月迎"等。平安时代，巫山神女在悼念去世女性的愿文中登场，给这些愿文表现带来最大影响的非刘诗莫属。

白居易写有一首与刘禹锡的唱和诗，白诗与刘诗应该结合起来看。

和刘郎中伤鄂姬 （2552）

不独君嗟我亦嗟，西风北雪杀南花。
不知月夜魂归处，鹦鹉洲头第几家。

白诗诗题中的"鄂姬"是刘禹锡情人的名字。刘诗作"鄂渚"，"鄂"是该女子的籍贯，指的是湖北省武昌一带的鄂州。引人瞩目的是，刘诗白诗都用了武昌附近的地名。刘诗中的"庾令楼"③是武昌的南楼，"汉阳"是武昌附近的县名，现在和武昌合并为武汉市。白诗中的"鹦鹉洲"位于汉阳县长江中。

根据刘白诗推断，某年春，武昌的鄂姬在庾令楼第一次见到了刘禹锡，后来被带到长安，并在长安去世。白诗云："西风北雪杀南花。"被誉为"南花"的鄂姬死在了北方，想必她的魂魄会回到汉阳渡的鹦鹉洲吧。

那么《葵卷》又是如何借鉴刘白诗的呢？本文将围绕"云与雨""魂""枯花"这三点来进行考察。首先是"云与雨"。《物语》引用这首诗是源自

---

① 《异本紫明抄》（黑川本）云："唐国有山名巫山。一对男女居山脚数年。男子先于女子辞世，女子悲痛万分，叹息不已。某日夕暮，女子化作黑云升空，后化为雨。直到今日，此山夕暮之时，时雨不绝。光源氏悼葵姬仿此事。素寂。"

② 渡边秀夫《平安朝文学与汉文世界》（1991年）"愿文研究的一视点"（第581页）。

③ "庾令楼"这个名字据说是来自晋代庾亮秋夜登此楼。该楼因《千载佳句》（秋夜部189）、《和汉朗咏集》（捣衣部346）所收"北斗星前横旅雁，南楼月下捣寒衣"（刘元叔《薄命篇》）以及《和汉朗咏集》（雪部374）所收"晓入梁王之苑，雪满群山。夜登庾公之楼，月明千里"（谢观《白赋》）闻名于世。

秋日傍晚的一场阵雨（"一天傍晚，下过一场秋雨"，"晚风凄凄，阴雨绵绵"）。光源氏目睹这一情景，想起了刘禹锡的诗"为雨为云今不知"。除此之外，刘诗第二首有"濛濛烟雨微""暮云"等词。具体的风景描写给《葵卷》的场景构成带来了很大影响。光源氏在葵姬火葬鸟部山之后吟诵的和歌"香消玉殒化青烟，遥望天边哪片云"（《葵卷》94）中也提到了"云"。"云"又继续朝着引用刘诗的方向发展。头中将吟道："浮云化作潇潇雨，不知何处觅芳魂。她就这样不知所踪了。"光源氏回答："为雨为云天昏暗，芳魂已逝空悲戚。"

此外，光源氏被贬须磨之前，赠和歌"烟云可似鸟部山，试往须磨浦边寻"（《须磨卷》208）给葵姬的母亲，说自己想去须磨的海边搜寻不知所踪的葵姬魂魄。葵姬母亲也用"烟"作答："君去千里须磨浦，故人如梦隔云烟。"

光源氏想从须磨海边烧盐的烟雾中求得葵姬的魂魄，这点是受到了刘白诗的启发。刘白诗说鄂姬的亡魂会回到故乡汉阳渡的鹦鹉洲，光源氏也是想在水边找到死者的魂魄，二者具有异曲同工之妙。

其次是"魂"。头中将看到思念葵姬的光源氏，想到了"魂"："我要是女人，死后魂魄也一定会回来找他。"这是化用了刘禹锡的"女郎魂逐暮云归"。此处的"魂"出现在光源氏的手习歌中。"只见光源氏在'旧枕故衾谁与共'这句诗旁写道：'恋恋不舍合欢榻，芳魂泉下应伤悲。'（原文：なき魂ぞいとど悲しき寝し床のあくがれがたき心ならひに）"（《葵卷》110）这首和歌虽然是基于《长恨歌》的"旧枕故衾谁与共"创作的，从行文上看是化用了刘白诗里的"女郎魂逐暮云归"和"魂归处"。这首歌的意思众说纷纭，姑且将其理解为："我不忍离开夫妻共寝过的床畔，葵姬在九泉之下也会感到悲伤吧。""あくがれ"（游离）只是"魂"的缘语而已，并不是说葵姬的亡魂不想离开床畔。头中将看到光源氏卓越的风姿，就觉得女子死后魂魄也会回来找他。但是光源氏觉得，葵姬的亡魂就像鄂姬一样消失得无影无踪了。

最后是"枯花"。白诗第二句"西风北雪杀南花"将南方美女鄂姬比作"南花"。光源氏吟咏刘诗前后反复提到的"枯花"，就是化用了这句白诗。

望着庭院中被霜打枯了的花草。

（《葵卷》100）

　　光源氏看到被霜打枯了的花草中有龙胆花和抚子花正在开放，便命人摘来一枝。中将走后，他让乳母宰相君送给葵姬的母亲。随花附诗一首："草枯篱畔遗抚子，秋逝留作信物看。此花是否略逊一筹？"

（《葵卷》102）

　　葵姬母亲答道："残垣抚子惹人怜，红泪湿衣袖不干。"

（《葵卷》103）

　　又见另一张纸上"霜花白"一句旁边写着："空床虚室积清尘，抚子露多夜夜泪。"其间夹着一枝枯了的抚子花。

（《葵卷》110）

　　光源氏的和歌"草枯篱畔遗抚子，秋逝留作信物看"中的"草枯"二字暗示了葵姬离世，"抚子"指葵姬的遗孤夕雾。葵姬母亲的和歌"残垣抚子惹人怜，红泪湿衣袖不干"援用了光源氏歌中的"抚子"，想要表达"抚子"即夕雾让人心疼流泪。光源氏的和歌"空床虚室积清尘，抚子露多夜夜泪"将抚子花上的露水比作泪水，这里抚子暗示葵姬。"其间夹着一枝枯了的抚子花"正是象征了葵姬之死。

　　哀悼葵姬的场景出现了"云雨""魂""枯花"，这三种元素都是从刘白哀悼鄂姬的诗中获得的启发。头中将和光源氏哀悼葵姬赠答和歌的场景，是基于刘白唱和诗构建起来的。

五、元稹妻子韦丛之死与葵姬之死

　　前面我们阐明了元白、刘白的友情表现被嫁接到了光源氏与头中将的友情表现或与女性们的爱情表现上。一般认为被贬须磨的光源氏身上有被贬江州的白居易的影子。但是就具体场景而言，八月十五夜的光源氏形象脱胎于被贬江陵的元稹。此外，痛失葵姬的光源氏形象还取材于痛失情人的刘禹锡。也就是说，元白、刘白的友情被灵活运用于《源氏物语》的各个场景。

　　白居易将八月十五夜的诗歌赠给了被贬江陵的元稹。元稹被贬之前，发生了一件引人瞩目的事。元和四年（809年）七月九日，元稹的妻子韦丛去世，年仅二十七岁。第二年（810年），元稹在寄给白居易的《梦游春七十韵》(1010) 中，回顾了自己不幸的大半生。诗中叙述了自己与美若天仙的女子梦一般的邂逅，梦醒后与韦丛结婚，之后又痛失韦丛，被贬江陵等事。

白居易作《和梦游春一百韵》（0804）与元稹唱和应酬，序言（0803）引用了元稹原诗的序。

> 微之既到江陵，又以梦游春诗七十韵寄予。且题其序曰："斯言也，不可使不知吾者知。知吾者亦不可使不知。乐天知吾也，吾不敢不使吾子知。"

元稹在序中说，不可以让不了解自己的人读到这首诗，也不可以不让了解自己的人读到这首诗，乐天是了解自己的人，所以可以看这首诗。

白居易将七十韵加到一百韵，创作了《和梦游春诗一百韵》。内容也是叙述与女子梦一般的邂逅、与韦丛结婚、韦丛之死、贬官江陵等事，最后呼吁元稹皈依佛门，摆脱过去的不幸。

白居易这首诗及诗序中提到元稹的不幸经历，给《源氏物语》带来了巨大影响。《葵卷》到《须磨卷》主要讲的是桐壶帝退位后，光源氏痛失妻子葵姬，贬官须磨的故事。白居易八月十五夜晚的诗脍炙人口，导致元稹被贬江陵一事也给白诗的读者留下了极其深刻的印象。从白诗中可以了解到元稹的妻子韦丛死于他贬官之前，我们不仅可以从元稹的诗中读出他丧妻之痛，也可以从白诗中窥得一二。韦丛之死与《源氏物语》的葵姬之死、光源氏贬官须磨有着密切联系。元白与刘白的交友关系给《源氏物语》带来的影响，真是出乎意料地多。

第五章　白居易文学 与《源氏物语》的庭园

序

　　白居易文学以各种各样的形式对《源氏物语》产生了巨大影响。具体而言，首先，《物语》巧妙地借鉴白诗，使之获得崭新的文学表现；其次，深受白居易重视的讽谕诗群也对《物语》造成了重要的影响①；再次，白居易作为诗人政治家的人生，以及他与元稹、刘禹锡等人之间的交往，都对光源氏等角色的人物描写产生了影响。比如痛失葵姬的光源氏与头中将赠答和歌的场景，倘若忽略刘禹锡痛失情人后创作的《有所嗟》诗二首、白居易的唱和诗《和刘郎中伤鄂姬》②（2552）是无法成立的。此外，头中将（时任宰相）去须磨拜访光源氏是基于白居易与元稹的交往写成的。③

　　《明石卷》中光源氏与明石姬的邂逅，化用了《琵琶行》中的白居易与琵琶女的邂逅。④ 白居易被贬江州这一人生大转折，可以看成是光源氏外放须磨的创作源泉。

　　白居易晚年任太子宾客分司，住在洛阳，创作了《池上篇并序》（2928）

---

① 第三部第二章"如何摄取汉诗文——与白居易讽谕诗之间的关系"、第三章"《源氏物语》的表现与汉诗文——白居易的讽谕诗与夕颜、六条御息所"。

② 白居易作品引用文本除特别标记之外均据那波本所录。

③ 参见第四部第四章"元白、刘白文学与《源氏物语》——友情与爱情表现"、《我国对元白诗、刘白诗的受容》（载"白居易研究讲座"第四卷《日本的受容（散文篇）》，1994年。又收录于新间一美《平安朝文学与汉诗文》）。

④ 第四部第三章"《源氏物语》与白诗——《明石卷》对《琵琶行》的受容"。

这一作品。晚年的白居易自称香山居士，亲近佛教。白居易在这篇《池上篇并序》中表现出对庭院的执着追求留给人极其深刻的印象。

另外，光源氏从明石回京后，修建了六条院。纵观光源氏与白居易的人生，可以发现他们都热衷于庭园的营造。本章主要围绕"庭园"来探讨白居易文学对《源氏物语》的影响。

一

1927 年刊外山英策著《〈源氏物语〉与日本庭园》[①] 考察了白居易文学与《源氏物语》的庭院描写之间的关系。外山氏指出桂离宫等著名日本庭园的构成要素多来自《源氏物语》，并在其总论 "《白氏文集》 与 《源氏物语》" 中提到《源氏物语》深受《白氏文集》影响，在第二节 "《白氏文集》的自然观察及其影响" 中指出具体有影响如下 （①～⑪为笔者注）：

　①桐树观　《枕草子》、《桐壶卷》、凤栖梧桐的花骨牌

　②《长恨歌》与《桐壶卷》

　③香炉峰雪

　④阶底蔷薇

　⑤枭鸣松桂树，狐藏兰菊丛

　⑥黄莺翼下风

　⑦四月天气和且清

　⑧夕殿萤　附桂离宫的水萤灯笼

　⑨三五夜中新月色

　⑩林间红叶烧

　⑪山中弄泉石

现在看来，以上各项除了①以外并无多少新意，外山氏的说明也非常简单，毕竟这是昭和初期的研究。接下来笔者将具体就①～⑪进行解释。

　①《答桐花》（《和答诗十首（其三）》0103）中的桐树观影响了《桐壶

---

① 　外山英策《〈源氏物语〉与日本庭园》（1927 年），总论 "《白氏文集》 与 《源氏物语》" 从第 124 页起。此外，《〈源氏物语〉的自然描写与庭园》（1943 年）为改订版，序言部分有所改动，1997 年作为 "《源氏物语》研究丛书" 第八卷重新出版，附有日向一雅的解题。

卷》。《枕草子》"桐花段"及凤栖梧桐的花骨牌也源自白诗。《桐壶卷》引用《长恨歌》（0596），因此"桐壶"这一卷名也与白诗有一定的关系。①

②《桐壶卷》对《长恨歌》的受容。

③《香炉峰下新卜山居，草堂初成，偶题东壁，五首》（0975～0979）中与草堂有关的诗被频繁引用，特别是"遗爱寺钟欹枕听，香炉峰雪拨帘看"〔《重题》（0978），见《千载佳句》（山居部 991）、《和汉朗咏集》（山家554）〕被《枕草子》、菅原道真的诗歌、《源氏物语·总角卷》引用。

④《蔷薇正开，春酒初熟，因招刘十九张大夫崔二十四同饮》（1055）中的"瓮头竹叶经春熟，阶底蔷薇入夏开"〔见《千载佳句》（首夏部 119）、《和汉朗咏集》（首夏部 147）〕被《贤木卷》和《荣华物语》的《花蕊卷》《玉台卷》引用。

⑤《凶宅》（0004）被《蓬生卷》用来形容末摘花的府邸。此外，狐狸骗人这一日本迷信产生的根源可能是《古冢狐》。

⑥《杨柳枝词八首（其三）》（3140）的"白雪花繁空拂地，绿丝条弱不胜莺"〔见《千载佳句》（柳部 608）、《新撰朗咏集》（柳部 95）〕被用来形容《若菜下卷》（175）中的女三宫。

⑦《七言十二句，赠驾部吴郎中七兄》〔原题注：时早夏，朝归，闭斋独处，偶题此什〕（1280）被《蝴蝶卷》引用了两次。引用的分别是"四月天气和且清"和"风生竹夜窗间卧，月照松时台上行"〔见《千载佳句》（风月部 269）、《和汉朗咏集》（夏夜部 151）〕。

⑧《长恨歌》的"夕殿萤飞思悄然，秋灯挑尽未能眠"②（《和汉朗咏集》恋部 782）被《桐壶卷》和《幻卷》引用。此外，《薄云卷》中的大堰山庄的萤火虫又影响了桂离宫的水萤灯笼。

⑨《八月十五夜禁中独直，对月忆元九》（0724）的"三五夜中新月色，二千里外故人心"〔见《千载佳句》（八月十五夜部 251）、《和汉朗咏集》（十五夜部 242）〕被《须磨卷》《铃虫卷》引用。

⑩《送王十八归山，寄题仙游寺》（0715）"林间暖酒烧③红叶，石上题诗拂绿苔"（《和汉朗咏集》秋兴部 221）被《源平盛衰记》引用。没有谈到

---

① 第一部第三章"梧桐与《长恨歌》《桐壶卷》——从汉文学的角度看《源氏物语》的诞生"。

② 《长恨歌》文本据金泽文库本所录。以下同。

③ 那波本作"绕"。

《源氏物语》对这首诗的引用。

⑪《春游西林寺》（0292）的"独有不才者，山中弄泉石"被《徒然草》引用。没有谈到《源氏物语》对这首诗的引用。

外山氏在庭园论中阐明了这些白诗的引用与《源氏物语》等文学作品的自然描写相关。此外，第三节"《白氏文集》的庭院记及其影响"指出白居易诗歌甚至影响到了日本庭园："平安朝贵族之所以推崇《白氏文集》的原因有很多，其中一个原因就是趣味一致。他们种植白居易喜爱的植物，修建白居易式的庭院。白诗的影响可谓无人能及。"

外山氏引用了"藤原良相的西三条百花亭""劝学会""乐天的《池上篇并序》与庆滋保胤的《池亭记》、鸭长明的《方丈记》附益田孝氏的箱根山庄""中隐诗与城南离宫鸟羽殿的秋山""心字形的池塘、桂离宫的月波楼""巴字水、桂离宫的长凳"等各项作为例子。

笔者基本同意其观点。虽然外山氏对《白氏文集》与《源氏物语》的自然描写之间的关系、白居易的庭园描写与平安朝庭园之间的关系进行了探讨，但是并没有提及白居易的庭园描写与《源氏物语》中的庭园之间的直接关系。笔者感到很有必要从白居易的庭园论这一观点出发，来考察《源氏物语》中的庭园。

二

元和十年（815年），白居易44岁，被贬为江州司马。同年十二月，他给被贬通州的友人元稹寄去了《与元九书》（1486）。白居易在其中回忆了自己的文学人生，为了编撰诗集将自己的诗作分为"讽谕诗"、"闲适诗"和"杂律诗"。他叹息世人只爱读《长恨歌》和"杂律诗"，自己最为看重的"讽谕诗"和"闲适诗"反而没有受到重视。

白居易为了解释"讽谕诗"和"闲适诗"，强调了自己"独善"和"兼济"的志向。"古人云，穷则独善其身，达则兼济天下。仆虽不肖，常师此语。"他主张"时之来也为云龙为风鹏"，要造福天下（"兼济"）；"时之不来也为雾豹为冥鸿"，要隐身而退，修养好自身（"独善"）。表现"兼济"之志的是"讽谕诗"，表现"独善"心境的是"闲适诗"。

第二年，白居易创作了赫赫有名的"感伤诗"《琵琶行并序》（0602、0603），描绘了浔阳江流经江州的美景。另一方面，江州南边耸立的庐山自古以来都是隐居胜地。白居易于元和十一年（816 年）秋踏访此地时觉得自己仿佛回到了故乡，因此第二年春就在庐山修建了草堂。《草堂记》（1472）记载了此事，其中还提到了白居易对庭园的爱好。现将全文列出，为方便阅览将文章分成五段。

草堂记 （1472）

（1）匡庐奇秀，甲天下山。山北峰曰香炉峰，北寺曰遗爱寺。介峰寺间，其境胜绝又甲庐山。元和十一年秋，太原人白乐天见而爱之，若远行客过故乡，恋恋不能去。因面峰腋寺作为草堂。

（2）明年春草堂成。三间两柱二室四牖，广袤丰杀一称心力。洞北户来阴风，防徂暑也。敞南甍纳阳日，虞祁寒也。木斫而已不加丹，墙圬已不加白。砌阶用石幂窗用纸，竹帘纻帏率称是焉。堂中设木榻四素屏二漆琴一张儒道佛书各三两卷。乐天既来为主。仰观山俯听泉，傍睨竹树云石，自辰及酉应接不暇。俄而物诱气随，外适内和，一宿体宁，再宿心恬，三宿后颓然嗒然，不知其然而然。自问其故。

（3）答曰：是居也，前有平地，轮广十丈，中有平台，半平地。台南有方池，倍平台。环池多山竹野卉，池中生白莲白鱼。又南抵石涧，夹涧有古松老杉，大仅十人围，高不知几百尺，修柯戛云，低枝拂潭，如幢竖如盖张如龙蛇走。松下多灌丛萝茑，叶蔓骈织，承翳日月光不到地，盛夏风气如八九月时。下铺白石为出入道。堂北五步，据层崖积石嵌空垤埼，杂木异草盖覆其上。绿阴蒙蒙，朱实离离，不识其名，四时一色。又有飞泉植茗就以烹燀，好事者见可以永日。堂东有瀑布。水悬三尺，泻阶隅，落石渠。昏晓如练色，夜中如环佩琴筑声。堂西倚北崖右趾，以剖竹架空，引崖上泉脉，分线悬。自檐注砌，累累如贯珠，霏微如雨露，滴沥飘洒，随风远去。其四傍，耳目杖屦可及者，春有锦绣谷花，夏有石门涧云，秋有虎溪月，冬有炉峰雪。阴晴显晦，昏旦含吐，千变万状，不可殚纪觇缕而言。故云，甲庐山者。噫，凡人丰一屋，华一箦而起居其间，尚不免有骄稳之态。今我为是物主。物至知，知各以类至。又安得不外适内和，体宁心恬哉。

（4）昔永远宗雷辈十八人，同入此山，老死不反。去我千载，我知其心以是哉。矧予自思：从幼迨老若白屋，若朱门。凡所止虽一日二日，辄覆篑土为台，聚拳石为山，环斗水为池，其喜山水病癖如此。一旦寒剥来佐江郡，郡守以优容而抚我，庐山以灵胜待我。是天与我时，地与我所，卒获所好。又何以求焉。尚以冗员，所羁余累未尽。或往或来，未遑宁处。待予异时，弟妹婚嫁毕，司马岁秩满，出处行止得以自遂，则必左手引妻子，右手抱琴书，终老于斯，以成就我平生之志。清泉白石实闻此言。

（5）时三月二十七日，始居新堂。四月九日，与河南元集虚、范阳张允中、南阳张深之、东西二林寺长老凑朗满晦坚等凡二十有二人，具斋施茶果，以落之。因为《草堂记》。

（1）白居易踏访庐山，觉得香炉峰与遗爱寺之间有一处像是故乡，称得上是庐山之最，所以在此地修建了草堂。

（2）白居易详细地描述了草堂的外观。在草堂稍微待了一会儿，景物清幽使得性情也随之变得恬淡，外在也安适，内心也和乐。住上一夜，身心舒畅；住上两夜，更感到心情恬适；住上三夜，就达到怡然自得、物我两忘的境界。他问自己这究竟是为何？

（3）白居易从草堂周边的风景，一直写到"四傍"的四季风光，从而确认此地就是庐山最美的地方，并对刚才的问题进行了回答：一般人装潢一个屋子，用鲜花装饰了竹席，就会想在房子里享受奢华的氛围；如今我已成了草堂的主人，拥有了这些美景，自然会达到"外适内和，体宁心恬"的境界。

（4）从前，慧永和慧远等十八个人一起住在此山，直到老死都没有离开。白居易表示很能理解他们的心情。之后他谈到了自己对于庭园的爱好：我从年幼到老迈，住过"白屋"（寒舍），也住过"朱门"（宅院），即使住一天两天，我总是要搬倒几个畚箕的泥土来做个台子，聚集一些卵石来筑座假山，再弄些水做个小小的水池，喜好山水算是我的一个"病癖"。（见引文中的划线部分）

（5）我把三月二十七日入住草堂，到四月九日草堂落成间的事都一一记录下来，写成了这篇文章。

白居易从自己爱好庭园的视角来看待庐山的美景。自然风光以"山水"为代表。他将有假山和池塘的庭园称为"山水"，显示了他的修建目的在于人工再现自然的美景。换言之，白居易把庐山看作一个巨大的庭园。"平生之志"这个词指的是平时白居易就向往隐居生活。虽有官职，但还是志在隐逸，并跟庐山的大自然约定要将此地当成"终老"之地。《草堂记》集中体现了白居易虽然被贬官，仍然坚持修身养性，秉持"独善"的人生理念和"闲适"的生活态度。

太和三年（829 年），白居易 58 岁，任太子宾客分司，搬到了洛阳履道里。

他在《池上篇并序》中谈到了自己的府邸。现将全文分成四段引用如下，（1）（2）（3）是序，（4）是正文。

池上篇并序 (2928)

（1）都城风土水木之胜，在东南偏，东南之胜在履道里，里之胜在西北隅，西闬北垣第一第，即白氏叟乐天退老之地。地方十七亩，屋室三之一，水五之一，竹九之一，而岛树桥道间之。

（2）初乐天既为主，喜且曰：虽有池台，无粟不能守也。乃作池东粟廪。又曰：虽有子弟，无书不能训也。乃作池北书库。又曰：虽有宾朋，无琴酒不能娱也。乃作池西琴亭，加石樽焉。乐天罢杭州刺史时，得天竺石一、华亭鹤二以归。始作西平桥，开环池路。罢苏州刺史时，得太湖石、白莲、折腰菱、青板舫以归。又作中高桥，通三岛迳。罢刑部侍郎时，有粟千斛，书一车，泊臧获之习管磬弦歌者指百以归。先是，颖①川陈孝山与酿法，酒味甚佳。博陵崔晦叔与琴，韵甚清。蜀客姜发授秋思，声甚淡。弘农杨贞一与青石三，方长平滑，可以坐卧。

（3）大（太）和三年夏，乐天始得请为太子宾客，分秩于洛下，息躬于池上。凡三任所得，四人所与，泊吾不才身，今率为池中物矣。每至池风春，池月秋，水香莲开之旦，露清鹤唳之夕，拂杨石，举陈酒，援崔琴，弹姜秋思，颓然自适，不知其他。酒酣琴罢，又命乐童登中岛亭，含奏霓裳散序，声随风飘，或凝或散，悠扬于竹烟波月之际者久之。曲未竟而乐天陶然已醉睡于石上矣。睡起偶咏，非诗非赋，阿龟握笔，因题石间。视其粗成韵章，命为池上篇云尔。

（4）十亩之宅，五亩之园，有水一池，有竹千竿。勿谓土狭，勿谓地偏，足以容膝，足以息肩。有堂有亭，有桥有船，有书有酒，有歌有弦。有叟在中，白须飘然。识分知足，外无求焉。如鸟择木，姑务巢安，如蛙居坎，不知海宽。灵鹤怪石，紫菱白莲，皆吾所好，尽在我前。时引一杯，或吟一篇。妻孥熙熙，鸡犬闲闲。优哉游哉，吾将终老乎其间。

---

① 那波本作"颖"，其他诸本作"颍"。此处据朱金城《白居易集笺校》进行了校正。

这篇作品可以看作《草堂记》的姊妹篇。比如白居易在夸耀自己的住宅时就用了类似的表达。《草堂记》（1）说庐山是天下第一山，香炉峰和遗爱寺之间的庐山之最就是自己选来建草堂的地方。《池上篇序》（1）则认为洛阳之美在于东南，东南之美在履道里，履道里又美在西北隅，西北隅之最就是自己的"退老之地"。

又如《草堂记》（2）白居易说自己在草堂住的时候，"外适内和。一宿体宁，再宿心恬，三宿后颓然嗒然，不知其然而然"。《池上篇序》同样用"颓然自适，不知其他"来表现自己的恬然自得。

白居易为隐居生活准备了琴。《草堂记》（2）有"漆琴一张"，《池上篇序》（2）记述了白居易为演奏琴修建了"琴亭"。（3）（4）描述了他如何演奏。此外，《草堂记》（4）提到白居易将来想把庐山当成"终老"之地。《池上篇》（4）也说"吾将终老乎其间"。

白居易将自己沉迷于修建庭园这件事称之为与生俱来的"病癖"。这一"病癖"在修建庐山草堂和选定洛阳履道里的府邸作为终老之地后，得到了一定的满足。虽说换了个形式，但是他隐居庐山的希望终于在洛阳得以实现。

以上两篇作品并不是孤立的存在。外山氏列举的③《香炉峰下新卜山居，草堂初成，偶题东壁，五首》（0975～0979）是一首与草堂相关的诗。白居易在《池上篇》的同时期创作了很多在池边吟咏的诗作，如《池上吟（二首）》（3113、3114）等。[①] 我们可以将庐山草堂和履道里府邸相关的文学作品分别称为白居易的草堂文学和池庭文学。如果套用白居易自己的分类方法（见《与元九书》）来说的话，"闲适诗"就是表现了白居易"闲适"人生的诗作。

三

《草堂记》和《池上篇并序》给日本文学以及日本庭园带来了很大影响。外山氏在"乐天的《池上篇并序》与庆滋保胤的《池亭记》、鸭长明的《方

---

① 埋田重夫在《白居易〈池上篇〉考——水边的时空与闲适的境界》（载《白居易研究年报》创刊号，2000 年 5 月）中指出要重视白诗中的"池"，元和十一年作《官舍内新凿小池》（0282）描述了白居易的第一个私有池塘。

丈记》附益田孝氏的箱根山庄"中指出,《池上篇并序》对庆滋保胤的《池亭记》[天元五年(928年),见《本朝文粹》第十二卷(375)]产生了影响,后者又对鸭长明的《方丈记》产生了影响。

金子彦二郎也在《〈方丈记〉与中国文学之间的关系——与白乐天诗文的关系》[1] 中指出,《草堂记》和《池上篇并序》给前中书王(兼明亲王)的《池亭记》[天德三年(959年),见《本朝文粹》第十二卷(374)]和庆滋保胤的《池亭记》带来了影响,并孕育了鸭长明的《方丈记》。金子氏还指出"池亭记"这一名称是出自《偶吟二首(其二)》(2776)中的"活计纵贫长净洁,池亭虽小颇幽深"。

正如金子氏所言,兼明亲王的《池亭记》是一篇以《与元九书》"兼济""独善"的概念为核心[2],为了实施"独善之计"而描述隐居"池亭"的文章。[3] 此外,庆滋保胤的《池亭记》也用了《与元九书》的"风鹏""雾豹"等词。又云:"夫汉文皇帝为异代之王,以好俭约安人民也。唐白乐天为异代之师,以长诗句归佛法也。晋朝七贤为异代之友,以身在朝志隐也。"两篇《池亭记》并不仅仅是受到《池上篇并序》的影响,还是以备受白居易推崇的"闲适"人生为规范撰写的。

《源氏物语》中也不乏这样的例子。回顾光源氏的人生,既有与白诗相关的表现,也有许多与白居易的人生相重合的地方。光源氏人物形象是基于白居易塑造出来的,其中就包括了重视"闲适"的生活态度。

接下来以《源氏物语》的庭园描写为中心,按照物语的顺序来探讨物语与《白氏文集》之间的关系。庐山草堂相关的诗文也包含在内。

《桐壶卷》中,桐壶更衣住在桐壶(淑景舍),被桐壶帝宠爱。她因为患病回到了娘家,最后撒手人寰。笔者曾经论证过更衣的住处之所以被设定为"桐壶",是因为《长恨歌》的"秋雨梧桐叶落时"。[4] 这句诗出现在痛失杨贵妃的玄宗回到长安、思念贵妃的场景中。"归来池苑皆依旧,太液芙蓉未

---

[1] 金子彦二郎《平安时代文学与〈白氏文集〉——道真的文学研究篇(第一册)》(1948年;再版1977年)。

[2] 大曾根章介《兼济与独善——隐逸思想的一考察》(载《佛教文学研究》,8集,1969年7月。又收录于《大曾根章介 日本汉文学论集》第一卷)。

[3] 新间一美《须磨的光源氏与汉诗文——浮云蔽日月》(收录于新间一美《平安朝文学与汉诗文》)指出光源氏继承了《菟裘赋》的作者兼明亲王的人物形象。

[4] 参见第一部第三章"梧桐与《长恨歌》《桐壶卷》——从汉文学的角度看《源氏物语》的诞生"。

央柳。……春风桃李花开日，秋雨梧桐叶落时。西宫南内多秋草，落叶满阶红不扫。……鸳鸯瓦冷霜华重，旧枕故衾谁与共。"这一场景描写了玄宗在宫廷和离宫（"池苑""西宫""南内"）的悲伤，被《源氏物语》用来形容日本宫廷的庭园和更衣娘家凄凉的风景。此外，更衣娘家的风景还模仿了《长恨歌》中方士踏访的蓬莱山的风光。

桐壶帝将更衣娘家的府邸改造成二条院，让婚后的光源氏住在那里。光源氏心想："这个地方让我和我所爱慕的人一起住才好。"（《桐壶卷》41）之后他将若紫接到此处，也算是圆了自己想与藤壶共同生活的心愿。此后，这个愿望又发展成为紫姬和明石姬等营造六条院。

《若紫卷》中的光源氏身患疟疾，在三月末踏访了山樱盛开的美丽的北山某寺，在那里无意中看到了颇有风情的草庵风格的僧坊。

> 光源氏走出寺外，眺望四周景色。这里地势很高，可将各处僧舍尽收眼底。一条曲折的坡道下有一间屋子，同样围着篱笆，内有整洁的房屋和回廊，庭院中的树木也富于趣致。
>
> （《若紫卷》184）

这就是北山僧都的僧坊。僧都听到光源氏驾到，连忙将他接到自己的僧坊："虽然敝舍也是一间草庵，内有清凉的水池可供您观赏。"（《若紫卷》194）正如僧都所言，他的"庭院确实风雅，虽然草木与山上并无不同，但是布置得富于趣致"。（《若紫卷》194）一心想着藤壶妃子的光源氏"想起自己犯下的种种罪过，心生恐惧。自己如此执着于色欲，此生将一直为此烦恼，更不知来世将有何等因果报应。想到这里，他也想在这里入山修行了"。（《若紫卷》194）虽然光源氏实际上是被偶然间发现的少女若紫所吸引，但是山里确实饶有风情。

> 不知名的草木花卉五彩斑斓，像锦绣一样铺满了大地。小鹿行走的姿态看起来也很稀奇，不知不觉间忘却了烦恼。
>
> （《若紫卷》202）

以北山僧都的僧舍为主的风景受到了《草堂记》等白居易草堂文学的影响。[①]《花鸟余情》在注释"不知名的草木"时引用了《草堂记》的"杂木异草盖覆其上。绿阴蒙蒙，朱实离离，不识其名，四时一色"。笔者认为花卉铺满大地这一表现应该是源自"春有锦绣谷花"。整体看来，《若紫卷》描绘了北山僧都的僧舍以及北山周边的风光。这一描写手法在《草堂记》(2)、(3)中也可以见到。

《须磨卷》的光源氏住在庐山草堂风格的山庄里。头中将来须磨找光源氏，光源氏的山庄给他的印象是："光源氏的住处很有唐土的风情，清幽如画。'石阶松柱竹编墙'，虽然简单朴素，却也饶有风味。"(《须磨卷》251)文中的"石阶松柱竹编墙"出自白居易的"五架三间新草堂，石阶松柱[②]竹编墙"(《香炉峰下新卜山居，草堂初成，偶题东壁，五首（其一）》0975)。

在须磨的第一个秋天，"身边的人都已睡着，只有光源氏一人醒着，欹枕听着四面的秋风。波涛仿佛朝这边涌过来，不知不觉流出了眼泪，几乎让枕头飘了起来。"(《须磨卷》237)此处援用了上面这组白诗的第四首（《重题》0978）的"遗爱寺钟欹枕听，香炉峰雪拨帘看"。

光源氏就这样在须磨过着凄惨的谪居生活。到了春天，他又想起了京城的樱花宴。"二月二十几日，光源氏一边眺望樱花，一边想起了前年晚春在京城惜别诸友的情景。'南殿的樱花一定很美吧。遥想当年樱花宴上，皇上容光焕发，东宫的玉树临风，还吟诵了我的诗作。'追思往事的光源氏吟道：'无时不思京城事，插樱花宴日又至。'"(《须磨卷》250)这一段化用了"兰省花时锦帐下，庐山雨夜草庵中"[《庐山草堂夜雨独宿，寄牛二李七庚三十二员外》(1079)，见《和汉朗咏集》（山家部555)]。

光源氏也许觉得自己在须磨过得十分凄惨，但是弘徽殿太后却如此评价他在须磨的生活："朝廷的罪人不能任意行动，每日餐饮自然也不能如往常一样。这个光源氏在流放地住着风雅的宅子，又作诗诽谤朝廷，居然还有人像指鹿为马的赵高一样要追随他。"(《须磨卷》244)太后认为光源氏本应该处处小心谨慎，却还是住在"风雅的宅子"里。在她眼中，光源氏的须磨山庄是一个理想的隐居地。

---

① 参见第四部第一章"《源氏物语》与庐山——《若紫卷》'北山段'之出典考证"。

② 诸本作"桂柱"。花房英树在《〈白氏文集〉的批判性研究》（第140页）、酒井宇吉藏平安朝钞本《白氏长庆集》第二十二作"松柱"，《须磨卷》也作"松柱"。因此酒井本被看作是最初的形态。

笔者曾经指出，白居易为浔阳江溢浦口送客时偶遇的琵琶女创作的《琵琶行》对《明石卷》光源氏与明石姬结合产生了很大影响。[①] 打动白居易的京城风格的琵琶声，在《明石卷》中被换成了光源氏无意间听到的明石姬的筝音。明石姬的古筝是与光源氏从京中带来的七弦琴相呼应的形式登场的。光源氏要去须磨前打点行装时带上了一张琴。"客中所用物品，仅带上必不可少的，力求朴素。又带了些必要的汉文书籍和装《白氏文集》等的书箱，还有一张琴。"（《须磨卷》215）诸注均指出此处模仿了《草堂记》(2) 的"堂中设木榻四素屏二漆琴一张儒道佛书各三两卷"，光源氏模仿了隐者白居易的行为。同时带去的书籍中还有《白氏文集》，这是为了给须磨生活树立生活上的楷模，或是带去些许乐趣。特别是《白氏文集》的"闲适诗"在须磨是必读无疑的，这一点可以从《须磨卷》对草堂诗的引用得到证明。

光源氏从明石回到京城后升任内大臣，辅佐新帝冷泉院。《薄云卷》中，藤壶死后，光源氏对冷泉帝的女御秋好中宫倾诉自己想修建庭园，问她是喜欢春天还是喜欢秋天。

> 暂且不提这光耀门楣之事。我想尽情享受这一年之中的春花秋月，风云变幻。春日林花烂漫，秋日原野斑斓，孰优孰劣，争论已久。唐土常说春花最美，无与伦比；日本则谓清秋之趣犹佳。花色鸟声，四时景物，无不令人目眩神迷。我想在这狭小的庭院之中，遍植春花秋草，养些不知名的鸣虫，供人玩赏。你喜欢的是春天还是秋天呢？
>
> （《薄云卷》181）

这就是光源氏营造六条院的发端。"光耀门楣之事"指的是中宫诞下的皇子立太子后即位一事。光源氏不提此事，而是说自己希望能够修建一个迎合女性喜好的庭园。之后，《少女卷》记述秋好中宫被册立为皇后之后，光源氏将内大臣之位让给了头中将，自己则升至太政大臣。"光源氏升为太政大臣，头中将升为内大臣。光源氏便将天下的政务交给他掌管。"（《少女卷》230）他将实权拱手让给内大臣，打算从政界隐退，专心修建六条院。

---

① 参见第四部第三章"《源氏物语》与白诗——《明石卷》对《琵琶行》的受容"。

太政大臣想修建一所气派又清净的大宅院，好让那些分散在各处的人能够聚在一起。于是他在六条地方，即六条御息所的旧邸一带，选定了一块地皮，划分成了四个区域。

（《少女卷》272）

六条院其实是光源氏任太政大臣（实际上是隐退）后的住所。住所气势恢宏，因此常常被人们忽略这是光源氏为了实现隐居志向（正如文中"清净"二字所言）而营造的这一事实。纵观光源氏的人生，他从少年时代起就对庭园异常喜爱，谪居时住在被山水环绕的草庵里，隐退后也过上了他所向往的"闲适"生活。果然光源氏有些地方是以白居易的人生为范本的。

四

六条院最具特色的是，将庭院划分为春夏秋冬四部分，分别对应着东南、东北、西南、西北四个方向的四季构想。接下来要思考的是这个四季庭园与白居易之间的关系。金子氏在前揭论文中指出《池上篇并序》、兼明亲王《池亭记》、庆滋保胤《池亭记》、鸭长明《方丈记》四者的共通之处在于"四季景观"。

《池上篇并序》："每至池风春，池月秋，水香莲开之旦，露清鹤唳之夕①，拂杨石，举陈酒，援崔琴，弹姜秋思。"兼明亲王《池亭记》："每至池水绿，岸叶红，华前春暮，月下秋归，一吟一咏，聊以卒岁。"庆滋保胤《池亭记》："春有东岸之柳，细烟袅娜。夏有北户之竹，清风飒然。秋有西窗之月，可以披书。冬有南檐之日，可以炙背。"《方丈记》："春看藤波起伏，如西方极乐世界紫云。夏听杜鹃声，似在约定同赴黄泉路。秋日蝉声盈耳，如哀叹现世人生无常。冬观积雪消融，宛若世间深重罪障。"② 金子氏

---

① 《艺文类聚》："风土记曰，鸣鹤戒露，此鸟性警，至八月白露降，流于草上滴滴有声，因即高鸣相警。"（玄鹤）鹤一般是在秋季白露时节鸣叫。这里没有写寒冬池畔的乐趣。此外，冬季鹤鸣见晋湛方生《吊鹤文》："负清霜而夜鸣，资冲天之俊翮。"（《艺文类聚》玄鹤）梁江洪《和新浦候咏鹤诗》中有"鹤"与"霜"："晓鸣动遥怨，夕唳感孀眠。"（《艺文类聚》·玄鹤）白居易也有"清唳数声松下鹤，寒光一点竹间灯"［《千载佳句》（幽居部 1016）、《和汉朗咏集》（鹤部 446）］。

② 据大福光寺本所录。表记有所改动。

对这些文学作品进行了比较分析①，笔者尝试分别对其进行讨论。

首先是《池上篇并序》的"每至池风春……"。在"每至……"后面叙述四季的句式是有先例的，即陈鸿《长恨歌传》[载于《白氏文集》第十二卷《长恨歌》（0596）之前]的"时移事去，乐尽悲来。每至春之日，冬之夜，池莲夏开，宫槐秋落，梨园弟子玉管发音，闻霓裳羽衣一声，则天颜不怡，左右歔欷"。陈鸿《长恨歌传》原本就是基于《长恨歌》所作，上面这段话可以说是援用了《长恨歌》的"归来池苑皆依旧，太液芙蓉未央柳。……春风桃李花开日，秋雨梧桐叶落时。西宫南内多秋草，落叶满阶红不扫。……鸳鸯瓦冷霜华重，旧枕故衾谁与共"。"芙蓉"是夏天，"春风桃李"是春天，"秋雨梧桐"后面几句是秋天，"霜华重"是冬天。② 虽然说《长恨歌传》与《长恨歌》的作者不同，仍然可以将两者看作一个不可分割的整体。

兼明亲王"每至池水绿……"明显援用了《池上篇并序》的表现。金子氏引用的部分只有春二句和秋二句，并非四季。但是之前的部分出现了"夏条为帷，冬冰为镜"，这样一来就凑齐了四季。

庆滋保胤的作品具有"春有""夏有""秋有""冬有"这样的形式，这是模仿了《草堂记》的"其四傍，耳目杖屦可及者，春有锦绣谷花，夏有石门涧云，秋有虎溪月，冬有炉峰雪"。《方丈记》的"春看藤波起伏……"也可以看作是源自《草堂记》。

据川口久雄介绍③，传源通亲作的《拟香山模草堂记》也模仿了《草堂记》，其中也有四季描写："春赋杏园黄莺，夏咏芦州丹鸟，秋羞松江一箸，冬酌蓝水三溘。"④ 这些例子充分体现了白居易的四季表现是如何受人喜爱

---

① 金子氏论文指出："兼明亲王的记叙基本上模仿了乐天的遣词造句，长明的句型明显有庆滋保胤《池亭记》的痕迹。"

② 见第一部第三章"梧桐与《长恨歌》《桐壶卷》——从汉文学的角度看《源氏物语》的诞生"。

③ 参见川口久雄《〈方丈记〉先踪文学资料——成篑堂本作文大体所收源通亲久我〈草堂记〉》（载《金泽大学法文学部论集文学篇》，7号，1960年2月）。川口氏认为这是寿永三年（1184年）左右，通亲36岁任参议左大将的作品。此外，品川和子《拟香山模草堂记》（载《学苑》，369号，1970年9月）、《拟香山模草堂记——承前》（载《学苑》，385号，1972年1月）。

④ 《古今著闻集》（第十四卷游览）："周览之游，其兴太多。春有万树之花，夏有百尺之泉，秋有千里之月，冬有数重之雪。各就胜地弥添气色者也。"（引自外山氏《〈源氏物语〉与日本庭园》中"关于四季的庭园"）

并被广泛引用的。

源顺的《奉同源澄才子河原院赋》也有类似的四季表现："是以四运虽转，一赏无忒。春玩梅于孟陬，秋折藕于夷则，九夏三伏之暑月，竹含错午之风，玄冬素雪之寒朝，松彰君子之德。"(《本朝文粹》第一卷10)①"四运虽转，一赏无忒"意思是即便四季流转，也一定会有四季的美景。河原院本是源融修建，源融死后为宇多上皇所有，向来被看作是六条院的原型。

外山氏也在《〈源氏物语〉的庭院描写》中提到了庭园与四季的关联，并列举了《佛本行集经》(榼术争婚品) 释迦的父亲净饭王为悉达太子修建"三时殿"的故事，以及《宇津保物语》"吹上"上卷记载的纪伊国的神南备种松的四季庭园。《宇津保物语》是六条院的先例，具有一定意义。② 我认为源顺《奉同源澄才子河原院赋》中的四季表现也影响了紫式部。

这些四季表现不仅仅影响了庭园的构想，同时也影响了文章的内容。比如，庐山的四季表现通过白居易的春夏秋冬的体验让读者仿佛身临其境。《须磨卷》明显将光源氏的生活分成一年四季来进行描写。也就是说，白居易简单概括的四季生活以更为具体的形式被改写成了光源氏的生活。对《长恨歌》的引用也是如此。《桐壶卷》描写了桐壶帝的秋悲，《幻卷》用春夏秋冬描写了痛失紫姬的光源氏的悲哀。这是模仿了《长恨歌传》的"每至春之日，冬之夜，……秋落……则天颜不怡，左右歔欷"。六条院也一样，从《初音卷》到《行幸卷》的四季描写，是以《草堂记》和《河原院赋》中的简洁的四季表现为骨骼，包裹上层层血肉而成。

五

六条院的四季描写与白诗有相关之处，如《蝴蝶卷》就引用了《秦中吟》的《伤宅》(0077) 以及新乐府《海漫漫》(0128)。本节试列举《蝴蝶卷》《常夏卷》《篝火卷》从初夏到初秋的景色描写，以此阐明白诗对《源氏物语》的影响。

《蝴蝶卷》前半部分描绘的是暮春三月二十日左右的景色，后半部分在记述四月一日更衣之后就到了初夏。外山氏曾指出，"下过雨的傍晚，天清

---

① "春玩梅于孟陬，……松彰君子之德"摘自《和汉朗咏集》(松部424)。

② 《紫明抄》认为《宇津保物语》为源顺所作。

人净。庭前的小枫和柏木等郁郁青青，冠盖连阴。光源氏神清气爽地望着天空，吟起白居易的'四月天气和且清'之句"（《蝴蝶》50）和"雨停了，风生竹叶①，月光朗照，夜晚无比清幽静谧。侍女们见两人在促膝长谈，都识趣地回避了"（《蝴蝶卷》52）这两处明显引用了白诗。

七言十二句，赠驾部吴郎中七兄（1280）

时早夏，朝归，闲斋独处，偶题此什。

四月天气和且清，绿槐阴合沙堤平。
独骑善马衔镫稳，初著单衣支体轻。
退朝下直少徒侣，归舍闭门无送迎。
风生竹夜窗间卧，月照松时台上行。
春酒冷尝三数盏，晓琴闲弄十余声。
幽怀静境何人别，唯有南宫老驾兄。

这首诗作于长庆二年（822 年），白居易五十一岁时。该诗描写了初夏时节，白居易退朝后独居官舍的情景。其中第二联被《千载佳句》（首夏部121）和《新撰朗咏集》（更衣部 135）摘录，第四联被《千载佳句》（风月部 269）和《和汉朗咏集》（夏夜部 151）摘录，第五联被《千载佳句》（琴酒部 759）摘录。可以说是平安时代具有代表性的初夏诗。

外山氏所列举的这两处，诸注释均指出其出处是这首《七言十二句，赠驾部吴郎中七兄》，但是这首白诗相关的表现也可以在其他地方看到。比如"四月朔日更衣，始穿夏衣。天色清幽，没有必要上朝，可以悠闲度日"（《蝴蝶卷》41）等与第一句"四月天气和且清"有关。原本"四月"就是"始穿夏衣"的季节，可以将这首诗理解成更衣诗，《新撰朗咏集》就将这首诗收入"更衣部"。《蝴蝶卷》的这段话明显就是基于这首白诗写成的。

刚才引用过的"庭前的小枫和柏木等郁郁青青"（《蝴蝶卷》50）这句话化用了"绿槐阴合沙堤平"。"绿槐阴合"在这里被换成了小枫和柏木"冠盖连阴"。

---

① 原文为"生る（なる）"。此处据"新编日本古典文学全集"所录。"新潮日本古典集成"及其他诸注皆为"鸣る"，此处应该根据白诗"风生竹夜窗间卧"来进行推断。

白诗云："风生竹夜窗间卧。""庭前数茎芊芊淡竹，随风摇摆，惹人怜爱"（《蝴蝶卷》47）也描写了"风生竹"的情景。《少女卷》介绍了六条院的四个区域以及四季庭园。"淡竹"本是为了使东北夏区变得凉快而种植的。"窗前种有淡竹，其下凉风习习。"（《少女卷》274）竹子给夏天带来一丝凉意的先例有源顺的《奉同源澄才子河原院赋》的"九夏三伏之暑月，竹含错午之风"、庆滋保胤《池亭记》的"夏有北户之竹，清风飒然"。文章在引用白诗的同时，还列举竹子作为初夏的景物。

光源氏还将竹子比作玉鬘。"篱内用心植小竹，终是嫁作他人妇。"（《蝴蝶卷》47）玉鬘是夕颜（夕颜花夏天盛开）的女儿，通常与"常夏"（抚子）和"花橘"相关，与"竹"的关联主要是受到了白居易的影响。①

《萤卷》讲的是五月初旬到梅雨季节的事，《常夏卷》接着讲述了五月末到六月初旬的事。六条院东边的钓殿聚集了夕雾等殿上人。

> 天气炎热，光源氏在六条院东边的钓殿中乘凉。夕雾等殿上人也陆续前来，现场调制西川的鲇鱼和附近河中捕到的虾虎鱼。内大臣家的几位公子来找夕雾。光源氏说："无聊得很，昏昏欲睡，你们来得正好。"便请他们喝酒，喝冰水，吃泡饭，好不热闹。凉风习习，晴空万里无云。夕阳西下时，蝉声噪耳。光源氏说："今天真热，在水边也没什么用。恕我无礼了。"便躺下了。
>
> （《常夏卷》85）

这一段描绘了人们在六条院池边乘凉的情景，其中提到了光源氏用餐饮酒的休闲之状。这与《池上篇并序》十分相似。《池上篇并存》（3）提示了创作时间是"太和三年夏"，可见（3）（4）主要描写的都是夏天的情景：夏日在池塘边饮酒、听琴、小睡，睡醒作诗。（"曲未竟而乐天陶然已醉睡于石上矣。睡起偶咏，非诗非赋。"）

水边的光源氏的姿态很有特点。他先是"昏昏入睡"，后来又让内大臣的公子们讲些"让人醒来"的奇闻异事给他听（《常夏卷》86）。这里反复强调光源氏想睡觉，我认为是受到了白居易"睡于石上"的影响。

---

① 白居易爱竹一事详见后藤昭雄《菅原道真的咏竹诗》（载《香椎泻》27 号，1982 年 3 月。又收录于后藤昭雄《平安朝文人志》）。此外，白居易还写有《养竹记》（1474）。

之后，《常夏卷》将舞台移到了玉鬘住的东北夏区。此时篝火点起，内大臣的公子们陆续离开，光源氏弹起了和琴，侃侃而谈和琴论，玉鬘侧耳倾听。光源氏还谈到玉鬘的亲生父亲内大臣是和琴名手。接下来的《篝火卷》，季节变成了秋冬，同样燃起了篝火，夕雾、柏木、辨少将等来访，夕雾吹笛，柏木弹和琴，玉鬘倾听二人合奏。

从《常夏卷》到《篝火卷》的一连串的场景，与《池上篇并序》（3）非常相似。"琴酒"是《池上篇并序》中的重要元素。（2）中有"虽有宾朋，无琴酒不能娱也。乃作池西琴亭，加石樽焉"。（3）中有"酒酣琴罢，又命乐童登中岛亭，含奏霓裳散序。声随风飘，或凝或散，悠扬于竹烟波月之际者久之"。

光源氏的和琴声"不知道是什么风来神助，可以变得如此优美。"（《常夏卷》93）《篝火卷》中描写了夕雾吹笛，辨少将唱歌，柏木接着光源氏弹琴的场景。

夏日景色写起来要比春秋难一些。《常夏卷》的开头讲的是炎夏在池边乘凉，此后的一连串描写可以说是模仿了白居易的池庭文学。之所以认为这些场景与《池上篇并序》有着很深的关系，是因为它不像《赠驾部吴郎中七兄》以及两篇《池庭记》那样描写的是一个人的闲居生活，而是和《池上篇并序》一样描写了包括主角身边众人在内的夏日风景。

所谓身边众人，《池上篇并序》指的是"乐童"和白居易的外甥"阿龟"（弟白行简之子）。（2）中有"虽有子弟，无书不能训也。乃作池北书库"。白居易为了教授"阿龟"等子弟，特地设置了书库。《萤卷》中有享受音乐的片段，有对玉鬘说教物语论的情景，也有提醒紫姬为小女公子读物语的情景。这些情景可以归纳为是光源氏对子弟的教育。我认为这一点也是从《池上篇并序》中借鉴而来。

综上所述，笔者探讨了白居易诗文对《源氏物语》的庭院描写的影响。兼明亲王和庆滋保胤的《池亭记》吸收了《草堂记》和《池上篇并序》，获得了崭新的表现，《源氏物语》也是如此。但是《源氏物语》和其他作品比起来篇幅要长得多，既要保持物语的统一性，还要将场景描绘得生动有趣。紫式部对白居易作品的深刻理解是其创作的秘密之一，我们从《源氏物语》对白居易文学的接受中也可以窥得她无与伦比的想象力。

原刊出处一览

第一部　《源氏物语》 与白居易《长恨歌》《李夫人》

第一章　李夫人与《桐壶卷》
《论集 日本文学·日本语 2 中古》（阪仓笃义监修）角川书店，
1977 年 11 月

第二章　《桐壶卷》的原像——李夫人与花山院女御恬子
《〈源氏物语〉作中人物论集》（森一郎编著）勉诚社，1993 年 1 月

第三章　梧桐与《长恨歌》《桐壶卷》——从汉文学的角度看《源氏物
语》的诞生
《甲南大学纪要》文学编 48，1983 年 3 月

第四章　《源氏物语》的结局——与《长恨歌》《李夫人》相较
《国语国文》第 48 卷第 3 号，1979 年 3 月

第二部　《源氏物语》 与任氏传说

第一章　另一个夕颜——"帚木三帖"与任氏传说
《〈源氏物语〉的人物与构造》（中古文学研究会编）笠间书院，
1982 年 5 月

第二章　夕颜的诞生与汉诗文——以"花颜"为中心
《源氏物语探究 第十辑》（《源氏物语》探究会编）风间书房，
1985 年 10 月

第三章　日中妖狐谭与《源氏物语·夕颜卷》——与《任氏行》逸文之
间的关系
《甲南大学纪要》文学编 72，1989 年 3 月

第三部 《源氏物语》 与白居易的讽谕诗

第一章 《源氏物语》的女性形象与汉诗文——从"帚木三帖"到《末
摘花卷》《蓬生卷》
《中古文学与汉文学》(《和汉比较文学丛书》第四卷,和汉比
较文学会编)汲古书院,1987 年 2 月

第二章 如何摄取汉诗文——与白居易讽谕诗之间的关系
《讲述·表现·语言》(《〈源氏物语〉讲座》第六)勉诚社,
1992 年 8 月

第三章 《源氏物语》的表现与汉诗文——白居易的讽谕诗与夕颜、六
条御息所
《讲座平安文学论究第九辑》(平安文学论究会编)风间书房,
1993 年 11 月

第四章 《新乐府·陵园妾》与《源氏物语》——以"风入松"为线索
《国语与国文学》第 75 卷第 11 号,1998 年 11 月

第四部 《源氏物语》 与白居易江州时代的诗文

第一章 《源氏物语》与庐山——《若紫卷》"北山段"之出典考证
《甲南大学纪要》文学编 52,1984 年 3 月

第二章 《源氏物语·若紫卷》与元白诗——"梦游春"唱和诗的影响
与接受
《东亚中的平安文学》(《论集平安文学》第 2 号)勉诚社,1995
年 5 月

第三章 《源氏物语》与白诗——《明石卷》对《琵琶行》的受容
《〈源氏物语〉研究集成第九卷》(《〈源氏物语〉的和歌与汉诗
文》)风间书房,2000 年 9 月

第四章 元白、刘白文学与《源氏物语》——友情与爱情表现
《〈源氏物语〉与汉文学》(《和汉比较文学丛书》第十二卷,和
汉比较文学会编)汲古书院,1993 年 10 月

第五章 白居易文学与《源氏物语》的庭园
《白居易研究年报》第 2 号,勉诚出版,2001 年 5 月

后 记

我开始打算把《源氏物语》作为研究对象，是在昭和五十年（1975 年）前后我在京都大学大学院准备硕士论文期间的事。当时的大阪市立大学教授小岛宪之先生来学校任非常勤讲师，上课时讲到了《新撰万叶集》。他谈到白居易的诗对《新撰万叶集》的影响，并运用比较文学方法论进行了实证性解说。通过先生的讲解，我了解了古今表现的基础知识，仿佛自己触碰到了新兴文学诞生的奥秘，于是立志也要从事相关研究。此外，我还得到了导师佐竹昭广先生的建议，最后决定以《新撰万叶集》为中心撰写硕士论文。

在调查的过程中，我了解到妖狐"任氏"的存在。任氏化作美女，与郑生结合，后来遇到猎犬现出原形，最终命丧黄泉。《新撰万叶集》有两处出现了任氏，我阅读了相关资料和论文，从中得知《续古事谈》等有关于白居易《任氏行》的相关记载。此外，我还读了沈既济撰唐传奇《任氏传》，发现有一些文章表现与《源氏物语》的《帚木卷》和《夕颜卷》相通，于是开始对此进行摸索。

两者之间的关系逐渐上升到了日本物语文学与唐传奇之间的关系这么一个很大的问题，于是我开始阅读先行诸学的研究。说起唐传奇与《源氏物语》的关系，与《长恨歌》并行于世的陈鸿《长恨歌传》要来得更为出名。《长恨歌》《长恨歌传》与《源氏物语》之间的关系可以套用在《任氏行》《任氏传》与《源氏物语》的关系上，所以我开始考察《长恨歌》。这样一来又无法忽视《李夫人》的存在。《长恨歌传》形容杨贵妃是一位像李夫人般的女性。

攻读博士之后，阪仓笃义先生监修的《论集 日本文学·日本语》（全五卷）向我约稿，于是就有了本书的第一部第一章"李夫人与《桐壶卷》"。这篇论文其实应该仔细介绍一下藤井贞和的论文，但是我在第一部第二章提到过，所以这次就没有多费笔墨。

第一部第四章"《源氏物语》的结局——与《长恨歌》《李夫人》相较"是我在博士课程退学期间写的。我计划把《源氏物语》开头的《桐壶卷》和结尾的《梦浮桥卷》的论文概括起来，之后再慢慢地与紫式部进行交流。第二部第一章"另一个夕颜——'帚木三帖'与任氏传说"虽然是我在博士课程在学期间写的，出版却是在我退学并于昭和五十五年（1980年）获得甲南大学教职之后的事了。一开始读《源氏物语》读的是池田龟鉴注"日本古典全书"，后来石田穰二、清水好子所注"新潮日本古典集成"出版后就换了个版本。想起我还在读本科的时候，清水先生就给我上过《紫式部集》的课，真是让人怀念。

就这样，《源氏物语》变成了我的主要研究对象，但最初的起点其实是《新撰万叶集》和白居易。我初期的论文都用"白乐天"来称呼白居易，从参与撰写"白居易研究讲座"丛书（全七卷）的时候起，"白居易"就用得比较多了。本书统一使用了"白居易"的称呼。"白居易研究讲座"第七卷《日本的白居易研究》由我和下定雅弘先生两人执笔。下定氏写的是"战后日本的白居易研究"，我写的是"白居易对日本文学的影响研究"。敬请参照。

编集该"讲座"丛书的是太田次男先生。先生的《以旧抄本为中心的〈白氏文集〉文本研究》（全三卷）于平成九年（1997年）出版，可谓是研究流传日本的旧抄本以及所付训点的集大成者。"讲座"虽已完结，但是以太田次男先生为中心的《白居易研究年报》还在继续刊行。

白居易文学平易通俗。唐朝的诗人杜甫和李白在日本虽然也很有名，但是那是中世以后的事。单论平安朝的话，白居易是最为人们熟知的诗人。原因有很多，平易通俗是重要的一点。白诗浅显易懂，所以适合朗咏，而且深受清少纳言、紫式部等女流文人欢迎。此外，白诗中还有很多与女性相关的作品。白居易对于女性命运的关注，引起了紫式部的强烈共鸣。白诗的平易通俗以及与平安女流文学的相通之处也使得他的作品极富魅力。

我还在《平安朝文学与汉诗文》（和泉书院）的第一部"白居易文学的受容"中提到了白居易的文学思想。同书第三部"《源氏物语》的表现与汉诗文"收录了六篇与白居易没有直接关系，但是与《源氏物语》相关的论文，如能一并阅读实乃万幸。

本书的书名是《〈源氏物语〉与白居易文学》，《平安朝文学与汉诗文》的书名也有"文学"二字。"文学"的定义有些困难，即便从事的是"文学"

研究，很多时候也会偏离这一领域。然而，"文学"确实存在。我常常想确认《源氏物语》和白居易的诗歌中确实存在可以被称之为"文学"的东西，所以才在书名中加上了"文学"二字。

本书第一部收录了与《长恨歌》和《李夫人》相关的论文。第二部收录了与任氏相关的论文。第三部收录了白居易最为重视的讽谕诗相关的论文。第四部收录了江州左迁时代的诗文《草堂记》以及《琵琶行》相关的论文。这样一来，不仅是白居易的文学作品，就连他的人生经历也都一览无遗。我认为紫式部从白居易的文学作品和人生经历中得到了巨大启示，从而撰写了《源氏物语》。本书并没有涵盖《源氏物语》全文，今后将从《物语》与白居易文学的关系的角度出发，继续对《源氏物语》进行研究。

本书的出版，承蒙和泉书院社长广桥研三先生的多方关照。本书与《平安朝文学与汉诗文》均由和泉书院出版，也是广桥先生的建议。在此一并致以诚挚的谢意。

十多年前，我就和广桥先生商量过出版论文集一事，终究没能实现。平成七年（1995年）一月十七日阪神大地震，给我所任教的甲南大学造成了大量的人员伤亡和设施损害，我也因此失去了研究的动力。研究生时代，佐竹先生曾激励我等懒惰的学子一年起码要写一篇论文。研究生毕业后我本打算要坚守这一原则，地震后却迟迟不能动笔，论文集之事也搁置不前了。我曾想拜托小岛先生为论文集作序，无奈论文集没有进展，先生也于平成十年（1998年）仙逝，令人遗憾。

甲南大学在受灾后迅速重建，如今为教师和学生提供着更为良好的研究教育环境。

本书的出版获得了甲南大学伊藤忠兵卫基金的支持，在此表示感谢。

新间一美
平成十五年（2003年）二月十一日
于洛北下鸭蜗居

译者记

　　新间一美老师是中日比较文学领域的权威，特别是在平安朝文学研究方面有很深的造诣和卓越的成就。《〈源氏物语〉与白居易文学》对于白居易对《源氏物语》的影响进行了深入浅出的精辟阐述。相信本书的出版，有助于学界了解中国文学在域外的传播与接受状况。

　　赴日读博期间，我在一次学会上偶然结识了新间老师，并受邀出席在京都光华女子学院召开的《新撰万叶集》研究会。研究会不仅让我学到了很多古典文学方面的知识，还为我的学术研究之路指明了方向。先生之恩，铭记于心。此次承蒙新间老师的信任得以翻译这部著作，不胜荣幸。原著涉及汉诗、传奇、物语、和歌等诸多方面的知识，译者能力所限，纰缪难免，敬请读者谅解。最后，衷心感谢厦门大学出版社高奕欢编辑为本书付出的心血，以及杜小针同学的校阅工作。

梁青

2021 年 12 月于厦门